中国现当代作家作品专题研究

主编 刘增杰
副主编 李国平 杨萌芽

河南省高等教育自学考试
汉语言文学专业本科教材

U0838172

中原出版传媒集团
中原传媒股份公司
大象出版社
·郑州·

图书在版编目(CIP)数据

中国现当代作家作品专题研究 / 刘增杰主编.— 郑州 : 大象出版社, 2019. 12
ISBN 978-7-5711-0340-8

Ⅰ. ①中… Ⅱ. ①刘… Ⅲ. ①中国文学-现代文学-文学研究-高等教育-自学考试-自学参考资料②中国文学-当代文学-文学研究-高等教育-自学考试-自学参考资料 Ⅳ. ①I206. 6

中国版本图书馆 CIP 数据核字(2019)第 217626 号

中国现当代作家作品专题研究
ZHONGGUO XIAN DANGDAI ZUOJIA ZUOPIN ZHUANTI YANJIU
刘增杰 主编
李国平 杨萌芽 副主编

出 版 人 王刘纯
责任编辑 宋 伟
责任校对 张迎娟 毛 路 安德华
装帧设计 王莉娟

出版发行 大象出版社(郑州市郑东新区祥盛街 27 号 邮政编码 450016)
发行科 0371-63863551 总编室 0371-65597936
网 址 www.daxiang.cn
印 刷 北京汇林印务有限公司
经 销 各地新华书店经销
开 本 720 mm×1020 mm 1/16
印 张 22.5
字 数 311 千字
版 次 2019 年 12 月第 1 版 2019 年 12 月第 1 次印刷
定 价 63.00 元

印厂地址 北京市大兴区黄村镇南六环磁各庄立交桥南 200 米(中轴路东侧)
邮政编码 102600 电话 010-61264834

序言

如果说“中国现当代文学作品选”课程着重从阅读欣赏的角度提高学生的审美能力，中国现当代文学史的学习是通过进一步阅读作品和文学史料，使学生能够理解掌握文学发展的某些带有规律性的线索，那么“中国现当代作家作品专题研究”则是在上述课程基础上开设的一门带有提高性质的课程。

现当代作家作品专题课的内容，并不要求涵盖所有现当代作家作品，而是根据课程要求，有重点地对若干作家和有代表性的作品进行研究，以期使学生通过对相关作家作品的研读，进行作家作品研究的初步训练，提高对作品的分析能力和写作能力，提高其整体文学素质。

精读是研究的基础。通过精读作品，才能发现作家独特的个性，增加对作品文本复杂多义性的理解和感悟，从而真正认识和感受到作品艺术魅力之所在。同时，精读对学生的思维能力、对作品的阐释能力以及宏观综合能力的提高都大有裨益。叙事文学以语言为载体，每部优秀作品的语言，都不可重复地发出了自己独特的声音。精读文学作品，要建立清醒的语言意识，在语言上细细品味，再三咀嚼。

中国现当代作家作品专题研究，重在“研究”二字。在进行研究的过程中，要始终把握“虚词务去，个性必张”的基本要求。虚词务去，说的是要规范研究学风。作家研究不是为先贤立传，而是要以平等的心态，挑剔的学术眼光，客观、冷静地对传主进行审视。拒绝空话连篇、大而无当的空疏学风，抵制颂歌高唱、人为“炒作”的恶习。个性必张，指的是研究要突出对象的个性，即把他们放在20世纪文学发展进程中，谛听他们独特的声音，体察他们为建构自己原创性文学空间所进行的不懈努力，触摸在这一过程中他们内心所经受的欢乐与痛苦、成功与失误，理解作家创作出现某些局限的深层原因。

还要强调进行研究方法的训练。一篇研究论文的价值，不仅仅在于你论述了什么，人们更在意的是，你进行了怎样的论述，从什么角度进行了论述，用什么观点和方法进行了论述。实践是提高研究水准的门径。任何成功的研究者，其成就都主要来自实践的磨砺。

本书最末一个专题“20世纪河南小说研究”是编者的特意安排。许多现当代文学作品都具有鲜明的地域特征。从地域的视角研究文学，考察作品生存独特的人文和自然景观，可以更加接近地切入研究对象的本体，发掘出作品特有的美学意蕴。专题所列三位河南小说家，在现当代文学发展史上都占有一席之地。把他们的作品介绍给读者，并非编者降格以求。师陀、姚雪垠、李凖以及许多中原作家，他们的作品是20世纪中国人特别是中原人精神状态的艺术呈现，都理应受到故乡青年学子的关注和挚爱。

编者

2002年元旦于开封

目录

第一章 鲁迅：中国现代小说的奠基者

鲁迅(1881—1936),浙江绍兴人,原名周树人,中国现代伟大的文学家、思想家、革命家。“鲁迅”是他在1918年5月发表《狂人日记》时用的笔名。他从小接受了很好的传统文化教育,1898年到南京求学,开始接触西方文化。1902年赴日留学,先习医学,1906年弃医从文。在日留学期间,鲁迅初步形成了“立人”和“改造国民性”的启蒙主义思想。1918年年初,在新文化运动的推动下,他一改辛亥革命失败后失望、苦闷和消沉的情绪,开始了“铁屋中的呐喊”,创作了许多小说和杂文。小说方面,从1918年到1922年,他创作小说共15篇,于1923年编为小说集《呐喊》(由于体例上的考虑,此小说集再版时,抽出历史小说《不周山》)。从1924年到1925年创作小说共11篇,于1926年编为小说集《彷徨》。《呐喊》《彷徨》所收的大多为短小精悍的中短篇小说,它们以“表现的深切和格式的特别”(鲁迅《中国新文学大系·小说二集·导言》)使中国现代小说在它的开端便迅速达到了艺术上的成熟境界。在创作了《狂人日记》《阿Q正传》等小说不久,鲁迅继续在文学上开辟新境,进行历史小说的尝试,从

1922 年到 1935 年，历时 13 年，他创作历史小说共 8 篇，于 1936 年编为《故事新编》。在小说之外，鲁迅还写了大量的杂文，创作了散文诗集《野草》及回忆性散文集《朝花夕拾》。在这些不同的体裁领域里，鲁迅皆作出了开创性的贡献。在战斗的一生中，他还积极从事学术活动，发表了大量有创见的学术文章。下面我们集中谈一下鲁迅在小说方面的贡献。

一、《呐喊》与《彷徨》：开创现代小说启蒙主义的精神传统

鲁迅的小说，产生于新文化运动当中，它本身就是新文化运动的一部分。新文化运动在本质上是一场要求中国现代化的思想启蒙运动。新文化运动的领导者们认为，中国要真正摆脱落后于西方的危机状态，实现由传统到现代的转换，必须进行思想文化的革新，摆脱封建专制主义意识形态的束缚，对中国的传统文化和国民精神进行反思、批判和改造。而鲁迅在 1906 年就认识到了这一点。当时他在仙台学医，从放映的幻灯片上看到当自己同胞被杀害时的中国人脸上麻木的神情，青年鲁迅颇为震惊，他认识到："凡是愚弱的国民，即使体格如何健全，如何茁壮，也只能做毫无意义的示众的材料和看客，病死多少是不必以为不幸的。所以我们的第一要著，是在改变他们的精神，而善于改变精神的是，我那时以为当然要推文艺，于是想提倡文艺运动了。"(《〈呐喊〉自序》)启蒙主义思想使鲁迅走上了文艺道路，成为他创作小说的出发点。在一篇关于自己为何开始小说创作的文章中，他明确谈到这一点："说到'为什么'做小说罢，我仍抱着十多年前的'启蒙主义'。"(《我怎么做起小说来》)鲁迅的小说为中国的现代小说开创了启蒙主义的精神传统。这使中国的现代小说从根本上摆脱了小说作为"闲书"的传统角色，也使中国的现代小说避免走上"为艺术而艺术"的歧路。

启蒙主义的观点决定了鲁迅在取材上"多采自病态社会的不幸的人们中，意思是在揭出病苦，引起疗救的注意"(《我怎么做起小说来》)。这决定了鲁迅首先把关注对象放在病态社会中"不幸的人们"身上，既揭示

他们的“苦”,即生活的艰辛和不幸,又揭示他们的“病”,即病态社会带给他们精神上的“病态”,诸如精神的麻木、自欺与苦痛。对他们的“苦”,鲁迅是“哀其不幸”,对他们的“病”,鲁迅又“怒其不争”,对他们抱着非常复杂的感情态度。这些“愚弱的国民”在鲁迅小说中以两种方式出现着:(1)以单个被侮辱与被损害者的形象出现,身份通常是农民(包括雇农、帮工),如《故乡》中的闰土,《祝福》中的祥林嫂,《阿Q正传》中的阿Q,《离婚》中的爱姑;下层市民,如《药》中的华老栓;受科举制度毒害的封建知识分子,如《孔乙己》中的孔乙己,《白光》中的陈士成。(2)以群像形式出现的看客,他们赏玩、咀嚼他人的苦痛,与封建权势者一道形成有着荒诞意味的“无主名杀人团”,如《药》里面的看客,《明天》《祝福》《孔乙己》中的鲁镇人,《示众》则集中描绘了看客们的丑恶嘴脸。看客形象的创造,是鲁迅小说中最富独创性的地方之一。

启蒙主义的观点同样使鲁迅十分关注启蒙者的命运,他们是铁屋中的少数觉醒者,被愚昧民众视为“狂人”(如《狂人日记》中的狂人)、疯子(如《药》中的夏瑜、《长明灯》中的青年人),其具体身份是革命者(如《药》中的夏瑜),或先进知识分子(如《在酒楼上》中的“我”与吕纬甫、《孤独者》中的“我”与魏连殳、《伤逝》中的涓生与子君)。

除了以上两类主要人物形象,鲁迅小说中还出现了封建卫道士的形象,如《高老夫子》中的高尔础,《肥皂》中的四铭。他们鼓吹封建的“三纲五常”“三从四德”,但同时又荒淫好色。鲁迅以客观冷静的笔调,把他们的虚伪本质淋漓尽致地揭露出来。除此之外,鲁迅小说中还出现了封建官僚、地主、乡绅等权势者形象,如《阿Q正传》中的赵太爷,《祝福》中的鲁四老爷,《离婚》中的七大人,《孔乙己》中的丁举人。他们作为封建制度的维护者与体现者,以手中权势对下层民众进行残酷侮辱与迫害。对于他们,鲁迅剥下他们道貌岸然的外衣,露出他们的残忍本质。下面重点谈一谈被侮辱与被损害者、看客、觉醒者这三类主要人物形象。

(一)被侮辱与被损害者

终其一生,鲁迅始终站在最广大人民群众的一边,关注他们的不幸命运。因此,被侮辱与被损害的民众特别是农民成为他小说的重要表现对象。鲁迅小说最富于人民性的地方,就是里面首次出现了生动深刻的农民形象。近现代的中国长期以来被称为“乡土中国”,它主要是一个乡土社会,农民占人口的绝大多数,是历史与财富的创造者,可是自古以来,他们的形象,在文学艺术中并没有得到应有体现,“古之小说,主角是勇将策士,侠盗赃官,妖怪神仙,佳人才子,后来则有妓女嫖客,无赖奴才之流”(鲁迅《〈总退却〉序》)。从这样一个背景来考察,便可发现鲁迅把农民作为文学主要表现对象的文学史意义和思想史意义。把农民生活作为表现对象,也使鲁迅小说具有了乡土风格。

鲁迅对农民有深切的了解,在小说中,他不但展示他们物质生活的艰辛与不幸,更揭示出他们精神上的病痛;在表现封建政治经济制度施加给他们肉体的伤害之外,更关注封建意识形态对他们精神上的更严重的戕害。《故乡》中的闰土就是被多子、饥荒、苛税、兵、匪、官、绅折磨成了一个木偶人,“脸上虽然刻着许多皱纹,却全然不动,仿佛石像一般”。生活的艰辛与丑恶给他的肉体造成了极大侵蚀,更使他精神麻木。给读者印象最深的是:他面对着“我”——多年不见的老朋友,那一声“老爷!”的称谓。封建政治经济制度造成闰土生活的贫困与形体的消瘦,而封建等级意识更在“我”和闰土之间隔开了一道鸿沟,少年闰土已永远地消失了。与闰土相比,祥林嫂的命运更加悲惨!这是因为,女性在封建社会受到的束缚、压迫更多,“三从四德”、贞操观念等,都是加在女性身上的道德枷锁,使她们处于非人的境地。《祝福》中的祥林嫂,受不了婆婆的虐待,逃到鲁四老爷家里来帮工,一开始鲁四老爷就认为她是一个寡妇,不吉祥。婆婆打探到她的行踪,把她抢回去,又把她像牲畜那样卖给了深山里的贺老六。她恪守贞操观念,坚持不从,并以死相争,但最终还是屈服了。然而好景不长,第二个丈夫又得病死去,孩子阿毛也被狼叼走,她又一次来到鲁四老爷家里。卫道士鲁四老爷认为她嫁了两个男人,不守贞节,伤风败俗,一切祭器供品都不许她沾手,鲁镇人也嘲笑她、奚落她。和她一起做工的柳妈告诉她,因她嫁过两个男人,死后到地狱里,身子会被他们锯成两半。就这样,祥林嫂承受着人们的嘲笑、歧视与冷眼,带着对“地狱的有无”的疑惑与恐惧,死在人们祝福的除夕夜。鲁迅深刻地揭示了祥林嫂悲剧的成因并不只是来自物质生活的贫困,更是来自无形的封建意识形态的精神迫害。这种精神迫害不仅来自鲁四老爷,也来自深受封建意识毒害的鲁镇人,如柳妈,尽管他们和祥林嫂处在同样的地位。正是这种无形的精神迫害,给她带来致命的打击,在她的肉体死亡之前,她的精神早被毁灭了。小说中,祥林嫂听从柳妈的建议,到城隍庙捐了门槛,让千人踏,万人踩,本以为终于可以赎罪了,因此“神气很舒畅,眼光也分外有神,高兴似的对四婶说,自己已经在土地庙捐了门槛了”。可是,当她坦然拿起祭器时,不期然却又一次遭受到呵斥:“你放着罢,祥林嫂!”这之后,小说这样写道:

> 她像是受了炮烙似的缩手,脸色同时变作灰黑,也不再去取烛台,只是失神的站着。……这一回她的变化非常大,第二天,不但眼睛窈陷下去,连精神也更不济了。而且很胆怯,不独怕暗夜,怕黑影,即使看见人,虽是自己的主人,也总惴惴的,有如在白天出穴游行的小鼠;否则呆坐着,直是一个木偶人。

从这里可以看出,精神上所受的打击才是祥林嫂死亡的根本原因,祥林嫂的悲剧主要是“精神悲剧”。

与祥林嫂的软弱相比,《离婚》中的爱姑坚强多了,她是一个泼辣大胆的农村妇女。丈夫要抛弃她,她就整整闹了三年,最后夫家只好请出“和知县大老爷换帖”的七大人来调停。在慰老爷家里,七大人的装腔作势,玩“屁塞”,吸鼻烟,都使作为乡下人的爱姑感到高深莫测,她一向无所畏惧,可也“不由得越加局促不安起来了,连自己也不明白为什么”。表面上,她一再虚张声势,大声要求七大人给自己作主,可是七大人让仆人给自己装鼻烟的一声“来……兮!”,就使她的精神防线彻底崩溃,误认为七大人要对自己不客气了:

> 爱姑知道意外的事情就要到来,那事情是万料不到,也防不了的。她这时才又知道七大人实在威严,先前都是自己的误解,所以太

放肆，太粗卤了。她非常后悔，不由的自己说：

“我本来是专听七大人吩咐……。”

由于爱姑受封建意识形态的禁锢，不能认清封建统治者及其帮凶的残忍本质，为其“读书识理”的虚伪外衣所蒙蔽，她性格的泼辣大胆并不能使她摆脱奴隶人格。

《阿Q正传》是鲁迅揭示农民精神世界和异化的生命状态的经典之作。阿Q是个“上无片瓦，下无寸土”的农民，只靠两手帮工挣碗饭吃：“割麦便割麦，舂米便舂米，撑船便撑船。”他没有家，没有孩子，甚至连姓赵的权利也被赵太爷剥夺了，处于处处受人欺压的地位。这一切固然令人痛心，但更令人痛心的则是这种贫困压抑的生活给予阿Q的巨大的精神创伤。小说对阿Q人物形象的塑造，主要从以下三个方面展开：

1.扭曲的精神世界

极度贫困的生活，处于社会底层、动辄受人欺压的命运，扭曲了阿Q的精神，在不幸的生活中他发明了一套“聪明”的应对方法——精神胜利法，现实世界中的失败，在虚幻的精神世界里却被换算成胜利。现在失意，便求助于过去：“我们先前——比你阔的多啦！你算是什么东西！”或求救于将来：“我的儿子会阔得多啦！”被别人打了，一句“我总算被儿子打了”便立刻获得心理上的平衡和安慰。实在连“精神胜利法”也不能安慰自己时，阿Q还有其他办法：自己打自己嘴巴，打完后，便心平气和起来，“似乎打的是自己，被打的是别一个自己，不久也就仿佛是自己打了别个一般，——虽然还有些热剌剌，——心满意足的得胜的躺下了”。另外，阿Q还有一件祖传的法宝，即“忘却”，别人对他施加的屈辱，一会儿便可忘却。处处失败的命运扭曲了他的精神，使他生活在一个倒错、虚幻的精神世界当中，永远不能正视惨痛的现实。

2.动物般退化的生命状态

阿Q“儿子打老子”的精神胜利法被人们知道后，别人打他时必须让他先承认是“人打畜牲”，阿Q竟以“我是虫豸”的自轻自贱求得别人的放手。自轻自贱以及扭曲的精神使阿Q的生命呈现出动物般退化的状态，由人沦为非人，即畜牲和虫豸。动物世界是弱肉强食的世界，阿 Q 也奉行同样的法则，以弱小者的身份去欺压更弱小者。在王胡和假洋鬼子那里吃了亏，便去欺负更弱小的小尼姑，通过摸她的头皮和面颊，来赢得众人的喝彩。动物是不讲爱情的，阿 Q 的"爱情"也是动物性的，他向吴妈提出突兀的肉体要求时与畜牲何异？既荒唐可笑又丑陋可怕。动物是没有自我意识的，阿 Q 也完全忘了自己人的存在，根本丧失了人所特有的自我感知能力，明明是自己的唐突使吴妈呼天抢地，寻死觅活，因此头上才挨了秀才的大竹杠，可是被打骂之后，"似乎一件事也已经结束，倒反觉得一无挂碍似的，便动手去舂米"。过了一会儿，阿 Q 听见外面很热闹，于是便寻声看热闹去了。寻声渐渐寻到赵太爷的内院，看见一帮人正劝吴妈，吴妈只是哭，夹些话，却不甚听得分明。下面是阿 Q 的心理活动：

> 阿 Q 想："哼，有趣，这小孤孀不知道闹着什么玩意儿了？"他想打听，走近赵司晨的身边。这时他猛然间看见赵大爷向他奔来，而且手里捏着一支大竹杠。他看见这一支大竹杠，便猛然间悟到自己曾经被打，和这一场热闹似乎有点相关。他翻身便走，想逃回舂米场，不图这支竹杠阻了他的去路，于是他又翻身便走，自然而然的走出后门，不多工夫，已在土谷祠内了。

阿 Q 的健忘显示了一种极度退化的生命状态，他从根本上丧失了对自我行为的记忆，从而进一步丧失了进行自我反思、观照和评判的能力。最后，当他被押往刑场时，看客们比饿狼更凶狠的眼睛咬着他的肉体和灵魂，极度的惊恐终于激发起他的自我意识和生命意识，可是已经晚了。

3.封建意识形态的自觉接受者与卫护者

阿 Q 是被侮辱与被损害者，深受以赵太爷为首的地主阶级压迫，可是他和赵太爷一样卫护着封建意识形态，"他那思想，其实是样样合于圣经贤传的"，对于一切不合封建礼教的，他一概斥之为异端，如在男女关系上，他严守男女之大防，认为一个女人在外面走，一定是想引诱男人，一男一女在那里说话，一定要有勾当了。为惩治他们起见，他往往对之怒目而视，或在冷僻处，从后面偷掷一块小石头。革命本是为了阿 Q 这样的被统治者，可是头脑受封建“三纲五常”禁锢的阿Q认为革命是大逆不道的，是造反的，够杀头的罪；但从举人老爷等人恐慌的行为中，他又朦胧地感到革命对自己这样的穷人是有利的，于是也想革命了。鲁迅在这里揭示了阿Q革命的必然性：无法生活下去的状况使阿Q们具有自发的革命倾向。可是，辛亥革命不注意发动像阿Q这样的群众，反而使假洋鬼子等被革命的对象混进了革命队伍，革命的领导权被窃取，终于造成了阿Q被杀的“大团圆”结局。鲁迅的深刻之处在于：他通过阿Q对革命的理解，暴露了农民作为一个革命阶级所固有的局限性。在阿Q的想象中，革命党个个穿着白盔白甲，手拿钢鞭、洋炮、板刀、三尖两刃刀，革命之后，未庄人成了自己的俘虏，“我要什么就是什么，我欢喜谁就是谁”，可以为所欲为。赵太爷、秀才、假洋鬼子，甚至小D、王胡，统统杀了，一个不留，元宝、洋钱、洋纱衫、秀才娘子的宁式床，都搬到土谷祠来。这就是阿Q在土谷祠里作的“革命畅想曲”。鲁迅揭示了封建政权和意识形态扭曲了阿Q的精神，使他沦入非人的存在状态，从而也使他丧失了站起来改变自身命运的能力。退一步说，阿Q式的“革命”即使成功了，带给社会的不过是更为残酷的封建统治罢了，因为阿Q本身便是封建统治意识形态的卫护者。

阿Q是鲁迅塑造的人物画廊中最为成功的典型人物形象，虽然他头着破毡帽，特定的身份只能是农民，但是他身上的“精神胜利法”，却被大家一致认为是对整个国民性的针砭。鲁迅在《俄文译本〈阿Q正传〉序及著者自叙传略》中说，他写《阿Q正传》，是想“画出这样沉默的国民的魂灵来”，可见，鲁迅对作为农民的阿Q精神世界的剖析，其实也是对国民国民性的反思和批判。鲁迅在关注农民精神痼疾的同时，眼光并不是仅仅停留在农民身上，他对农民形象的塑造，是和他改造国民性的启蒙主义思想紧密结合在一起的。

鲁迅在关注农民这个被侮辱与被损害者的巨大群体外，还关注其他一些群体。如《药》中的华老栓，他是一个开茶馆的小市民，为了治好儿子的痨病，不惜花钱去买沾了革命者夏瑜鲜血的人血馒头，他的善良和愚昧都令人感叹。落后的封建知识分子的悲惨命运，鲁迅也非常关注。《孔乙己》中的孔乙己，深受封建儒家文化和科举制度的毒害而不自知，拥有的只是“茴”字的四种写法这样无用的知识，却自视甚高，好逸恶劳，看不起劳动者。他接受了封建教育，可是连秀才也没考上，因此不能像丁举人那样进入封建统治阶层作威作福。封建教育的迂阔无用又使他丧失了最基本的谋生能力，他的“之乎者也”得到的只是周围人的嘲笑，终于因偷了丁举人家的东西被打断了腿，在众人的说笑声中死去。《白光》中的陈士成，参加科举考试，考了十六回皆名落孙山，终于因打击太大而发疯，朦胧中看见祖宗留下的银子发着白光，在追寻白光的幻觉中溺水身亡。这两篇小说，都是上承《儒林外史》，意在揭露封建科举制度对读书人的毒害。

（二）看客

在鲁迅小说里，“愚弱的国民”以个体形象出现时，是被侮辱与被损害者。但是，当他们成为多数，以看客的姿态出现时，便一变而成为侮辱者与损害者。他们以“看”的共同爱好暂时聚合成一个有着荒诞意味的群体，鉴赏、咀嚼、玩味、咬啮和吞噬被看者的灵魂和肉体，显示出比狼更凶狠的本性。《阿Q正传》中，当阿Q被押往刑场时，有大群蚂蚁般的看客在路边围观，他们为阿Q发出豺狼嗥叫一般的喝彩声，当阿Q转身看着那些喝彩的看客时：

> 这刹那中，他的思想又仿佛旋风似的在脑里一回旋了。四年之前，他曾在山脚下遇见一只饿狼，永是不近不远的跟定他，要吃他的肉。他那时吓得几乎要死，幸而手里有一柄斫柴刀，才得仗这壮了胆，支持到未庄；可是永远记得那狼眼睛，又凶又怯，闪闪的像两颗鬼火，似乎远远的来穿透了他的皮肉。而这回他又看见从来没有见过的更可怕的眼睛了，又钝又锋利，不但已经咀嚼了他的话，并且还要咀嚼他皮肉以外的东西，永是不远不近的跟他走。
>
> 这些眼睛们似乎连成一气，已经在那里咬他的灵魂。

鲁迅通过阿Q的视角，把看客令人恐怖的一面揭示出来。阿Q其实并不是死于刽子手的屠刀，而是死于看客们比狼还凶残的眼睛的吞噬。

《祝福》中的鲁镇人，也是一群看客。封建的意识形态在祥林嫂身上制造着不幸,而鲁镇人却把这不幸作为生活的调味品加以咀嚼。在咀嚼中,他们施舍给祥林嫂一点点同情。可是,慢慢地,"她的悲哀经大家咀嚼赏鉴了许多天,早已成为渣滓,只值得烦厌和唾弃"。于是,他们又拿她头上的伤疤来逗趣了,在鲁镇人的下意识里,祥林嫂之所以还有存在的价值,就是她这伤疤还能给人带来一点乐趣。除此之外,她能赢得鲁镇人一笑的唯有一死。可她死得偏偏不是时候,正当大年除夕,这时鲁镇人正在喜气洋洋地祝福送神,于是鲁四老爷便骂她为"谬种"。

《示众》是鲁迅专门刻画看客嘴脸的作品,它揭示了看者之间、看者与被看者之间复杂微妙的关系。在北京一个炎热的午后,一条马路的电线杆旁,忽然来了一个巡警,用绳子牵着一个蓝布衫上罩白背心的人在那里示众。刹那间,在他们周围就聚集了一群看客,其中有"十一二岁的胖孩子""赤膊的红鼻子胖大汉""挟洋伞的长子""有着发亮的秃头的老头子",以及小学生、洋车夫、老妈子,等等。秃头研究着示众者的"白背心",看上面到底写了什么,而胖孩子看见"白背心"正研究着发亮的秃头,"他也便跟着去研究,就只见满头光油油的,耳朵左近还有一片灰白色的头发,此外也不见得有怎样新奇"。挟洋伞的长子个子太高,只好弯下腰来,才能"赏识白背心的脸,但不知道为什么忽又站直了。于是他背后的人们又须竭力伸长了脖子;有一个瘦子竟至于连嘴都张得很大,像一条死鲈鱼"。胖大汉研究"白背心"的脸时,"却见白背心正在仰面看他的胸脯;他慌忙低头也看自己的胸脯时,只见两乳之间的洼下的坑里有一片汗"。小学生则惊奇、佩服地望着胖大汉的红鼻子。在这样一个示众的场景中,看与被看之间并没有明确的界限:看客们看示众者,示众者也看看客;看客甲看看客乙,也被看客丙所看。总之,置身于这个场景中的每一个人,在赏玩别人的同时,也在作为客体被别人赏玩,他们生命的意义仅在于赏玩别人并被别人赏玩。

除对不幸者的不幸赏玩外,看客们也把革命者的悲壮牺牲作为赏玩对象。《药》中,作者通过华老栓的视角,呈现了看客们赏鉴革命者夏瑜被杀头的场景:"老栓也向那边看,却只见一堆人的后背;颈项都伸得很长,仿佛许多鸭，被无形的手捏住了的，向上提着。”革命者为了民众，献出了自己的生命，可民众呢？却把他的被杀头看作好玩，大清早起来，大老远跑来，看时聚精会神，不放过任何细节。于是，在民众的赏鉴下，革命者为民众作的悲壮牺牲不过显得滑稽罢了，可笑罢了，荒诞罢了。客观场景的冷静呈现，既包含着鲁迅对看客们的鞭挞与愤怒，又包含着他对觉醒者、启蒙者悲剧命运的同情与思考。

（三）觉醒者

在中国由古代向现代的社会转型中，先进知识分子是一个重要社会群体，在中国社会结构中占重要地位。他们向西方学习，用西方先进文化知识武装自己。他们又具有强烈的社会责任感，自觉担负起启蒙大众的职责，担负起社会革命的重任。他们既是思想领域的启蒙者，又是政治领域的革命者，是铁屋子里已觉醒了的少数人。他们敢于否定封建专制主义的意识形态，思想性格上具有强烈的叛逆色彩，因此，他们或自视为“狂人”，或被社会视为“狂人”。鲁迅在《狂人日记》和《长明灯》中，就塑造了这样大胆反叛的“狂人”形象。《狂人日记》中的“狂人”，表面上是个患“迫害狂”的病人，但鲁迅用他象征觉醒的“革命者”“启蒙者”。他深刻认识到中国封建历史只不过是“吃人”的历史而已：“凡事总须研究，才会明白。古来时常吃人，我也还记得，可是不甚清楚。我翻开历史一查，这历史没有年代，歪歪斜斜的每叶上都写着‘仁义道德’几个字。我横竖睡不着，仔细看了半夜，才从字缝里看出字来，满本都写着两个字是‘吃人’！”他不但认识到自己哥哥吃过人，甚至发觉自己也于无意之中吃了人。他高叫：“从来如此，便对么？”以充满怀疑的批判精神，对整个封建专制主义“吃人”制度和文化进行剖析，坚信“将来是容不得吃人的人”，最后寄希望于下一代，发出了“救救孩子”的呼声。《长明灯》中的青年人也象征着革命者，他要吹灭封建权威和迷信的象征——长明灯，村里人阻拦他，不让他进庙门，他就要放火一并烧了安放长明灯的大庙，“他似乎并不留心别的事，只闪烁着狂热的眼光，在地上，在空中，在人身上，迅速地搜查，仿佛想要寻火种”。最后，即使被群众关押了起来，他还是高喊着：“我放火！”

在这两篇小说中，鲁迅对觉醒者的革命精神给予了毫无保留的歌颂。

鲁迅在歌颂觉醒者革命精神的同时，对他们的悲剧处境也有清醒的认识。鲁迅看到，这些觉醒者的悲剧并不在于他们受到专制主义统治的镇压和杀戮，而在于他们被民众所摒弃、所赏鉴的命运。革命者的所作所为无不是为了拯救民众，可是身受封建专制文化毒害的民众却把他们的思想行为看成是“大逆不道”，把他们当作“狂人”“疯子”“不肖子孙”来看待，视之为“仇寇”，务必除之而后快。在《药》中，把夏瑜的革命行为向当局告密的不是别人，恰恰是他的叔父夏三爷。在狱中，他向狱卒宣传“这大清的天下是我们大家的”，被民众认为不是人话，发了疯。看客们津津有味看着他被杀，他的血也被沾了馒头当作药品出卖。甚至连他母亲也不能理解他，为有一个这样的儿子而感到羞愧。《狂人日记》中的“狂人”和《长明灯》中的青年人遭遇也是如此，他们都遭受着周围人的迫害。这些人“也有给知县打过枷的，也有给绅士掌过嘴的，也有衙役占了他妻子的，也有老子娘被债主逼死的”，都是被侮辱与被损害者，他们多么需要觉醒者给他们指路，可是他们给予觉醒者的只有迫害！这巨大的反差不能不令人痛心。面对民众的敌意及封建统治者的迫害，觉醒者只能陷入“独战多数”的孤独处境。小说《孤独者》的题目就明确揭示了这一点。魏连殳出外留过洋，接受了先进的思想，被看作是“吃洋教”的“新党”。这恰恰造成了周围人对他的敌视和隔膜，他的行为连自己亲人也不能理解，他们“将他当作一个外国人看待”，把他视作异类。他所在的S城对他更是充满敌意，“小报上有匿名人来攻击他，学界上也常有关于他的流言”，由于流言蜚语，校长趁机将他辞退，失业使他丧失了最基本的生活保障，关心他的几个人同样面临着社会的冷言冷语，更无力帮助他。在走投无路的情况下，他只好把灵魂出卖给魔鬼——作了军阀杜师长的顾问，恭行起先前自己所憎恶、所反对的一切。表面上他胜利了，其实他却真正失败了，最终带着社会所加于他的伤害死去。面对特定历史时期浓重的社会黑暗，觉醒者只能陷入无所作为的境地，他们要么像魏连殳那样恭行先前自己所憎恶、所反对的一切，要么和社会妥协，在敷衍混世中过活。《在酒楼上》中的吕纬甫走的就是后一条路子。他曾是一个年轻有为的人,很有一股革命劲头,曾和“我”同到城隍庙去拔神像的胡子,互相之间讨论改革中国的办法,最后竟因为意见不和而打了起来。可是随着革命高潮过去,社会黑暗依旧,吕纬甫为了生活,也只好与社会妥协,教起自己先前反对的“子曰诗云”来。为了混日子,他把一些无聊琐事当作正经大事做得津津有味,如不远千里回来给死去的弟弟迁葬,给一个叫阿顺的姑娘买一朵剪绒花。他生命的轨迹,用他自己的话说就是,像一只蝇子,飞了一圈,最终却回到了原来的地方。在小说中,鲁迅对吕纬甫的混世哲学有所批判,但更应看到,正是社会的黑暗,使得知识分子的处境孤立,使吕纬甫这样有为的青年陷入“梦醒了却无路可走的悲哀”。在辛亥革命失败后,鲁迅自己也曾长期陷入这样无所作为的困境当中,吕纬甫的无奈和混世,也正是特定历史阶段觉醒者悲剧处境的真实写照。

从以上可以看到,对于身处辛亥革命前后那一个历史时期的觉醒者的悲剧处境,鲁迅有着深刻的认识和同情。可是,对于在新文化运动中间成长起来的一代青年知识分子,鲁迅对他们提出了更高的要求,对于他们身上的局限性提出了更多的批评,这种批评体现在《伤逝》中。子君和涓生是新文化运动之后成长起来的知识分子,他们接受了个性解放的思想,子君的“我是我自己的,他们谁也没有干涉我的权利!”便是女性追求个性自由与解放的伟大宣言。在个性解放信念的支持下,她冲破封建专制家庭的牢笼,和涓生大胆携起手来,建立了一个美满幸福的小家庭。婚后,子君却满足于安逸的家庭生活,以饲养油鸡和叭儿狗为乐,不愿再有更大的生活目标。然而,没有社会的解放,个人的解放与幸福便很难有保障。很快,涓生失了业,两个人面临着最根本的生存危机。子君满足于生活的琐碎早已招致了涓生的厌烦,他出于“先救出自己”的自私动机,向她袒露自己已不爱她的残酷事实。个性解放的产物——一个曾经美满幸福的小家庭,就这样迅速分崩离析,子君也在孤独中死去。子君的悲剧在于,她只满足于个性解放的一点点胜利,不能把眼光放得更长远一点,以谋求社会解放。涓生虽然认识到这一点,但他跨出的第一步却是牺牲共同生活过的伴侣，这同样暴露了个性解放的局限性。

二、《故事新编》：向历史寻找精神资源

从1922年开始，鲁迅在创作以启蒙主义为主旨的小说的同时，开始试探一条新路，就是向中国古代的神话、传说和历史故事取材，尝试历史小说创作。从1922年至1935年，历时13年，鲁迅共创作历史小说8篇，其中《补天》作于1922年，《奔月》作于1926年，《铸剑》作于1927年，皆属于鲁迅前期作品。《非攻》作于1934年，《理水》《采薇》《出关》《起死》皆作于1935年年底，这些属于鲁迅后期作品。由于鲁迅前后期思想有所变化，反映在这些小说中，前后期小说在思想倾向上也有所不同。鲁迅受当时那种启蒙者孤独心态的影响，前期小说或表现战士落寞、孤独的处境，或表现战士在孤独中仍然不屈不挠一往无前的复仇精神；受历史唯物主义思想的影响，鲁迅对人民群众作为历史创造主体的伟大力量有了新的认识，后期小说从发扬民族自信心的角度，发掘中国传统文化中光辉的一面，歌颂大禹、墨翟这些自古以来就有的"中国脊梁"式人物。同时，对传统文化中老庄哲学所代表的消极思想进行无情批判，以起到针砭现实、激浊扬清的作用。

《补天》（原名《不周山》）是根据女娲抟土造人和炼石补天的神话传说写成的。在《〈故事新编〉序言》中，鲁迅曾自述这篇小说的创作意图是：根据弗洛伊德的精神分析学，"来解释创造——人和文学的——的缘起"。但在具体创作过程中，鲁迅却突破了弗洛伊德学说的局限。小说开始，展现了一幅色彩缤纷的瑰丽景观：粉红的天空，石绿色的浮云，血红的云彩，太阳像流动的金球，冷而且白的月亮，嫩绿的大地，桃红和青白色的斗大的杂花，斑斓的烟霭。处于这神奇的宇宙中，女娲感到的却只是懊恼和从没有过的无聊。于是，她走到海边，试图突破生命力的压抑状态，用创造来获得生命的愉悦。当她抟土造成的可爱小生命张开口笑时，由于这是她第一回在天地间看见笑，"于是自己也第一回笑得合不上嘴唇来"。作

者又通过女娲炼石补天的艰辛和她的劳瘁而死，歌颂了劳动的壮美和自我牺牲精神。鲁迅在写女娲伟大的创造和劳动时，并没有忘记现实世界中存在的形形色色的破坏者，“一方面是庄严的工作，另一方面却是荒淫与无耻”（《田军作〈八月的乡村〉序》）。于是，他特意让女娲的两腿之间出现了一个古衣冠的小丈夫。女娲死后，颛顼的禁军竟然在她的肚皮上扎了寨，且自称是“女娲的嫡派”，旗子上写了“女娲氏之肠”。鲁迅曾把自己这种写法称为“油滑”并进行检讨。不过，这种“油滑”的写法正使他能不拘泥于史实，在不违背历史真实的前提下，达到对现实丑恶现象进行讽刺的目的。因此，他在以后的历史小说中也一直沿用了这种“油滑”的穿插。

《奔月》和《铸剑》塑造了两个战士形象。《奔月》写羿和嫦娥的传说，表现了战士孤独的命运。羿善射，射下过九个太阳，射死过封豕长蛇，最后，一切大动物和小动物都射完了，“射得遍地精光”，只好天天和嫦娥一起吃乌鸦炸酱面。羿作为为民除害的英雄，现在只能面临着没有对手的悲哀，英雄无用武之地不说，人们也早已忘了他，老婆子甚至骂他是“骗子”。弟子逢蒙也背叛了他，处处造谣中伤，污蔑他的清白，甚至放暗箭，想置他于死地。最后，妻子嫦娥也不耐清苦，偷了丹药奔月，弃自己而去。妻子的背弃终于使羿愤怒了，他要用大弓把月射下来：

> 他一手拈弓，一手捏着三枝箭，都搭上去，拉了一个满弓，正对着月亮。身子是岩石一般挺立着，眼光直射，闪闪如岩下电，须发开张飘动，像黑色火，这一瞬息，使人仿佛想见他当年射日的雄姿。

战士毕竟是战士，月虽然没射下来，他还是不悲观，不气馁，决定吃饱睡足，再去找一服仙药，吃了追上去。羿作为一个战士，面对没有对手的状况，身边又是逢蒙那样的青年和嫦娥那样的女人，他感到很深的孤独和寂寞。羿的孤独和寂寞，其实是倾注了鲁迅自身的情感体验在里面的。和《奔月》相同，《铸剑》（原名《眉间尺》）描绘的也是战士的形象。眉间尺得知父亲被楚王所杀，于是踏上了为父报仇的路途。可是，勇气和决心并不能使他完成复仇的使命，于是，他把剑、自己的头颅、复仇的使命一并托付给了宴之敖。黑色人宴之敖是一个伟大的复仇者形象,他“黑须黑眼睛,瘦得如铁”,有着令人战栗的冷峻。他极度的冷来自他对权势者极度的仇恨,和对被侮辱与被损害者极度的热爱:“你还不知道么,我怎么地善于报仇。你的就是我的;他也就是我。我的魂灵上是有这么多的,人我所加的伤,我已经憎恶了我自己!”被侮辱与被损害者所受的伤痛都是他的伤痛,被侮辱与被损害者所怀的仇恨都是他的仇恨,无数的伤痛和仇恨使他冷如冰、硬如铁,使他变成了一个“黑色人”!他的复仇执着如冤鬼,纠缠如毒蛇。他以玩把戏的身份进入皇宫,使眉间尺的头颅在沸腾的油锅中上下舞蹈,口中唱着战士的歌。好奇的楚王走近观看,黑色人一剑便把他的头削进油锅。然而,眉间尺的头咬不过狡猾的楚王头,为了帮助眉间尺,他干脆把自己的头也削了下来,放入油锅:

> 他的头一入水,即刻直奔王头,一口咬住了王的鼻子,几乎要咬下来。王忍不住叫一声“阿唷”,将嘴一张,眉间尺的头就乘机挣脱了,一转脸倒将王的下巴下死劲咬住。他们不但都不放,还用全力上下一撕,撕得王头再也合不上嘴。于是他们就如饿鸡啄米一般,一顿乱咬,咬得王头眼歪鼻塌,满脸鳞伤。先前还会在鼎里面四处乱滚,后来只能躺着呻吟,到底是一声不响,只有出气,没有进气了。

经过两个战士的协力作战,终于将王头咬得“眼歪鼻塌,满脸鳞伤”,在“四目相视,微微一笑”中完成了复仇。《铸剑》可说是一曲歌颂复仇与战斗的伟大诗篇。

后期的历史小说中,《非攻》《理水》属于一组,它们集中反映了鲁迅后期的思想倾向。在前期小说中,鲁迅侧重于暴露中国国民性格的缺陷,以促使国民警醒,从而达到改造国民性、重铸国民灵魂的目的。到了20世纪30年代,他在对中国社会、文化的阴暗面继续进行批判的同时,也认识到人民群众作为历史创造主体的巨大力量,认识到他们身上吃苦耐劳、踏实肯干的可贵精神。在写成《非攻》后的一个月,即1934年9月,他写了《中国人失掉自信力了吗》一文,赞扬“中国的脊梁”:“我们从古以来,就有埋头苦干的人,有拼命硬干的人,有为民请命的人,有舍身求法的人……虽是等于为帝王将相作家谱的所谓‘正史’,也往往掩不住他们的光耀,这就是中国的脊梁。”这些“中国的脊梁”的主要特征就是:苦干、硬干,不尚空谈,积极进取,一切从百姓利益出发。中国古代的墨子和大禹就是这类人的代表。《非攻》取自墨子“阻楚伐宋”的历史故事,塑造了一个有着劳动人民本色的墨子形象。历史上的墨子主张“兼爱”“非攻”“节用”,反对侵略与铺张浪费,他的思想观点代表着生产劳动者的利益,是站在人民群众一边的。小说突出了墨子作为思想家仍然保持着劳动人民的习惯和气质:他穿着破旧的衣裳、草鞋,背着破包袱,像一个乞丐;吃的是窝窝头和盐渍藜菜干;要吃水就到井边“绞着辘轳,汲起半瓶井水来”,捧着喝;赶路途中就睡在农家檐下。楚王要攻打宋国,他为了宋国百姓利益,与楚王及其帮凶公输般展开实力与智慧的较量。他先安排自己的弟子管黔敖、禽滑厘等人在宋国做好抵抗的准备,对侵略者不抱任何幻想,并且叮嘱他们说:“你们仍然准备着,不要只望着口舌的成功。”又在楚王面前,在攻与守的对垒中打败公输般,终于以实力和智慧的双重胜利,打消了狡猾的楚王侵略的企图。与墨子的吃苦耐劳、踏实肯干、有勇有谋、不尚空谈相对照,小说中还塑造了民气论者曹公子的滑稽形象。作为宋国官员,面对楚国大军的侵略,他只会向着民众,慷慨激昂地把手向空中一挥,大叫道:“我们给他们看看宋国的民气!我们都去死!”民气论者曹公子可以说是鲁迅受现实政治启发而创造出来的一个形象,通过这个形象,对于历史和现实中那种只尚空谈的习气作了有力的讽刺。墨子身上那种吃苦耐劳、踏实肯干、扶危济困的墨侠精神是直接师承大禹的,《庄子・天下》就记载墨子称道大禹治水的话“禹亲自操橐耜而九杂天下之川,腓无胈,胫无毛,沐甚雨,栉疾风,置万国。禹,大圣也,而形劳天下也如此”,而且以为“不能如此,非禹之道也,不足谓墨”。可见墨子和大禹在许多方面是一致的。在《理水》中,鲁迅通过大禹治水的故事,再一次歌颂了这种艰苦朴素、埋头苦干的墨侠精神。小说中的大禹及其同事们的形象是纯粹劳动者的形象:大禹是“一条瘦长的莽汉,粗手粗脚”,脚底上满是栗子一般的老茧;他的同事则是一群乞丐似的大汉,面目黧黑,衣服破旧,“不动,不言，不笑，像铁铸的一样”。在大禹及其同事之外，鲁迅还通过“油滑”的手法塑造了一些丑角形象：满口“OK！”“莎士比亚”的文化山上的学者，口口声声称“只要文化存在，华夏也就存在，别的一切，倒还在其次”的水利局官僚，考察水情的“中年的胖胖的大员”。作者让他们一个个充分表演，自我揭露，露出“历史小丑”的原形。

在歌颂埋头苦干、拼命硬干、为民请命的墨侠精神的同时，鲁迅还对老庄哲学消极无为、虚无主义的思想进行了批判。20 世纪 30 年代，在民族危机日益严重的时刻，民族失败情绪泛滥，消极反抗、逃避斗争以至虚无主义思想在知识分子中间非常流行，老庄思想重新大行其道。面对这种倾向，鲁迅除在杂文中给予尖锐的批判外，还感到有必要“把那些坏种的祖坟刨一下”（鲁迅 1935 年 1 月 4 日致萧军、萧红信），于是写出了《出关》《起死》《采薇》，让他们的学说在现实生活中“出乖露丑”，从而显示其虚伪和矛盾。《出关》中老子抱着“无为而无不为”的主张，这使他在生活中处处退却，陷入进退维谷的窘境，为逃避孔子的迫害，只好想逃到关外去。可是，在出关时，又受到了关尹的纠缠，只好暂时放弃“无为”，开始“讲学”，而听众则是账房先生、书记、探子、巡警这样一些喜剧角色；接着还免不掉“编讲义”，否则还是走不了，所谓“无为而无不为”的哲学在实际生活面前显得多么狼狈！最后终于出了关，可以“无为”了，但就像关尹所说：“看他走得到。外面不但没有盐，面，连水也难得。肚子饿起来，我看是后来还要回到我们这里来的。”活着要吃饭这一基本事实，就使“无为”哲学的虚伪本质全部暴露出来。《起死》取材于《庄子·至乐》，采用了独幕剧式的写法。庄子在《齐物论》里宣扬虚无主义思想，从“彼亦一是非，此亦一是非”出发，主张物我等观，泯灭一切古今、大小、贵贱、死生之区别。鲁迅也正是通过庄子“起死”一事使他当场出乖露丑，从而暴露了其学说的虚伪和荒谬。在小说中，庄子请司命大神使已死五百年的骷髅恢复原形，生了肉，活了过来，原来是一条汉子。汉子活转过来，身上赤条条，没有衣服穿，这是很现实的问题，于是他活过来第一件事就是缠着庄子要衣服穿，可是庄子却抹杀这一基本事实，大讲其相对主义，进行诡辩：

“衣服是可有可无的，也许是有衣服对，也许是没有衣服对。鸟有羽，兽有毛，然而王瓜茄子赤条条。此所谓‘彼亦一是非，此亦一是非’，你固然不能说没有衣服对，然而你又怎么能说有衣服对呢？”但汉子只是揪住他不放，斥之为“强盗军师”，要剥他的道袍，逼得他只好狂吹警笛，叫来了巡士。这充分说明庄子还是认为有衣服对。当巡士请他赏给汉子一件衣服时，他却说因为要见楚王，不能同意，这也说明他对贵贱是有区别的。他的学说就这样不攻自破，他本人也在汉子索要衣服面前丑态尽露。《采薇》写武王伐纣，伯夷、叔齐因“义不食周粟”而饿死首阳山的故事。鲁迅主要从伯夷和叔齐“通体都是矛盾”的性格中，说明他们消极抵抗的软弱无力，表现他们毫无出路的悲剧命运。鲁迅在《论“第三种人”》一文中曾说：“生在战斗的时代而要离开战斗而独立……这样的人，实在也是一个心造的幻影，在现实世界上是没有的。”他的《采薇》其实也可看作是对现实社会中要“离开战斗而独立”的那种倾向的讽刺和批判。

三、新形式的创立者：鲁迅的小说艺术

鲁迅是抱着强烈的社会责任感来从事小说创作的，他把小说作为启蒙大众、唤醒国民的有力工具。不过，重视小说的社会功能并没有使他忽略小说的文学艺术特性。终其一生，从《呐喊》到《彷徨》再到《故事新编》，鲁迅一直在追求小说艺术的创新与完美，充分发挥了他艺术上的创造才能。《呐喊》刚出版，茅盾就对它作出高度评价：“在中国新文坛上，鲁迅君常常是创造‘新形式’的先锋；《呐喊》里的十多篇小说几乎一篇有一篇新形式，而这些新形式又莫不给青年作者以极大的影响，欣然有多数人跟上去试验。”（茅盾《读〈呐喊〉》）现代小说作为一种新的小说体式，它的迅速发展与成熟，和鲁迅的创新、示范分不开。具体说来，鲁迅小说艺术成就及特点可概括为以下几个方面：

多种叙事方式的成功运用。中国古代小说大多采用全知全能的叙事方式。叙事者像上帝一样知道每个人物的内心，知道小说中任何一个人

都不知道的秘密。在现代小说中,作为对这种叙事方式的反对与补充,非全知叙事得到了作家的广泛运用。鲁迅首先以对非全知叙事的巧妙运用,丰富了现代小说叙事艺术。非全知叙事分限制叙事和纯客观叙事两种,先说前一种。在限制叙事中,叙述者知道的和小说中某一特定的人物一样多,叙述者采用此特定人物的视角,此人物不知道的事,叙述者无权叙述。叙述者可以是一个人,也可以是几个人轮流充当。限制叙事可采用第一人称,也可采用第三人称。鲁迅小说中,《狂人日记》《孔乙己》《一件小事》《故乡》《祝福》《在酒楼上》《孤独者》《伤逝》都采用第一人称限制叙事,《白光》《高老夫子》则是第三人称限制叙事。鲁迅采用第一人称叙事的小说有一重要特点,就是叙事与抒情相互交织在一起,以叙事而兼抒情,打破小说只可"讲故事"的古老传统。在《故乡》《祝福》中,"我"的具体身份是一个终生漂泊、有点新思想、感情丰富的知识分子,离开故乡,重回故乡,又必然再次离开故乡。作者使"我"回到故乡,直接面对着辛苦麻木的农民,目睹他们病苦的人生,也展示了"我"作为知识分子与农民之间的隔膜。鲁迅的启蒙主义思想内在地决定了这些小说的叙事模式。《在酒楼上》《孤独者》《伤逝》中,则是知识分子的"我"遭遇着"知识分子",是知识分子对自身悲剧命运的血泪倾诉,也是知识分子对自身缺陷的剖析与反思。这些小说中间渗透了鲁迅更强烈的主观情感体验。在《孔乙己》中,"我"虽不是一个知识分子,而是一个三十多岁、身份不明的成年人,但是"我"回忆性的叙述同样交织着强烈的主观情感,"我"以"我"对孔乙己的回忆表现着"我"对孔乙己不幸命运的深刻同情和愧疚,对酒客们的麻木不仁的愤慨。"我"不动声色的回忆性叙述同样笼罩在情感抒发的诗意氛围当中。鲁迅还有采用第三人称限制叙事的小说,如《白光》,除末一段外,全部通过陈士成的视角进行叙述,从而成功展示了陈士成落榜后狂乱的心理世界。《高老夫子》中,叙述者通过高尔础的视角展开叙述,把高尔础上课前的慌怯、课堂上的手足无措、课下的恼羞成怒淋漓尽致地表现出来,起到了很好的讽刺效果。鲁迅的小说还采用了纯客观叙事。在客观叙事当中,叙述者只是客观地记录人物的外部行为动作、人物之间的对话,而对这一切不做主观评价,更不进入任何人物意识内部做心理分析。《示众》《肥皂》《起死》都是纯客观叙事的范例。《示众》这篇小说,鲁迅只是呈现了一个示众的场景,把看客各种各样看的行为展现出来,没有进一步的心理分析,然而,纯客观的呈现却恰到好处地达到了讽刺、鞭挞看客的效果。《肥皂》也只是通过简单的人物对话和外部动作描写,就把封建卫道士四铭那肮脏的内心世界暴露出来了。鲁迅采用纯客观叙事往往是为达到一种含而不露的讽刺效果。在这方面,他直接受到吴敬梓的《儒林外史》的影响。鲁迅在《中国小说史略》中称赞这部小说对人物的表现"无一贬词,而情伪毕露",指的也正是这种于不动声色的纯客观叙事中见针砭的讽刺艺术。鲁迅对纯客观叙事的运用与他对讽刺艺术的自觉追求是分不开的。

在以上两种叙事方式外,鲁迅还采用了全知叙事,如《阿 Q 正传》。在这篇小说中,鲁迅使叙述者"我"直接站出来,以夹叙夹议的方式,公然对阿 Q 的种种行为进行评头论足,连带地把阿 Q 种种可笑的行为特征揭示出来。全知叙事也使叙述者能自如地转换时空,自由地出入于人物内在的心理世界,同时,又可以根据艺术表现的需要,把视角随时限定在主角阿 Q 身上,把他更深层的心理意识揭示出来。总之,全知叙事比起限制叙事和纯客观叙事,有其不可替代的优势。《阿 Q 正传》的成功以及它的喜剧风格与它的全知叙事方式有着内在联系。

除了多种叙事方式的成功运用,鲁迅还非常注意视角的选择和转换。拿《离婚》这篇小说为例。小说一开始是船行当中庄木三、爱姑与同船人的对话,占了很大篇幅,这属于纯客观叙事,通过对话把爱姑的大胆泼辣表现出来。紧接着对话的是爱姑和庄木三简短的心理描写。接下来,当爱姑与庄木三下了船,进入慰老爷家中之后,一切场景、人物活动全是通过爱姑的眼睛呈现的,叙述视角限定在爱姑身上,属限制叙事。通过视角限定,鲁迅把爱姑面对七大人时畏怯、慌乱、不知所措的隐秘心理,非常精彩地表现出来。在《离婚》中,鲁迅对视角的选择与转换,都是紧紧围绕着特定的创作主旨,为表现创作主旨服务的。

现代短篇小说艺术体式的建立。“五四”开始的中国现代短篇小说创作,是由鲁迅的翻译和创作实践奠定基础的。中国古代短篇小说重视故事情节的奇异和巧合,而相对忽视对时代环境和人物性格的描绘。而且,古代短篇小说名为“短篇”,但其写法通常是以压缩的形式来容纳长篇小说的内容,并不真正具有短篇小说自身的结构特点。鲁迅的短篇小说经常用一种横截面切割的结构方式,开始使短篇小说有了自身的结构特点。《孔乙己》的故事不过是咸亨酒店中几幕生活场景的组接,《风波》中整个“风波”的过程很短,只有吃饭那一会儿,而地点则限定在七斤家门口的土场上。《药》只是三个场景的片段:一为古□亭口,一为茶馆,一为坟地。《示众》则是这种结构方式发展的极致:只是一个看客围观的场景展示而已。当然,鲁迅的小说如《祝福》《阿Q正传》也从纵向描写了一个人的一生,但它的写法仍然是从塑造典型的目标出发,从一个人的一生中选取有代表性的一小部分。另外,中国古代短篇小说对人物的表现,一般是直接表现式的,从纵的方面平铺直叙地讲述一个人的一生。鲁迅则注意视角的选择和运用,从某一角度进行恰到好处的表现。如《孔乙己》这篇小说,鲁迅选择一酒店小伙计的视角来表现孔乙己的一生,通过他看到的几幕生活场景,就把孔乙己可笑的性格和悲惨的一生深刻地表现出来了,非常简短但意味无穷。这种视角的选择和限定,更为内在地决定了现代短篇小说的结构方式。

历史小说“故事新编”体的大胆尝试。在《呐喊》《彷徨》外,鲁迅还对历史小说创作进行了尝试。《故事新编》在写法上的特点是:在尊重史实的前提下,不拘泥于史实,使历史与现实、真实与虚构、严肃与滑稽融为一体。对于塑造的主要人物形象,如女娲、后羿、大禹、墨子、宴之敖、老子、庄子等,鲁迅抱着严肃的态度,在尊重历史真实与文献记载的基础上,挖掘他们身上所具有的“现代性”因子,表现出他们的真精神;同时,在这些主要人物之外又不拘泥于文献记载,大胆虚构了一些穿插性的喜剧人物,如《补天》中在女娲两腿之间出现的“古衣冠的小丈夫”,《理水》中文化山上的学者,这些是鲁迅受现实启发而虚构出来的。这些人物大多以“小丑”的身份,说着可笑的现代语言,进行自我揭露。鲁迅虽然把自己这种写法称为“油滑”并进行自我检讨,但这种“油滑”的写法正使他能自由地出入于古代和现代之间,以杂文的笔法对现实的丑恶进行讽刺和鞭挞。在这里,鲁迅借鉴了中国传统戏曲的丑角艺术。中国古代民间戏曲和戏剧文学中都有丑角和花旦这些角色,他们可以脱离剧情的设定,用现代语言进行插科打诨,从而达到讽刺现实的目的。鲁迅正是在借鉴传统丑角艺术的基础上形成了他独特的“油滑”写法。总之,《故事新编》以尊重历史又不拘泥于史实的创作态度,以“油滑”的表现手法,达到熔古今于一炉的艺术效果,开创了历史小说的新体式。

第二章 茅盾心理现实主义小说研究

1927年9月,茅盾的《幻灭》开始在《小说月报》上连载,这是他第一次以小说家的姿态亮相于文坛。此后创作的《动摇》《追求》等作品更显示了这位"五四"时期的文艺批评家在小说领域内的非凡造诣。《虹》《子夜》《春蚕》《林家铺子》《腐蚀》等作品的相继问世最终奠定了茅盾现代小说重镇的地位。

不可否认,茅盾在展现广阔的时代环境及社会生活方面做出了巨大的贡献,以《子夜》为代表的社会剖析小说的成就正在于此。他是当之无愧的左翼文学的巨匠。然而,检点茅盾的全部小说,我们会发现有些作品更侧重于表现动荡变迁的社会环境中的人物心理及情绪体验。从他创作的第一部小说开始,对人物(尤其是小资产阶级知识分子)心理的精雕细刻及深入展现就备受读者和批评家的青睐,心理分析成为茅盾小说最具艺术魅力的质素之一。已有论者将其部分小说称为"心理现实主义小说"或"心理小说"。我们不妨将更多的茅盾小说容纳进"心理现实主义小说"的范畴,来充分领略其审美意蕴及艺术魅力。

一、从《蚀》到《腐蚀》：心理现实主义小说的典型文本

茅盾的下列作品，称得上是“心理现实主义小说”的典型文本：《蚀》三部曲、《野蔷薇》《虹》《腐蚀》。在这几部小说里，茅盾着力塑造了一批以“时代女性”为代表的小资产阶级知识分子形象，揭示了她们在动荡期的中国社会里的复杂精神状态与艰难求索的心路历程。对人物的深层心理展示及对潜意识、无意识、精神幻觉及情欲心理的描绘使这些小说成为心理分析小说的典范之作（当然，心理分析在茅盾的其他小说中也占有相当的分量，这里侧重于以上述几篇为标本来进行解剖）。

《幻灭》几乎是静女士的心理变迁史。小说精妙地表现了这个小资产阶级女性的游移与幻灭心理。怀着天真的梦想，静女士到上海想借读书以逃避污俗的社会。但喧嚣的上海并非沙漠中的一片绿洲，流言蜚语不断侵袭她求“静”的心灵。慧女士的刚毅、豪爽、对男性的玩世不恭，使她既愕然又不无钦佩。而抱素的闯入又扰乱了她已有所波动的心弦。在抱素的大胆进攻下，她终于不能自持。不幸的是，被“幻灭”命运笼罩的静女士发现自己所倾心的竟是一位浅薄的女性追逐者和军阀的密探。失望之余，她再次逃避，来到了充满激情的革命城市——汉口。然而，在这里她又经历了重重幻灭，先是对同事们的貌似热烈实则无聊的举动失望，后是经历了情感的又一次沉重打击。她本以为那位年轻而富有朝气的军人强连长就是她的精神依托，然而迷恋战场的内因与军队征召的外因叠加在一起，强连长最终离开她而奔赴前线。小说中充溢着大段的人物内心独白，如这样表现慧女士对时间的恐惧感：

> “二十四岁了！”她心里反复说，“已经二十四岁了么？我已经走到生命的半路了么？二十一，二十二，二十三，像飞一般过去，是快乐，还是伤心呀？”她努力想捉住过去的快乐的片段，但是刚想起是快乐时，立即又变为伤心的黑影了。她发狂似的咬着被角，诅咒这人生，诅咒她的一切经验，诅咒她自己。她想：如果再让她回到十七

八——就是二十也好罢，她一定要十二分谨慎地使用这美满的青春，她要周详计划如何使用这美满的青春，她决不能再让它草草地如痴如梦地就过去了。

这仅是一个大段心理分析的片段，淋漓尽致地表现了女性对青春易逝的恐惧感。《幻灭》中这样的描写不胜枚举。作者对人物心理、情绪体验的关注显然超过了情节本身。

《动摇》虽没有一个像静女士这样的核心人物，但对方罗兰的心理剖析无疑是这部小说的耀眼之处。这部小说同样显示了茅盾在把握人物矛盾彷徨心理上的深度。虽然茅盾试图侧面表现中国革命史上风雨飘摇的一页，但在这方面的表现显然逊色于对人物心理的精彩分析。方罗兰暴露在婚恋上的动摇心理成为他在政治上不坚定的合理性格基础。正因如此，评论者才会有如此的感受：作者真正侧重的倒是方罗兰与自己太太和孙舞阳之间的感情纠葛，他那种夹在两个女人中间左右为难，缺乏自持的微妙心理，远比他那些政治上的动摇行为更加生动（王晓明语）。这种感觉是准确而敏锐的，心理分析是这部小说获得成功的重要因素。

《追求》表现的是一群知识分子的心灵挣扎、精神自我拯救及掩饰不住的幻灭感。正如主人公之一的王仲昭所说："我们的苦闷的成分是幻灭的悲哀，向善的焦灼，和颓废的冲动。"作者抓住了这群焦灼向上的知识青年的强烈的内心冲突来进行表现，而这种表现也颇能引起同时代读者的强烈共鸣。一位同时代的读者这样评价这篇小说："同上面两篇一样（指《幻灭》《动摇》），作者分析青年男女的恋爱心理是非常适当的，尤其对于青年的病态心理。这篇若无这种精确的心理和美好的描写，那简直不成一篇东西了。"

《野蔷薇》集中的几篇小说，是茅盾 1928 年东渡日本前后创作的。《创造》通篇都是男主人公君实的意识之流动，他要把自己的妻子创造成不偏不激、不新不旧、适可而止的女性的企图以失败而告终，妻子娴娴成了热心社会事务的新女性。小说的叙事角度不停地在君实的精神困惑与现实中、在他和妻子的关系之间转换，但显然停留在君实意识上的时间要多一些。《自杀》描写的则是环女士被情人离弃后的苦闷心情。《一个女性》中的杨琼华则为生命本体的矛盾而深感痛苦，“何者是真我”的困惑使她痛苦不已，老父的猝然离世，又使她备感人生苍凉，身心俱现病态，在渴盼昔日恋人的幻觉中死去。《诗与散文》用颇富诗意的名字表现了青年丙面对两个女性时的困惑心理。他爱着表妹的高尚圣洁却又摆脱不掉青年寡妇桂奶奶的肉体诱惑。理智告诉他要摆脱后者的纠缠，但在已被他唤起情欲的年轻寡妇的频频进攻面前，他软弱无力的抵抗一次又一次地宣告失败。对“灵肉冲突”的表现是“五四”时期屡见不鲜的一个主题，《莎菲女士的日记》《沉沦》《海滨故人》等都表现了时代青年在情感与理智的纠缠下举步维艰的复杂心态。茅盾对“灵之颤动”与“肉的盛宴”的表现则更为精细，青年丙恍惚不定、飘动摇曳的情绪构成了小说的基调。《色盲》则更具象征意味，主人公林白霜在“官僚阶级的叛逆的女儿”赵筠秋与“新兴资产阶级的女儿”李蕙芳之间摇摆不定：“一个是活泼的、热情的、肉感的，知道如何引你去爱他，而又一个是温柔的、理性的、灵感的，知道如何来爱你。那么，你怎么办呢？”这种情感上的苦闷，源于时代大潮中的眩晕感，是时代苦闷的投影。

1929 年 4 月至 7 月，茅盾创作了长篇小说《虹》，力图在更广阔的时代背景下（“五四”到“五卅”）展现一代女性“人的意识”的觉醒。主人公梅行素深爱青梅竹马的表兄韦玉，但因韦玉的软弱及梅父的嫌贫趋富，使她不得已与另一位表兄柳遇春结婚。嫁到柳家后，却因这位情场老手的软硬兼施，加之女性心理弱点，梅女士最终承认了婚姻的事实。值得注意的是，茅盾对人物心理的把握极为细腻传神，如表现梅女士在情欲面前的妥协：“同时女性的本能的蠢动，也从最幽秘的处所扩展开来，浮现到她的意识内”，“她觉得这是些无形的韧丝，渐渐地要将她的破壁飞去的心缠住”。人物的行为因为有这样细微生动的心理铺垫而显得真实可信，“往前冲”的性格使梅女士冲破了婚姻的牢笼，来到泸州师范学校任教。这里的校长、教员假新思潮之名行污辱女性之实令梅女士更加痛苦，加之不愿成为军阀惠师长之笼中鸟，她冲出夔门，来到上海。在这里，受革命者梁刚夫的吸引而准备投身革命事业。《虹》被誉为一部近代中国最初觉醒的知识女性艰难曲折又绚丽多姿的心灵变迁史，显示了茅盾在广阔历史背景下展现人物心理的杰出才华。

从1931年开始，茅盾创作了一大批有着鲜明社会政治主题的作品，如《子夜》《林家铺子》《春蚕》等，这些小说展现了作为左翼文学巨匠的茅盾在社会剖析方面的艺术功力，但当他抛开有着深刻体验的知识分子心路历程的题材而别寻他路时，对笔下人物（资本家、工人、地主、店员、农民）的心灵展示显然没有前者精彩。心理分析虽也在其作品中闪烁着点点光彩，但已远没有前期小说那样绚丽多姿了。

当茅盾摆脱宏大历史叙事而再次进入对个体生命的内在世界的观照时（尤其是与作家的独特经历相类似的个体生命体验时），他的小说就再次呈现出独特的艺术魅力。1941年发表的长篇小说《腐蚀》是作家心理剖析的集大成之作。这部小说以日记体的独白形式深入揭示了一个女特务的精神世界。她的心灵布满了创伤，却未尝泯灭兽性掩盖下的人性。赵惠明中学时代曾参加过学生运动，有过激荡澎湃的经历，后来却误入歧途，成了国民党的走卒。虽然手上沾满了革命者的鲜血，她在内心深处却对这种卑劣行径深恶痛绝，对钩心斗角、互相倾轧的同事憎恶至极。当她的昔日恋人，进步青年小昭被捕之后，她一面受上峰指令前去劝降，一面充满了柔情与体贴，真心为小昭的安危着想。而出卖革命者K和萍，则更是复杂的心理斗争与无意识作祟的结果。最终她决定搭救女学生N，显示了未曾泯灭的人性的光芒。作者把人物置于险象环生、障碍重重的场景中来表现人性与兽性的交锋、理性与情感的碰撞，揭示了人物正常、病态、清醒、梦魇等各种心理形态，实可谓茅盾心理小说的压轴之作。

之所以称上述几部作品为“心理现实主义小说”，是因为这些小说中，心理分析已成为刻画人物性格、连接故事情节的重要手段，作者对人物内在情绪的关注程度明显超过故事本身。比如茅盾有时会故意制造突兀的情节来彰显人物深层心理，揭示灵魂世界的奥秘。《幻灭》中的静女士刚刚投入抱素的怀抱，就从抱素的记事册里发现了他和另外一个女子的照片以及做军阀密探的纸条,使静女士处于“幻灭”的心理阴影下。《一个女性》中的张琼华的父亲突然死于火灾,更仿佛是有意识展现人物家境变化,从丰裕跌落到贫困,从高贵跌落为式微而感受到的世态炎凉。《追求》中的王仲昭,正在感叹一个个朋友的悲剧命运,自己的恋人陆俊卿就“遇险伤颊,甚危”。《腐蚀》中的赵惠明更是面临劝降昔日恋人的尴尬处境……与其说人物笼罩于悲哀、幻灭的命运罗网下,不如说茅盾是有意借略显突兀的情节、逆转的情境来完成对人物心理的多方探讨,人物的情绪世界在动荡的时事和癫狂的生活现实面前掀起滚滚的波澜。鉴于此,我们不妨称其为“心理现实主义小说”。

二、多样化的技巧：茅盾心理现实主义小说的审美特征

早在20世纪20年代初,茅盾就认为近代文学的特点之一是“心理解剖的精研,高明的作品应做到故事即人物心理与精神力所构成”。他自己的小说创作也实践了这一点,与20年代擅长心理分析的作家(如丁玲、庐隐、郁达夫等)相比,他的表现视域更为广阔,技巧也更为圆熟。他的心理分析既与时代性密切结合,又具有较强的理性色彩,同时,对人物的直觉、本能、潜意识、变态心理、疯狂和半疯狂意识的深入挖掘使他的小说更具久远的艺术生命力。茅盾心理小说的首要特征是:通过人物心理活动来表现动荡变迁的社会历史活动。和30年代的心理分析派作家施蛰存、叶灵凤等人的最大差别,是茅盾的小说始终具有较强的社会参与意识。他是一个时代感很强的作家,强烈的社会责任感既渗透于他早期的文学批评活动中,也体现在他三四十年代的小说创作中。其作品中的大多数人物苦闷的根源就在于想“有所为”而又不能“有所为”。让我们来看一下他笔下的时代女性。

时代女性,又被称为“新女性”,她们在“五四”时期浪潮的激荡下,在东西文化的激烈碰撞中,率先从“铁屋子”里惊醒,勇敢地挣脱封建枷锁,走出家庭,走向社会。现代“时代女性”小说高扬个性解放旗帜,呼唤女性

的“人的觉醒”，主要通过对恋爱、婚姻和家庭生活的描写，表现女性压抑的沉重和女性角色的艰难，在寻找失落的自我中喊出了新女性反抗封建礼教和追求精神自由、独立平等的共同声音。《伤逝》（鲁迅）、《或人的悲哀》（庐隐）、《丽石的日记》（庐隐）、《隔绝》（冯沅君）、《旅行》（冯沅君）、《莎菲女士的日记》（丁玲）等小说中塑造了一批个性鲜明、感伤苦闷的时代女性。与这些作品不同，茅盾表现的则是大革命失败前后小资产阶级知识女性的人生遭际与心理苦闷。他笔下的章静、慧、娴娴、孙舞阳、章秋柳、梅行素甚至赵惠明都是被时代浪潮冲刷着灵魂的女性，她们大多已摆脱了陈腐的封建伦理道德的束缚，以率性任意的方式各自沿不同的人生轨迹前行。与子君、露莎、莎菲等女性相比，这些人物有了更坚定的意志与反抗精神，社会参与意识也更为强烈。静女士的名字和她的行为并不匹配，她不停地去追求，虽然面临的是一次又一次的幻灭。小说开头有一段文字值得我们注意，她对慧女士这样说：

> 我也何尝喜欢上海呢！可是我总觉得上海固然讨厌，乡下也同样的讨厌；我们在上海，讨厌它的喧嚣，它的拜金主义化，但到了乡间，又讨厌乡村的固陋，呆笨，死一般的寂静了；在上海时，我们神昏头痛；在乡下时，我们又心灰意懒，和死了差不多。不过比较起来，在上海求知识还方便……

在静态的乡土和动态的都市之间，瞻前顾后的主人公最终选择了后者，这表明女性已摆脱传统保守的价值观念而追求与动的文明的精神相契合。茅盾塑造了一个又一个不断追求、不断超越自我的女性，这些女性性格的刚毅程度往往要超过男性。有人将这类女性称为“男子气的女子”。《动摇》中的孙舞阳，在镇压“反革命”问题上的果断态度与男性主人公方罗兰的优柔寡断形成了鲜明对比。《追求》中的章秋柳，性格也极为刚毅：“她不是一个优柔游移软弱的人，朋友们都说她的肉体是女性的，而性格是男性。在许多事上，她的确也证明了自己是一个无所顾忌的敢作敢为的人。”《虹》中的梅行素也具有类似的特征：“她的特性是‘往前冲’！她惟一的目的是克制自己的浓郁的女性和更浓郁的母性！”《腐蚀》

中的赵惠明也是一个要强的女性,在被G和小蓉等同事算计时,她咬紧牙关要反抗:“我不是一个女人似的女人。”茅盾甚至有意淡化性别观念来表现女性独立意识的增强。《一个女性》中的杨琼华,作者是这样描述的:“父亲因为没有儿子,自小即把琼华男装;母亲因为渴望生一个男儿,直到如今还讳说琼华是女性。琼华自己向来就不大理会是男是女。”在这里,女性已获得一种充分的自主意识,她们不再是男权社会的附属物,不再是任人宰割的羔羊和痛苦与灾难的承载者,她们和男性一样(甚至比男性更坚定),是独立的存在者。

茅盾笔下的这些时代女性不仅性格刚毅、爽朗,而且社会参与意识很强,她们要和男性一样,成为时代的弄潮儿。她们或因情感幻灭而追求热烈的革命生活(章静),或因革命者的刚毅而同性相吸地投身于革命事业(梅行素),或以献身主义的精神来拯救弱者(章秋柳),或本身就以坚定的姿态出现于革命阵营之中(孙舞阳),原因只有一个:不甘于平凡的生活。如章秋柳所言:“我觉得短时期的热烈的生活实在比长时间的平凡的生活有意义得多!我有个最强的信念就是要把我的生活在人们的灰色生活上划一道痕迹。……我的口号是:不要平凡。”甚至女特务赵惠明不愿回到父亲身边过安逸生活也未尝不带有抵抗平庸的合理成分。

然而20世纪上半叶的中国风雨飘摇、动荡不安,艰难的世事使这些女性难以得偿所愿,彷徨与苦闷自然成为其普遍的情感基调。茅盾的杰出性在于,他没有把人物刻画成时代精神的传声筒。他注意的是这些时代女性和其他男性知识分子在时代激流冲刷下的种种心理形态:希望与绝望、苦闷与感伤、迷茫与期待、追求与幻灭等,种种心态交织在一起,奏响了人物心灵的多重奏。这些受“五四”新思潮影响的小资产阶级知识分子早已逃离了封建道德观念的樊篱(如章秋柳即“是一个很倔强的人,旧道德观念很薄弱,贞操的思想尤其没有,然而有一种不可理解的自尊心,和极坚固的个人本位主义”),但大革命的失败与瞬息万变的时事让这些弄潮儿们茫然无措、无所适从。风云变幻的社会和生活的挫折磨难如重锤在不断敲击着她们亢奋而敏感的心灵。茅盾从人物心理的角度透视时代生活，生动展示了20世纪20年代末到40年代中期的广阔的社会生活画面，使心理剖析和社会剖析有机结合起来，从而为其心理现实主义小说注入了深厚的社会生活底蕴。

带有浓郁理性色彩的心理分析，是茅盾心理现实主义小说的第二个特征。茅盾小说的“理性化”创作方法，体现在用理性思维来统摄人物的心理活动。人物的心理变化既有质的规定性，又处在不断的运动之中。所谓质的规定性，是指人物的心理活动有一定的轨迹可循，有一定的套路。比如他经常表现人物“一正一反”的心理模式，即两种相反的情绪在人物身上的叠加、交错。《幻灭》中静女士便被两种相反的力量所牵引，“希望”与“失望”、“动”与“静”成为支配她心理的两种因素，彼此消长：“这两股力一起一伏地牵引着静，暂时不分胜负。静悬空在这两力的平衡点，感到了不可耐的怅惘。”作为配角的抱素在听了同学李克模棱两可的话后“一正一负地乱想着，直到校里一阵钟声把他唤回去”。茅盾往往不惜用大段笔墨来剖析一个人内心的挣扎，往往也是两种作用力的交织。《诗与散文》中的青年丙既深爱表妹，又被桂奶奶的肉体所诱惑，他的心绪也是极为复杂的：

> 他反复自问，又自己作答；他刚以为自己的一切行动并没损害了谁，但转念一想又觉得这实在是主观的自解嘲，别人家决不会如此存想的。再过一会儿，他又勇敢地确信自己的不错，并且以为别人家的如何看法是大可不管了。他迷惘地机械地想着，尽绕着一正一反的圈子；直到后来不再能思索，只有“正”“反”两个观念在脑膜上霍霍地闪烁。

这段文字虽是人物的主观意识活动，但已经过作家的理性过滤，心理活动在较稳定的状态下进行，带有较强的理性思辨色彩。《腐蚀》中的赵惠明的意识也经常处于这样一种状态，让我们来看一下她出卖K和萍后的心理：

> 我拉出已被注意的他们两个来，为小昭——为我自己（但也还是为了小昭）留一退步，于他们不是绝对的不利，而于小昭却相对的有

利，难道竟是十恶不可恕么？

难道和小昭有那样深密交情的他们俩，不应该在自己身上增加一点点的严重以减少小昭身上十分迫切的严重性？

……

难道只有我——在他们看来是没有灵魂的狗一样的女人，倒应该负起全部的责任，为他们的“亲爱同志”小昭谋安全，谋自由？

事实上，我也在这样做，我也愿意这样做，可是既在这样做的时候为了事实上的“必要”而拉出了他们俩，也就应该原谅我的不得已的苦衷。

我有权这样要求。我有理由说我那样做，是正当的，没有疚心。

这样想的时候，心灵上感到轻松些了。

这一段心理活动，在遵循人物的性格逻辑的状态下“一正一反”进行，符合了人物的职业、遭遇及复杂的心绪状态。人物在为自己的动机与决定寻找理由，意识与下意识进行着针锋相对的斗争。和丁玲、庐隐等“五四”时期及20年代表现心理的高手相比，茅盾笔下的人物较多遵循一定的逻辑线路来展开心理活动，理性思辨色彩相当浓厚。

茅盾也擅长用意象、象征、意识流、精神幻觉、梦等来深入揭示人物的隐意识、潜意识和病态心理等。

作为上世纪20年代重要的文学理论家，茅盾虽然没有像大多数的新文学家那样远渡重洋求学海外，但是他对西洋文学的了解并不比其他人少。在译介西方文学的过程中，他对注重心理表现的西方现代派作家们也颇为关注。他曾翻译过梅特林克、霍普特曼、斯特林堡、爱伦·坡等西方现代派作家的作品，对他们的表现技巧自然也不会陌生。

茅盾“心理现实主义小说”的意象是十分丰富的。广义上的意象是作家创作不可或缺的重要环节，如刘勰所言“窥意象而运斤”，对艺术家而言，本质的东西不是操作，而是感兴，在心中形成意象。在现代作家看来，艺术中的审美问题始终是一个意象生成问题，萨特指出：“意象在变成一种有意的结构时，它便从意识的静止不动的内容状态过渡到一种超验对象相联系的唯一的综合的意识状态。”这里所指的茅盾小说的意象实际上是主客体的互相渗透，即主体意识客体化和客体的主体化。茅盾受到了自然主义和现代主义的双重影响，在小说创作过程中既像左拉那样极为细致地描绘自然环境，又在环境中掺杂了极浓重的个人情绪，以此来折射人物心理。如短篇小说《创造》的开头这样描写：

> 靠着南窗的小书桌，铺了墨绿色的桌布，两朵半开的红玫瑰从书桌右角的淡青色小瓷瓶口边探出来，宛然是淘气的女郎的笑脸，带了几分“你奈我何”的神气，冷笑着对角的一叠正襟危坐的洋装书，它们那种道学先生的态度，简直使你以为一定不是脱不掉男女关系的小说……金杆自来水笔的笔尖吻在一张美术明信片的女子的雪颊上。其处凝结了一大点墨水，像是它的黑泪，在悲伤它的笔帽的不知去向；一只刻镂得很精致的象牙的兔子，斜起了红眼睛，怨艾地瞅着旁边的展开一半的小纸扇，自然为的是纸扇太无礼，把它挤倒了——现在它撒娇似的横躺着，露出白肚皮上的一行细绿字：“娴娴三八初度记念。她的亲爱的丈夫君实赠。”然而“丈夫”二字像是用刀刮过的。

君实要把妻子改造成亦新亦旧的人物，结果妻子对政治的热情远远超过了君实希望的状态，他对妻子的热衷于社会活动无可奈何。半开的玫瑰花、沾了墨水的明信片、用刀刮过的象牙的兔子，这些客观意象已在主体情绪的渗透中含有讽刺与幽默的色调，君实和妻子娴娴的关系也在此埋下了伏笔，人物的心理状态隐含其中。这篇小说的结尾，“象牙兔子”再次出现，与开头相呼应，显示了如梦幻般的意识之流动：

> 小小的象牙兔子又闯入他的意识界，一点一点放大了，直到成为人形，傲慢地斜起了红眼睛对他瞧。他恍惚以为就是娴娴。终于连红眼睛也没有了，只有白肚皮上“丈夫”的刀刮痕更清晰地在他面前摇晃。

类似的表现在茅盾小说中很常见。如“癞虾蟆”这个意象在茅盾小说中重复出现过：“一头癞虾蟆，意外地从他脚下跳出来；跳了三步，又挪转身，凸出一对揶揄的眼睛对抱素瞧。”（《幻灭》）“这时草间忽然跳出个虾蟆,凸着眼睛对他们三个看……忽然先前已经不见的癞虾蟆又在她脚边跳出来,正落在她的脚背上。”(《色盲》)“癞虾蟆”这个意象暗示了人物百无聊赖的心态与颇为尴尬的现实处境。

茅盾小说更是包含大量的象征意蕴。有些小说题目本身就颇富象征性。《蚀》用自然现象的日蚀、月蚀象征黑暗势力终究是短暂的,光明终将取得胜利;《虹》借希腊神话象征人物走出黑暗后的明媚绚丽;《子夜》原名《夕阳》,象征20世纪30年代中国社会的黑暗和民族工业的黯淡前途;《霜叶红似二月花》则象征似是而非的革命者。不仅如此,茅盾的散文也有相当一部分采用象征性的题目,如《白杨礼赞》《风景谈》《雷雨前》《雾》《沙滩上的脚迹》等,各有其审美意蕴。茅盾笔下的审美性意象大多已直接成为象征意蕴的载体。如《诗与散文》中“绿手帕”和“玫瑰花”已成为两种爱的象征,前者表现为桂奶奶式的肉欲的爱,后者则体现为表妹式的精神的爱,而小说最后,“玫瑰花束已经萎了,绿手帕依旧并排蹲在旁边”,则象征了情欲的胜利。此外,下文谈到的“南天竹”“蜘蛛”等都各有其象征内涵。

茅盾也大量运用精神幻觉、意识流等来解剖人物心理。他的主人公们经常沉溺于幻想中,有时表现为杂乱无章的意识流,有时则以幻觉、错觉的形式出现。《动摇》中方罗兰既痴迷于孙舞阳的美丽,又没有和妻子离婚的勇气,陷入情爱困境中的他惘然站着不动:

> 夜带来的奇异的压迫,使他发生了渺茫惆怅的感觉。一个幻象,也在他的滞钝的眼前凝结起来,终于成了形象:兀然和他面对面的,已不是南天竹,而是女子的墨绿色的长外衣。全身洒满了小小的红星,正和南天竹一般大小。而这又在动了。墨绿色上的红星现在是全体在动了。它们驰逐迸跳了!像花炮放出来的火星,它们竞争地往上窜,终于在墨绿色女袍领口的上端聚积成为较大的绛红的一点;然则这绛红点也就即刻破裂,露出可爱的细白米似的两排。呵!这是一个笑,女性的迷人的笑!再上,在弯弯的修眉下,一对黑睫毛护住的眼眶里射出了黄绿色的光。

对方罗兰来说,现实已呈现为一种恍惚迷离的状态,深层心理完全在南天竹上得到映现。这种心理真实已替代了现实真实,白日梦状态使他的人格呈现出分裂性,不知何者为真我:“方罗兰听得自己的声音很清晰地在耳边响。他惊得一跳。不是,原来不是他在说话;而除了他自己,客厅中也没有别人。”方罗兰的怯懦心理通过这段文字得到了生动的表现。他既迷恋孙舞阳,又离不开贤淑的妻子,在两者中间左右为难,应对乏力。而方太太在最后“逃难”一章中看到孙舞阳和自己的丈夫窃窃私语时,脑海里更是浮现出种种幻觉:悬空的小蜘蛛渐渐放大,幻化为和人一般大小;蜘蛛的面孔也幻化成无数在空中乱飞,地上涌现出许多带血、裸体、无首、耸着肥大乳房的尸身;尸身和蜘蛛的幻化的苦脸结合,发出低低的令人心悸的叹声……她仿佛也变为了蜘蛛,她的蜘蛛的眼看过去,尼姑庵的佛堂竟成了座古旧高大的建筑;这古旧的建筑齐根倒下,发出雷一般响,破旧的废墟上袅出一道青烟,愈抖愈长,愈广,而笼罩了整个废墟;苔一般的小东西们,从废墟上正冒着的青烟里爆发出来,有各种的颜色,各种的形象;小东西们又在放大,幻化成方太太熟悉的人们;平卧在地的古老建筑的灰烬,又在半空中飞舞,和小东西们搏斗,小东西们奔逃、投降、挣扎、反抗,化成五光十色的一片;这中间有一团黑气突然扩大,弥漫在空间,无日无光……方太太嘤然一声长呻,仆在地上。茅盾用看似荒诞的笔触,借方太太的精神幻觉,表现了革命与反革命势力的搏斗、斗争的残酷性、反动势力甚嚣尘上等主题。他通过大段的意识流和精神幻觉的描写形象生动地为我们展示了小资产阶级知识分子在个人情感与社会重压面前的凄惶心态。类似的表现很多,如《陀螺》中的徐女士的遐思:

徐女士的望空的眼前烟雾似的舒卷着一些山水思想人物:长安的积雪,渭水的澌冰,八个月的围城,白骨,飞机,炸弹,饿莩,革命女兵,华清池的温泉,病院,伤兵,杀不尽的“反革命”,仓皇渡江,浔阳,秣陵,啊,呵女士,海风,月夜的东照宫,咄,东海线午夜急行车中,“便衣”,盘问,又是病,岗山,高雄,架空电车,琵琶湖,爱,嗔,痴,恨,而现在又是这日落的上海,又是这砰砰的枪声。

时事的变幻与社会的动荡在人物的意识之流中得到了真实的映现。值得注意的是，茅盾特别钟情于表现人物的出神状态。比如他在《幻灭》和《追求》中都用“温理”一词来表现人物深陷于内在情绪的流动中：“她（静女士）又坐着，温理她的幻想”，“章秋柳回眸对仲昭一瞥，应酬似的说，便又看窗外，温理她的眺望”。“温理”一词传达的是茅盾笔下人物常有的一种精神状态，人物总是在自己飘忽不定的心绪中流连。

梦也是茅盾借以表现人物心理的重要方式。在现代西方心理分析学看来，梦是无意识的一种特殊表现形式，荣格认为，在梦中，人类心灵的进化过程比在艺术状态下更容易显现。梦假借象征物，把源于最原始的自然的本性表现了出来。茅盾小说的主人公，生活在艰难时世中，几乎人人有梦。《幻灭》中慧女士梦到和抱素约会，被一个男子残暴地打断，举起手杖打向她的头：“啪的一下，手杖落在自己头上了，她分明觉得脑壳已经裂开，红的血，灰白色的脑浆，直淋下来，沾了抱素一脸。”恐怖的梦境昭示了慧女士掩藏在意识深处的忧虑与痛苦，也象征了摆脱不了的记忆对人物的重压。无独有偶，《虹》中也写到梅行素的相似的梦：“好像被看不见的手推了一下，梅女士猛投入梁刚夫的怀抱……她哭了，蛇一般缠住了梁刚夫。突然沉重的一拳落在她胸前，她倒下了，红的血从嘴里喷出来，淌了一地。”梅行素和慧女士一样，都是刚毅果断的女性，唯独在情感面前，女性的脆弱和易于受伤害是不可躲避的宿命，所以在梦中都表现了她们的情感重压。《腐蚀》中的赵惠明，现实生活中不得不戴上面具、虚与委蛇地去生活，只有在梦中“真我”才得到了显现：“在梦中，我又回到了过去的生活，许多久已在我记忆中褪了色的人儿又一一鲜明活泼地出现……我在梦中是快心快意地笑了的。然而醒来时，我分明觉得两眼潮润，痒痒地；我怔了一会儿，手指摸着眼睛，可不是两滴眼泪就掉了下来。”而在她险象环生的生活中，更多的则是恶梦，她梦到了和小昭逃出虎穴的路上中了子弹，也梦到了和 N 手挽着手在原野中漫步，N 忽然变成了小昭，他把衣襟拉开“——我大叫一声，原来衣襟里面不是一个肉身却是一副髑髅，但有一个红而且大的心，热气腾腾地在森森的肋骨里边突突地跳……”当她醒来时，耳畔依然传来心的跳声：笃！笃！这个梦的含义十分丰富，暗示她已有拯救弱者(N)之心，但却难以拂去以前未能搭救革命者反而告发革命者的心理阴影。人物在觉醒中自责，充分写出了人物觉醒的艰难性与真实性。

茅盾心理现实主义小说的语言细腻生动，颇为传神。如表现静女士已颇不宁静的心绪："忽然门上有轻轻的弹指声。这轻微的击浪压倒了下面来的高出数倍的牌声笑声，刺入静的耳朵。"对人物"静中思动"的心理刻画细致入微。而表现抱素的卖弄心情则是：

> 抱素在归途中遇到一位姓李的同学，那短小的人儿叫道：
>
> "抱，从密司章那里来罢?"
>
> "何消问得!"抱素卖弄似的回答。
>
> "哈哈！恭贺你成功不远!"
>
> 抱素不回答，大踏步径自走去，得意把他的瘦长身体涨胖了。

一问一答中，抱素的故弄玄虚及浅薄之态形神毕现，最末一句"得意把他的瘦长身体涨胖了"更是绝妙，嘲讽与调侃之意溢于笔端。再如《追求》中张曼青向王仲昭介绍心理学博士时的神情：

> "仲昭。这位是金博士，社会心理学专家。今天辩论会特请的评判长。"
>
> 曼青很庄重地说，闪开半个身体，献出那位博士的高身材；同时他的堆满笑容的脸孔慢慢地从仲昭这边转向金博士，在说到最后一个字时却和博士面对面地微一颔首。然而也就在这时候瞥见章秋柳含笑地坐在朱女士肩旁，他不觉心里一震，所以那"长"字的声音便有些异样了。

这段话仿佛慢镜头在推近，作者极为细心地捕捉到了人物神情的最细微的变化，来传达人物内心情绪的波澜起伏，入情入理，生动至极。有人说茅盾善于烘托出油画般的氛围，在我看来，他更像一个刺绣高手，用绵密细致的针脚来绣出人物变化多端的内心世界。

总之，茅盾"心理现实主义小说"通过人物精神状态的揭示与复杂心理的剖析来彰显时代特性,他的心理分析带有浓重的理性色彩,人物心理活动在辩证中发展,既具有较一致的模式,又显示出一定的独特性、偶然性,意象、象征、精神幻觉、意识流、梦等多样化手法的运用,使他的心理分析生动而丰富。

三、苦闷的象征：茅盾心理现实主义小说的创作背景

茅盾心理现实主义小说风格形成的原因大致如下：

首先是其走上小说创作道路时的独特心理体验。1927 年夏天的牯岭之夜是茅盾一生摆脱不掉的梦魇。大革命失败的消息传来之时,他正在此地度假,因生病而滞留于此。大革命失败、蒋介石大肆屠杀共产党人的外因和生理病痛的内因使他辗转反侧,彻夜难眠。夜夜失眠的他,卧听山风震撼玻璃的声音,捧着发胀的脑袋读着现代派戏剧家梅特林克的戏剧集。经过痛苦思索,茅盾完成了从立志做一个“以天下为己任”的政治家到做一个文学家的过渡。正如他在论文《从牯岭到东京》里所言,他是经验了人生以后才来创作的。他经历了动乱中国的最复杂的人生一幕,“终于感得了幻灭的悲哀,人生的矛盾,在消沉的心情下,孤寂的生活中,而尚受生活执着的支配,想要以我的生命力的余烬从别的方面在这迷乱灰色的人生内发一星微光,于是我就开始创作了”。在早期的作品中,他表达的既是时代青年,也是自己内心的强烈震荡、苦闷与彷徨。《色盲》中的林白霜有这样一段话：

> 老实说罢,我的苦闷是一种昏晕状态的苦闷。我在时代的巨浪中滚着,我看见四面都是一片灰黑,我辨不出自己的方向;我疲倦了,我不愿意再跟着滚或是被冲激着滚了,我希望休息,我要个躲避的地方,我盼望那浩淼无边的黑涛中涌出个绿色的小岛,让我去休息一下……

随着大革命的失败,国共两党分裂,专制体制再次出现,“五四”所掀起的狂飙突进的时代潮已告一段落,时代青年也急剧分化,苦闷、疲倦替代了“五四”时期的狂热情绪。茅盾找到的“绿色的小岛”就是小说创作。

因为他对时代苦闷有着最深切的感受，其表现也就显得游刃有余。当他坐在斗室中提起笔时，凝神片刻，便见无数人物扑面而来。在这些人物身上，缠绵幽怨和激昂奋发的格调同时并存但总是前者略占上风，茅盾对前者的表现也比后者充分得多。虽然茅盾从发表第一部小说起就不停地检讨自己的小资产阶级颓废意识与无法排遣的矛盾彷徨情绪，但事实上，其早期心理现实主义小说的成就正在于此。最初的小说创作已为他的全部创作定下了基调，作为小说家的茅盾的杰出性，不仅在于对时代的动态把握，更在于其对小人物复杂心理的诉说与解剖。他全部的小说创作历程也充分说明：当他抛开“主题先行”的观念而转向描摹一代知识分子心路历程时，当他摆脱宏大历史叙事的姿态而执着于个人化情绪体验的表达时，他的思维和情绪就处于一种高度敏感状态。他善于捕捉人物（尤其是中小知识分子）心理的错综复杂、犹豫彷徨与波澜起伏，作为社会剖析家的茅盾远没有作为心理剖析家的茅盾精彩。从最初发表的《蚀》三部曲到20世纪40年代创作的《腐蚀》都证明了丰厚的审美体验对于茅盾小说创作的重要性。

茅盾的“心理现实主义小说”也受到西方现代作家的较大影响。作为20年代重要的文艺理论家，他对西方现代心理学并不陌生，他早就认识到“牺牲了动作的描写而移以注意人物心理变化的描写”是西方近代小说艺术的一大进步。在1921年发表的《近代文学体系的研究》一文中，他又指出西方近代小说的一个重要特点是“心理解剖的精微真切，把人人欲说的话，同具的感一一直喊出来”。他也认识到近代小说的特点是：“注重在心理的分析，务使事事入情入理。这种心理派的小说家在法国自然主义兴起的时候，已是很有势力。后来跟着表象主义（symbolism）运动起来，更是把心理的文学做本运动的中坚。他们在描写常态心理外，兼亦描写变态心理。”从连载于《小说月报》上的《海外文坛消息》及《现代世界文学略传》中也可以看到茅盾对弗洛伊德的心理分析学有了较多的关注与理解，他在介绍梅特林克时提到了“下意识”“半现实的感情”，在论及维尔费《镜中人》涉及的“不可意识者”，以及他在评述表现主义思潮时强调“表现主义所认为可以置重的……不是灵魂自身，却是各个灵魂中所起的回波”，都说明茅盾对西方现代心理学的理论技巧已有相当的了解。而早在1919年他就翻译过梅特林克、斯特林堡、爱伦·坡等现代派作家的作品，可见茅盾走上小说创作道路的原因虽然充满偶然性，但其准备却是极其充分的。

在西方现代派作家中，茅盾对陀思妥耶夫斯基颇为偏爱，也较多受到了陀氏的影响。他曾在《海外文坛消息》中详尽介绍了塞尔维亚批评家拉夫令的《陀思妥耶夫斯基评》，认为陀氏把“心理纠缠与挣扎绘下一张最近似的而清晰的画片来了”。他还把陀氏著作的第二大特色概括为对人物变态反常心理的独到认识和精湛描绘：“通过对人的灵魂的拷问写出真正的人生。”在茅盾创作的第一部小说《幻灭》的第三章，就提到了陀思妥耶夫斯基的名作《罪与罚》，静女士、慧女士、抱素三个人到电影院看这部名著，三人关于这部作品的主题及主人公拉斯柯尔尼科夫形象进行了讨论，可见陀思妥耶夫斯基对茅盾小说有着相当大的影响。

陀思妥耶夫斯基（1821—1881）是19世纪下半叶俄国最富天才、最有个性，同时也最有争议的一位作家。在艺术上，他对现实作精细描绘的同时，把很大的注意力放在人的主观感觉上，不仅深入到人的内心深处，甚至进入了深层意识的层次，而后来被评论界称作“复调结构”的小说样式，更使叙事艺术达到一个新的探索境界。他的作品生动地表现了俄国城市社会的狂躁不安和病态的性质，表现了他的主人公和作家本人对城市生活仿佛难以猜透的神秘以及这种生活进程的出奇的“荒诞”而体验到的困惑莫解的感觉，表现了病态畸形的社会环境中时时支配他们的困窘绝望的感觉。他按这样的意图去建构自己的长篇小说形式，力图使读者得到这样的印象：现实生活并不是健全的、平静的、稳定的，而是不断变动的、破碎的、可悲的、不稳定的、令人狂躁的和混乱不堪的，它充满了意料不到的、使人惊恐不安的灾难。

陀思妥耶夫斯基力图揭示人物的社会—历史底蕴和道德—心理底蕴。茅盾的心理小说与陀氏的作品在心理刻画上有诸多相通之处。首先，他们都善于刻画“双重人格”。“双重人格”在陀思妥耶夫斯基的创作中是一个反复出现的主题。他于 1846 年发表的中篇《双重人格——高略德金先生的奇遇》，写一个彼得堡小公务员的内心世界。主人公是一个懦弱怕事的小人物，现实社会中的无所依从使他在心里幻化出另一个自我：极具侵略性、充满野心、思想卑劣的家伙——小高略德金。主人公对于小高略德金这个人物既害怕又向往，一方面觉得他品性不可取，非道德，而意识的深处又觉得这正是他性格里缺少的东西，心向往之。就在这种困惑矛盾的心态里，高略德金找不到出路，最后走向疯狂。茅盾心理现实主义小说中的主人公也大多纠缠于“善恶”两重观念中（虽然他们大多并未如陀氏小说中的主人公走向精神崩溃或犯罪）。《追求》中章秋柳的苦闷在于：“为什么自己如此脆弱，没有向善的勇气，也没有堕落的胆量？为什么如此矛盾……她有极强烈的个性，有时近于利己主义、个人本位主义；大概就是这，使得她自己不很愿意刻苦地为别人的幸福而牺牲，虽然明知此即光明大道，但是她又有天生热烈的革命情绪，反抗和破坏的色素，很浓厚地充满在她的血液里，所以她又终于不甘寂寞无聊地了此一生。”由此可见，茅盾笔下“时代女性”的苦闷也与陀氏笔下的人物一样，都体现在“道德—心理层面”，利己与利他，善与恶，交织在一起，构成了人物内心世界的复杂性。《虹》中的梅行素也苦恼于人的两重性：“人是两重性的，矛盾的两重性……她觉得世上的人大概只可分为两类：一种是兽性的，那就是狞恶。另一种是人性的，但是脆弱。”没有恶的勇气，只好苦恼于善的脆弱，也许是现代人的普遍苦恼吧！人在现实生活中不得已地戴上“面具”，以掩盖内心的脆弱。《一个女性》中的杨琼华则因两个不同的自我、分裂的自我而叩问：“究竟何者是我的真我呢，是晚上的脆弱的渴求爱的安慰的我，抑是白昼的冷酷狷傲的独往独来的我？”如果说，这些人物只是挣扎于两重人格（人的两面性）的梦魇中的话，那《腐蚀》中的赵惠明则挣扎于“善恶”两重性的行为中。她的内心是向往光明的，年轻时代的她青春活泼，然而身陷厄境，所进行的“恶”的行为又是实实在在的，她真心为自己的罪孽忏悔，但又不得不多次举起“恶”的屠刀。诚如小说史家杨义所言：

小说写到人物心灵的每个角落,写到她的社会意象和私人感情,写到她正常、变态、清醒、梦魇等各种形态,写到她露出毒牙的兽性和掩埋在尘沙中的人性……如陀思妥耶夫斯基那样把人物按进污浊泥水中,又让她在强烈的犯罪感中结晶出心灵的珍珠。

其次是源于"双重人格"心理,茅盾和陀思妥耶夫斯基都极为重视对人物心理动机的揭示。德国学者赖因哈德·劳特在其论著《陀思妥耶夫斯基哲学》一书中指出,陀思妥耶夫斯基特别重视作出决定的问题。从愿望到行为的道路是漫长而复杂的。愿望起初具有具体的面貌。灵魂在选择决定时举棋不定,灵魂里好像有什么东西在提出抗议,有什么东西在说"同意",如果良心的声音抵制住了愿望,而且很强有力,那么,羞耻和恐惧就把这种愿望赶进无意识中,而这种愿望就在那里滋长起来。茅盾也特别注重表现人物举棋不定的情绪,各种动机交错在一起,人物在激烈的心理斗争中抉择。《虹》中梅行素与柳遇春关系的描写就极为生动。作者并未将包办婚姻的受害者梅女士描写得灾难深重,而是深入其意识深处,表现人物的各种心理动机的纠缠。她对卑俗的柳遇春心存芥蒂,婚后不久就逃回娘家。柳遇春却不急不躁地买来水果、点心和一些带"新"字的书籍杂志,投其所好。这些无形的韧丝困扰着梅女士,使她心绪极为复杂,甚至想把逃走的计划告诉柳遇春,憎恶、鄙视、怜悯、同情、感动以及女性本能等多种心理因素缠绕在一起。她在觉得其可怜的心情下投入了柳遇春的怀抱,这时的心情是:"梅女士也抱着半消极的自己放任的心情。她有时还觉得柳遇春究竟没有多大的罪恶,和隔邻的黄教员相比,柳遇春还是很坦白的。谁不想快乐地满意地过活?只要在不损害别人的范围内,谁都有权利去要求自己的最大幸福!梅女士甚至于还这么想:如果柳遇春能够赞成她的高飞远走,不阻挠她去追求生活的憧憬,那么,他所需要的目前的快乐,她亦决不吝惜,并且也心愿。"柳遇春的殷勤体贴甚至使梅女士诅咒自己、轻蔑自己,要把所有真相(和韦玉的关系)告诉他,但终于"一种奇怪的力量压住了她的舌头"。茅盾对冲出旧式婚姻罗网的女性的心理动机的揭示是精微生动的。在另一篇小说《腐蚀》中,赵惠明出卖K

和萍之前的心理动机也是极为复杂的，请听她内心深处搏斗的声音：

"尽管做粉红色的梦，但阴影从四面八方合围，饶你再强些，也不能不向现实低头！"——每逢碰了钉子，便觉得有冷冷的尖音在我耳边这样唠叨。

……

一切都像约好似的，不许我走光明的路！为什么！

——"因为你有一段不名誉的过去，染满了罪恶的血的过去呀！"那冷冷的声音又在我的耳边响了。

但是过去的就不能过去了么？难道过去的黑影就永远不能消逝，永远要在我的生命之路投上一片阴暗么？

……

但是这一片东西（证章），当真就能把人隔开，怎么也取不到谅解么？

如果人们是这样只看形式，只看表面的，至少K是不应该如此的罢？

……

可是K，他的眼光，他的笑貌，他的声音，全不对啊！比第一次虚伪得多了！

……

如果事情弄糟了，我一定不放过她（萍）。

整个十二月十三日这一章"日记"，表现的尽是赵惠明在出卖革命者之前的复杂的心理动机，其"矛盾心态"得到最精细的解剖，茅盾生动揭示了人物做出决定之前的漫长而复杂的心理过程。当然，茅盾和陀思妥耶夫斯基的区别是很鲜明的，陀氏作品强烈的宗教情绪和对犯罪心理的剖析是茅盾所不具备的。茅盾心理分析的理性色彩使他与西方现代派作家有了质的区分。

四、人性、时代性与现代性的交错：茅盾心理现实主义小说的价值评判

一部杰出的艺术作品，应具有丰富的"潜文本"，即在不同审美视角与情感状态的观照与体悟下具有多重的审美意蕴，达·芬奇的《蒙娜丽莎》、凡·高的《向日葵》、莫扎特或肖邦的音乐、莎士比亚的《哈姆雷特》、曹雪芹的《红楼梦》……这些人类艺术史上的精品都传达出了极为丰厚的审美内涵。中国现代文学中的大部分作品，都在审美上呈现出一种偏至的状态，或沉溺于世俗的言情状态（鸳鸯蝴蝶派）；或被激进的政治观点笼罩，成为宣传品（普罗小说、战国策派、民族主义文学的创作）；或炫目于西方现代派的理论技巧，对现代人的精神分裂状态孜孜以求（新感觉派）。而真正能将西方文学技巧与本土性、民族性的审美方式融合，传达出时代最强音的作品寥若晨星，少之又少。应该说，茅盾的心理现实主义小说已具备了上述多重审美内涵（虽然还不能说是一种成熟的融合），人性、时代性、现代性的三位一体是这些作品独特的艺术价值所在。

茅盾小说中的人性表现既赤裸大胆又细腻传神。中国传统文化的重理轻性甚至是以理抑性（如程朱理学的"存天理、灭人欲"便是一种极端化的状态）思想根深蒂固、源远流长，因此古典文学在审美表现上都淡化甚至回避"情欲"的话题。随着"五四"个性解放思潮的到来，情欲的合理化追求成为文学表现的一大主题，郁达夫笔下的"零余者"、丁玲笔下的莎菲女士、庐隐笔下的女大学生们都毫不掩饰个人的欲望，灵肉冲突成为作家们表现的中心。茅盾作品中有大量的对人物性心理的描写。比如他经常展现女性的肉体魅力及男性在这种魅力前不能自持的心理。《创造》中对娴娴的描写："羊毛的贴身背心的下端微微张开，荡漾出肉的热香"；《诗与散文》中对青年丙的描写："这都像电流那样快，那样有力，通过了青年丙的全部躯壳，从脑海以至最渺小的脑神经纤维，都在发胀，都在戛戛地跳跃。他伸出左手去轻轻地围绕了她的腰：他畏怯地企图要使那软绵绵高

突的只有一层轻纱罩护着的胸脯贴到他自己的心头……”;《追求》中对章秋柳的描写:“她的蹑着脚尖的半跳舞式的步法,细腰肢的扭摆,又加上了乳峰的微微跳动,很惹起许多人注目。”难怪著名的左翼批评家钱杏邨在谈到《蚀》三部曲时十分佩服茅盾对恋爱心理的表现:“描写恋爱心理,无论青年中年,作者都很精到……我们不能否认作者对青年的恋爱心理有深刻的考察。这一方面描写比革命成功。”茅盾心理现实主义小说对人物情爱心理的表现是多重的,大致有如下方面:性心理、变态性欲、恋爱的技巧、恋爱的激情与婚后的冷静、理想之爱与凡俗生活对爱的冲淡、中年人对于青春恋爱的回忆等。《动摇》中有一段表现方太太的妒嫉心理:

“你究竟爱不爱孙舞阳?”

“说过不止一次了,我和她没关系。”

“你想不想爱她?”

“请你不要再提到她,永远不要想着她。不行么?”

“我偏要提到她。孙舞阳、孙舞阳、孙舞阳……”

“梅丽,这算什么?你戏弄我也该够了!”

“好吧,我对你老实说:除非是孙舞阳死了,或是嫁人了,我这怀疑才能消失。你为什么不要她嫁人呢?”

在这场发生在妻子和丈夫之间的心理战中,妻子“醋”劲儿十足,丈夫则节节溃退,招架不住。茅盾对现代人的情感把握准确而传神。《追求》中,茅盾不断变换叙事角度来表现人物的情感状态,以张曼青、章秋柳、朱近如的三角关系为例,几乎每个人都有大段的内心独白,试看作为配角的朱近如对自己的情敌章秋柳的复杂感受:

章秋柳却很自在地说笑着。今天她格外美丽活泼;她的话语,又爽利,又婉曼,又充满着暗示;她的顾盼多情的黑眼睛,她的善于挑起爱怜的眉头,又都像是替她的音乐似的话语按拍子;她的每一个微扬无袂的手势,不但露出肥白的臂弯,并且还叫人嗅到奇甜的肉香。朱女士觉得全会场的男子的眼光都集中在这位妖冶的同性的身上;本能的女性的嫉妒,化为奇异的烦躁,爬遍了她的全身,而尤其使她不快的，是她自己的陪坐在侧似乎更衬托出章秋柳的绝艳来。朱女士并不是生的不美丽，然而她素来不以肉体美自骄，甚至她时常鄙夷肉体美，表示她还有更可宝贵的品性的美；可是现在，她竟俚俗到要在一个不相干的场合和一个不相干的女子斗妍！这个感念成为自觉的时候，又加重了朱女士的愤恨，好像全是章秋柳害了她使她如此鄙俗。

这段话微妙地传达了女性的复杂内心感受，嫉妒、羞愧、愤恨、不屑等多种情绪状态糅合在一起，异常饱满。茅盾善于在多角恋爱的关系中解剖心理，如《幻灭》中的静女士、抱素、慧女士；《动摇》中的方罗兰、陆梅丽（方太太）、孙舞阳；《追求》中的张曼青、朱近如、章秋柳、史循；《色盲》中的林白霜、赵筠秋、李蕙芳；《虹》中的梅行素、柳遇春、韦玉……在交错互动的关系中，人的情欲心理暴露无遗，活生生的有血有肉的人生展现在我们面前。茅盾以其情欲表现的丰富性在不断提醒人们：艺术作品中的人物不是一个个政治符号的堆积，而是既有强烈时代感又具复杂情感的人。

由此可见，茅盾小说中人物的苦闷，既有个人情感的元素，也有“弄潮儿”落水，不能再乘风破浪的质素，这使其小说的时代性与30年代的“革命+恋爱”小说家（普罗小说派的阳翰笙、蒋光慈等）的时代性有了明显的分歧。茅盾的这种时代性更多源于个人的情感体验，因此显得生动、饱满。普罗小说家的作品则因急于表达政治理念而显得僵硬、刻板。

茅盾小说也颇具现代性意蕴。西方文学批评家詹姆斯·麦克法兰在谈到梅特林克（茅盾早在1919年就翻译了他的《丁泰琪的死》和《室内》，1927年牯岭的不眠之夜，茅盾更是在梅特林克作品的陪伴下度过）的戏剧时说：“梅特林克的艺术是平静而低调的，它一心探索那些半遮掩在生活表层之下的奥秘，富于沉默和黑暗之中的意义，以及不可思议、难以捉摸的内心生活的现实。”茅盾也力图为我们展现复杂深邃的灵魂世界的秘密——虽然他没有有意识地以此作为自己创作的全部目标，但他对现代人生的悲剧性存在状态的揭示无疑获得了巨大成功。一位现代派理论家这样解释现代性：“当今，看来有两种东西具有现代性：分析生活和逃避生活……一个人要么剖析自我的内心活动,要么做梦。不是反映就是幻想,不是镜像就是梦像。”在他看来,“现代性”既意味着分析、反映某种镜像,也意味着逃避、幻想某种镜像。作为小说家的茅盾,其情感的复杂性体现在既力图通过笔下这些人物分析生活、解剖生活、表现人的悲剧性分裂状态,又本能地逃避这样一种状态,这也许是作家“矛盾”的内在根源吧!

这里并非要下“茅盾是一个现代主义作家”的断语,事实上,茅盾现实主义创作观念(“文学为人生”观念)极其强烈,读《从牯岭到东京》我们就会感受到茅盾在小说创作上的极大的矛盾与苦闷状态。他如此夫子自道:“所以《幻灭》等三篇只是时代描写,是自己想能够如何忠实便忠实的时代描写;说它们是革命小说,那我就觉得很惭愧,因为我不能积极的指引一下什么——姑且说是出路罢!”原来,他一方面在小说中真实地表达着人生的苦闷与彷徨,一方面也为自己的“消极”状态而深感惭愧,也难怪他在接到读者的批评后将《腐蚀》下半部的格调明朗化,赵惠明悔过自新成了后面几章的中心(作者的初衷是写到小昭被害,见《腐蚀·后记》)。20世纪30年代的茅盾小说大部分都是“主题先行”类的,他虽然未像其他左翼作家那样片面地去图解生活,但表现知识分子以外的生活终非其所长,更没有像大革命失败之际那样深厚的感情蕴藏与积淀,力不从心之感隐隐呈现。而40年代的日记体长篇《腐蚀》则是对前期心理分析型小说的一种回归,当然也是一个美丽的收束,犹如指挥家在乐曲结束时的有力的手势。我们始终感觉有“两个茅盾”:忠于审美体验的茅盾创作了“心理现实主义小说”,忠于阶级观念的茅盾创作了社会剖析小说。前者的茅盾烦恼、苦闷,然而真实生动,极为感人;后者的茅盾虽格调明朗,却略显沉闷乏味。

第三章 老舍小说的市民世界

作为小说家的老舍，以极具艺术个性的创作和独特的艺术风格，在很多方面为现代文学作出了重要贡献，丰富了中国现代文学的宝库，是一位不可多得的文学大家。老舍小说的杰出贡献，是从文化批判的立场，继承鲁迅“改造国民性”的精神传统，对他所熟悉的北京市民社会和市民性格展开艺术表现。老舍一生不懈创作，为中国文学留下了一笔宝贵的精神财富。他用如椽巨笔，写出了《老张的哲学》《赵子曰》《二马》《离婚》《牛天赐传》《骆驼祥子》《四世同堂》等长篇佳构，以及《月牙儿》《断魂枪》《我这一辈子》《柳家大院》等短篇杰作，逼真而生动地展现了在古城文化氛围中生成的特有的市民文化，构筑了一个千姿百态的市民世界，描绘了一幅现代北京市民的“清明上河图”。正因为如此，老舍被人们誉为中国现代文学史上最杰出的市民作家，是北京市民社会“最重要的表现者与批判者”（赵园语）。

下面试从老舍小说的市民形象系列、悲剧色彩和独特的“京味”三个方面，来探讨老舍文学丰富的思想性和独特的艺术性。

一、市民形象系列

作家艺术风格的形成，离不开他长期关注与思考的对象世界。老舍把自己的艺术触角伸向他谙熟的市民生活，其中心内容是对市民人物形象的塑造，在他的市民世界中，有市民阶层知识分子，有城市贫民，有破落的八旗子弟，有洋车夫、剃头匠，有商贩、唱戏说书的，也有拳师、土匪和娼妓，几乎囊括了市民阶层中的各类人物。这些市民人物有老有少，有新有旧，有保守有先进，充分展现了市民人物的生动性和丰富性。综观老舍小说创作，他笔下的市民形象大致可分为四个系列：守旧落后的老派市民形象、新派市民形象、正派市民形象和城市贫民形象。

（一）老派市民形象系列

老舍写得最为出色和成功的，当属那些守旧落后、因循保守、善良驯顺的老派市民，是那些"老中国的儿女"。这类人物有老马先生（《二马》），牛老者（《牛天赐传》），张大哥（《离婚》），祁老人、祁天佑（《四世同堂》），还有那些旧式家庭的妇女，如张大嫂（《离婚》）、牛太太（《牛天赐传》）、韵梅（《四世同堂》）、大姐（《正红旗下》）等。这些人物生活在古旧的皇城，保持着古旧的生活情调、传统的道德观念、封建宗法的人伦关系，他们是时代的落伍者。古老的文化积淀和生活方式形成了他们因循守旧、怯懦苟且的处世态度，生活的目的仅仅在于小心翼翼地保住自己已有的，乐天知命、与世无争、自得其乐地生活在自己的小天地里，他们虽然是城市里的市民，却是深受传统因袭观念影响的乡土中国的子民。对于这派人物，作者作了嘲讽和揶揄，用满含温情的幽默既批判他们因循保守的性格，又渲染他们诚实忠厚、热情仗义的可爱之处，作家充分展现了这派人物丰富生动的性格特征，为中国现代文学提供了一个不可或缺的形象群体。

对于老派人物的塑造始终是老舍小说关注的一个重要方面，在创作早期，老舍就成功地塑造了一个可笑又可叹的老派市民老马的形象（《老马》,1929 年 5 月连载于《小说月报》第 20 卷第 5 号至第 12 号)。老马先生是一个旅居英国伦敦的华侨,从古老的北京来到工商业发达的西方,为的是继承亡兄遗留的古玩店生意,但他却依然古板恪守古老民族尊卑长幼和重儒轻商的古训,处处鄙薄经商,崇尚做官,觉得做官是他唯一"增光耀祖的事"。他对于商业一窍不通,也从不关心,好请客送礼,时常为送礼而煞费苦心,讲究礼节,甚至连英国将军要出兵中国,他也彬彬有礼地说:"欢迎英国兵!"他把封建制度的多妻制作为炫耀的资本,身为鳏夫,却夸口说自己有五六个妻妾,深受西方民族的歧视,却依然不顾一切地追求房东太太。他生活的信条是敷衍了事,得过且过,虽然不过五十来岁,却故意带出颓唐的样子。老马是一个典型的老派中国人,他是一个迷信、中庸、懒散、马虎的奴才式人物,作者活画出了老派市民落后愚昧的灵魂。作者在塑造这个人物时,有意把他放入异国场景,在中西文化比较的背景下进行表现,这样就更加突显人物的悖谬性。但由于作者没有写出市民具体的生活场景,艺术上也比较粗糙,人物显得缺乏生活可感性。

张大哥(《离婚》,1933 年由良友图书印刷公司出版)是一个典型的北京市民,他乐天安命,墨守成规,好脾气,讲交情,好成人之美,"张大哥一生所要完成的神圣使命:作媒人和反对离婚"。作为财政所的科员,他整天忙着串科室,为别人操劳办事,调和矛盾。张大哥的处世准则是:"凡事经小筛子一筛,永不会走到极端上去;走极端是使生命失去平衡,而要平地摔跟头的。张大哥最不喜欢摔跟头。他的衣裳,帽子,手套,烟斗,手杖,全是摩登人用过半年多,而顽固老还要再思索三两个月才敢用的时候的样式与风格。"他的生活理想不大,对儿子并无奢望,只希望凭着托人情的方法使他大学毕业,当个小科员,"作事不要太认真,交际可得广一些,家中有个贤内助——最好是老派家庭的,认识些个字,胖胖的会生白胖小子"。从张大哥身上,作者展示和讽刺了市民阶层的日常生活哲学和为人处世的行为方式。

祁老太爷(《四世同堂》,第一部《惶惑》连载于《扫荡报》1944 年 11 月至 1945 年 9 月,第二部《偷生》1946 年 11 月由晨光出版公司出版;第三部

《饥荒》1950年5月连载于《小说》第4卷第6期）可说是北京老派市民的典型代表，作者通过对祁老太爷的塑造，表现出老北京市民身上那种普遍存在的封建落后性。祁老太爷是北京西北小羊圈胡同的一个由四代人组成的家庭的老人，他是一位善良而又愚昧，朴实中夹杂着闭塞的老派市民，他在这个家庭中享有家庭、伦理、家风、礼义上的崇高地位，是这个宗法制家庭的维护者。他谨奉“知足保和”，根据自己几十年生活积累的一成不变的人生经验，总以为在他这个不起眼的小羊圈胡同中，只要备足三个月的粮食和咸菜，再用破缸装满石头顶住大门，就可以使这个四世同堂的大家庭平安无事。战争对他来说不过是一个年代久远的故事，仿佛仅仅是一件家庭邻里发生的纠纷，与自己无关，正如他的孙媳妇韵梅说的那样：“反正咱姓祁的人没得罪东洋人，他们一定不能欺侮到咱头上来！”他所关心的只是准备足三个月的粮食和咸菜，用石头顶住大门，就可以消灾避祸。然而北平失陷八年，他并没能够免除灾难，经营布店的儿子祁天佑遭受日本侵略军的搜刮和凌辱，投河自尽，瑞丰可耻地死去，瑞全英勇出逃，从事抗战事业，瑞宣也被捕入狱，一家人遭受了战争风雨的洗礼。祁老太爷作为一个小生意人，养成了谦卑、和气、质朴、善良的品性，他回避一切纠纷与政治，生活在自己的狭小天地里，世事的风云变幻与他无涉；自己是个平民百姓，却又忘不了在心里把人分成尊卑贵贱，忠实地按照祖传的礼教习俗办事，处处讲究体面与排场，眼看着快要成为亡国奴，却还想着自己的生日：“别管天下怎么乱，咱们北平人绝不能忘了礼节！”尽管同情邻居钱默吟一家的悲惨遭遇，却又“绝不愿因救别人而连累了自己”，在即将踏上钱家门槛的一刹那改变了主意，“他知道什么叫谨慎”；祁老太爷奉行“和气生财”的人生哲学，甚至善良到逆来顺受的地步，便衣特务来抄家时，他谦卑地鞠躬，微笑，并和蔼地领受“训示”。但当他发现自己这一套人生哲学屡遭挫败后，终于勇敢地站起来捍卫人的尊严，显示了他的人性在环境逼迫下一定程度的觉醒。从他身上，典型地体现了老派北京市民的性格特征。

同属老派市民系列的，还有祁老太爷的孙子，老大祁瑞宣。他是这个

“四世同堂”的祁老太爷的长孙，受过现代文化的教育，有爱国心，有着一些现代意识；但他又是在老北京文化氛围中熏陶出来的大家族的子孙。他受现代文明的濡染，有着对美好未来和自由爱情的向往，却又承袭古老传统的负担，为了祖父、父母不流泪而违心接受一场无爱的婚姻，为自己在孤寂怅惘之余找到一丝安慰。他有一颗真挚的爱国心，“在国旗下吃粪，也比在太阳旗下吃肉强”！却又因家庭的重负，只能鼓励三弟去为国尽忠，而自己忍辱负重为家尽孝。他不愿与汉奸同流合污，却又因家庭负累而不能为国尽忠，不断地忍受灵魂的痛苦，在遭受外国神父侮辱之后，为养家糊口到英国使馆去谋职，这正是那些不能摆脱传统文化伦理观念束缚的知识分子，在民族危亡之时不能卫国也难以保家所造成的精神痛苦。最后，在兄弟瑞全的帮助下，祁瑞宣经过长期的惶惑、偷生，终于投入到宣传抗战工作中，从他身上，我们看到新旧两种文化思想的剧烈冲突和这种冲突造成的他的灵魂上的不安和痛苦。

从这些老派市民形象身上，我们不难发现，他们生活在北京这样的文化古城，虽然新的时代已经来临，他们却依然深受古旧文化的熏染，依然是乡土中国的子民。

（二）新派市民形象系列

老舍笔下的新派市民形象，写得相对比较单薄，主要是采取一种漫画式的描写手法，刻画得不如老派人物那样血肉丰满。这类人物有小马（《二马》），张天真、马克同（《离婚》），牛天赐、赵老师（《牛天赐传》），祁瑞丰（《四世同堂》）等。这一类人物与老派市民一样生长于封建宗法制的小生产者的社会土壤，可以说是老派市民的后代。然而，他们接受了一些新式教育和资本主义生活方式的熏陶，一味地追逐新潮，却只是浮光掠影地从中摘取只言片语来装点自己，失去了祖辈、父辈的淳厚与热诚，承袭了祖辈、父辈的苟且与怯懦，成为灵魂日渐堕落的一类人物。

张天真就是这样一类人物，作者塑造他时采取了漫画和夸张的手法，他是一个学生，“身量高，细腰，长腿，穿西服。爱‘看’跳舞，假装有理想”，整天不务正业，吃喝玩乐，“每天看三份小报，不知道国事，专记影戏园的广告”,依仗父亲的钱财过着醉生梦死的寄生生活。

《四世同堂》中的祁家第三代人中的老二祁瑞丰也是这样一个新派人物,更是这类人物中最为可耻者,老舍在刻画这个人物时,毫无保留地进行嘲讽,瑞丰“长得干头干脑的,什么地方都仿佛没有油水”,因此,他特别注意修饰自己,“凡是能以人工补救天然的,他都不惜工本,虔诚修治”,拼命学习时髦和文雅,却失去了家传的纯朴,他从不关心国事和家事,也没有什么理想和追求,“所注意的永远是最实际的东西与问题”,他“永远不和现实为敌,亡国就是亡国,他须在亡了国的时候设法去吃、喝、玩与看热闹。即使吃完就杀头也没有什么不可以的”,生活完全为口欲而存在,失去了对精神和理想的追求。这样一个贪图享受的无聊之人,在北平沦陷后不久,便受不了生活困苦的煎熬,甘心充当连敌人也看不起的走狗和帮凶,在洋味中更加上了一种汉奸味,最后在同是汉奸走狗的同伙的私利打击和报复下可耻地死去。

如果说,老舍对老派市民的塑造,在批判他们身上保守落后、苟且怯懦的性格的同时,还温情脉脉地肯定他们善良诚实、温柔敦厚的一面,揭示了老一派市民性格的内在心理特征的话,那么,在塑造新派人物时,作者几乎是用一种鄙夷不屑的刻薄手法和嘲讽的态度给他们画像,对这类人物给予了讽刺和批判。

(三)正派市民形象系列

与上述老派市民和新派市民相对照,老舍还塑造了一系列正派或理想的市民形象,老舍在描写老派市民的愚昧落后、因循守旧和新派市民的庸俗无聊、浅薄可笑的同时,没有放弃自己对理想的追求,于是,常常带着较为传统的观点构思他理想中的市民性格。这类理想市民有赵四(《老张的哲学》)、李景纯(《赵子曰》)、李子荣(《二马》)、丁二爷(《离婚》)、钱默吟(《四世同堂》)等。这些人物大都是质朴善良的城市平民,他们都是侠客或者实干家,从这些人物身上,可以看到传统小市民的生活理想。

《赵子曰》中的李景纯就是这样一个理想人物,他经常劝导赵子曰等一批青年学生要关心国事,要救国,并给他们指出两条道路:一是到民间启发民众,即救民;一是暗杀军阀,即杀掉与民众作对、残害民众的军阀政客。最后,李景纯因为自己从事暗杀政客的活动而被捕入狱,并惨遭杀害。同样,《离婚》中的丁二爷也是这样一个侠义的英雄人物。但作者把他们塑造成这样的重义轻生的英勇之士,却完全是从下层市民小生产者的愿望来筑构理想,也反映出作者思想存在的局限性。

对这类理想人物的塑造,随着作者创作的成熟也不断地深化。钱默吟是一个带有中国古典风味的老诗人,他酷好陶渊明的诗,在他的生活中,有诗、有画、有花木、有茵陈酒,过着与世隔绝,与邻居也几乎不交往的田园生活。他还是个有民族气节的诗人,深深知道自己能够平静地自由生活全是因为国家的安定,在国家遭受灾难时,他表示甘愿为国捐躯,“钱先生是地道的中国人,而地道的中国人,带着他的诗歌,礼义,图画,道德,是会为一个信念而杀身成仁的”。日本侵略者把他逮捕入狱,使他家破人亡,也使他终于由一个柔弱的诗人变成了一个坚强的战士,从事秘密的抗日宣传工作和暗杀活动。在钱默吟的身上,作者开始自觉地从传统文化中去挖掘民族精神的力量,我们看到了中国传统文化中杀身成仁的民族气节,在作者看来,这种不屈不挠的、勇于自我牺牲的民族精神应该成为我们民族和国家振兴的精神力量。

老舍认为,中国的传统文化“是应当用筛子筛一下的”,筛去了“灰土”和“渣滓”,剩下的才是几块“真金”,这种“真金”就是“真正中国文化的真实的力量”,并且,他还进一步认为,这种传统文化的优秀部分,虽然是“旧”的,却“是一种可以革新的基础”。从这些理想人物的身上,我们可以体察到老舍在探索和改造国民性过程中的思想启蒙意义。

(四)城市贫民形象系列

在老舍笔下,与老派市民同样占着重要地位的还有一类人物形象,即城市贫民形象系列。这类市民形象有祥子、小福子(《骆驼祥子》),“我”(《月牙儿》),老王家的小媳妇(《柳家大院》),洋车夫小崔、剃头匠孙七、小文夫妇(《四世同堂》)等。对于底层城市贫民的描写也是老舍小说最丰满、最有抒情气息的部分。这是因为老舍来自社会最底层,他的亲身经历使他熟悉市民社会最底层的生活情状，也使他更多地接触到社会的黑暗与残酷，体味到人生的艰辛与磨难，因此他笔下的这类人物形象更显生动感人。

《月牙儿》中的“我”，即是这样一个城市贫民形象。“我”是一个孤苦无助的弱女子，7岁丧父，母亲无以为生，便去卖淫以维持生活，后来，她又劝自己的女儿以同样的方式谋生，“我”不听从，母亲便独自跟馒头铺掌柜去生活。“我”被女校长收留后，在学校寄食打杂，但时间不长，便因校长更替而失去这份工作。这时，校长的外甥占有了“我”。由于“我”的善良，不愿破坏别人的幸福，在一个“磁人儿”一样的女人的恳求下，离开了这个男人。“我”到饭馆当女招待，因不会取悦顾客而被辞退。为了生活，“我”也被迫走上母亲的道路，沦为暗娼。后来，母亲也被抛弃，并重新找到了“我”，而“我”已染上性病，看透了这个吃人的世界，肆意地放纵自己。“我”因是不纳捐的暗娼而被讲道德的新官抓进感化院做苦工，又因唾骂官员而被捕入狱。这个小说可说是“我”在冰冷的铁窗前，对自己坎坷残败沉沦堕落而良心未泯的人生遭际的悲情回忆。作者怀着满腔的悲愤，抒写了一个被抛到生活最底层的被侮辱与被损害者的悲惨命运，揭示了一个纯洁的灵魂怎样被抛入污秽之途，又怎样以屈辱的代价求得生存，“我”这个被污秽扭曲和撕碎了的灵魂，最后又被当权者送上祭台，成为虚伪道德的祭品。正是由于对社会底层市民生活的熟悉，作者用“我”作为小说的抒情主人公，塑造了一个有血肉有心灵的妓女形象，并用“月牙儿”这一残月意象来衬托这一弱女子的凄惨生活和悲苦命运，使小说有一种浓重的抒情气息。

祥子（《骆驼祥子》）更是老舍市民世界中城市贫民形象的典型，也是现代文学的城市下层劳动者形象的典型。祥子是一个人力车夫，他从破产的农村来到城市谋生，刚到城市时，他“带着乡间小伙子的足壮与诚实”，健壮得像棵小树，“坚壮，沉默，而又有生气”，他的生活理想，就是买一辆自己的黄包车，凭着自己的辛勤劳动过上安稳的生活。他用三年的艰辛劳动凑钱买了一辆新车，然而半年后即被战乱的匪兵抢去。在虎口逃生的路上，他捡到了三匹骆驼，卖了三十元钱，却被孙侦探敲诈殆尽。在走投无路之时，车厂老板的女儿虎妞使他的人生道路开始发生倾斜。祥子虽然并不喜欢虎妞，却又防不住她设下的性诱惑的陷阱，被迫与她结婚，并担负起家庭的责任和义务，失去了独立的人格。虽然用虎妞的私房钱又买了一辆新车，但虎妞的旺盛的肉欲使他树干一样强壮的身体日渐枯萎，祥子经常感到疲乏无力，精神上更感到苦闷和迷茫。虎妞因难产而死，他不得不卖掉洋车来埋葬虎妞，再次变得一无所有。祥子卸去了家庭的负担和精神的重负，本可重新树起生活的希望，但他却摆脱不了腐朽社会带给他的影响，逐渐染上了烟、酒、赌、嫖，变得懒惰、贪婪、自私、麻木，经常打架、逛窑子，最终向命运完全屈服，并一步步滑向堕落的深渊，成了失去灵魂的“走兽”，由一个正常的有着美好理想和追求的人变成了失去信念和希望的“非人”。作者正是通过祥子这个形象，真实地反映了旧中国城市底层市民的苦难生活，揭示了他们想向命运搏斗而最终不得不向命运屈服的人生历程。在祥子身上，我们看到了当时城市底层绝大多数人民的共同命运，他们或是因农村破产而进入城市的劳动者，或是破落的八旗子弟的后裔，他们与其他人一样有着善良的心灵，有着自己的生活追求，但黑暗的社会环境残酷地将他们扭曲变形，他们被腐败的社会、黑暗的环境锁住而不得不堕落，最后被抛入城市流氓无产者的行列，成为文明城市中的“走兽”。

老舍正是通过对以上几类市民形象系列的刻画建构了他小说的一个完整的市民社会形态，形成了一个独特的市民社会，形成了一个独特的市民艺术世界。如果说，老舍对老派市民和新派市民的塑造，通俗幽默成为其作品的主要表现手法，那么，老舍在对城市贫民的刻画中，深沉的抒情性和浓重的悲剧性则成为其作品的主旋律。

二、老舍市民世界的悲剧色彩

悲剧色彩是老舍笔下市民世界的一大特征。老舍出生于一个贫民的家庭，使他“自幼儿过惯了缺吃少穿的生活”，也使他体味到人生的艰辛与磨难，时代的发展使他看到传统的文化给古都人民造成的因袭的重担，他的市民世界贴近市民生活的原生形态，显示出生活的冷酷严酷，也显示出生活的可笑可叹。

1.“有价值的东西的毁灭”

鲁迅认为，悲剧就是“将人生有价值的东西毁灭给人看”，在老舍的市民世界中，他对城市贫民形象的塑造，即体现了此一特点。《月牙儿》描述了美丽纯洁的少女如何在黑暗的社会中被玷污、被践踏的悲惨命运，作品通篇都笼罩在惨淡凄凉的月光下，荡漾着一种浓厚的悲剧色彩。

《骆驼祥子》更是塑造了一个底层劳动者的悲剧人生。作者在小说中通过祥子的人生历程，揭示了城市底层民众的悲剧命运，如何走向毁灭的悲剧过程。祥子的悲剧，首先是社会的悲剧。祥子从破产的农村来到城市，用辛苦的劳动换了一辆新车，却被战乱的匪兵抢走，卖骆驼的钱又被以孙侦探为代表的政府给勒索去，社会的黑暗使他“要卖最大的力气，得最低的报酬；要立在人间的最低处，等着一切人一切法一切困苦的击打”。祥子的道路，正是由他所生活的黑暗的社会决定的，在他遭受了各种打击之后，终于完全堕落，成为一个行尸走肉般的无业游民。作品揭示了当时的社会是造成祥子悲剧最重要的原因。祥子的悲剧也是一个性格的悲剧，祥子刚进城时，是个诚实淳朴的乡村青年，为人热情、诚恳，正像老舍形容的那样，“他仿佛就是在地狱里也能作个好鬼似的”。但他性格上存在着明显的缺陷，他不合群，自私，死命赚钱，赚钱买车“是他的志愿，希望，甚至是宗教”，这使他形成了倔强而又脆弱，坚韧而又孤独的性格特征，不敢正视残酷的现实，自欺欺人，并成为“个人主义的末路鬼”，所以说，祥子的悲剧还是性格的悲剧。祥子的悲剧，更是一个心灵的悲剧，作品详细地描述了祥子在病态的城市文明中心是如何异化终至堕落的过程，正如作者所说，“由车夫的内心状态观察到地狱究竟是什么样子”（老舍《我怎样写〈骆驼祥子〉》）。作者写祥子的人生悲剧，其中蕴含着他向自我和人类探究的心路历程，因此，从小说的心理结构来看，《骆驼祥子》

是一部探索灵魂的小说。祥子从农村来到城市，他想要成为一个有安稳生活的劳动者，但他人生旅途的每一站，却越沉沦越接近黑暗的地狱。祥子走进人和车厂，他看见的不只是洋车，他实际上走进了被剥削者的心灵。拉着新洋车走到西郊，他看到的并非只是内乱频仍的社会，他更是走进了中国内乱中人的心灵世界。祥子住在毛家大杂院，住进了穷人的内心世界，了解到中国城市穷人的心灵世界。祥子走进白房子（妓院），可以说是走进了人间的地狱，那是中国现代城市心灵最为黑暗肮脏的地方。小说通过祥子内心的感受来写丑恶的环境对人性的扭曲，写他在环境的驱使下如何给自己的灵魂上泼污水，从洁身自好到心中的污浊仿佛永远也洗不掉，最后终至彻底沉沦，心中充满“污浊与兽性”，成为文明城市中的“走兽”，成为“个人主义的末路鬼”。老舍正是通过这一心灵的悲剧，探索了病态城市文明对人性造成的冲击和伤害。

从这些城市贫民形象的身上，我们看到一个美好善良的生命怎样在黑暗社会的压制下不得不放弃对美好生活理想的追求，不得不走向堕落和毁灭，使作者的市民世界充满一种悲天悯人的悲剧色彩。

2.“几乎无事的悲剧”

老舍在他的小说创作中，常常追求一种悲剧氛围，展现一种“几乎无事的悲剧”，这主要表现在他塑造的老派市民形象中。

一是人物不知自身悲哀的悲剧。这类人物对自身的思想和行为不仅不以为悲，反而还处于沾沾自喜的麻木状态。在老舍的市民世界中，他塑造了一群普通平凡的老派市民形象，如张大哥、牛老者、祁老太爷、祁瑞宣等，还有那些大杂院中的男女。在这些人物身上，作者写出了他们无聊无味的小职员、小市民的生活，让人们看到了一颗颗正常的灵魂被扭曲和腐蚀的悲惨景象，因而产生一种无以名状的压抑感和窒息感。如《二马》中，老马先生是一个在老北京封闭的文化传统中熏陶出来的老派市民，是“老”民族里的一个“老”分子。作者在刻画这个人物形象时，把他放在不同的文化环境中，在帝国主义民族歧视非常严重的国度中，他死抱着陈腐的规矩、过时的理想和不值一文的面子，在让人忍俊不禁的笑声背后，却又有一种压抑的悲凉感,让人看到了在世界潮流冲击下依然陈腐愚钝、封闭保守的老中国儿女的文化心理,有着一种压抑的悲凉感,透露出老舍在中西文化的比较下对传统文化的深深思考。

二是这些悲剧人物自觉不自觉地去制造别人的悲剧。《离婚》中的张大哥便是这样一个悲剧人物。这个一切人的大哥,他的生命浸泡于说媒拉纤、讨好敷衍之中,人的价值已被吞没,却自以为操纵着人们的心灵,见缝插针地去制造别的同类,使不满旧式婚姻的同事老李把乡下的家眷接来同住,使老李由对"诗意"的追求回到沉闷的现实中来,不断地制造着人性沉沦的循环。最后,自己的儿子被抓进监狱却束手无策,儿子出来以后,作为好人的张大哥则又拾起那套人生哲学,如鱼得水地畅游其间,好像什么事都没有发生一样。这使人体会到一种践踏人生、异化心灵的悲剧情感。

老舍将世人的真相通过他的市民世界展现于读者面前,通过这些"几乎无事的悲剧",让人在仔细体味中感到一种渗透心灵的悲剧感。当然,这种悲剧性与将有价值的东西毁灭所表现的悲剧性不同,在这种悲剧性的表现中,老舍采用笑中含悲、悲中含笑的方式予以表现,运用幽默和调侃的笔触给读者一种蕴含严肃深沉的苦涩忧郁的笑,成了他幽默艺术的主要特点。

三、老舍小说独特的"京味"特征

老舍的市民世界的形成不仅依赖于其笔下人物形象的复杂性和丰富性、市民世界的悲剧色彩,还在于它独具地方特色的艺术风格,这就是他小说中的"京味"。"'京味'是由人与城间特有的精神联系中发生的,是人所感受到的城的文化意味"(赵园语)。"京味"作为一种艺术风格而言,它不只是北京的风景气候,它更重要的是北京人特有的风土人情、人文景观和文化风尚。老舍小说充满着一种独特的北京味,来源于他对自己生于斯、长于斯的古都市民社会风情的开掘,从而形成了小说中深厚的文化情调和艺术韵味。老舍善于描绘颇具北京地方特色的大杂院、小胡同、茶馆、庙会、书场、商行及在其中生活、活动的人，以及发生在人与人之间的关系纠葛，从一些小物件、小人物和小情事中去体味北京人那种特殊的文化心态，精心寻找有着悠久古老文化积淀的北京城市市民人物的外在形貌和内在气质，构成他市民世界的“京味”特征。

老舍小说的“京味”首先表现在他对北京市民的生活场景和人生世相的描绘。老舍的创作重视生活经验的直接影响，他描写的最为出色的，是北京城市中的大杂院、小胡同，是市井平民民俗生活所呈现的人文景观和世态众相，这些构成了一幅丰富多彩的市民风俗画卷。在他的笔下，这个原本灰色黯淡的社会角落与平庸粗俗的社会群体，变得富有诗意和文化气息。老舍最著名的小说《离婚》《牛天赐传》《骆驼祥子》《四世同堂》及未竟作品《正红旗下》无不是以北京的城市生活为人物活动的场所与背景。他也多次表述自己与古城北京的密切关系：“它是在我的血里，我的性格与脾气里有许多地方是这古城所赐给的”，“我的每一个思念中有北平”（《想北平》），“它的一切都深印在我们的生活里，……连那里空气中所含的一点特别味道都能一闭眼还想象的闻到”（《景物的描写》）。他还说：“我生在北平，那里的人、事、风景、味道、和卖酸梅汤、杏儿茶的吆喝的声音，我全熟悉。一闭眼我的北平就完整的，像一张彩色鲜明的图画浮立在我的心中。我敢放胆的描画它。”（《三年写作自述》）北京已经进入他的血液和心灵，成为他身上不可分割的一部分。老舍重视人物、情节和环境的真实性，尽可能与现实生活中的人物、事件和活动场所对上号。老舍小说展开的故事情节和活动场景主要集中在北京西北近郊区，且大多都是真实的，且山水、名胜、古迹、胡同、店铺等基本上都用真名，大都经得起实地考核和验证，“作品中用到的地方与事实相符合的竟然有二百四十多个”（舒乙《谈老舍著作与北京城》）。老舍小说中出现的北海中山公园是著名的游览胜地，而经常出现的如小羊圈胡同、护国寺、德胜门等地，都是中下层市民聚居和活动的场所。他小说中的市民群体经常出入和活动于这些地方，都市因此而成了有血有肉、有声有色、有情有味的都市。

其次，“京味”特征还体现在老舍小说对北京独特的文化特征的揭示。老舍对于北京是情有独钟的，北京对他来说是特定的、无可替代的，没有了北京，也就“几乎没有了故事”，他的“京味”小说也就不存在了。北京是数代封建王朝的帝都，是首善之区，北京聚集了来自全国各地的文人雅士，是文化的中心。19 世纪以来，北京成了新旧两种文化激烈撞击的地方，是古老的本土文化与外来的西方文化交流冲突的主要场所。但老舍小说中反映作为文化都城的北京的并不多见，在他的笔下，写得最多的也是最为出色的，是对于北京市民庸常人生的抒写，即所谓老北京市民的人生世相，体现在他对于老北京独特的文化心理特征的揭示。老舍爱用“官样”来概括北京市民文化的特征。在这种文化中，讲礼仪和守规矩成为老舍小说经常涉及的一个方面，在老北京这个市民社会中，无论是豪门贵族，还是市井平民，都讲究礼节，重视老祖宗定下的规矩，对市井平民而言，讲礼节重规矩成了他们的一种心理特征。贩夫走卒都讲礼节，老马为了面子赔钱送礼、请人吃饭；老李（《离婚》）的家眷从乡下来到北京城里，同事要送礼；张大哥的儿子从狱中出来也得送礼；祁老太爷虽出身贫民，却自幼在北京长大，也染上了满洲贵族遗下的许多规矩，“凡事都要讲礼节”，“别管天下怎么乱，北平人绝不能忘了礼节”，这种文化甚至也影响到北京的新一代知识分子，祁瑞宣的性格正是老北京文化在新思潮冲击下形成的一个矛盾性格，北京文化形成了他温柔和善的性格和静穆雍容的外表，遇任何事都缺乏青年应有的冲动和兴奋。在刻画北京市民的懒散、谦和、温顺、懦弱等方面，老舍的小说有独到之处，其中对祁老太爷的性格的刻画更是点睛之笔。

再次，老舍小说的“京味”特征还表现在市民风情与市民心灵的沟通上。老舍构筑了丰富生动的市民世界，使人物生活在独特的古城的氛围和环境中，因此，他描写景物、描写市民风俗习惯不仅真切生动，而且使这些景物和风俗与北京市民的文化心态联系，“一切景语皆情语也”（王国维《人间词话》）。如作者对那些旗人后裔在提笼逛鸟、品茶唱戏的阐释中所刻画的故作姿态，便足以说明北京人“有钱的真讲究，没钱的穷讲究”的爱讲面子的积习，小说《正红旗下》中“放花炮”一节，使这一民间习俗更具有了人物的内在精神特征：

> 老头儿换上一件旧狐皮马褂，不系钮扣，而用一条旧布褡包松拢着，十分潇洒。大姐夫呢，年轻火力壮，只穿着小棉袄，直打喷嚏，而连说不冷。鞭声先起，清脆紧张，一会儿便火花急溅，响成一片。儿子放单响的麻雷子，父亲放双响的二踢脚，间隔停匀，有板有眼：噼啪噼啪，咚；噼啪噼啪，咚——当！这样放完一阵，父子相视微笑，都觉得放炮的技巧九城第一，理应得到四邻的热情夸赞。

这是负债超过往年的大姐家中的公公和丈夫在腊月二十三无钱还债的情况下，依然沉醉在他们的小刺激和小趣味里，作者写出了他们的随遇而安和豪爽豁达，充满了喜剧色彩，但在这喜剧背后，却让人感到一种深藏的悲剧性。不仅如此，从那些中秋节在各家之间送来送去的食品中，更让人窥见北京市民在讲礼节背后的虚伪和敷衍，在这个古老的都市中，任何事物经过长期的熏陶，也会腐烂变质。“北平能批评一切，也能接受一切，北平没有成见。北平除了风，没有硬东西。”（《离婚》）于是，北平“太像牛奶，而且已经有点发酸”。张大哥、老马、祁老太爷等都是被这酸牛奶泡过的人，而他们正是这个老北京城的“灵魂”，从这里可以看出，老舍小说的市民世界具有一种独特的文化批判意识。

最后，老舍的“京味”特征还表现在他独特的语言艺术。老舍一生致力于他的语言的锻造，追求一种俗白、清浅、简明有力的语言风格，这与他所描绘的市民社会正相适合。老舍在“努力去找现成的活字”，“在活字中求变化，求生动”，“把顶平凡的话调动得生动有力”（《言语与风格》），力求“把一切东西都写得活泼泼的，就好像一个健壮的人，全身的血脉都那么新净流畅”（《景物的描写》）。老舍长期生活在北京，北京话成为他小说语言的主要来源，他的语言是明白畅晓的北京话，并且有声有色，可谓当行本色。不仅如此，他也善于巧妙运用一些市井方言来形成他独特的京味风格，选择一些形象生动又朗朗上口的土语方言来增加语言的生动性和幽默感，也正是运用这种京味语言，老舍构建了一个鲜活生动的市民世界，也使“京味”成为老舍小说的一大特色。

第四章 巴金的家庭小说

以家庭生活为题材，通过描写一个大家庭由兴到衰的过程展现社会历史变动和广阔现实的作品，在我国悠久的文学传统中并不鲜见（从《金瓶梅》《歧路灯》到《红楼梦》都是这样的杰作）。到了20世纪，从鲁迅的《狂人日记》开始，揭露封建家族制度、专制制度的弊害，更成为许多作家所关注的重要主题。而巴金从20世纪30年代初的《家》直到40年代中期的《憩园》，一直坚持不懈地表现这一主题。他侧重从内部对封建家庭作集中而又深刻的描写。他撕开了封建家族制度崇尚诗礼、温柔敦厚的虚伪面纱，暴露出其吃人的本质，并明确揭示出它"木叶黄落"的穷途末路。

巴金是20世纪中国文学大师，他原名李尧棠，字芾甘，1904年生于四川成都一个封建地主大家庭。在这个家庭里"有将近二十个的长辈，有三十个以上的兄弟姊妹，有四五十个男女仆人"。巴金说自己"从小就爱和仆人在一起，我是在仆人中间长大的"（《短简 · 我的幼年》）。这使他有可能以受欺压者的眼光来看自己的这个大家庭。五四运动后，巴金又从

《新青年》等报刊接受了反帝反封建思想，于是，“这个富裕的大家庭在我的眼前变成了一个专制的王国。……许多可爱的年轻的生命在虚伪的礼教的囚牢里挣扎，受苦，憔悴，呻吟以至于死亡”，“‘憎恨’的苗子是在我的心上发芽生叶了”。（《短简·我的幼年》）因为自己就生活在这样的环境里，对封建阶级的黑暗腐朽看得格外真切，所以一旦巴金接受了民主主义思想，就比较坚决地背叛了家庭，追求新的光明的路。1923 年巴金离家到南京读书，1927 年又赴法国留学。当巴金开始追求真理的时候，他读到了无政府主义者克鲁泡特金、廖抗夫等人的作品。这些无政府主义者为拯救人类而献身的人格力量，成为鼓舞巴金不断探索真理的情感动力。于是巴金对封建主义的强烈不满，要求扫荡一切黑暗事物的心理，与反抗一切国家、权力、专政，主张绝对自由的无政府主义思想一拍即合。这样，巴金就以无政府主义这一思想武器，投向他所憎恨的封建主义。在法国，巴金还受到法国大革命时期自由平等思想的影响，特别是读了《往事与随想》，又受到俄国民主主义者赫尔岑的深刻影响。由于这些思想经历，巴金一开始的文学创作就以其激进的态度和不受羁绊的感情流泻，引起了广大读者的注意。

从 1927 年到 1947 年的整整二十年间，巴金以旺盛的精力、辛勤的笔耕，创作了 400 多万字的文学作品，其中包括“爱情三部曲”“激流三部曲”“火三部曲”和《灭亡》《新生》《憩园》《第四病室》《寒夜》等中长篇小说 20 余部，《复仇集》《将军集》《抹布集》《神·鬼·人》等短篇小说集 13 部，《海行》《旅途随笔》《忆》《龙·虎·狗》等散文集 17 部。这些作品从不同的侧面，反映了 20 世纪 20 年代初到 40 年代这二十年间中国社会辛酸苦难的现实和人们的挣扎呼号，特别着力描写了在封建礼教和封建军阀的黑暗统治下，一部分青年知识分子的痛苦和呻吟、追求和反抗，展示了他们不同的生活道路、思想历程和性格特点。

具体到小说创作，巴金喜欢用“缩影”的方法来反映现实的社会，特别是他喜欢从家庭的角度来概括社会。家庭题材在巴金的全部小说创作中占据着突出的位置，他写得最多、最有成就的作品几乎都是家庭小说。

一、“家”的解体

在中国文化传统的网络结构中,“家”占有显著的位置。它既是文化的核心,又是社会的缩影,伦理纲常以家庭关系为基点,社会组织以家庭为基础,强大的父权制度成为支撑历史场景的超稳定结构。进入20世纪以后,一直受到人们特殊关注的这一社会最小单位和细胞开始发生缓慢变异。五四新文化运动把批判的矛头首先指向封建家族制度。在作家们的笔下,“家”是罪恶的渊薮,旧式大家庭的崩溃似乎成为中国社会转型的象征。在中国现代文学的坐标上,巴金与20世纪同行,把自己整个的生命都融入了百年中国文学的进程,而在其小说中,“家”这一母题是巴金格外关注的。

巴金是封建大家庭的叛逆者和书写者,在展示“家”的风景,重塑“家”的屋檐下的悲剧角色——女性时,执着于人的关怀,把“家”作为民族的寓言,作家本人也“化”入文本,喷射出激情之火,焚烧着“家”这一“狭的笼”,并最终在一片废墟上,露出一缕晨曦。

如前所述,揭露封建家庭的弊端与罪恶,是20世纪前半叶中国文学的一个经久不衰的命题。在“激流三部曲”及《憩园》等小说中,巴金把艺术光圈聚焦于旧式的封建家庭,揭示出家庭这个古老的事物如何在衰败中分崩离析,艰难而又必然地走向解体。

家庭是以血缘关系为纽带的宗法社会的基本结构,包含着决定社会性质的基因。正如梁启超在《新大陆游记》中指出的:“吾中国社会之组织,以家族为单位,不以个人为单位,所谓家齐而后国治是也。”家是社会的缩影,国是家的放大,“家之不宁,国难得安”,家国同构,相辅相成。虽然中国的每个旧式家庭自成一体,却又有相同之处,那就是以儒家伦理观念为思想支柱,奉行长幼有序、尊卑有等、贵贱有别的古训,都有一个至高无上、主宰一切的家长,缺乏人格的平等。这种以家族为本位的传统文化,有别于西方以个人为本位的文化。家庭伦理比任何事物都更能反映中国社会与文化的本质,在“家”这个小小的世界里,个人与集体、人性与传统、保守与变革之间的冲突最微妙、最富于戏剧性,也最具有感情色彩,“家”可以看作中国文化基本结构的隐喻和象征。

在古今中外大量的文学作品中,关于“人”与“家”的关系有着两种意义相反的母题。一种是“回家”,“家”被当作“诗意地栖居”的精神家园;另一种是“毁家”,当“家”成为窒息人性的精神牢笼时,就变成另外一种意象。《红楼梦》正是后一种母题的佳作,这一经典文本揭示的正是封建家族“忽喇喇似大厦倾,昏惨惨似灯将尽”的颓势,吸引和影响了后世众多的作家。巴金的家庭小说与《红楼梦》有着明显的文化传承关系。无论是“激流三部曲”中的高公馆,还是《憩园》中的杨公馆,都与贾府一样超越了自身的具体规定性,而演变为封建文化衰落的象征,一种没落的社会存在状态的象征。在这种曾经显赫富有的旧式家庭中,父辈不自觉地沉沦,子辈受到压抑与摧残,家庭走向崩溃的边缘。

以“家变”写“世变”,通过家庭反映社会,是巴金家庭小说的写作策略。《家》写的是“五四”时期一个封建大家庭走向崩溃的过程。这里的“家”与整个社会的“国”是有机同构的。所谓君君、臣臣、父父、子子的封建伦理纲常在这里得到形象的体现。在中国传统文化结构中,真正位居权力中心而显得神圣不可侵犯的其实是祖辈而不是父辈。正如有学者指出的:“只有‘祖’处在宗法社会中家族血缘和政治体制交叉合一的顶端位置上,因而,也只有‘祖’才足以代表整个宗法社会的象征秩序。”(李军《家的寓言》)四世同堂的高家正是这样一个代表,一个地地道道的等级森严的封建王国。高老太爷俨然是蛮横专制的君主,具有强大的精神威慑力量。他既有“诗礼传家”的传统意识,也曾顺应时变接受一些现代观念,既有凛然难犯的家长威严,又有一般士绅的“风雅”,不像茅盾《子夜》中的吴老太爷那样只会奉《太上感应篇》为护身符。高老太爷的家族意识很浓,是否有利于家族繁荣是他治家中一切思维的出发点。尽管他煞费苦心地支撑着显赫一时的高公馆,仍不能挽救“家”的分崩离析。从高老太爷垂死的呻吟中,我们已经听出了“家”的丧钟。在高公馆,该死的已死去，该分化的已分化，该反叛的早已反叛。这个大家庭的崩溃，象征着旧时代的终结，也预示着“新生代”的成长。

封建家庭衰落的主要表现形式是父子纵向结构遭到家庭内外力量的破坏。“激流三部曲”把“家”放在东西方文化撞击的大潮下暴露其内部的溃烂和无可救药。小说中从内部对高家进行冲击的是来自两个方面的力量：一方面是“家”中的第二代——高克安、高克定，这些“浪子”专横跋扈、荒淫无度，成为“家”的蛀虫；另一个方面是这个家庭的第三代——高觉民、高觉慧、淑英、淑华等人，他们是这个封建大家庭的叛逆者。这两种相互对立的力量构成双向逆反运动，从不同方位震荡、冲击着“家”的根基。《春》写了淑英、淑华等年青一代的成长，《秋》展示了封建大家庭“树倒猢狲散”的情形。《憩园》中杨公馆的易主与高公馆的败落一样因内部的腐败造成（限于作者先定的表现主题，这部小说中并没有“激流三部曲”中觉慧那样的叛逆者），这部小说正如巴金所说是高家的“冬”，针砭了杨姚两家“传财不传德”的家风，解剖了旧中国那种福荫后人、“长宜子孙”的大家庭模式。

关注“家”中的女性，透视女性的生存价值与心态，也是巴金家庭小说的一个重要内容。巴金擅长通过展示女性的悲剧命运，控诉旧社会、旧制度、旧家庭对美好的人情人性的扼杀与压抑。他以关心“人”的疾苦为己任，注重从社会历史层面加以揭示，其家庭小说中的女性大多可以称为“关在笼里的鸟”。

诚如孟悦、戴锦华在《浮出历史地表》中所指出的：“家庭几乎是专为女性而设的特殊强制系统，它具有显而易见的性别针对性和性别专制意味。”从父系社会确立、父权家庭出现之日起，缘于社会历史的挤压，身为“第二性”的女性就失去了做人的权利，沦为男性的附属品和“家”的奴仆。“男主外”“受命于天”，可以“修身齐家治国平天下”，“女主内”“受命于家”，“在家从父，出嫁从夫，夫死从子”，只能囚于家中。父系社会关于妇女的一系列价值观念、行为规范都是为了约束女性围绕家庭而制定的，在“家”的“囚笼”里，女性鲜活的生命形态被钳制、被物化、被淹没。

“家”把女性之身囚禁其中，女性之“心”则被自禁于内。生活在高墙之内、“人墙”之中，女性面临的既有外压，又有内抑。“三从”“四德”“七出”等封建礼教的种种法理定规渗透在女性的深层意识中，成为一种心理定式。在巴金笔下，无论是出身卑贱的婢女，还是看似养尊处优的小姐、少奶奶，抑或受五四新文化启迪的新女性，都冲不破传统文化的怪圈，走不出封建心狱。鸣凤“身为奴者”却爱上了三少爷觉慧，只能为自己的薄命而哭泣，最终因不愿作馈赠的礼品而投湖自尽；梅是“心为奴者”，与表兄觉新心灵相通，却被母亲一时的赌气断送了幸福（这种偶然性、随意性实际上又带有某种必然的成分），在饱受精神酷刑之后魂归离恨天；瑞珏的婚姻是用“拈阄”订下的，婚后她处处恪守礼仪，最终却被所谓“血光之灾”吞噬了生命；蕙上受公婆欺压，下受丈夫虐待，年轻的生命成了祭品。《憩园》中的万昭华同样生活在“家”这一狭小的空间里，成为憩园内雅致的摆设，内心苦闷却无人能解，只得掩藏在心底。这些“家”中的女性都一样心地善良、坦诚，希望能给别人一些温暖，却像折断了翅膀的鸟儿，无力挣脱环境的桎梏，缺乏人的主体意识。巴金展示了这些不同阶层、不同文化层次的悲剧女性的畸形心态，剖析造成其悲剧命运的原因，既控诉了封建专制对美好人性的摧残和压抑，又对其奴性人格进行了批判。

在巴金塑造的女性形象系列中，《寒夜》中的曾树生独树一帜，这是一个充满活力、极具主体意识和个性思想解放的女性。她不甘于传统女性的角色。婆母的逼迫、丈夫的失业、生计无着、家庭失和，这些都增加了她自我拯救的勇气和决心。这个“家”已再生无望，这个“家”也容不下她，曾树生的离家出走，是旧的家庭观念与现代女性意识之间发生冲突的必然结果。《寒夜》是巴金描写家庭问题最出色的长篇小说，它打破了传统的家庭模式，颠覆了固定的角色特点，是对男性中心社会的否定。

婆媳关系是中国传统家庭结构中的组成部分，有着说不完的话题。同是“家”中的女人，同受男权社会的欺压，婆媳之间为什么却有着解不开的结呢？众所周知，中国传统家庭其实是家长专制的家庭，长者在家中具有绝对权威，“父叫子亡，子不得不亡”。尽管“夫为妻纲”，但多年的媳妇熬成婆，一有出头之日，就拥有相当的权威，从受虐者变成施虐者。《寒夜》中的汪母是个守节的寡妇，她知书识墨，却信守旧的家庭伦理，这种身世和社会地位决定了她的特殊情感与表达方式。在她的眼里，儿子始终是个长不大的孩子，她事无巨细地干涉过问，致使汪文宣在这种寡妇教育下失去了独立人格。婆媳间的明争暗斗就是围绕着儿子—丈夫的“所属权”展开的。这样，汪母虽然身为女人，实际上却成为男权中心的一个符号，曾树生与汪母之间的矛盾冲突也就不再是一般意义上的婆媳纠纷，而成为新与旧、背叛还是维护男权文化之争。

巴金笔下的这些悲剧女性大多都如曹禺《北京人》中的曾文清一样，“从未飞过的老鸟简直失去了勇气再学习飞翔”。她们只能在笼里梦想飞翔，即使笼门打开，至多也就是振动一下残缺的翅膀，除此以外又能如何呢？

巴金以“家”为创作母题，对中国传统家庭文化的负面作用进行批判并不是偶然的。如前所述，他从小生长在一个四世同堂的封建大家庭，长期遭受精神上的压抑，因而潜意识里产生了对“家”的反叛心理。幼年时在这个大家庭里看到的专横、迫害、倾轧和不义，处于众多的兄弟姐妹之中养成的谦和的性格，母亲关于“爱”的言传身教，使他诚实而富有同情心，父母的早逝又在他的心中留下阴影，形成抑郁、孤独的心理。青少年时期的生活经历对他性格的形成具有决定性的影响，这种性格一旦形成就具有了相对的稳定性，影响着作者的艺术个性。

激发巴金创作的是由现实生活引燃的贮藏在心中的感情之火。当封建大家庭成为吞噬人的个性、抑制人的精神的地狱时，他无法沉默，无法平静。他说：“我要为过去那无数的无名的牺牲者‘喊冤’！我要从恶魔的爪牙下救出那些失掉了青春的青年。”（《关于〈家〉——给我的一个表哥》）情溢于胸，不吐不快，化为创作“激流三部曲”的内驱力。他为鸣凤的遭遇鸣不平，为梅、瑞珏的命运扼腕叹息，对觉新投以深深的同情与责备。作者的灵魂也化入文本，每一个主人公都混合着他的怨愤、痛苦、呻吟和热泪，流淌着至热至深的激情，有时甚至难免失去调控。后期的《寒夜》虽然收敛了如火的激情,但仍有一股沉郁的情愫流淌其中。

俯视封建大家庭崩溃在即的景象,巴金笔下的"家"是文学的载体、民族的寓言。他从家族的血缘关系、伦理关系和社会关系的交融中,展示人的心态、情感和命运。"不幸的家庭各有各的不幸。"《家》中高家的解体,《憩园》中杨家的败落、姚家的不幸,《寒夜》中汪家的困境,使我们看到人格的分裂和心灵的冲突。文本中反复出现家的牢笼和家破人亡的结局,不是简单地复制同一母题,而是逐步深化反封建的主题话语。通过剖析"人"与"家"的关系,巴金赋予"家"这一母题以时代和民族的特色,将社会的、文化的和个人生命体验的内涵加以整合,从心底发出了冲出"家"的樊篱的呐喊。

二、高觉新：封建家族孤独的守墓人

在巴金描写封建性大家庭的"激流三部曲"和《憩园》中,很明显地存在着这样四类人物:封建卫道士、封建浪子、家庭叛逆者和家族制度的受害者。

封建卫道士被有些评论者称为"腐朽生命",他们以高老太爷为代表,还包括冯乐山、高克明、周伯涛、陈克家等人;高克安、高克定、杨老三则是封建浪子(败家子)的典型(浪子形象在"激流三部曲"中稍嫌简略模糊,《憩园》中杨老三的形象弥补了这个缺憾);高觉慧、高觉民、琴、淑英、淑华等都是封建家庭的叛逆者,有研究者称之为"充实生命",他们是作者告诉青年"应该这样办"的榜样;家族制度受害者的代表是高觉新,此外还包括梅、鸣凤、瑞珏、婉儿、倩儿、淑贞、蕙表妹、枚表弟、周剑云、万昭华等,他们被认为是"委顿生命"。

在以上众多人物中,高觉新无疑是最丰富也最感人的一个艺术典型。他也是整个"激流三部曲"中最重要的人物,其活动贯穿于整个三部曲。

觉新出身于没落的封建大家庭,成长在新旧交替的历史时期,传统的封建教育和"五四"以来的新思想同时影响着他。在家庭中,长房长孙的特殊位置又使他处于家族内外各种明争暗斗的旋涡之中。因此,觉新几乎成为新旧两代人的斗争、各房之间无休止的钩心斗角,以及高家与冯、周、陈、郑诸家各类纠葛的纽带。特定的环境、地位和经历,使他形成了温良懦弱的性格,变成了“二重人格的人”。他憧憬幸福的生活,但又时刻自觉地维护着家族的荣誉与制度的尊严;他被迫把不幸赠予恋人、妻子和弟弟妹妹们,但又为不幸的人们感到悲哀与不平。作者以同情的笔调叙说了他的悲剧故事,同时又客观地展现和批判了他的思想性格弱点,使其在艺术上与觉慧、觉民形成强烈的对照,从而对当时的青年读者产生了特殊的启迪,这一形象因而具备了重大的现实教育意义。

作为一个成功的艺术典型,觉新这一形象还具有丰富的文化内涵。觉新的性格是一个矛盾的统一体,它包含了丰富而复杂的因素。

向往新的生活但又苟安于旧的家族秩序是觉新思想性格中最为明显的表层特征。他是大家庭的“宁馨儿”,从小在爱的环境中生活,优越的地位,加上清秀的相貌和聪慧的头脑,使得他在家族内外备受称赞,他也就理想主义地为自己编织着种种美丽的花环。后来包办的婚姻固然破灭了他的理想,但他也因此得到了一个贤淑女人的温情,他又陶醉在温馨的爱情之中。当“五四”的春风重新吹燃他的热情之后,他“一方面信服着新的理论,一方面又顺应着旧的环境生活下去”。“在旧社会里,在旧家庭里他是一个暮气十足的少爷;他跟他底两个兄弟在一起的时候他又是一个新青年。”他自我放弃了追求,而把全部的爱、全部的希望寄托到幼小的儿子身上。丧妻失子之后,觉新也并未万念俱灰,他似乎无意节制自己与表妹蕙的感情,任其自然发展。但接着他又顺从地接受长辈们的安排,卖力地操办着蕙的婚事。在蕙的婚姻中觉新充当的是“建造绞刑架的木匠”,他断送的是蕙的生命,同时也在断送着自己新生的希望。在《秋》中,觉新一方面希望枚表弟能起来反抗,希望他能过上自己所没过上的新生活;另一方面又遵循旧的秩序,间接地造成枚表弟的人生悲剧。甚至到了最后,觉新还表示自己“上进之心并未死去”,但是在此之前他早已“把一个他实际上担不了的责任放到自己肩上去了”。的确,在他那短短的二十几年的人世生涯中，觉新向往新生活的意念从未泯灭过，但是他又何尝真正地追求过新的生活？他总是顺从于旧的秩序，循规蹈矩地依照旧生活的轨迹活动。长期的旧生活使得他的心理个性形成了一种无可摆脱的守旧惯性。所以，趋新与守旧成了觉新性格表层一对无法调和的矛盾，从而也给他带来了无尽的烦恼。

麻木健忘与敏感多情是掩盖在觉新性格表层之下的另一对矛盾。在高公馆中，觉新是被女性爱得最多的一个，从青梅竹马的梅表妹到名花有主的蕙姑娘，从原本陌生的妻子到地位低下的丫鬟（翠环），这一个个年轻的女性都格外地钟情于他。从表面上看，这似乎与他清秀的相貌和善良的为人有关，但实际上觉新对于女性的魅力，更主要的还在于他的敏感多情。当然，觉新的这种敏感多情并不专门取悦于青年女子，作为一种性格因素，它时时刻刻都自然地流露在日常生活之中。在《家》的第10章，觉慧和觉民曾在半夜三更听到觉新的箫声：

> 不知道从什么地方送来一丝一丝的哭泣，声音很低，似乎被什么东西压住了，却弥漫在空气里，到处都是，甚至渗透了整个月夜。这不是人底声音，也不是虫鸟底哀鸣，它们比较那些都更轻得多，清得多。有时候几声比较高亢一点，似乎是直接从心灵深处发出来的婉转的哀诉，接着又慢慢地低下去，差不多低到没有了，就好像一阵微风吹过一般，但是人确实觉得有什么东西在空中震荡，把空气也搅动了，使得空气里也充满了悲哀。

这声音，正是觉新丰富内心的艺术写照。他已有了贤惠的妻子，美满的家庭，在遇上昔日的恋人，并且知道她悲惨的经历之后，敏感而多情的他只好以这哀婉凄切的箫声来寄托自己难以诉说的情思。在《秋》的第25章，觉民还意外地在街上看到觉新站在人丛中专注地听老和尚放焰口。唱词中的“一抔黄土盖文章”“绿杨芳草髑髅寒”几句格外地打动了觉新，“他觉得这些句子使他记起许多往事，告诉他许多事情，它们像一锅油煎着他的心，逼得他掉下眼泪。他的心发痛。然而同时他感到一种绝望中的放弃似的畅快”。在为周老太太请卜南失时，“凄凉古寺，风雨虫声”，

“只求早葬”等话，也都表明觉新潜意识中对蕙的一片痴情。后来，在为蕙灵柩下葬时与郑国光的频频交涉中，觉新又时时对着瑞珏的照片请求她的原谅。甚至当看到在家族内斗中失败的沈氏在他面前伤心啜泣，看到在恶运打击下的枚少奶在他面前痛哭流泪时，觉新想起她们的遭遇，也忘了往日的厌恶而对她们表示了同情与安慰。总之，这一切无不体现着觉新那敏感而又多情的性格特点。

但是，觉新的敏感多情又是与麻木健忘联系在一起的。当在长辈的安排下结婚之后，觉新有了新的乐趣和满足，于是“在短时期内他忘记了过去的美妙的幻梦，忘记了另一个女郎，忘记了他底前程。他满足了，他陶醉了”。后来，父亲去世给觉新带来了新的悲哀，但“他底悲哀不久便逐渐消去。在父亲底棺木入土以后，他似乎把父亲完全忘记了。他不仅忘记了父亲，同时他还忘记了过去的一切，他甚至忘记了自己底青春”。几分钟前，他还在觉慧面前痛苦地表达自己的悔恨，但过一会儿，他又兴奋地加入弟妹们欢乐的嬉戏之中。在觉新的生活中，他不断为青年一代的不幸而不平，不断因自己参与悲剧的制造而自责，但他似乎又不断地忘记这一切，不断地重复着自己所作的一切。总之，多情给觉新带来精神上的烦恼，健忘却使他的灵魂得以暂时的安宁。敏感者多脆弱，麻木者少伤怀。觉新就是这样浑浑噩噩地打发着自己缥缈的余生。

觉新的心理性格中还同时具有自卑的情结和自信的精神。他总是那样谦卑，那样自轻自贱。他曾形容自己是“形如槁木，心如死灰”。他曾动情地对同样命运的淑英和蕙说过：“我是不要紧的。我这一生已经完结了。”在受沈氏、王氏的气之后他又痛苦地对觉民和淑华表白道：“我这一辈子是完结了。我晓得我不会活到多久！”后来，在送走沈氏，看见枯黄的树叶随着江水漂流时，他又固执地认为：“我的心已经老了。我的心境已经到了秋天了”，“我的生命也像是到了秋天，现在是飘落的时候了”。其实，那时的觉新只不过是一个二十五六岁的青年，只不过自卑的心态使他未老先衰，使得他“像一个判了无期徒刑的老监犯”。所以，当觉慧慷慨激昂地高诵“我们是青年，不是畸人，不是愚人，应当给自己把幸福争过来”

时，觉新却悲哀地低吟着："我不是青年，我没青春。我没有幸福，而且也永远不会有幸福。"但是，觉新有时又显得很自信。无论是高老太爷的命令，还是沈氏、冯少奶的祈求，他总是唯唯应命，充满自信地答应完成。姑妈、四爸请他帮助买衣料，他二话没说就领着他们去了；外婆、舅舅请他帮忙操办蕙的出阁、枚的婚礼，他毫不犹豫地完成了，甚至三叔临终前的重托，他也"不假思索，就把一个他实际上担不了的责任放到自己肩上去了"。周老太太称赞他"办事情比他的大舅还能干"；三太太张氏认为"大少爷自来就爱办事"，"他给人办事比替自己办事还热心"。当然，觉新也真会办事。高老太爷在世时，他成功地扮演着长房长孙的角色；高老太爷去世后，他又成了克明的得力助手。无论是高家还是钱家、周家，无论是婚丧还是喜庆，只要他一出马，别人束手无策的事情经他一处理都会变得井井有条，甚至在清官难断的家务事中，他的话说出来也非常漂亮。如《秋》的第 38 章，当周家的老太太、周伯涛、陈氏、枚少爷、孙少奶吵成一团时觉新劝慰道：

"外婆，你老人家也不必这样生气。"觉新陪笑地劝道，"枚表弟年纪轻不懂事，让大舅母教训他一顿就是了。孙少奶又是在娘家娇养惯了的，刚出阁不久，脾气一时改不过来，自然有点任性，不过日子久了，就会渐渐改好的。外婆、大舅母也不必跟她一般见识。大舅为人不过拘谨一点，虽然一时不大明白，事情过了，多想想就会清楚的。请外婆多宽宽心，保养自己的身体要紧。"

这一席话，顺着老太太的情绪，从自己的表弟数落起。但知道外婆对大舅有看法，所以不说让大舅而是说"让大舅母教训他一顿"。后来说大舅拘谨时又为他开脱求情，最后又劝老人家多宽心。真是有条不紊，滴水不漏，说得周老太太"似乎高兴一点，精神也好了些"。

对自己的前途缺乏信心，为别人卖力时却从不谦卑，当需要做自己的主人时总感力不从心，而被别人当作奴隶时才信心百倍，这种自我的迷失，这种无可救药的奴性是觉新性格的最为可悲之处。

在觉新的心理积淀中，又具有中国传统士大夫阶层那种浓厚的体面意识。巴金后来曾分析说："觉新就是这样的人，他爱面子，他做事情要做得'漂亮'，他不肯输一口气。为了这个他宁愿让自己、让自己所爱的人受苦吃亏。他的眼泪不会少，但都是吞在肚里去了的。他常常在人前露笑脸。只有关上房门他才会伤心地哭一两个钟头。"（《谈影片的〈家〉》）

这种崇尚虚文的体面意识使得他无法清醒地面对现实，使得他丧失理智的判断而盲目地维护着与自己有关的一切。虽然他出生在封建社会的末世，但他却自觉地维护着每况愈下的封建秩序；虽然他是封建家族制度的受害者，但他却一直为家族的兴衰而担忧。在他的观念中，家族的荣誉高于一切。而这种荣誉，说穿了也不过是面子。当克安的儿子觉群、觉世拿着菜刀吵骂，淑华表示不管他们时，觉新就不认同。他忧虑地对觉民、淑华说："话虽然这样说，不过他们究竟是高家的人，闹出笑话来，大家都没有面子。应当早点想法才行。"他曾在姑妈面前埋怨："四爸、五爸好像住在金山、银山里面，只管花钱如流水。"他觉得田产是爷爷遗下的，"只有败家子弟才会把它'出脱'的。五爸太对不起爷爷！""我们如果再不管，高家就会光了。什么都会光了。"他常常忧心忡忡地叹息："我看我们这个家是完了""家中现在比祖父在日不同了""我只担心爷爷的名声，我们高家的名声"。觉新希望觉民他们"将来有一点成就。要是他们再不行，我们高家就完了"。他多次对觉民说："你以后要发狠读书，做出大事情来，给我们争一口气。"而对于自己，觉新觉得"他活着只是为了挑起肩上的担子；他活着只是为了维持父亲遗留下的这个家庭"。

正由于这种体面意识，觉新才自觉地恪守和维护保证家族秩序的制度。对于高老太爷、克明的命令，他总是不折不扣地接受执行。对于陈姨太、克安、克定、王氏、沈氏，他虽然颇有看法，但也极力避免跟他们冲突。他不顾弟妹的反对，把觉慧从上海寄来的信件交与克明过目。因为"三爸是家长，他的话我们不能不听"。面对觉民的反抗言辞，觉新频频摇头说："在我们这个家里你怎么好战斗呢？都是些长辈，你又跟哪个战斗呢？"他甚至惋惜、担心觉慧成了"革命党"，担心他"回来革家庭的命"。

事实上，比起弟弟妹妹们觉新更早也更深切地体会到自己的家族正无可挽救地向衰落的路上走去。中学毕业后不久,他就“在和平的、爱的表面下”,看见了家族内部的“仇恨的斗争”。他时时感到“他所爱的这个家充满了阴谋、倾轧、争夺、陷害”,也很清楚大家族坐吃山空,总有一天要崩溃。而且他还认识到:“我们这一房也靠不住。树干遭了虫蛀,一枝一叶将来也难保全。”所以说,掩盖在觉新强烈的体面意识下的,是他那无可奈何的落寞心态。

在认识大家庭的危机,为大家庭的衰落而悲叹这一点上,觉新是清醒的。但是,他又始终无法超越士大夫阶层固有的体面意识。对自以为自豪、优越的东西即将消亡,他总有一种失落感,也总是千方百计地维护它、保护它,甚至不管这些东西是否值得、是否可能保存。所以,在成都战乱时,高公馆的人们各顾各的,纷纷自找地方躲藏去了,甚至连高老太爷也溜到他的表弟家去了,只有觉新还在那里反驳觉民说:“这个时候还往哪儿逃?公馆里头的事情哪个来照管?公馆里头若是没有一个主人,变兵跑进来一把火就会把房子烧光的。”他安排妻儿弟妹到花园躲藏,自己却不顾安危地守在公馆。当克明悲哀地跟他说:“高家的希望就在你身上”“现在完全靠你”时,他也“忽然自告奋勇地”“把一切责任拉到他一个人的肩头”。总之,清醒落寞的心态使得觉新显得更为沮丧,使得他比其他人更早地感受到破落弟子的哀伤。但是注重虚文的体面意识又促使他想方设法挽狂澜于既倒,扶大厦于将倾。既然不愿脱下孔乙己式的长衫,他就必须拿出堂吉诃德大战风车的勇气。他把弟弟妹妹们力图摆脱的枷锁紧紧地往自己身上套,知其不可为而为之,这就是高觉新比其他人活得更累的主要原因之一。

综上所述不难看出,觉新的性格决非仅仅是懦弱、顺从、苟安的无抵抗主义。怀旧与趋新、自卑与自信、敏感与健忘、好强与落寞构成了他一组组对立统一的性格因素。因为敏感,他才比别人更容易产生落寞的心态;因为多情,他也才有更深沉的怀旧情绪;体面意识需要他的自信精神,而落寞与自卑又逼得他麻木健忘……各组性格因素间的相互联系相互作用,使得觉新“变成了一个有两重人格的人”。

当然,觉新这种复杂的“两重人格”,又并不是一种简单的二元对立。在他那一组组相互对立的性格因素中,总有占主导地位、起决定作用的一方。对于觉新来说,怀旧是一种长期的心理积淀,而趋新只不过是那一拂即过的春风。体面意识是其强烈的主体要求,而落寞只不过是他被动产生的一种无可奈何的情绪。随着年龄的增长,觉新还将变得更为老成,自卑心态只会有增无减,而自信精神将逐渐丧失,敏感多情最终也必将为麻木健忘所替代。因此,从总体上看,消极的、守旧的、落伍的一方面才是觉新性格中的主导因素,他最终还是无法跨越他所处的时代和他所属的家庭而成为觉慧、觉民式的人物。

不错,从觉民逃婚、觉慧出走、淑英反抗,到最后淑华、觉民对于克安的公开顶撞,觉新或多或少都有过对年青一代的秘密或公开的支持,但这并不意味着觉新性格中存在着反抗封建家族、封建礼教的性格因素,更不能说明觉新对封建势力的反抗经历了一个逐步发展变化的过程。在上述那些斗争中,觉新对于叛逆一方的支持都不是主动的,他总是在被觉慧或觉民严厉的批判之后才被迫表示支持。在每次斗争之后,他又依然故我地恪守大家族的秩序与准则。而且,觉新对于觉慧、觉民的暗中支持,也并不排除是出于遵照父亲的照顾弟妹的遗嘱,出于为自己这房争口气的考虑。他最后也公开顶撞克安,但这顶撞更明显带有对克定为老不尊的败家行为的不满情绪。所以,尽管觉新最后说他“以后决不再做受气包了”,说自己“上进之心并未死去”,但正如作者后来所说的,“其实他并没有决心要做一个‘反抗者’”(《谈〈秋〉》),他终究无法像觉慧、觉民那样成为封建家族制度的掘墓人。当然,他也还不至于像克定、克安那样堕落下去,成为封建家族制度的随葬品。觉新的思想性格,决定了他只能是封建家族的最后一位守墓人。

觉新性格的形成有其独特的社会文化背景。他出生于戊戌变法前夕,他所成长的年代恰值东西文化相互撞击、封建传统观念与科学民主思想激烈交战的历史时期。在这样的时代背景下,个别的知识分子或许可以摆脱传统观念的束缚而成为新人,成为新型的知识分子,但是对于觉新及更为广大的中国知识分子来说,迈向新世纪只不过是他们理想中的奢望。几千年封建社会的历史重负使他们无法摆脱旧的羁绊而轻装前进。虽然觉新后来进的是新式的中学,也接触到化学之类的新学,但进中学前的十几年间,他所接受的只能是觉英、觉世、觉群他们所受的那种教育。作为长房长孙,作为大家族未来的重要接班人,他还得接受类似于枚表弟的那种严格的管教。因此,在这历史转折时期,觉新这一类知识分子比他们的前一代只不过多感受到一点新的气息。从根本上说,觉新仍然属于传统类型的知识分子,属于旧的时代。

觉新性格也有其普遍的认识意义。近代以来,西方的民主科学思想在中国广为传播,中国的社会进入了漫长的转型期。这时,中国的知识分子一方面因袭着历史的重负,另一方面又感受到新世纪的春风。于是,许许多多知识分子都像觉新那样面临着两难的选择。他们看到了传统的弊端,也看到了新的希望,但他们又同样无法完全割断与传统的血脉联系,无法轻装迈出关键性的一步。这样,“觉新们”的保守心态油然而生,“觉新们”性格诸因素的出现也在所难免。所以,尽管觉新性格带有“觉新”这一文学形象的个性特征,但这种性格所反映出来的本质特点就不能不带有很广泛的普遍性,甚至连巴金本人在20世纪50年代也承认:“我自己不止一次地想过,在我的性格中究竟有没有觉新的东西?我的回答是肯定的。我至今还没有把它完全去掉,虽然我不断地跟它斗争。我在封建地主的家庭里生活过十几年,怎么能说没有一点点觉新的性格呢?我在旧社会中生活了四十几年,怎么能说没有旧知识分子的许多缺点呢?”(《谈〈秋〉》)觉新形象的创造者尚且这样认为,其他的中国知识分子难道还不应该面对觉新性格进行自我的审视吗?因此可以说,觉新性格有其独特的形成背景,也有其普遍的认识意义。

三、巴金家庭小说的风格

激情,是巴金创作的重要标志,但由于作品表现的内容各有特色,作者的美学追求也时有变化,因此,反映到具体作品中又呈现出不同的形态。他的"青年革命者"题材较为多见的热情迸发、恣肆奔涌的外在激情,在家庭小说中则表现为一种客观的、与琐屑平淡的现实浑然一体的内在激情。寓激情于平淡,成为它的风格。

巴金的家庭小说大部分取材于生活中极常见的现象,所讲所述,既没有多少戏剧性的场面,也绝少发人兴味的故事,一切都堪称平淡。

在这里,我们看到的是成都平原上常见的大地主家庭内部的情况种种("激流三部曲");是有着某种联系的两个地主家庭的变迁(《憩园》);是抗战后期国统区的下层知识分子家庭的生活无计,婆争媳斗(《寒夜》)……在当时的社会,那样的家庭、那样的家庭生活随处可见、平淡无奇。当然,这中间也产生过一点波澜,然而比起《海底梦》中高国对岛国奴隶的屠戮,比起《灭亡》中杜大心的行刺及被杀,这波澜就显得微乎其微了。如果说《家》中还发生了些大一点的波折,如鸣凤的投湖、瑞珏的惨死、觉慧的出走,到了《秋》则连这样的波折也没有了,各种人物仿佛是在不知不觉中各自走向了必然的归宿,而《寒夜》则将这一特点发展到了极致:一个重庆最常见的下级职员家庭,婆媳不和,夫妻有隙,终日不满,彼此抱怨,仅此而已。然而正因为太平淡了,人们才得以从情节中跳出来,思考一下作者的意图、情感,体会一下生活的内蕴,在更高的层次上探求所见所闻。于是,自然地,也是陡然地发现作者在这平淡的生活描写中蕴藉了多么强烈的感情:《寒夜》中一个善良的弱者那样卑微地活着,忍受了精神、物质上的种种重压,所求的不过是有口饭吃,全家平安和睦,然而却连这一点也得不到,便死去了。作者通过这样一个平凡家庭的悲剧,愤怒地指出:在那样的社会,好人不得好报。读者也从汪家的生活悲剧中猛醒,真切地认识到:不是还有许多人正面临同样的困境吗?通过日常琐屑的生活图景,充分展示出了社会的本质的东西。平淡的事件与社会、时代的节奏合拍了,作品因此产生了震撼人心的力量,使读者感到在沉静平淡的表层下奔涌着的内在的烈焰。

不仅如此,作者还透过人物貌似平静的外表,体察到他们丰富、细腻的内心活动，深刻地写出他们的喜怒哀乐，写出在平淡的现实中平静地生活着的人物内心激荡着的狂澜。

《家》中的觉新，看上去是那样平和安闲，不仅对大家庭中的纷争一贯处之“泰然”，而且还常陪长辈打牌、谈天，与弟妹游戏，身边又有贤妻娇儿，因此，“周围的人在羡慕他底幸福”，甚至有时候连“他自己也以为是幸福了”。然而作者却揭开了这层“幸福”的外表，让我们看到他内心的强烈动荡：他不能忘情于梅，又深感愧对瑞珏，夜深人静的时候，他会想起自己从前的种种抱负，叹息现在的境遇，他害怕别人提到幸福，“正是因为我已经没有得着幸福的希望了”。表面上他平静地对待着来自各方的责难，内心却深深感到现实太苦了。他常常吃酒、背着人哭，甚至发出“我恨我自己”的喊声，读者看到在他平静的外表下，掩藏着一颗多么痛苦、绝望的心，从而深刻地认识到封建礼教给人心灵带来的巨大创伤。此外，通过作者的笔端，读者还可看到《憩园》中万昭华微笑下的内心苦闷，杨老三在堕落生活中偶尔流露出的矛盾后悔的心情；《寒夜》中汪文宣表面上安于命运摆布，而内心无数次地发出的强烈抗议……一个个丰富、激荡的内心世界，形成了一股股潜在的激流，整个作品为这些激流所包围，从而充满了强烈的感情，与平淡沉静的外在世界相对比，这股激情更加具有震撼力量。

在语言方面，巴金的家庭小说一改他的“青年革命者”题材作品中带主观色彩的叙述语言及较空泛的抒情语言，而大量运用描绘性语言，在客观真实的再现中自然地流露出强烈的爱憎。作者既没有像《海底梦》那样，借用奇异的想象、绚丽的色彩营造一种外在的激情，也没有像《春天里的秋天》那样，利用如影如梦、如痴如醉的诗化语言来加强抒情效果，展现在读者眼前的，是比现实本身还显得更像生活的图景，却又蕴藉了作者的激情。

真切，是巴金家庭小说风格的又一特点。所谓真切，就是指作品描写生活、塑造形象的具体性、鲜明性、写实性。

与“青年革命者”题材小说有意模糊时间观念不同，巴金的家庭小说都有明确的时间背景,有些甚至还将一些史实性事件直接写入作品,成为人物活动的背景,使时代感更加鲜明。在《家》中,作者写了当时的军阀混战、学生请愿示威运动,写了"甚至在五四运动以后,北京大学已经开始招收女生了,两三个剪了辫子的女学生在成都却站不住脚,只得逃往上海或北京"(《谈〈家〉》)。在《寒夜》中,作者写了桂林沦陷、湘桂大撤退在重庆引起的骚动,以及对一般下层家庭的危害,写了 1945 年夏天重庆流行的霍乱及市卫生局长的"德政"给人民带来的灾难……前者反映了"五四"之后偏僻的成都特有的现象,后者展示了抗战时"陪都"重庆独具的东西,从而使作品描写的环境具体化、明确化、典型化了。

在家庭小说中,尽管作者为我们塑造了众多的人物形象,但无论是封建家族制度的叛逆者觉慧、专制统治者高老太爷,还是具有两重人格的觉新;无论是悔而不悟的杨老三,还是胆小懦弱的汪文宣,他们的性格、感情、行为都带着浓郁的民族气息,是只有特定的中国社会才会产生出来的。《家》中有这样的话:"'法国青年在你们这样的年纪是不懂悲哀的'。然而他,一个中国青年,在这样轻的年纪就已经被悲哀压倒了。"可见作者是有意识地描写中国化的性格、感情。《灭亡》《新生》等作品,虽然描写的是穿着中国衣服的革命者,但"真正的民族性不在于描绘农妇穿的无袖长衫,而在于表现民族精神本身"(别林斯基《1841 年的俄国文学》)。杜大心、李冷等人的思想、性格带有浓郁的俄国民粹派革命家、无政府主义者的气质,不够中国化。正如巴金自己讲的:杜大心和李冷"只有一半的真实,其余的一半则是从书本(尤其是一些外国革命家的传记)里来的"(《关于两个三部曲》)。这就必然使读者与人物之间产生一定距离,对人物形象的感受不会非常真切。而家庭小说中的人物都是中国社会中各阶层的典型代表,许多形象就是以作者的亲人、密友乃至于作者自己为生活原型的,因此,人物形象非常具体、鲜明。如"激流三部曲"中的觉新,他的遭际、他的两重人格,在旧中国封建家庭中是普遍存在的,有深厚的社会基础,只要熟悉当时的中国社会,对这个形象就会感到亲切、真实,对他的思想感情就会予以深刻的理解,绝不会产生隔膜。

应该特别指出的是，在家庭小说中，作者描写的重点又多是中国社会中最平凡的小人物。他们没有“革命者”改造世界的伟大抱负以及连“革命者”自己也说不清、道不明的种种苦闷矛盾，也不会像“革命者”那样如空中的闪电，来也匆匆，去也匆匆，还没容人们认清其面目，便永远地消失了。他们踏踏实实地生活在社会下层，忍辱负重，所希所求不过是最起码的生存条件，终日所考虑的，也不过是如何过上安定的生活。他们的形象是那样平凡而又接近读者，他们的言行是那样普普通通，因此，就显得非常真切。汪文宣不会也不可能有改造世界的“伟大抱负”，即使在对生活信心百倍的时候，也没有存过什么非分之想，只不过希望办一所“乡村化、家庭化的学堂”，从事自己的教育专业。这是多么合理而平凡的理想啊！然而生活的重压使他连这点理想也成了奢望，只能满怀悲愤地屈居一个小公务员的地位，干着与教育毫不相干的校对工作。作者将笔触深入到这些小人物的生活中，把他们平凡而悲凄的命运展现出来，让他们发出灵魂的呼号，这命运、这呼号太普遍了，离读者太近了，因此格外真切而动人。

丰厚，是巴金家庭小说风格的又一个方面。

在家庭小说中，巴金没有为了表达某种观点而有意撷取比较偏狭的生活，而是努力展开画面，让丰富复杂的社会生活得以再现。因此，作者不仅注意主要事件的描写，而且涉及貌似次要的方面，展示生活的丰富性，从而使主题的表达更为有力。如“激流三部曲”中，作者花了不少笔墨写四房王氏、五房沈氏、陈姨太的钩心斗角、刁蛮粗俗，这既反映出剥削阶级寄生虫的空虚无聊、目光短浅、仗势欺人，更使主要人物、事件有了可信的环境依托，作品画面开阔了、深化了。在《憩园》中，作者的笔墨放得更开，巴金主要是写杨老三及杨家的生活，然而却有意设计了一个姚家作为陪衬，详细地写了姚太太的苦闷、小虎的刁顽、姚国栋的踌躇满志以及姚家的整个生活。这样不仅使作品的结构很新颖，而且作品的容量也增大了，从而避免了主题的直露、内容的单一，作品的层次感加强了，场景具有色彩感和动感。

巴金还将笔触深入到社会的各阶层，深入到人物形象的各个方面，从而形成了一个多层次的形象体系：人物类型的多层次，人物性格的多层次。

所谓人物类型的多层次，是指作者塑造的人物形象是多种多样的。在家庭小说中，作者不仅成功地塑造了一批正面人物形象，还着力塑造了一批反面形象，这在巴金的“青年革命者”题材作品中是少见的。《灭亡》《新生》《海底梦》《利娜》等作品，虽然描写的都是你死我活的斗争，但作者的笔墨主要落在正面形象上，反面人物基本隐于幕后，只是从正面人物的诅咒以及流血牺牲中透露出他们的存在。即使写到反面形象，也是淡淡几笔，模糊不清的。这诚如作者所云，攻击的是制度而不是个人，但是从艺术的角度看，却不能不认为是不足。家庭小说弥补了这个缺失，作者以生动、深邃的笔触，塑造了一批成功的反面形象：高老太爷、高克明、杨老三、姚国栋等，给读者留下深刻印象。尤其值得注意的是，在巴金家庭小说中，还出现了一批特殊的人物形象，如觉新、汪文宣、曾树生、汪母等，很难以“正面人物”或“反面人物”来简单划分，这批形象的出现，不仅大大丰富了现代文学的人物画廊，也使巴金的作品具有了多重的审美价值。

人物性格的多层次，则是指人物性格存在着复杂性、矛盾性和多面性。人物性格的多层次，是因为社会生活中的人是复杂的、矛盾的、多面的，单面人物形象是不足以表现生活的多样性的，所以黑格尔认为，艺术中理想的性格所具有的特征首先应该是丰富性。巴金自觉地遵循着这一艺术原则，他清楚地认识到：“丑化和简化不能写活一个人物。”(《淡〈春〉》)因此，在他的家庭小说中，多数主要形象都呈现出多层次结构：“激流三部曲”中的觉新、《憩园》中的杨老三、《寒夜》中的曾树生。以曾树生为例，她是一个爱动、爱热闹、爱热情的生活、追求自由的新女性。她敢于打破封建礼教束缚，追求自主的婚姻，没举行任何仪式，便与汪文宣结合在一起。她不像一般妇女那样严守妇道、唯夫是从，而是经常参加社交，有自己的生活圈子，对守旧的婆婆不敬重，对丈夫、儿子也不够关心。然而，在她身上又保留着许多传统型妇女的特征，如明明感到了与丈夫的不合适，仍与他在贫困中生活了多年，分担着家庭负担；为了病中的丈夫，多次忍受婆婆的恶语；虽经常参加社交，但并没什么对不起丈夫的事。总之，曾树生是一个复杂的形象，她既不似曹禺笔下的陈白露那样完全资产阶级化，也不似瑞珏那样是典型的传统女性。对于丈夫的关切与同婆婆争吵对丈夫的伤害，对于个人幸福享受的追求与对家庭的责任感，对于爱情的“恪守”与对陈主任求爱的不明确态度……交织着、融合着，于是，一个多层次的形象一步步向我们走来。

在“爱情三部曲”和《灭亡》《新生》等作品中，大多存在结构松散的缺点，而在家庭小说中，巴金不仅避免了这个弊病，还赋予作品以较为复杂的结构形式，如《家》的多线发展、《憩园》的双线并进、《寒夜》的剥笋式表现……不仅使结构各具特色，还使作品引进了较多的场景和人物，更高层次地表现作者的思想。《憩园》中另一线索姚家的生活图景，使杨老三的堕落有了普遍性；《寒夜》中钟老、唐柏青的死，使读者认识到汪文宣一类善良知识分子的悲剧绝非偶然。这样，作品不再会有单纯感。

从巴金整个家庭小说看，虽然它们都描写家庭生活，通过家庭这个基本社会构成反映时代的面貌，但不论题材、人物、观察角度都各有特色。如《家》和《憩园》都表现作者的反封建思想，但不仅选材不同，连观察角度都有很大差别。前者将笔直接深入到封建家庭的内部，直接揭露其罪恶，后者则以旁观者的眼光，从外面窥探封建家庭的秘密。就是出自同一生活原型的人物，在不同的作品中也有很大差别，如同样以作者的五叔为原型的杨老三和高克定，后者刁蛮粗俗，不知羞耻，前者却带点文人气，虽然他们同属地主阶级的浪子之列，却并不给人雷同之感。在家庭小说中，巴金基本上做到了“作品尽管如何多种多样，他在任何一部作品或任何一笔线条上都不会重复自己”（《别林斯基论文学》），表现出成熟的艺术创造力。从这个角度上说，巴金的家庭小说比其他中长篇小说丰厚得多。

巴金的家庭小说跨越了前后两个创作时期，这中间，作者的风格有了很大变化。前期，他的作品热情有余深度不够，主观感情的抒发多于具体客观的描绘，人物形象也比较单薄。然而，同样属于前期创作的《家》，却能卓然独立，不仅避免了同时期作品的通病，而且表现出与后期家庭小说相同、相近的特点，从而使整个家庭小说呈现出一种较为统一的风格。考察其原因，至少有三个方面：

首先，从题材看，家庭小说所描写的生活是巴金最熟悉、最敏感的生活。

成熟的艺术家反映的生活固然是广阔的，但每个作家都有自己特殊的擅长领域，比如郭沫若之于历史题材，鲁迅之于农民、知识分子题材，老舍之于老北京市民题材，赵树理之于农村题材。他们与所擅长的题材都有特殊的、密切的关系，或长期从事这个领域的研究，或本身就曾长期生活于这个领域，总之，非常熟悉所描写的生活才形成了自己独特的风格。如老舍所说："题材与作家的风格是有关系的，熟悉了题材，才能产生风格。"（《关于文学的语言问题》）巴金最擅长的是家庭题材：封建专制家庭和下层知识分子家庭，通过家庭反映社会，是他的特殊爱好。固然，他写过不少反映"青年革命者"斗争的小说，也写过工人生活题材的作品，并取得一定成就，但由于这些小说中，"所了解的生活"多于"所经历的生活"（《谈我的短篇小说》），因此，在描写过程中，主观激情抒发多于客观具体描绘，不能代表巴金创作的最高水平。在家庭小说创作中，他熟悉所描写的一切。从情节看，所写的事件，"许多场面都是我亲眼见过或者亲身经历过的"（《谈〈家〉》）；从场所看，"小说中的每个地点我都熟悉"（《谈〈寒夜〉》）；从人物看，主要形象的生活原型基本上是作者的亲朋好友，"最美的题材摆在你的面前，那就是你最熟悉的人物"（《罗丹艺术论》）。由于作者对所写生活了解透彻、全面，在创作时就能够多方面、多层次地展开笔墨，使作品呈现出多样的风格，正如歌德所说："一个作家的风格是他的内心生活的准确标志。所以一个人如果想写出明白的风格，他首先就要心里明白……"（《歌德谈话录》）同样，一个人要写出多样、真实的风格，他对生活的认识必须是全面的、具体的、准确的。另外，家庭生活本身具有的平淡、琐屑的特点，也使作者能够将特有的激情以新的形式表现出来，即寓激情于平淡。

其次，作者创作家庭小说的指导思想与创作“青年革命者”题材的作品不同。

在创作《灭亡》和“爱情三部曲”等作品时，作者讲了故事，但“更多的是倾吐感情”（《谈我的短篇小说》）。他认为：“艺术的使命是普遍地表现人类的感情和思想，伟大的艺术作品，不拘题材如何，其给予读者的效果是同样的。”（徐懋庸《巴金在台州》）因此，在这类作品中，作者既不考虑如何使题材充分展开，真实、全面地描写客观生活，也不太注意生活主体——人物形象的刻画。题材不过是作者感情的外壳，仿佛话剧舞台上的幕景，人物才是作者思想的代言人。而在家庭小说中，作者持着这样的认识：“我不再让我的感情毫无节制地奔放了”“我写了一点生活，让那种生活来暗示或者说明我的思想感情，让读者自己去作结论”（《谈我的短篇小说》）。虽然这一思想是在后期才明确提出的，但作者在创作《家》时已不自觉地在实践了，这从作品中可清楚看出。作者展现给我们的是一个空前复杂的生活图景，不仅具体写出了作者对专制主义的愤恨，还细致地写出了高家的日常生活，人物也具有了较为复杂的性格特征，如觉新的两重人格。总之，作者在“写一点生活”，“让那生活”表明生活本质的思想指导下，使家庭小说呈现出特有的风貌。

最后，在家庭小说创作中，进步的世界观占主导地位。

一个作家的创作，不仅受其创作方法的制约，而且受着他的政治观点、阶级立场的制约，世界观对作家创作的作用也不容忽视。

巴金的世界观较为复杂，既有革命民主主义的成分，又有无政府主义的影响。他通过一些小册子接触到无政府主义，并狂热信仰着。虽然实践证明它不能改变中国的黑暗现实，但对于巴金来说，放弃这个充满诱惑的主义是不容易的，因此，他仍然拼命钻进无政府主义著作中，寻找改造社会的方法，相形之下，对于中国现实社会进行研究的热情却小得多。反映到创作中，就形成了他不是从现实出发反映人生、描绘社会，而是大量借用外国无政府主义者的生活和斗争甚至于他们的形象，以寄托自己在现实中无法实现的理想。《灭亡》《新生》《利娜》及“爱情三部曲”等作品受这种思想影响较深，在艺术上相应地表现出浓郁的虚幻、想象的色彩，空洞的口号、盲目的希望以及狂热感情的抒发多于客观真实的描绘。而革命民主主义思想则指导他面对现实，从中国社会出发，从社会的基本构成——家庭出发，选择最常见的，也是作者最熟悉的生活，真实、客观地描写，让生活本身展示出真善美与假恶丑，展示出社会发展的趋势，绝不空喊口号，盲目乐观。如作者在《〈寒夜〉后记》中所说的："我没有在小说的最后照'批评家'的吩咐加一句'哎哟哟，黎明！'……唯一的原因是：那些被不合理的制度摧毁、被生活拖死的人断气时已经没有力气呼叫'黎明'了。"因此，家庭小说成为作者风格独具、最成功的创作部分。

第五章 新月派诗人研究

新月诗派是20世纪二三十年代出现的一个诗歌流派,它以北京《晨报副刊》、《诗镌》、《新月》月刊及《诗刊》季刊为主要阵地。主要成员有徐志摩、闻一多、朱湘、饶孟侃、林徽因、陈梦家、孙大雨、刘梦苇、杨世恩、方玮德、于赓虞等。其主张诗歌应集中体现闻一多强调的“三美”——音乐美、建筑美和绘画美。

一、闻一多:“带着镣铐跳舞”的诗人

闻一多(1899—1946),原名家骅,字友三,1899年11月24日生于湖北省浠水县巴河镇的一个封建大家族。5岁入塾读书,接受传统经史教育,同时也学习了一些“新学”知识。11岁考入武昌两湖师范附属高等小学;1912年秋天,以湖北省第一名的成绩,被清华学校录取,冬天入学,在这里度过了九年半的学习生活。其间,他不仅系统学习了西方的自然科学知识和社会政治学说,而且大量阅读我国古代历史文化典籍,为他后期

转向古典文学研究奠定了坚实的基础。

五四运动期间,闻一多是清华学生代表团的文书,曾率领 160 多人的队伍进城演讲、宣传,后被选为清华学校的代表,出席 6 月 16 日在上海召开的全国学生联合会成立大会。这次运动对他的影响是:“五四时代我受到的思想影响是爱国的、民主的,觉得我们中国人应该如何团结起来救国。”另一影响便是从此不再写旧诗,而是全力以赴写新诗。他发表第一首新诗的时间是 1920 年 8 月,并自编过诗集《真我集》。

1922 年 7 月,闻一多赴美留学,先后在芝加哥美术学院、科罗拉多大学、纽约艺术学院接受系统的西洋美术教育,学习成绩也很突出,但他对于文学的兴趣更为强烈,常选修英美近代诗的课程并创作新诗。留美期间,他虽也曾感受到美国友人的关爱,但更强烈的则是弱国子民所受到的歧视和对祖国深深的思念。于是,他参与发起组织国家主义团体大江学会,提倡“文化国家主义”,目的是想通过振兴中华文化使祖国强盛。同时,他以诗抒情,创作了大量怀乡思国的诗篇,后结集为《红烛》,于 1923 年 9 月由泰东书局出版。

1925 年 5 月闻一多回国,同年秋任北京艺术专科学校教务长。次年秋到上海吴淞国立政治大学任职。1927 年秋任南京国立第四中山大学(后更名为中央大学)外文系主任,并列名《新月》编辑。1928 年 1 月,第二部诗集《死水》出版;同年秋,到武汉大学任文学院院长兼中国文学系主任,开始专攻中国古代文学。1930 年秋天,到青岛大学任文学院院长兼中国文学系主任。1932 年 8 月,回母校清华大学中文系任教。抗战爆发后,清华大学、北京大学和南开大学合并为西南联大,闻一多辗转来到昆明,一边教书,一边潜心研究古代文学。

20 世纪 40 年代,国民党统治的腐败,抗战形势的严峻,家庭生活的艰难等将埋头书斋的闻一多逼了出来。1944 年,他加入中国民主同盟,投身民主运动,1946 年 7 月 15 日,被国民党特务暗杀于昆明。

闻一多的诗歌主要收在三部诗集中,即《真我集》《红烛》和《死水》。其诗歌创作大致分为三个时期。

（一）诗歌创作探索期（1920—1921）

此期诗歌现存15首，收录在《真我集》中。因为未正式出版过，这部诗集的影响不大。但对理解闻一多诗歌创作的发展轨迹及艺术特征的形成均有重要价值。其内蕴包括两个方面：一方面反映出“五四”时期进步青年要求突破封建枷锁的愿望，抒发了他们改造中国的决心和勇气。《雪》描绘“夜散下许多软似茸毛的天花，织成一件大衫”，如同给“干枯顑颔的世界”“又加了死人一层殓衣”，却盖不住“那屋顶上的青烟缕缕”，那青烟“从坟土里吐出，直向天堂迈往”。诗歌暗示出“五四”时期青年人昂扬向上的精神面貌。正是这奋发的精神，鼓舞着诗人“高视阔步的风霜蹂躏世界”。于是，青烟成了青年人的希望，望见它升起，人们便感觉到：“这是冬投降底白旗，和平来了！”《一个小囚犯》则描写了小孩追蝴蝶被花刺扎伤后，母亲为了保护他，把他关在家里半年。快要闷坏的孩子听到“一阵如泣如诉的歌声”，便渴望走出囚室：

> 放我出来！
> 这无期的幽梦，我怎能受得了？
> 放我出来，把那腐锈渣滓，一齐刮掉，
> 还是一颗明星，永作你黑夜长途底向导。
> 不放我出来，待我郁发了酵，更醉得昏头跌脑，
> 莫怪我撞破了监牢，闹得这世界东颠西倒！
> 放我出来！

窗外的歌声诱惑着孩子，他强烈要求“放我出来”，不然将撞破监牢，将世界闹得彻底变个样儿！面对家长的封锁，那颗被五四运动鼓动起来的心备感压抑，他寻求个性解放，自信能成为愚昧者的向导，渴望和“唱歌的人”一起走出屋外，投身到改造旧中国的运动中去。

另一方面，诗歌流露出对自然的热爱和对人生的思考。《月亮和人》描绘“月娥把银潮放进窗子里”，“睡觉的人”扫净了脸上的伪饰，只剩下“那寂静灵幻的天真”。正是这份天真，令诗人感动——“啊！这是自然底真美，这是何等的美！”此时，诗人已将自我融入由月和人构成的意境中，

因此他感叹道："我爱月亮，怎能不爱这睡觉的人呢？"既然热爱人生，就应该热爱人生中勤劳辛苦的人们。因为月光下睡觉的人，也许就是他《朝日》中所称颂的"作工"的人。望着辛劳一天的"骄儿"，太阳也不愿过早惊动他，"这样寂静灵幻的睡容，他那里敢惊动呢？他不敢惊动，只望着他笑，但他的笑散出热炙的光芒"，使其在温暖中感到舒畅。对"作工"者的尊重，于静态的画面中生动地体现了出来。

当然，处于青春期的诗人，也有着青春的迷惘。《雨夜》中听着"凶狠的风声，悲酸的雨声"，诗人常常想："假使现在梦要来寻我，我一定拉着他，不放他走，剜出心来，送给他做礼物，要他永远跟我做朋友。"寻梦，渴望在梦中摆脱那令人心酸的时代风雨，既凸显出一代青年所感受到的压力，也流露出他们心中真诚的疑问："假的就没有他们自己的价值吗？"正是这种压力和疑同，促使诗人不停地追寻，才有了在人生及诗歌创作中的双重探索！

（二）**诗歌创作发展期**（1922—1925）

此期诗歌大部分收在诗集《红烛》中。其内蕴首先表现为强烈的献身精神。"蜡烛"这一意象在中国传统文化中的意蕴有二：一为喜庆典礼时象征幸福与美；一为诗人吟咏的奉献品格。李商隐所吟"蜡炬成灰泪始干"，即是典型的歌颂其献身的品质的。在序诗《红烛》中，诗人显然是继承了这一内蕴，并加以延伸——

红烛啊！
既制了，便烧着！
烧罢！烧罢！
烧破世人底梦，
烧沸世人底血——
也救出他们的灵魂，
也捣破他们的监狱！

"红烛"不只是燃烧自己，它还要以自己释放的热能救出沉沦的人们，烧毁束缚人的监狱，具有启蒙与破坏功能。正因为这意象蕴含着"五四"

精神，诗人才不嫌其刺眼，而愿其更为丰厚："流罢！你怎能不流呢？请将你的脂膏，不息地流向人间，培出慰藉底花儿，结成快乐的果子！"坚信"红烛"的奉献是会带来快乐的，即肯定了献身的价值：尽管自己流泪、"灰心"，却能"创造光明"；尽管不一定见到收获，仍然要"耕耘"下去。

与序诗相呼应，其诗还反映受"五四"影响的青年一代思想的开放和对现实的批判。42首《红豆》诗组成的一曲热烈的情歌，将离别之后的相思之情淋漓尽致地渲染了出来。离别是诗人爱吟的题材，但传统诗歌中多假借弃妇之口表现出来，反映对男性情爱转移或"商人重利轻别离"的幽怨，很少正面表现夫妻离别后的相思之情。闻一多却多角度抒发对妻子的思念之情，将传统士大夫讳言的夫妻爱情正面刻画出来，全无忸怩做作之态。即便不考虑诗歌内容的热情，行为本身即反映出"五四"时期青年知识分子思想的开放。《艺术底忠臣》歌颂了济慈"真个做了艺术底殉身者"，表现出诗人对艺术美的追求。《黄鸟》一诗，诗人希望黄鸟"吐出那水晶的谐音，造成艺术之宫，让一个失路的灵魂早安了家罢"！经过初期对"梦"的留恋，诗人此时找到了与现实对抗的武器——艺术。以艺术来救国，既反映出"五四"后没找到出路的青年人的苦闷，也反映出他们对现实的极度厌恶。因此才有《初夏一夜的印象》直接描写"1922年5月直奉战争"时的情景："个个都吠得这般沉痛，村狗啊！为什么总骂不破盗贼的胆子？""嚼火漱雾的毒龙在铁梯上爬着，驮着灰色号衣的战争，吼的要哭了。"战争荼毒生灵，乡野强盗横行，精练的诗行描绘出20世纪20年代中国的丑恶现实。

《红烛》的另一内蕴是对祖国和故乡的热爱。《孤雁》中诗人自称为"不幸的失群的孤客"，只身漂泊在异国的土地上。这是怎样的世界呢？

啊！那里是苍鹰的领土——
那鸷悍的霸王啊！
他的锐利的指爪，
已撕破了自然底面目，
建筑起财力底窝巢。

那里只有铜筋铁骨的机械，
喝醉了弱者的鲜血，
吐出些罪恶的黑烟，
涂污我太空，闭熄了日月，
教你飞来不知方向，
息去又没地藏身啊！

阴森恐怖的意象，冷峻紧张的氛围，既传达出诗人对异国的感受，更凸显出失望与愤激之情。因此，“孤雁”才感觉“不如擢翅回身归去”，离开这一片肮脏与罪恶。只是想到“我的使命”，才坚持下来。

异国的阴冷更使人思念家乡的温暖，感情的投射往往拓展诗歌意境。闻一多往往将家乡的意蕴扩大，成为祖国的同义词，所以思乡爱国也就常蕴于同一诗中。那些热情歌颂祖国的诗，也不是一味地直抒情怀，而是借助具有象征内蕴的意境。《太阳吟》希望太阳“让我骑着你每日绕行地球一周，也便能天天望见一次家乡”！而“家乡”并非专指湖北浠水，诗人写道：“太阳啊，我家乡来的太阳！北京城里底官柳裹上一身秋了罢？”家乡意蕴的扩大增强了诗歌的抒情张力，其内涵已与祖国吻合。为了凸显爱国之情，诗人还采用反衬手法：“这里的风云另带一般颜色，这里的鸟儿唱的调子格外凄凉。”否定此（美国）即肯定彼（祖国），所以他更加思念祖国的风景、祖国的花。《忆菊》即选择具有丰富文化内蕴的菊花来作为祖国的象征，在铺叙细描了各种各样的菊花后，诗人写道：“啊！四千年华胄底名花呀！你有高超的历史，你有逸雅的风俗！”因此，“我要赞美我祖国底花！我要赞美我如花的祖国！”诗人写了这两首诗后，曾给好友吴景超写信谈道：“我想你读完这两首诗，当不致误会以为我想的是狭义的‘家’。不是！我所想的是中国的山川，中国的草木，中国的鸟兽，中国的屋宇——中国的人。”急切的语气透露出心中的激情，它超越了现实，以主观印象的膨胀凸显理念中的表现对象，绝非生活具象的描摹。此类表现爱国主旨的诗歌，准确传达出闻一多“唯我独尊”的主体意识。

（三）诗歌创作成熟期

此期诗歌大都收在诗集《死水》中，它代表着闻一多诗歌创作的最高成就。其内蕴首先表现为诗人对军阀统治下的中国现状的不满和失望。《死水》《发现》《一句话》等诗就是这种情绪的抒发。诗人日思夜想，终于回到了祖国，可是祖国已变成“一沟绝望的死水，清风吹不起半点漪沦”，死气沉沉，万马齐喑的窒息氛围，压抑着生活在这里的每一个人，尤其是敏感的诗人，更觉这世界荒诞无序。因此，他描绘这个世界时也用了非常的手段，即以美的意象写丑的事物，通过反衬更显其丑恶。以“翡翠”“桃花”“罗绮”“云霞”等描绘腐烂不堪的死水，让人在惊诧之余，也牢牢记住了“死水”是如何可恶！在万籁俱寂的静态中，诗人又通过几声蛙鸣来打破寂静，从而将死寂空漠的氛围酝酿到最为浓郁。经诗人层层渲染，“死水”的绝望已到顶峰，才自然得出诗的结论：“这是一沟绝望的死水，这里断不是美的所在，不如让给丑恶来开垦，看他造出个什么世界。”愤激的诗人希望通过增加“丑恶”的程度使其超过存在的临界点，然后自己崩溃，走向其反面，一个新的世界才可以在此建设起来。闻一多在《〈女神〉之时代精神》中曾这样概括自己所处的时代：“二十世纪是黑暗的世界，但这黑暗是先导黎明的黑暗。二十世纪是死的世界，但这死是预言更生的死。这样便是二十世纪，尤其是二十世纪底中国。”正是黎明前的黑暗时期，对旧世界和反动势力的痛恨、寻求新的方向而不得才酝酿出如此强烈的情感，在诗中喷发出来。

诗人本可独守书斋，做研古论今的学问，事实上，后期闻一多在这方面取得了巨大的成就。但他没有，他要走出圈外，以敏感的心弦去体会时代的脉动，关心祖国的命运。在《心跳》中，诗人不愿躲在“灯光漂白了的四壁”及“古书的纸香”渲染出的“静夜”里，表示“谁希罕你这墙内尺方的和平！我的世界还有更辽阔的边境”。诗人有自己的人生选择——

如果只是为了一杯酒，一本书，
静夜里钟摆摇来的一片闲适，
就听不见了你们四邻的呻吟，

看不见寡妇孤儿抖颤的身影,

战壕里的痉挛,疯人咬着病榻,

和各种惨剧在生活的磨子下。

幸福!我如今不能受你的私贿,

我的世界不在这尺方的墙内。

走出书斋便难掩对现状的不满,所以,诗人无论如何也禁不住自己的“心跳”。以热爱之心去审视祖国,他发现现实中的与理想中的祖国反差太大,所以在《发现》一诗中便难掩心中的失望:“我来了,我喊一声,迸着血泪,‘这不是我的中华,不对,不对!’”人怎么也难相信祖国已如“噩梦挂着悬崖”,因此,发出痛心的呐喊——

那不是你,那不是我的心爱!

我追问青天,逼迫八面的风,

我问,拳头擂着大地的赤胸,

总问不出消息;我哭着叫你,

呕出一颗心来,你在我心里!

理想在现实没有依附时,只好将对祖国的期待收藏心中。由于理想一直萦绕心中,他能体悟到积聚人民心中的情感如沉默千年的火山一样,一旦爆发,便会有一个新的中国诞生。《一句话》先描写人民的沉默,将五千年的缄默视为革命的酝酿。诗人认识到了缄默背后积聚的能量,预言有一天革命运动会爆发,中国将成为人民当家作主的中国,因此警告统治者:

你不信铁树开花也可,

那么有一句话你听着:

等火山忍不住了缄默,

不要发抖,伸舌头,顿脚,

等到青天里一个霹雳

　　爆一声:

　“咱们的中国!”

诗人已不再如早期那么虚无,也消解了“死水”般的绝望,而是对未来充满信心。他将祖国的未来寄托在人民大众身上,意味着诗人的思想已跳出知识分子思想的局限,升华到一个新的境界。

既然未来的中国要靠“咱们”去创造,可居于社会下层的“咱们”又是怎样的处境呢?《天安门》《荒树》《飞毛腿》等诗分别描绘了青年学生的抗争、农民百姓的困境和人力车夫的灾难。《天安门》借车夫之口叙述了军阀对爱国青年的屠杀:“你瞧,都是谁家的小孩儿,不才十来岁儿吗?干吗的?脑袋瓜上不是使枪轧的?先生,听说昨日又死了人,管包死的又是傻学生们。”车夫奇怪学生们有的吃,有的喝,为何没事惹出事儿来拼命。看着“那黑漆漆的,没脑袋的,蹶脚的”学生,车夫感到恐惧,担心“赶明儿北京满城都是鬼”!军阀的残暴、学生的爱国、车夫的愚昧全凸显出来了。正因有民众的不觉悟和军阀的专制统治,学生的牺牲才显得没有价值。殷红的血能惊吓人力车夫,却不能使其一下子觉悟。尽管一辈子拼着劲儿干,到头来仍逃不掉饿死街头的命运。《飞毛腿》中的“飞毛腿”以拉车为生,却很自足,“一天少了说也得二三两白干儿,醉醺醺的一死儿拉着人谈天儿”。闲时便吹吹箫,与人闲聊聊,乐观善良,对社会构不成任何的威胁的人,却死于非命:“那天河里飘着飞毛腿的尸首,……飞毛腿那老婆死得太不是时候。”都市凄惨阴森,乡村也一片荒凉。诗人根据“民国十六年五月十九日《新闻报》”上登载的消息创作的《荒村》一诗,便将战乱后的乡村景色展现了出来:

> 虾蟆蹲在甑上,水瓢里开白莲;
> 桌椅板凳在田里堰里飘着;
> 蜘蛛的绳桥从东屋往西屋牵?
> 门框里嵌棺材,窗棂里镶石块!
> 这景象是多么古怪多么惨!

寂静平和如桃花源,但没有人烟,告诉读者,军阀混乱已使生灵涂炭,充满生机的大地没有了万灵之长,留下的只能是几分古怪、满目凄惨!

诗人的视野并没有局限于国内，他还要追究造成中国凄惨现状的帮凶，因此，揭露帝国主义的血腥侵略，反映海外华人的辛苦工作及受歧视的地位，也构成《死水》的内蕴。《洗衣歌》以洗衣工的口吻叙述所洗的东西为“悲哀的湿手帕”“罪恶的黑汗衣”以及“贪心的油腻和欲火的灰”，几个意象已描绘出雇华人洗衣者荒淫腐朽的罪恶生活。手洗着他们的肮脏，他们还要说“洗衣的买卖太下贱”，为此华工反问：“耶稣的爸爸做木匠出身，你信不信?”反诘的语气透露出诗人的不平与愤激，他承认：“胰子白水耍不出花头来，洗衣裳原比不上造兵舰。”但正是所造兵舰的野蛮进攻和残酷掠夺，才使祖国陷入饥寒混乱之中。因此，似乎客观的叙述背后，充盈着诗人对帝国主义的控诉！

写出下层百姓的苦难，目的不是展示苦难，而是提醒人们正视苦难的现实，认清反动军阀、帝国主义的本质，以便团结起来，推翻他们，争取自身的解放。这样，“咱们的中国”才会变成现实。

闻一多诗歌的艺术成就

从《真我集》到《红烛》，闻一多留下了一个新诗艺术探索者的足迹，早期的率真自由、发展期的热情奔放均给人留下深刻的印象，但最能体现其艺术成就的是成熟期的《死水》。其内容的真实、丰厚、典雅与形式上的完整、和谐、凝练融合在一起，构成了富有个性的艺术世界。

闻一多虽以新诗和古典文学研究出名，但所学专业却是绘画。他对自然美极为敏感，重视艺术作品给人的直觉印象。因此，注重诗境的绘画美便成为其诗歌艺术的第一个特征。他在《先拉飞主义》一文中谈到王维“诗中有画，画中有诗”问题时，曾说过：“其实这话也不限于王摩诘一个人当得起。从来那一首好诗里没有画，那一幅好画里没有诗?”强调诗境与画境的相通，正说明了其新诗创作的独特追求。通过不同色彩的组合、对比，渲染出秾丽的意境，是其诗歌创作中常用的手法。《罪过》一诗中，老头儿病了，还得挑担进城做买卖，“老头儿和担子摔了一跤，满地是白杏儿红樱桃”。红白相间的岂止是白杏红樱桃，还让人想起老头儿惨白的面容和鲜红的血痕。《死水》集中，诗人运用得就更为熟练自如了。这里有“珊瑚色的一串心跳”“芭蕉的绿舌头”“花蛇的鳞甲”，还有“我先弹着一群白鸽在霜林里，珊瑚爪儿踩着黄叶一堆”。即便是一沟死水，诗人也要赋予它翠绿桃红的色彩，“罗绮”“云霞”般模样，并以“绿酒”“白沫”形容其形态，色彩斑斓的意象共同勾织出腐烂后的“死水”到底是何面目。在《荒树》中，虾蟆蹲甑上，白莲浮瓢中，稻秧的绿，鲜花的红，衬着踏翻的芍药、山岗上的黑影，简直具备了叙事的功能——虽不能告诉具体的叙事元素，却整体告诉读者分明是一场巨大浩劫之后才会有的场景！以鲜艳的色彩烘托情景的破败，凸显出鲜明的个性特色。

随着诗人对社会和艺术理解的深入，对色彩的运用已不仅仅是“绘画美”的构成因素，而是融入诗人艺术个性中去了。闻一多是富有开创性又善于总结自我的诗人，在创作了《园内》《南海之神》等诗后，他渐渐发现自己的性格与雄浑沉劲的诗风相吻合。因而如何利用色彩的变化与组合构成一个个完善的意境，进而将自己对表现对象的整体思考凸显出来，成为他后期诗歌的追求。《洗衣歌》中突出洗衣的“胰子白水”与“罪恶的黑汗衣”“思乡的泪”的惨淡与血腥味的浓郁，色彩单调却对应，不仅没因其单调减少诗歌的表现力，反而因其对立使意象更集中、主旨更鲜明。《罪过》通篇以老头儿和倾覆的“白杏儿红樱桃”为中心意象，红白相对，既是物的描摹，也是命运的写照。诗歌形式与内容水乳交融，诗歌的意象便愈简明，表现对象时也愈完整。闻一多的诗歌对绘画美的追求，因其契合艺术辩证法而大获成功。

诗歌的艺术追求不能停留在意境的构成上，还有如何将意境表现出来的问题。强调新诗创作的“音乐美”和“建筑美”，便是闻一多解决这一问题的对策，也是其诗歌艺术的第二个特征。利用音尺、停顿和押韵等因素，闻一多的诗歌达到了音韵优美、节奏和谐的境界。其代表作《死水》，每行皆由四个音尺组成，其中一个是三音节，其余三个是两音节——

这是/一沟/绝望的/死水，
这里/断不是/美的/所在，

不如/让给/丑恶/来开垦，

看他/造出个/什么/世界。

如此安排，既发挥了现代汉语的优势，明白晓畅，又继承了传统诗词的特点，音调和谐。《也许》《忘掉她》《黄昏》《我要回来》《夜歌》《发现》《祈祷》等诗皆有此特点。他早年即写过《律诗研究》，其新诗创作节奏的构成方面多借鉴传统并加以改进。利用音尺构成的长短相间，构成诗句行进中的停顿富有变化，由此实现对诗歌节奏的调整；针对现代汉语以双音节词为主的现象，《死水》中大部分诗歌的结尾都采用双音结尾，这样就改变了古诗单音结尾造成的突兀，使诗歌节奏更为协调，有助于全诗音韵的和谐。在押韵方面，《死水》集中的28首诗，韵脚都做了精心安排，押韵的方式也丰富多彩。最常见的方式是每段四行，逢双押韵，有时是一、二、四行押韵，基本上属于此种方式的有《死水》等11首。既有通篇一韵的，也有随段换韵的，这跟传统诗歌的押韵方式相近，人们诵读起来易于接受。有的诗歌如《静夜》《发现》《飞毛腿》等诗，则是押随韵，每两行押韵，后两行换韵；而《你莫怨我》《我要回来》《忘掉她》三首诗，则采用每段首尾重复，中间几行押韵的方式。这几首诗因诗行短、韵脚密，本易造成音调的急促，但复沓形式的运用则避免了这种缺陷，从而使诗歌节奏鲜明、音调铿锵。无论哪种形式，就诗歌外形来讲，由于字数大致相同，每节的行数也相同，因此，其诗就保持了形式的整齐与匀称；即使是那些采用复沓形式的诗歌，因为通篇如此，也会产生一种均齐对称的美感，从而具备了建筑的美。

闻一多的诗歌注重从传统诗词中吸取有益成分，中国传统诗词创作中重推敲的传统，在其诗中得以发扬光大。因此，语言的凝练、形象的奇崛成为其诗歌艺术的第三个特征。他的诗，善于找合适的动词与形容词来表现对象，用一个动词能使对象生动起来，用一个形容词能刻画出对象的特征，从而发挥了中国诗歌言简意丰、准确凝练的特点。《死水》中他让油腻“织”出“罗绮”，让霉菌“蒸”出“云霞”，不仅动宾搭配合理，而且准确地描绘出腐水表面意象的形成过程；而水面上的气泡变成了一个个小珠，小珠们聚合成大珠则是“笑”出来的，一个“笑”字便将其破裂爆发之状凸显出来。《花儿开过了》中“那缜密的爱底根网总没一刻放松；他总是绊着，抓着，咬着我的心……”，连用三个动词将爱的深沉、执着与痛楚刻画得淋漓尽致，可见可触。《发现》中，为了表现心灵的惊诧，则连用了“喊”“迸”“鞭”“擎”“逼迫”“擂”“呕”等瞬间动词，从而将动作的急促相连、情绪的起伏跌宕传达了出来，至于意象的构成，也往往出人意料，“虾蟆蹲在甑上，水瓢里开白莲”“白杏儿红樱桃”“珊瑚色的一串心跳”“苍蝇似的思想，垃圾桶里爬”，黄昏成了“迟笨的黑牛”，观念变为“缥缈的呼声”等，或陌生惊奇，或色彩艳丽，或怪异神秘，或变形险奇，给人留下了极深的印象，成为诗歌主旨表现和意境构成的重要手段。

二、徐志摩：追求“爱、自然与美”的诗人

徐志摩，原名徐章垿，字槱森，生于 1897 年 1 月 15 日，浙江省海宁县硖石镇人。1918 年赴美前夕，由其父徐申如改字为志摩。1910 年入杭州府中学堂（后改为浙江一中），与郁达夫同学，在这里接受梁启超的思想；1915 年中学毕业，后考入北洋大学预科，专修法政。

1918 年 8 月，徐志摩自费赴美留学；1919 年 9 月入哥伦比亚大学经济系修硕士课程，选课注重政治方面，并开始接受和研究社会主义。1920 年获哥伦比亚大学经济学硕士学位；同年 9 月，入伦敦大学拟攻博士学位。1921 年春，转剑桥大学皇家学院；夏季，与林徽因相恋，并开始新诗创作。1922 年 3 月，与张幼仪离婚，10 月回国。

1923 年 10 月，组织“新月社”。1924 年 4 月，迎泰戈尔访华，任随从翻译，6 月陪泰戈尔访日；秋天，任北京大学教授，与陆小曼相识相恋，并为《现代评论》撰稿。1925 年 3 月，出访欧洲，途经苏联各地，创作《欧游漫录》，周游法、意、英诸国；8 月，第一部诗集《志摩的诗》出版；9 月接编《晨报副刊》。1926 年 4 月创办《诗镌》；6 月，散文集《落叶》出版。1927 年春，与胡适、邵洵美、潘光旦、闻一多、余上沅等在上海成立新月书店；8 月，

出版散文集《巴黎的鳞爪》;9月,出版第二部诗集《翡冷翠的一夜》。1928年1月,出版散文集《自剖》,3月10日,《新月》诗刊创刊,发表《〈新月〉的态度》一文,被认为是新月派的宣言。1931年1月,《诗刊》创刊;8月,第三部诗集《猛虎集》出版;11月19日,因搭乘的济南号邮政飞机失事,遇难身亡,年仅35岁。

1921年至1931年十年间,徐志摩为我们留下了《志摩的诗》《翡冷翠的一夜》《猛虎集》和《云游》四本诗集。诗歌大致包括以下几个方面的内容。

第一,对理想境界的执着追求。徐志摩从小长在富商之家,对中国社会缺乏深刻的了解;留学美英后,虽也对社会主义有所接触和研究,都没有从内心接受。这样,当他确定政治、人生理想时,便是依照自我观察的结果来设计,那就是他多次赞美的英国式的资产阶级民主政治。他曾几次筹办《理想》杂志,计划模仿伦敦的《国民》杂志,宣传自己的政治理想。杂志虽然没有办成,却通过《我的一个恋爱》《为要寻找一个明星》《婴儿》等诗体现出诗人的追求。《婴儿》中,那位躺在产床上受罪的母亲,分明是中华民族的象征,在"阵痛的惨酷里",她"知道这苦痛是婴儿要求出世的征候,是种子在泥土里爆裂成美丽的生命的消息","因此她忍耐着,抵抗着,奋斗着……",盼望"最锐利,最沉酣的痛感逼成了最锐利,最沉酣的快感"。她确信痛苦必将过去,期待"一个伟大的事实出现","守候一个馨香的婴儿出世"。在军阀混战的1924年,诗人显然期盼着自己的理想能在苦痛中实现。理想若未实现,诗人便继续追求。他没有政治家的权势,也没有演讲家的豪情,只凭着一颗真诚的心苦苦追求,哪怕是死,也要寻找光明。《为要寻找一个明星》便是诗人的自我描摹。"我骑着一匹拐腿的瞎马,向着黑夜里加鞭","为要寻一颗明星,我冲入这黑茫茫的荒野",马累坏了,骑手也累垮了,直到"荒野里倒着一只牲口,黑夜里躺着一具尸首。这回天上透出了水晶似的光明"!1925年,诗人在《我有一个恋爱》中再次以"明星"象征自己的理想,表示"我爱天上的明星","任凭人生是幻是真,地球存在或是消泯——太空中永远有不昧的明星"!从时态上讲,徐志摩的理想多是处于将来时,尚未出世;从空间上讲,那光明和理想则多半是在太空,虽明亮,却又邈远清冷。因而,可以说其追求分明是心灵的产物,离中国的现实尚远,诗人在苦苦追求之际,已流露出求之不得的凄苦;在孤独的献身之举中,蕴含着资产阶级个人奋斗的精神。

第二,对爱情体验的细腻表现。自古以来诗人重情,徐志摩更是视爱情如性命的浪漫诗人。无论是康桥畔与林徽因的炽烈爱情,还是归国后与陆小曼的情爱历程,也不管是求之不得还是终成眷属,诗人都以美丽的诗篇记录下爱情炙热生命留下的轨迹。诗人一生追求"爱、自由与美",他所醉心的也是那纯洁率真的爱情。《起造一座墙》中诗人表示:

我要你的爱有纯钢似的强,
在这流动的生里起造一座墙;
任凭秋风吹尽满园的黄叶,
任凭白蚁蛀烂千年的画壁;
就使有一天霹雳震翻了宇宙——
也震不翻你我"爱墙"内的自由!

如果说此诗表达了爱的坚贞,《望月》则歌颂了爱的纯洁与伟大。爱"正如蓝天里明月,你已升起在幸福的前峰,洒光辉照亮地面的坎坷"!《再休怪我的脸沉》更是将爱到痴处的感觉传达了出来:"你我早变成一身,呼吸,命运,灵魂——再没有力量把你我分离。""你我比是桃花接上竹叶,露水合着嘴唇吃,经脉胶成同命丝,单等春风到开一个满艳。"对于追求理想爱情的人来说,追求本身就是快乐。"美在过程"这一美学命题在《雪花的快乐》中得到了尽情再现。"我"一旦认准爱的方向,便不顾一切,向那里飞,去探望"身上有朱砂梅的清香"的姑娘。"我""沾住了她的衣襟,贴近她柔波似的心胸——消溶,消溶,消溶——溶入了她柔波似的心胸"。只要心接纳了"我",爱情的追求便算有结果,因而诗情的表述欢快流畅。

假如世上有情人皆成眷属,那么诗人笔下将充满欢乐的歌。遗憾的是爱却得不到所爱,偏偏又不能忘其所爱,于是便有了《落叶小唱》中祈盼爱情时的焦灼,梦中期盼情人来,醒后相伴唯秋声,落叶满阶前,佳人杳无影！《问谁》则独访新坟，伴星星村火，缕缕衰草，诉说对已逝爱侣的哀伤；《丁当——清新》将情人的形象与自我的心一起粉碎，表现失恋后的痛苦。《这是一个懦怯的世界》描绘诗人的激愤抗争——面对“容不得恋爱”的世界，我不怕“荆棘把我们的脚心刺透，听凭冰雹劈破我们的头”，紧紧拉住情人的手，要逃出牢笼，“恢复我们的自由”，直达“那理想的天庭——恋爱，欢欣，自由”，都能够得到，从而表现出诗人为爱而奋斗的决心。正如诗人在《爱眉小札》中所言：“我没有别的方法，我就有爱；没有别的天才，就是爱；没有别的能耐，只是爱；没有别的动力，只是爱。”

爱情是一场情感的马拉松，对爱的过分看重，使其爱情诗既蕴含等待的焦急与抗争的决心，又充满爱情未果时的担心和爱人负心时的伤怀。创作于1925年的《我来扬子江边买一把莲蓬》，表达了对陆小曼的思念，“回味曾经的温存”，担心对方的变化。诗中充满温馨、煎熬、忧虑、期待等多种情绪。陆小曼的态度变化直接影响着诗人的悲欢，期待的焦虑与无望的沮丧轮番纠缠着他。他渴望爱情早日有结果，但婚后生活的窘迫无序，很快使他陷入自我迷失的境地。妻子的捧名角、吸鸦片，尤其是情感上的背叛使诗人无措，他找不到人生的方向了！《我不知道风是在那一个方向吹》便真实地反映出诗人复杂的心态。诗人强调“我是在梦中”，在梦中回味“她的温存，我的迷醉”，面对“她的负心，我的伤悲”，他“在梦的悲哀里心碎”！人生如梦的虚幻感弥漫全诗，甜美和屈辱两面夹击，使诗人处于迷乱状态。如此沉重的爱情诗，在中国现代诗歌史上是不多见的。

第三，对社会现实的揭露批判。诗人的理想是超现实的，但他毕竟生活在中国大地上，因而《毒药》《太平景象》《大帅》《人变兽》等诗，便是集中揭露军阀的暴行和社会的黑暗。《太平景象》揭示内战的实质：“打自个儿弟兄，损己，又不利人。”《毒药》则勾勒出一个人欲横流、兽性发作、充满各种病态的疯狂的社会：“到处是奸淫的现象，贪心搂抱着正义，猜忌逼迫着同情，懦怯狎亵着勇敢，肉欲侮弄着恋爱，暴力侵陵着人道，黑暗践踏着光明。”《大帅》将军阀的残暴揭露无遗，士兵战死了，草草埋葬，甚至“还开着眼流着泪”的，照样活埋掉。《人变兽》撷取典型意象，展示战后惨景：

"柳林中有乌鸦们在争吵,分不匀死人身上的脂膏!""那田畦里碧葱葱的豆苗,你信不信全是用鲜血浇"！尸横遍野、血流成河的战场衬托下,"那井边挑水的姑娘","她为甚走道像带伤",村姑被奸更凸显出"人变兽"的现象。《梅雪争春》哀悼"三一八"惨案中的牺牲者,不满军阀暴行;《先生！先生!》和《盖上几张油纸》则对乞讨者寄予同情,"大门内有欢笑,有红炉,有玉杯",大门外是快冻死的乞丐;野外荒林间,有妇人哭自己饿死的三岁乖儿。社会的不平和穷人的遭遇触动了诗人的真情,其人道主义内蕴也升华到了更高的层次。

第四,对自然人生的深刻体悟。徐志摩不是思想家,但诗人的敏感、东方顿悟式的思维方法常使他透过表层,抓住自然的真谛,品出人生的妙处。《再别康桥》以"夕阳中的新娘"来比"河畔的金柳",已透出欲与大自然交融的意向。待青荇招摇而出时,"在康河的柔波里,我甘心做一条水草"！将自我完全融入大自然中,于天人合一、物我两忘之境中,摆脱肮脏的现实对自我的羁绊。在道家文化内蕴中,诗人追求人生的某种永恒,因而对于人生中的偶然相逢便不再看重。《偶然》一诗,对于"偶尔投影在你的波心"的现象,提醒对方"不必讶异,更无须欢喜——在转瞬间消灭了踪影"。感情的起伏、命运的不可捉摸,使诗人对人生有了独特的认识:"在黑夜的岛上"偶然相逢,并非同向前进的伙伴;短暂的感情,最好忘掉,免得记忆中苦苦纠缠。似自劝,又似劝人,对生命瞬间现象的否定,喻示着对生命永恒现象的追求。然而,现实的黑暗常常束缚住诗人想飞的翅膀,使他陷于《生活》中——

阴沉,黑暗,毒蛇似的蜿蜒,
生活逼成了一条甬道:
一度陷入,你只可向前,
手扪索着冷壁的粘潮。

欲飞不起、欲退不甘,摆脱"黑暗"的途径便是寄情山水、流连寺庙,在宗教中寻求解脱,以实现精神对现实的超越。《沪杭车中》自然景物的隐隐现现,明明灭灭,竟勾起诗人人生易老的伤感情怀;"催催催"的双关寓意,既是窗外风光瞬逝,也暗示着在人生的列车上别无选择,只能随时光一起向前,才能享有一个完整的生命。《常州天宁寺闻礼忏声》里,连用六个排比句式,渲染出阵阵钟声带来的心灵波动,它震荡着灵魂,超越人生,升到"无极",获得解脱。《天国的消息》由"小儿女的笑声"勾起纯洁的回忆,它驱逐混浊的尘世经验,使诗人的灵魂升华到无欲无望的境界!当然,想借宗教境界超越现实,恰如借酒浇愁,有时反倒带来更多的虚无感。唯其如此,才更凸显出诗人真实的内心世界。

徐志摩的诗歌有着鲜明的艺术个性。其一,借助美妙的意境传达诗情。追求意境优美是新月派的共同目标,徐志摩的诗歌善于捕捉典型意象,以抒发内心的激情。《再别康桥》中用"夕阳中的新娘"表现河畔金柳的风流娇艳,流露出诗人对金柳的爱慕欣赏;《沙扬娜拉》以不胜娇羞的水莲花形容日本女性的温柔可人,既摹形,又传神,将其纯洁无瑕、婉约动人的特性准确传达出来。《半夜深巷琵琶》中"柳梢头有残月挂"的意象,显然得于柳永的"今宵酒醒何处,杨柳岸晓风残月"。将其与诗人独坐怀人的幽情融合起来,伴着如泣如诉的琵琶声,一个有声有色、有情有形的意境便浮现眼前。而《偶然》中"天空中的一片云"的飘忽无定与诗人瞬间感受的融合,《她是睡着了》中以"星光下一朵斜欹的白莲"来形容梦中的"她",将心中的怜爱之情赋予其中,同样显示出造境新颖、意象明丽的特征。

其二,借助内在的激情实现音乐美。他认为"真好诗是情绪和谐了(经过冲突以后)自然流露的产物",并以人体作比,"一首诗的字句是身体的外形,音节是血脉,'诗感'或原动的诗意是心脏的跳动,有它才有血脉的流转"。所谓"诗感"或"原动的诗意"即是客观对象触发的内在激情。为了表现激情的涌动,其诗采用排比、复沓、重叠、对偶等手法,以独特的形式契合着或舒缓或骤起的情感波动;从音节角度看,他虽然也追求相对固定的音尺、停顿及押韵,却不像闻一多的诗歌那么有规律。《再别康桥》既有三字音尺、两字音尺,也有语气助词"了"作为辅助音尺,使其诗严整中带着轻灵,贯注一股活泼之气。诗句中间的停顿,也往往采用代词或判断词构成重音,如"那河畔的金柳,是夕阳中的新娘","那""是"的重音与

“金柳”“新娘”轻柔相间,使诗歌节奏鲜明。押韵方面,他兼采中西,既有中国传统的隔行押韵法,如《再别康桥》《他怕他说出口》,又有借鉴西方诗用随韵的《先生！先生!》,或用抱韵的《为要寻找一个明星》等。有的诗一韵到底,如《叫化活该》《一个噩梦》;有的诗则一节一韵,如《再别康桥》。何处停顿、音尺长短、用韵规则的选择随着内在感情的变化而定,充分显示出激情对于音乐美的构成所起的作用。

其三,诗体方面的多向追求。作为新月派的主将,徐志摩的诗以其相对整齐的外形、均衡的布局、匀称的诗句,显示出诗歌的建筑美。但是,他并没有被外形拘束,而是或长或短,或对话或白描,随情而发,因事而择,做过多种尝试。《盖上几张油纸》《无儿》等诗长短句相间,大体一致又不呆滞,符合表现对象的心境与情绪;《再别康桥》《八月的太阳》等则是严整的方块诗;《泰山日出》《婴儿》等是散文诗体;《叫化活该》《先生！先生!》是对话体。从诗体的长短看,《爱的灵感》长达 396 句,《沙扬娜拉》只有 4 句。可见作为浪漫诗人,他是不愿被形式过分拘束的;相反,他服从情感的指挥,选择符合表现对象的诗体。

其四,诗歌语言的独特风格。长期留学英美及归国后的上层圈内生活养成了徐志摩的绅士风度,温文尔雅的为人影响到其诗的语言,风格秾艳华丽、柔媚纤巧,声调流利悦耳,形式轻盈柔美。以《再别康桥》《半夜深巷琵琶》为代表的诗歌典雅端庄,色彩或明艳辉煌,或萧疏肃穆,皆不失其高贵气质;《一道金色的光痕》《沙扬娜拉》则将“硖石土白”或东洋语言糅进诗中,别有风味;《自然与人生》《泰山》等诗,以短促的诗句表达“自然与人”的多变,或山势的突兀陡转;《灰色的人生》《你去》等诗应和着凝重的情绪,采用冗长的诗句表达情绪的滞涩,色调明显黯淡。

三、朱湘:挚爱自然体悟人性的诗人

朱湘,1904 年生于湖南阮陵县。“五四”时期受新文化运动的影响,开始投入新文学。1919 年秋入清华学校,1921 年参加清华文学社活动,开始创作新诗。次年加入文学研究会。1926年,曾一度参加徐志摩、闻一多主办的《晨报副刊·诗镌》活动,后退出。1927年到1929年留学美国,先后在威斯康星州劳伦斯大学、芝加哥大学、俄亥俄大学学习西洋文学,并学习德、法、拉丁语以及古代英、希腊语文学。回国后,曾到安徽大学任教,1932年5月辞职。后因贫病交加,家庭不睦,精神陷于极度痛苦与绝望之中,于1933年12月5日凌晨在上海开往南京的船上投江自杀。主要诗集有《夏天》《草莽集》《石门集》《永言集》。

朱湘短暂的一生共创作四本诗集,除《永言集》是后人辑录外,前三本诗集基本上代表诗人创作内蕴的三个方面。

其一,对大自然的摹形传神,代表作是诗集《夏天》。大自然是诗人歌咏的永恒对象,中国传统诗歌中,咏物诗、山水田园诗皆以自然为表现对象;直到"五四"时期,冰心、宗白华等人创作的小诗,仍然以歌咏自然为主。这些诗派或诗人歌咏自然时,自然只是个载体,其目的多是从自然中得到"志",从对象中演绎出人生的哲理,因而有较强的主观情绪;朱湘不是这样,他将诗思集中于自然本身,以惊喜讶异的神态凝眸自然界的春花秋月,风雨草木,表现自然之美成了诗人的目的,因而有较强的客观性。《等了许久的春天》这首诗,采用多重比喻的手法,将步入春天的愉快、清新的心境,自然转换成两幅活泼相生的图画。《北地早春雨霁》《秋》《春雪后的早晨》等诗由丰繁的光色、声响交织而成,却又是画面疏朗、明晰的小幅风景。《黑夜纳凉》和《早晨》均很短,前者通过一声喟叹"可惜我不是少女,辜负了轻风花香织成的面纱",借人物的内心感受,写出了凉爽的清风、淡淡的花香构成的夏夜小景;后者借"黄金路上的丈长人影",将阳光斜照、野阔人长的画面以白描手法勾勒出来,单纯却又真切。主观感情的淡化,契合新月派"理情节制情感"的原则。

其二,对艺术的刻意追求。朱湘的诗歌创作,致力于形式的探索。他重视新诗的音乐性,认为"诗歌与音乐是古代文化的一对孪生儿","诗而无音乐,那简直是与花无香气,美人无眼珠相等了"。"音乐性是指诗歌中那种内在的与意境融合而分不开的节奏而言的",主张用韵要严格,应与诗的情调相协调,应不落俗套。同时,他强调诗的形体美,主张造一些“节律的图案”,通过诗行的独立、匀配,节奏的张弛来实现诗形的图案美。《草莽集》中《婚歌》呈彩灯形状,表喜庆内蕴;《采莲曲》则波光荡漾,轻舟扶摇,与采莲的欢乐相应。《情歌》《摇篮歌》《晓朝曲》《催妆曲》《昭君出塞》等一大批诗歌内容上淡化,音韵却和谐优美,具有很高的审美价值。他本来是主张诗人要观察“社会实情”“批评社会”的,可《草莽集》的内蕴显然离社会实情远些,而离艺术宝塔近些。之所以如此,是因为其对艺术的执着盖过了对内容的关注。当形式美成为诗人的主要追求时,是容易出现内蕴与形式失调现象的。

其三,对人性的深刻体悟。不管朱湘对徐志摩的诗艺、人品甚至长相如何不满,但在以诗歌作为生命价值的体现这一点上两人是一致的,因此,品味人生、挖掘人性内蕴便成为两人诗歌创作的共同之处。在《石门集》中,诗人将探索的目光聚集于生命个体在社会组织中的体验上。《扪心》既写人情的冷漠与人世的阴险“人声扰攘,不如这一两声狗叫汪汪——至少它不会可亲反杀,想诅咒时却满口褒扬!”又揭示“众生已把虚伪遗忘;他们忘了台下有人牵线,自家是傀儡登场”。自我的命运掌握在别人手中,社会将人推到异化的境地。《人性》《人生》等诗,是诗人直接切入个体生命过程,对人类生存的本质问题展开的思考。《寻》肯定叛逆精神:“这些鬼魂,无论多么叛逆,他们总远强似一种东西,假君子!”也斥责了伪君子们,暗示了诗人对真善美人性的向往。诗人这方面的思考虽然并未建立起自己的哲学体系,但关注自我,已显示出其诗歌创作的潜能。可惜他过早结束了自己的生命,以飞溅的浪花写成了最后一首辉煌的诗,却给读者留下了太多的思念与叹息!

新月派虽因主将的遽然离世或转业而于 20 世纪 30 年代初解体,但是,他们“新格律诗”的理论建树和创作实践,对中国现当代诗歌的发展产生了巨大的影响。20 世纪 50 年代何其芳提出创作“现代格律诗”的设想,60 年代郭小川的“新辞赋体”诗歌创作等,均可视为对新月派遗产的继承与发扬。

第六章 忧郁的诗魂：艾青的诗歌创作

一、艾青的独特贡献

艾青(1910—1996),原名蒋正涵,字养源,号海澄,浙江金华人,另有笔名莪加等。

在20世纪中国文学史和新诗发展史上,艾青是一位具有重要地位且产生过广泛影响的诗人,他来自南方的农村,于20世纪30年代崛起于诗坛。他的诗作,以最属于自己也最属于时代的独特语言与姿态,抒发着中国大地的苦难与悲哀,宣告着他对这土地至死不渝的挚爱。由此他被誉为中国新诗发展史上一位标时划代的伟大诗人。

艾青生于金华县畈田蒋姓一个地主家庭。因算命先生说他命硬“克父母”,家里便把他送给同村一个贫苦农妇大叶荷哺乳寄养,5岁后才接回家中。但他并不习惯家中富有而冷漠的生活,经常跑回乳母家与大叶荷的几个儿子一起玩耍。这段生活经历,使他从小就了解了农民的贫困与苦难,并感染了农民的忧郁,把贫苦人们的爱憎悲欢融入了自己的血液,这成为他日后诗歌创作重要的思想基础和生活源泉。

艾青自幼喜欢绘画,1928 年考入杭州国立西湖艺术院绘画系,1929 年赴法国留学,在巴黎勤工俭学专攻绘画。这期间他领受了 20 世纪初兴起的现代艺术思潮的洗礼,并大量阅读了波德莱尔、兰波、凡尔哈伦等人的诗作,受到了深深的浸染和启迪。在巴黎度过了"精神上自由、物质上贫困的"三年之后,艾青于 1932 年年初回国。同年 5 月加入中国左翼美术家联盟,并与江丰、力扬等人组织"春地艺术社"。7 月以"危害民国罪"被捕入狱,经受了三年囚禁生活。诗神就在这时穿过铁窗悄然叩开了艾青的心扉,他拿起诗笔开始了诗歌创作。《透明的夜》《大堰河——我的保姆》《芦笛》《九百个》《黎明(外五章)》等都是在狱中写成的。《芦笛》是他第一次以"艾青"为笔名发表的诗作,写作稍早而发表稍晚的《大堰河——我的保姆》更是在文坛引起了强烈反响,"轰动了全国,许多人看了流泪"。此后,艾青怀着强烈的使命感,在民族危机日益加重的黑暗社会环境中,创作了大量诗作,或描写劳动人民的深重苦难,或抒发对春天、太阳、光明未来的热烈向往,都洋溢着鲜明的时代色彩。

1937 年全民族抗战爆发后,艾青辗转于武汉、山西、桂林、湖南、重庆等地,参加了大量抗日救亡文化活动,并迎来了他诗歌创作的黄金时期。在短短三年多的时间里,他创作出版的诗集有《北方》《向太阳》《旷野》《他死在第二次》《火把》等。这时期的诗作,以更广泛的抒情领域、更成熟的诗艺技巧、更具个性特色的诗美风格,使艾青成为抗战时期影响最大、成就最高的诗人。

1941 年年初,艾青来到延安,进入了一个全新的创作境界,自觉地把诗"献给新的主题和题材"。毛泽东《在延安文艺座谈会上的讲话》发表后,他投身到工农兵中,写下大量诗作,后来收录在《黎明的通知》《献给乡村的诗》《反法西斯》《雪里钻》等诗集中。艾青在延安时期的诗作,大多抒写解放区人民新的生活状况。解放区的社会政治氛围,赋予这些诗作以乐观明朗、昂扬向上的思想格调。艾青在创作中致力于以具象化、大众化的诗歌形象去写新生活新风尚，选用通俗易懂的大众口语和表达方式，树立起一种通俗化、大众化的全新的诗美风范。然而艾青这一时期诗作的艺术水平，较之他前一时期在国统区的诗作，却有明显的降低，有些诗作流露出概念化、浮泛化、粗糙化的倾向。艾青在解放战争时期的诗作不多，主要有组诗《播谷鸟集》等。

艾青是一位对祖国、对人民、对土地怀有挚爱深情的诗人。农民的淳朴善良、土地的宽厚广阔培养了诗人仁爱忠诚的品性，他对土地和人民产生了血肉一般的感情，并深深浸染了农民的忧郁。在法国读书时，他既目睹了资本主义社会的腐朽罪恶，又身受帝国主义列强对祖国的欺侮，心中思国念乡之爱与愤恨帝国主义列强之憎强烈燃烧起来，因而对祖国的眷念与热爱得以升华。回国后诗人遭遇了牢狱之苦，出狱后又目睹国土沦丧、人民流离的情景，其诗的气质由农民的忧郁逐渐扩展为时代的苦难和民族的忧愤。抗战全面爆发后，诗人亲身感受了广大人民同仇敌忾奋起抗战的热情与意志，深深为祖国辽阔的土地和英勇不屈的人民所感动、所激励，这种浓烈的爱便凝聚成《我爱这土地》《复活的土地》《他起来了》《黄昏》《吹号者》等一大批迸射着爱国主义激情的诗篇。诗人表示要用嘶哑的喉咙为祖国、为人民、为土地真诚歌唱，直到生命的终结。在创作诗歌的同时，诗人还以极大的热情投入实际的爱国抗日社会活动。在武汉等地，他参加了抗敌宣传队，并投入救亡朗诵诗活动中；在西安，他出任抗日艺术队队长，奔波于陇海铁路沿线的民族解放战争的战场上。与此同时，他发表了一系列关于诗歌创作、文坛动向、文学与人民及战争关系的理论文章，号召广大作家走出书斋奔向抗日救亡前线，用文学创作为民族抗日战争服务。艾青对祖国、对人民和土地的这份挚爱，以及由这种爱凝聚生成的伟大精神，成为苦难中奋然站起抗争的一代爱国知识分子的精神楷模。在艾青的影响和鼓励下，许多作家尤其是七月派诗人们纷纷投身到抗日救亡文化活动中，把才华与热情献给了祖国和人民。

无论是做人还是写诗，艾青都酷爱朴素和真诚。他终生恪守着坦诚质朴的人生态度与处世原则，不矫饰、不虚伪、不从俗、不追时尚，这在他的诗歌创作中显露得十分鲜明。他一生坚持用口语写诗,这是他朴素真诚性格的艺术实践。艾青在诗集《北方》的序言中说:“我是酷爱朴素的,这种爱好,使我的情感显得毫无遮蔽,而我又对自己这种毫无遮蔽的情感激起了愉悦。很久了,我就在这样的境况里继续着写诗。”他的《北方》《手推车》《旷野》《乞丐》《雪落在中国的土地上》《向太阳》《他死在第二次》等诗作,每每让读者的心受到强烈的震撼而与诗人坦诚的情感一起搏动。诗的语调是沉缓有力的,语言是质朴无华的,节奏是内在情感的深沉起伏,一声声真诚的呼唤和焦灼的叹息,标示出一种历史的可感的深度。这是来自生命深处的亲切的口语,排斥了华丽的矫饰,弃绝了空洞的说教,采用朴素而鲜活的、有弹力和流动感的词句,这是现代诗极为可贵的一种要素。它引导了一代人写起这种带有散文美的自由诗。

艾青的审美理想是“苦难的美”,这是历史使命感和忧患意识在诗人心中种下的根芽。艾青在《诗论·美学》中说:“苦难比幸福更美。苦难的美是由于在这阶级的社会里,人类为摆脱苦难而斗争。”“苦难的美”寄寓了艾青民主自由的社会理想和人道主义的道德情怀,它源自现实社会生活中的悲剧,源自诗人那颗为民族灾难而痛苦得流血的心,源自诗人的抗争意识和革命信念。它不仅是艾青的一种心理现实,一种情感基调,而且是其诗作的基本内涵。“苦难的美”并非指苦难本身的美,而是指以描述苦难来促进人们从痛苦中奋起,从而再现人生苦难和抗争要求的艺术美,而这艺术美则指向了崇高和悲壮。

这种“苦难的美”的崇高与悲壮,使艾青诗作充满了一种忧世、救世、创世的英雄精神。在《乞丐》《手推车》《雪落在中国的土地上》等诗作中,诗人抒发的忧世情怀是阔大而丰厚的,个人的忧伤与国家的危亡、民族的苦难、人民的痛苦紧紧凝结在一起,形成了一股压抑的洪流;在《笑》《马槽》《一个拿撒勒人的死》等诗作中,诗人倾诉了甘为理想献身、甘为人民牺牲的救世心愿。为了后人和未来的生活处处充满“安谧而又舒展的笑”,诗人情愿受20世纪的烈焰燃烧,即使头戴荆棘的冠冕,身体被钉上十字架,也毫不退缩畏惧。诗人相信,伟大的牺牲终将会照亮世人前进探索的路。在《太阳》《黎明》《时代》《向太阳》等诗作中,诗人的忧世情怀与救世宏愿通向了创世的实践意识。诗人“乘着热情的轮子”,去迎接“美丽的日出”,去传递“灿烂的明天的最可信的音讯”。诗人宣告在那明亮的太阳照耀的春天的土地上,到处是新鲜的空气、自由的歌唱和欢乐的海洋,号召人们为这美好的未来去奋斗去创造。正是这种“苦难的美”的审美理想和由此生发的忧世、救世、创世的英雄精神,使艾青诗作以个性意识与整体意识的融合,以忧患意识与实践意识的交织,以代表传统又超越传统的艺术创新,高标独立,卓然不群。

艾青对新文学的一个重要贡献,是其诗论的独特美学价值。艾青的《诗论》虽然只是薄薄的一册,却以精彩独到的诗学见解和理论指导意义,在中国新诗美学史上产生了巨大的影响。

艾青在《诗论》中提出了关于诗的最高境界应是真善美统一的理想主张。他说:“真、善、美,是统一在先进人类共同意志里的三种表现,诗必须是它们之间最好的联系。”“我们的诗神是驾着纯金的三轮马车,在生活的旷野上驰骋的”,“那三个轮子,闪射着同等的光芒,以同样庄严的隆隆声震响着的,就是真、善、美”。

艾青所强调的“真”,具有广泛而深刻的含义:一是诗人必须忠实于生活,从现实生活中获得真切的生命感受和体验;二是诗必须是对现实世界的真实反映,不粉饰生活,不伪造感情;三是诗的艺术创造必须是在生活真实的基础上创造出的一种艺术的真实。他指出,诗歌只有在这个层次上达到有机的统一,才能通向诗的至真境地。

艾青强调诗的“善”,认为善不仅是现实的与历史的一种伦理道德规范,具有人民性和进步性,而且还具有以广泛人性为本位的社会性和功利性。诗人和诗作都应该为提升人性、发展文明、改造社会而努力奋斗。他说:“诗人永远是正义与人性的维护者”,“诗是人类向未来所寄发的信息;诗给人类以朝向理想的勇气”。

艾青强调的诗的“美”,指的是由形象美与形式美综合体现出的诗的审美特性。他认为,诗美特征和规律常常被人所忽略,而它却恰恰是诗的本质和生命。“一首诗的胜利,不仅是那首诗所表现的思想的胜利,同时也是那首诗的美学的胜利——而后者,竟常被理论家所忽略。”他指出,诗歌审美创造的过程就是将诗的感觉、诗的思想情感凝结为形象的过程。因此,诗歌审美创造的核心,就是诗美形象和诗美形式的构造。因为只有使各种事物寻找到形象的联系和恰当的形式,诗作才能“给思想以翅膀,给情感以衣裳,给声音以彩色,给颜色以声音”。而要将思想和情感凝聚为形象,化成美的形式,诗人则必须借助意象、象征、联想、想象等艺术方式和生动灵活的语言手段,使诗作成为“一座心灵的活的雕塑”。

艾青关于诗的审美价值在于真善美的统一的诗学观点,有效地纠正了在他之前的诗人们的种种偏差——或“唯真”,只求诗歌对现实生活的如实摹写而流于刻板和直白;或“唯善”,只注重诗为斗争服务的社会功利作用而流于标语口号的浮泛与粗糙;或“唯美”,只致力于精美优雅的诗形诗美的打磨雕饰而流于内容的苍白与虚空。他为新诗确立了一个准确的审美价值方向,具有较强的科学性和较丰富的诗学内涵。

艾青在《诗论》中阐释的诗歌美学主张的另一个极为重要的内容,是关于“诗歌的散文美”的诗歌形式理论。他在《诗的散文美》中指出:“自从我们发现了韵文的虚伪,发现了韵文的人工气,发现了韵文的雕琢,我们就敌视了它;而当我们熟视了散文的不修饰的美,不需要涂抹脂粉的本色,充满了生活气息的健康,它就肉体地诱惑了我们。”可见,艾青之所以提倡诗的散文美,就是要把诗从蹩脚的韵文和雕琢的形式中解放出来,以散文的自由性与开放性赋予诗生机活力。具体说来,艾青的“诗的散文美”实际上包含两个方面:

一是语言的口语化。艾青指出,“我说的诗的散文美,说的就是口语美”,因为口语存在于人们的日常生活中,富有深切自然的人间味。他主张“不要向‘书本’去猎取句子!要向生活去猎取句子”,“最富于自然性的语言是口语”。所以他要求“尽可能采用口语写,尽可能地做到‘深入浅出’”。在艾青看来,诗歌语言“是饱含情绪的语言,是饱含思想的语言”,它“必须富有暗示和启示性”,因此这是一种“不受单一的事物所限制的语言”。他强调美的口语要建筑在简约与明朗上，这样的口语其实是白话的提炼，它扬弃了芜杂、散漫和一览无余的杂质，而达到含蓄、明朗、简约、自然的境界。

二是形式的自由化。他认为，诗人要无拘无束地表达抒发生命的感受与体验，就必须摆脱外形的束缚，选用灵活开放的自由诗体。艾青说他喜爱自由体形式，是因为自由体容量大，形式灵活，抒写思想感情较为方便。他提出以自然的口语和散文的结构为规范，建构一种不一定押韵、句子参差不齐、可分也可不分章节的自由体形式。当然，自由体也不是漫无边际的自由，他认为形式要有一条原则，“在变化里取得统一”，“在参差里取得和谐”，“在运动里取得均衡”，“在繁杂里取得单纯”，“自由而自己成了约束”。艾青的这种诗歌美学观，在其诗歌创作中得到了充分完美的体现。

二、为人民而歌

艾青是一位集聪慧的画家、激情的歌者、沉思的哲人为一体的诗人，他的诗作动态地聚合了感知、寓理、抒情、象征等多元诗美个性，成功地建构起一种真正代表现代新诗审美发展趋向的整合诗美风格。

对艾青的诗作细加辨析，我们会发现艾青是植根于人民、植根于民族土壤的，而忧郁则是艾青诗作一直都未能拂去的基调。也正是这三个方面构成了艾青诗作独特迷人的风采。

艾青的艺术生命深深植根于人民之中，他为人民的苦难、祖国的存亡而忧虑，为革命的发展、人民的斗争而欢乐。这从艾青的第一本诗集《大堰河》和其他一些早期的短诗中就可以看出。

《大堰河——我的保姆》是艾青早期的代表作，这是一首儿子献给母亲的赞美诗，是青年知识分子同情劳苦人民的一支忧愤的歌。在这首带有自传性质的诗篇中，诗人以诚挚的感情、质朴的语言，为我们塑造了一个勤劳、善良的农村妇女形象。这个普通的农村妇女，为了养育她的家庭，被迫用自己的奶水哺养地主的儿子。在她流尽了乳汁之后，仍然不辞辛苦地劳作着。但是，她最后得到的却是一个十分悲惨的结局：

大堰河，含泪的去了！
同着四十几年的人世生活的凌侮，
同着数不尽的奴隶的凄苦，
同着四块钱的棺材和几束稻草，
同着几尺长方的埋棺材的土地，
同着一手把的纸钱的灰，
大堰河，她含泪的去了。

大堰河“含泪”而去，同她生前“含着笑”出卖劳动力形成了鲜明的对比。这是沾满泪水的挽歌，是诗人“给予这不公道的世界的咒语”，也是对黑暗的旧世界的鞭笞与控诉。虽然诗人是地主的儿子，但他是吃了大堰河的奶而长大的，同劳动人民有着血肉的联系。他目睹了劳动人民艰苦的生活，也看到了他们身上的美德，因而对自己家庭所属的那个阶级产生了厌恶和憎恨，对那个阶级骄奢淫逸的生活表示了强烈的不满。诗人对自己亲生父母的家感到陌生，而对养育他的穷苦的农妇却充满了深厚的情意，即使是在阴冷的狱中也念念不忘自己的乳母。因此可以说，这首诗不仅流露出艾青对劳动人民的同情和热爱，同时也表现出诗人青年时期的叛逆思想和反抗精神。这首诗发表后在广大读者（特别是青年读者）中产生了热烈而持久的反响，得到了一致好评。朱自清在十多年后的《论朗诵诗》一文中曾有这样的记载：“在三十四年昆明西南联大的“五四”周朗诵晚会上听到闻一多先生朗诵这首诗，从他的抑扬顿挫里体会了那深刻的情调，一种对于母性的不幸的人的爱。会场里上千的听众也都体会到这种情调，从当场热烈的掌声以及笔者后来跟在场的人的讨论可以证实。这似乎是那晚上最精彩的节目之一。”从朱自清、闻一多先生的喜爱和推崇中，我们可以看到这首诗以它的真诚震动着亿万读者的心，以它鲜明的爱憎、诚挚的感情确立了艾青在中国新诗诗坛上的地位。

全民族抗战爆发前夕，阶级矛盾、民族矛盾空前尖锐。就在这乌云密布的时期,艾青于 1936 年出版了诗集《大堰河》,此后他的诗歌创作一发而不可收。他怀着对黑暗现实的强烈不满,怀着对光明的渴望和向往,唱出了一支支忧愤而有力的歌。《春》《煤的对话》《黎明》《笑》便是其中优秀的篇章。

春来了
龙华的桃花开了
在那些夜间开了
在那些血斑点点的夜间

艾青写《春》,无心泛泛地歌吟自然界的花草,他意味深长地描写了龙华夜间开放的桃花,这饱含着诗人的独特感受。经过三年的铁窗生活,艾青对国民党反动派的凶残面目是有着深刻认识的。艾青写龙华带血的桃花,据说是为了纪念"左联五烈士"——那些为自由而献身的顽强的"人之子",诗人坚信他们的反抗和牺牲必然会迎来鲜花盛开的春天:

于是经过了悠长的冬日
经过了冰雪的季节
经过了无限困乏的期待
这些血迹,斑斑的血迹
在神话般的夜里
在东方的深黑的夜里
爆开了无数的蓓蕾
点缀得江南处处是春了

人问:春从何处来?
我说:来自郊外的墓窟。

这样的诗句具有巨大的思想容量和强烈的艺术感染力,它热情地赞颂了革命青年们可歌可泣的斗争,赞颂了他们为创造一个美好春天而献身的精神,同时也表现了诗人深沉而愤懑的战斗情绪。《煤的对话》同样写于 1937 年春。诗中"住在万年的深山里""住在万年的岩石里"的煤,是我们古老祖国的象征，是我们伟大民族的写真。我们的祖国和民族有着光荣而悠久的历史，有着自强不息的斗争传统，在一切妄图凌辱和奴役她的侵略者面前绝不会屈服：

你已死在过深的怨愤里了么？

死？不，不，我还活着——

请给我以火，给我以火！

这些燃烧着战斗激情的诗句，充满信心，充满力量。“请给我以火，给我以火！”这既是煤的激动的叫喊，也是我们古老而伟大的民族的怒吼，一切侵略者和反动势力都会在这怒吼声中发抖。诗人通过奇特的构思、丰富的想象，把强烈的民族自豪感表现得相当充分。

抗日救亡运动日益高涨，特别是卢沟桥事变之后，抗日的炮火振奋了中华民族，也召唤着诗人艾青。作为当时最出色的青年诗人之一，艾青也把他全部的智慧和才能、全部感情的力量献给了祖国人民和伟大的时代，献给了关系到全国人民生死存亡的英勇豪迈的抗日战争。诗人走到十字街头，走进了人民中间，歌唱“太阳”，歌唱“火把”，歌唱英勇的战斗者……艾青的诗歌创作在题材上从较多地写不合理的社会转而着重歌唱民族解放斗争，调子也比过去更高昂、更明快了。这时期他写下《他起来了》《雪落在中国的土地上》《北方》《向太阳》《吹号者》等抒情诗和《他死在第二次》《火把》等著名的叙事诗。这些诗，一部分以深沉动人的音曲诉说祖国的忧郁和苦难，绝大部分则以充满战斗激情和胜利信心的强烈高昂的音调歌唱了人民的反抗和斗争。

长诗《向太阳》写于 1938 年 4 月的武汉。艾青以海洋一样开阔的胸襟和气魄，歌颂了抗战给人们带来的信心和希望，诗人向往自由，向往光明，渴望着民族的解放和祖国的新生——这一切都是通过形象思维，通过对太阳的热烈歌颂表现出来的。艾青赞美“比处女/比含笑的花朵/比白雪/比蓝的海水”还要美丽的太阳，赞美在太阳下活动着、斗争着的人们：那些比拿破仑的铜像更漂亮的伤兵，那些背着募捐袋唱着清新的歌、骄傲地挺起胸脯的少女，那些在后方加紧生产为抗战流汗的工人，那些穿着草黄色制服在广场上操练着的士兵……在太阳的照耀下都充满了朝气和力量。这首诗欢欣鼓舞，基调高昂，自始至终洋溢着热烈向上的高亢情绪。

在《他起来了》这首诗中，艾青用简短的诗行为我们描绘出了一个战斗者的坚强形象：

> 他起来了
> 他起来
> 将比一切兽类更勇猛
> 又比一切人类更聪明
>
> 因为他必须如此
> 因为他
> 必须从敌人的死亡
> 夺回来自己的生存

这是一个觉醒者和奋起者的形象，是从灾难和屈辱中站起来了的反抗者的形象："他的额上淋着血/他的胸上也淋着血/但他却笑着/……像在寻找/那给他倒地的一击的敌人。"诗人描写的这个战士显然是中华民族的伟大形象。《吹号者》歌颂在战斗中光荣牺牲的一个普通号兵，他每天早晨最先起来，以他"对于丰美的黎明的倾慕"吹起嘹亮的起床号。在他的号声中，林子醒了，河流醒了，旷场醒了，村野醒了，"世界上的一切，/充溢着欢愉/承受了这号角的召唤"。他吹过了吃饭号，又吹集合号、出发号，而我们的吹号者"在阳光照着的长长的队伍的最前面，/以行进号/给前进者的步伐/做了优美的拍节"。激烈的战斗开始了，他"一面奔跑，一面吹出了那/短促的，急迫的，激昂的，/在死亡之前决不中止的冲锋号"，直到中弹倒下，他的手依然紧紧地握着那号角。诗人满怀激情地讴歌一个普通的号手，讴歌为光明和胜利而献身的崇高精神。在这位热爱祖国、向往光明的吹号者身上，我们也看到了诗人自己的影子，看到了艾青"对于黎明的过于殷切的想望"。

《火把》是艾青抗战时期的作品。在这首叙事长诗中，诗人通过一次规模盛大的火炬游行，表现了小资产阶级出身的知识青年在抗日战争的洪流里受到的教育和锻炼，表现了人民群众高涨的革命热情。诗中不仅为我们塑造了女青年唐尼的动人形象，真实地描写了她的忧伤和欢乐，同时也生动地展示了轰轰烈烈的有组织的群众斗争场面：

我们来了　举着火把　高呼着
用霹雳的巨响　惊醒沉睡的世界

我们是火的队伍
我们是光的队伍

人愈走愈多　队伍愈排愈长
声音愈叫愈响　火把愈烧愈亮
我们的脚踏过了每一条街每一条巷
我们用火光搜索黑暗
把阴影驱赶
卫护我们前进

这些擎火携雷的诗句具有激动人心的艺术力量，它热烈地歌颂了我们的人民特别是青年在抗日救亡风暴中追求光明、追求革命的战斗情绪，表达了他们渴求自由和为祖国独立解放事业而斗争的无畏精神。

艾青早期的诗歌创作是其思想感情的结晶，它既打上了鲜明的时代烙印，又闪耀着瑰丽的艺术光华。为民族的苦难、祖国的兴亡而忧虑，为革命的高涨、人民的斗争而欢乐，歌唱抗争，歌唱光明，充分抒写时代情绪和时代精神，是艾青早期诗作最基本的思想特征。

三、植根于土地

艾青自称是“农人的后裔”“旷野的儿子”，血管里“旋流着土地耕植者的血液”。研读他的全部诗作,我们便会发现他的“土地”系列诗篇十分引人注目。

艾青的诗集《旷野》《北方》《献给乡村的诗》,收录了诗人反映农村生活的优秀诗作。其中《死地》《复活的土地》《雪落在中国的土地上》《我爱这土地》,都直接以“土地”标入诗题;《旷野》《斜坡》《青色的池沼》《旷野(又一章)》《公路》《村庄》《献给乡村的诗》等诗题也都与土地密切相关;此外,如《乞丐》《老人》《捉蛙者》《补衣妇》《刈草的孩子》《驴子》《水牛群》《手推车》《山毛榉》等,都是农村的人物速写或风物描绘。艾青生长在中国农村,写了一些有关农村的诗,但他所出身的阶级给了他“很大的负累”,他当时还不能“用一个纯粹的农民的眼光看中国的农村”,因而他的“土地”系列诗篇写的多是旧农村,用的也是“旧的感情”。同时,艾青也有一部分诗写于解放区,他亲身经历了农村的斗争,感应了大众生活的脉动,也认识到了“新的农村,新的农民正在中国生长”,艾青的诗也逐渐向旧的乡村生活告别,努力反映中国新农村历史性的变革。

20世纪40年代初冯雪峰在评论艾青的诗歌创作时曾指出:“诗和生命同在,诗和国民精神同在,诗和大众同在。……艾青,正是这样的一个诗人:他的诗的外表自然是极知识分子式的,但他的本质和力量都建筑在农村青年式的真挚、深沉和爱的固执上,艾青的根是深深地植在土地上。我想,使艾青成为诗人者,怕不是别的原因,而显然是土地的受难、农村的不安、农民大众的战斗与痛苦等的原因吧;不论他出自什么阶级,他的爱显然是农民大众的,他的诗人的来历显然是和农村革命青年大致相同的。”从艾青登上诗坛最初写下的《大堰河——我的保姆》《透明的夜》,到《旷野》《北方》中的诗篇,以及1948年写的组诗《播谷鸟集》,诗人的一颗“真实的诗的灵魂”一直“跟随着农村的动荡而动荡”,他的诗一直充满了对土地、对农民大众的真挚的爱,这种爱主要表现在下述两个方面。

其一,艾青的“土地”系列诗篇,具体而真切地描写了20世纪30年代中国农村的衰颓与凋敝,抒唱了旧中国农民的贫困与痛苦,字里行间有一股强烈的变革现实的渴求与企盼。“凡心中有痛苦的,有憎恨的,有热爱的，有悲愤与冤屈的……不要沉默！”在《诗与宣传》中，艾青曾说过：“我们，是悲苦的种族之最悲苦的一代，多少年月积压下来的耻辱与愤恨，将都在我们这一代来清算。……我们写诗，是作为一个悲苦的种族争取解放、摆脱枷锁的歌手而写诗。”诗人正是以这样的动机和出发点，面对旧中国的农村现实唱起了忧愤与抗争的歌。

1937年6月底“为川灾而作”的《死地》，真实地描写了四川农村的一场大旱灾。诗人触目的是万顷的荒原，“像被火烧过的/焦黑的麦穗/与枯黄的麦秆/与龟裂了的土地”，树上无鸡鸣，屋顶不冒烟，“到处是男人的叹息/女人的咽泣/与孩童的哀号”。严重的天灾再加上征粮讨债者的逼迫，千百万的“地之子”们，只能“伸出无数的手/像冬天的林木的枯枝般的手”，在死亡线上挣扎。诗人忠于现实，正视生活，摄人心魄地描绘了这一幅悲惨的生活图景。半年后，艾青又写下他的抒情名篇《雪落在中国的大地上》，为我们勾画出另一幅有着独特时代感的历史画面。

《雪落在中国的土地上》以深沉粗犷的笔调描写了中国“土色的忧郁”和“民族的哀感”。诗人首先展现了大雪飘落、严寒肆虐的阴冷场景，以拟人化的手法写那裹挟着大雪的北风，“伸出寒冷的指爪”，扯住行人的衣襟，像一个充满了悲哀的老妇人，一刻不停地絮聒着。北风呼啸，大雪纷飞，整个中国的土地，都被严寒封锁。借对自然气象的描绘，诗人象征性地渲染出了时代的氛围。接着，诗人以震动人心的大手笔把一连串的特写镜头相继推出：在大风雪中戴着皮帽子赶着马车的农夫，破烂的乌篷船中蓬头垢面的少妇，失去了家园在饥寒中蜷伏的母亲……诗人从北方雪原写到江南水乡，从寒冷的农村写到小镇的污巷，愤怒地揭露了日本侵略者破坏中国人民温暖幸福的家庭，暴戾的敌人的滴血的刺刀造成了千百万人的恐怖和死亡。艾青痛苦地凝视着广阔的土地，看到了帝国主义和封建势力造成的战乱和贫穷。诗中写道：“饥馑的大地/朝向阴暗的天/伸出乞援的/颤抖着的两臂。”同样是用拟人化的手法，塑造了一个浮雕般的巨大而鲜明的形象，写出了中国广大农民在战乱中的无限痛苦。在这一系列具体而真切的描绘中，诗人不断发出悲愤的议论：“中国的路/是如此的崎岖/是如此的泥泞呀。”“中国的苦痛与灾难/像这雪夜一样广阔而又漫长呀!”这是艾青经过痛苦的观察和沉思之后发出的呼声,是能真正代表人民的呼声。尽管这声音是忧郁和悲哀的,但它却渗透着诗人真实的爱国主义的思想和感情。

《雪落在中国的土地上》在表现爱国和民族情怀的同时,非常自然地融入了诗人的自我感情。在描绘了北风中的雪原景象和征途上艰苦跋涉的农夫之后,诗人的笔锋突然转向自己,向艰辛岁月中的人们袒露自己的胸怀:“而我/也并不比你们快乐啊/——躺在时间的河流上/苦难的浪涛/曾经几次把我吞没而又卷起——/流浪与监禁/已失去了我的青春的/最可贵的日子,/我的生命/也像你们的生命/一样的憔悴呀。”在《北方》中,艾青也描写了北国冬日原野上荒凉、阴郁的景色:漫天黄沙,冻结在寒风里的村庄、河流,挣扎前进的行人、驴子,惊惶凌乱的雁群和浊涛汹涌的黄河……在咏叹了北国人民的贫困与不幸之后,诗人同样笔锋陡转,描写“我/——这来自南方的旅客”对这悲哀的北国的挚爱:“扑面的风沙/与入骨的冷气/决不曾使我咒诅;/我爱这悲哀的国土,/一片无垠的荒漠/也引起了我的崇敬。”在《旷野》《旷野(又一章)》等诗作中,艾青也都采用了同上述诗篇近似的构思与抒情手法。诗人总是直率地吐露抑郁情怀和坎坷遭遇,把个人的苦难同民族的苦难自然地联结起来,让读者从诗人心灵的悸动中产生强烈的感情共鸣。诗中既有家国之忧,又有身世之感。艾青早期诗歌沉郁忧愤的风格有了更为广阔、更为深厚的时代内容。

艾青的“土地”系列诗篇在描绘旧中国的贫困与凋敝时,不仅擅长用油画的笔法去涂抹渲染出巨幅的画面,还善于以速写、素描的手段,准确地捕捉住生活的具体场景,以神速的剪影,画出鲜明而生动的形象。他的《手推车》《补衣妇》《老人》《冬天的池沼》等,都是这方面的佳作。比如《乞丐》就是一幅功夫独到的人物素描。乞丐徘徊在黄河两岸、铁道两旁,这些来自灾区和沦陷区的无家可归的人,为饥饿所迫,四处乞讨,他们痛苦地呐喊着,发出撕裂人心的声音。诗人用极省俭的笔墨,抓住人物一瞬间的神态和情绪,刻画得入木三分:“乞丐用固执的眼/凝视着你”,“伸着永不缩回的手/乌黑的手/要求施舍一个铜子”。作者画乞丐,着力画他的眼和手:乞丐用可怜的一动不动的眼睛盯住人,“看你在吃任何食物”,“向任何人”都把乌黑的手伸出,而且永不缩回。那种为饥饿煎熬的呆滞的神情,渴求食物、挣扎求生的愿望,便恰到好处地表现了出来。艾青在《诗论·技术》中说:“一首诗必须具有一种造型美,一首诗是一个心灵的活的雕塑”,“诗人应该有和镜子一样迅速而确定的感觉能力,——而且更应该有如画家一样的渗合自己情感的构图”。诗中乞丐的形象确实如一尊活的雕塑,诗人用渗透着自己真挚感情的语言材料,神速构图,细致刻画,再现了中国人民在日本帝国主义蹂躏下颠沛流离、沦为乞丐的惨痛情状。臧克家在《“五四”以来新诗发展的一个轮廓》中对艾青的这些诗作十分推崇:“艾青写乡村的诗,是很出色的。《北方》和《献给乡村的诗》里的一些短诗,像刀子刻的似的深入。北方‘乞丐’的那只‘永不缩回的手’,‘彻响着北国人民的悲哀’的那‘手推车’的独轮发出的‘尖音’,它们永远在我们眼前伸着,在我们耳朵里响着。这声音是忧郁悲哀的。但这忧郁、这悲哀不但是像艾青自己所说的是‘农民的忧郁’的‘感染’,实际上这正是对中国农民在解放之前所遭受的悲惨命运的抗议。”

其二,艾青的“土地”系列诗篇,在揭露旧中国农村的贫困、闭塞的同时,还以丰富的意象抒唱了对和谐明丽的田园生活的向往,并且表现了农民一旦获得新生活的欣喜与快乐。诗人“把自己的国土当作病院”,深深哀痛于田园的破败和农民的劳顿,诗作中的确弥漫着忧郁的氛围。但是,由于“对这土地爱得深沉”,当艾青眼含泪水看着农村的一片凄惨情景时,又总是有一种固执的对美好生活的希冀和期待。

全民族抗战爆发的前一天,艾青在沪杭线的车厢里“读着当天的报纸,看着窗外闪过的田野的明媚的风景”,写下了《复活的土地》。正是在不断高涨的抗战热情的鼓舞、激励之下,我们的民族,我们的人民,才重新旋流着战斗的血液,我们的曾经死了的土地,才焕发出蓬勃的生机。诗人欢快地唱道:“河岸上/春天的脚步所经过的地方,/到处是繁花与茂草;/而从那边的丛林里/也传出了/忠心于季节的百鸟之/高亢的歌唱/……为了我们肯辛勤地劳作/大地将孕育/金色的颗粒。”面对时代的剧变和民族的复兴,诗人让希望苏醒在自己“久久负伤着的心里”,表现出前所未有的振奋。尽管在后来的战争中,艾青“看见了阴影,看见了危机”,苦难的现实依然使他焦灼和忧虑,但在他的诗歌创作中却一直震颤着希望的弦音。

1939 年冬,艾青漂泊到湖南一个远离烽火的山岳地区,在半年多的时间里写下了一组乡土诗,后结为诗集《旷野》。其中的大部分诗篇都描写了中国农村的贫困和苦难,有些作品如《树》《山毛榉》《解冻》《愿春天早点来》等,则借助壮美的自然景物,抒发了诗人“得到光明召唤”的喜悦和“穿上芒鞋,去寻觅温暖”的决心。

1941 年 3 月艾青到达延安。此后他的“土地”诗篇在内容和格调上都有了新的突破。例如,他写于 1941 年年底的《村庄》一诗,真实而亲切地回顾了对家乡农村生活的感受,极其自然地吐露了他离乡前后思想感情的变化。在描绘了小小村庄的封闭、愚昧和贫困之后,诗人还构想了一幅欣欣向荣、欢乐和谐的田园画面,表示“那时我将回到生我的村庄去,/用不是虚伪而是真诚的歌唱/去赞颂我的小小的村庄”,这里诗人的构想就是以解放区翻身农民为基础的。此后不久写的《献给乡村的诗》音调更为欢快。诗人以多姿多彩的画笔,尽情勾画渲染,生动描绘了乡村清澈的池沼、幽静的果园、六角形的石井、日夜奔流的小溪和平坦的旷场、简陋的房屋。那枫树的红叶、爬满篱笆的茑萝、睡莲的白花,都显露出大自然的秀美迷人。作者还想念乡村的老人、女人、农夫、牧童和一切不幸的人,真实地描写了他们的面容和心态,并对那些为穷困所折磨的人,给予了深刻的同情。最后,诗人真诚地唱道:“我的诗献给生长我的小小的乡村——/卑微的,没有人注意的小小的乡村,/它像中国大地上的千百万的乡村。/它存在于我的心里,像母亲存在儿子心里。”艾青像爱自己的母亲一样热爱乡村,同时他又认识到乡村“明丽的风光和污秽的生活形成了对照”,认识到必须把乡村从沉睡中唤醒,去“反抗欺骗与压榨”,去开创新的时代和生活。艾青写于 1948 年的组诗《播谷鸟集》就形象地表现了农村生活的这种历史性的变革。

《播谷鸟集》中的7首诗,大都直写解放区翻身农民的生产劳作场景,字里行间跳荡着激情与欢乐。农民们一旦成了土地的主人,便迸发出巨大的劳动热情,田野上的一切自然景物也都染上了欢快明媚的色彩,这一组诗较好地显示了解放区农民的心理特征,具体而形象地讴歌了中国共产党领导下的农村天翻地覆的变化。它轻快的节奏和牧歌式的格调,也充分显示出艾青田园诗歌的新风貌。

艾青的"土地"系列诗篇,写在不同的时间、不同的地点,风格也不尽一致,但有一个根本的共同点,那就是植根于民族的土壤,抒发对祖国土地的无比真挚的爱:

假如我是一只鸟,
我也应该用嘶哑的喉咙歌唱:
这被暴风雨所打击着的土地,
这永远汹涌着我们的悲愤的河流,
这无止息地吹刮着的激怒的风,
和那来自林间的无比温柔的黎明……
——然后我死了,
连羽毛也腐烂在土地里面。

为什么我的眼里常含泪水?
因为我对这土地爱得深沉……

——《我爱这土地》

四、忧郁的诗魂

艾青诗作的"忧郁"是许多评论者都注意到的,诗人对此也多次作过明确的表白。他在《诗论·服役》中说:"在这苦难被我们所熟悉,幸福被我们所陌生的时代,好像只有把苦难能喊叫出来是最幸福的事。""叫一个生活在这年代的忠实的灵魂不忧郁,这有如叫一个辗转在泥色的梦里的农夫不忧郁,是一样的属于天真的一种奢望。”20 世纪 50 年代中期他说:“我写过无数痛苦的诗/一边写,一边悲伤。”他当时创作的组诗《南美洲的旅行》,就较多地抒写了对被压迫民族的同情。诗人在感受和表现南美洲人民的苦难时,再次流露出他固有的哀伤、抑郁的情调。70 年代后期复出后,艾青依然认为“过度的愤怒和过度的悲哀都产生诗歌”(《新诗应该受到检验》)。作为一个始终为悲苦的民族摆脱种种枷锁而写作的歌者,艾青的“忧郁”主要有三个方面的原因:

首先,是来自客观现实。艾青出生在新旧两个时代交替更迭的历史时期,社会的动荡使各种矛盾日渐尖锐激化。他在童年便看到了农村的凋敝衰败,目睹了人间的混乱与不平,他最初面对着“不公道的世界”拿起画笔的时候,便去描绘阴暗的茅屋、荒芜的旷野和搁浅的划子。那些艰苦劳作的农夫、农家的妇女与孩子,那些小贩、车夫,都成了他作画的最惯常的对象,并借以寄托自己对不公道的社会的愤怒感情。后来,经过三年的海外流浪,艾青从彩色的欧罗巴带回一支哀怨的芦笛,回到了上海。时值“一·二八”事变之后,苦难的祖国正在血泊中呻吟,艾青说:“当我看到闸北一带的残墙断壁时,我几乎要哭了。”他茫然地回到故乡,农村更是满目疮痍。不久他被捕入狱,便以一腔愤激,向黑暗的旧世界吹奏起了“毁灭的诅咒的歌”。随后,艾青从南方到北方,从后方到前线,他看到了光明与黑暗的较量,正义与邪恶的交战。诗人忠于自己的体验,并向他所处的时代奉献出了最真挚的爱。以诗集《大堰河》为起点,艾青陆续为我们带来了许多名篇佳作,《复活的土地》《雪落在中国的土地上》《旷野》《公路》《村庄》《献给乡村的诗》《双尖山》……这是一幅幅苦难中国的图画,一曲曲深情的咏叹调,一首首渴求新生活的歌,一篇篇颂扬斗争的诗,深沉的带些哀愁的爱,时时流露着忧郁的调子。诚如艾青所说,伟大而独特的时代,期待着、剔选着属于它自己的伟大而独特的诗人。艾青的“忧郁”是社会现实的投影,他感受到了我们民族深重的苦难,并以自己一颗诚挚的诗心沉浸在亿万人的悲欢、爱憎与愿望之中,才写出了如此忧郁的诗篇。

其次,是来自主观心情。与时代特征、社会现实紧密联系的,是诗人敏感的波动不已的心以及他个人的性格与气质。艾青是吃大堰河的奶而长大的大堰河的儿子,是生他的“父母家里的新客”,更是封建阶级的逆子贰臣。诗人从小就“感染了农民的忧郁”,并从乳娘身上体会到了“人世生活的凌侮”和“奴隶的凄苦”。到巴黎后,他孤独地漂泊,自由地流浪。在那陌生的城市里,面对资本主义世界的繁华与罪恶,产生了一种孤单、寂寞、无所归依的感觉。这种流浪汉的气质,也为艾青以后创作中的忧郁情调埋下了最初的种子。从19岁到25岁,诗人是在流浪与监禁中度过的,苦难的浪涛几次把他吞没又卷起,艾青由严酷的现实所激发出的忧郁与感伤较为浓重,这是十分自然的。新中国成立后,诗人曾表示了为新生活而放歌的美好愿望,但是,他不久却在人生和创作的道路上遭受到新的灾难。政治上的不如意加上家庭生活的困扰,曾使他痛苦不堪。此后,又经历了许多“被欺骗”“被流放的春天”,诗人才重新获得歌唱的权利。周良沛在评论艾青《归来的歌》时指出:“艾青的诗,是可以看到一场浩劫带给诗人的伤痕的,他又绝非简单、原始、血淋淋的所谓‘伤痕’的表面化的描绘。生活一经诗人酿成诗,它也必然是艺术。心灵上的血迹在诗人笔下,就成了艾青式的、对人生哲理似的冥想。深沉的悲愤中,是警世之言。”他复出后所写的《鱼化石》《海水和泪》《山核桃》《题“常林钻石”》《盆景》等诗,都显示出更为沉郁悲壮的抒情风格。坎坷的一生,不寻常的境遇,使诗人的感情不断起伏变化,也使他的爱憎更加鲜明。艾青推崇“苦难的美”,认为“悲剧使人生充满了严肃。悲剧使人的情感圣洁化”(《诗论·美学》)。艾青的“忧郁”正表现出了这种“严肃”与“圣洁”。

最后,是象征派手法和气氛的影响。艾青是优秀的现实主义诗人,但他的诗歌创作是受到了象征派诗歌熏陶的。法国象征主义诗歌的先驱波德莱尔、兰波,比利时象征主义诗人凡尔哈伦,俄罗斯田园诗人叶赛宁,在诗歌艺术上都给了艾青很深的影响。他们运用意象组合、自由联想、比喻、拟人等手法,或揭露资本主义大都会的喧嚣腐朽,或描写农村的衰败颓破,或咏叹流浪者的孤独寂寞,或歌颂死亡的冷峻静美。这几位诗人的作品大都弥漫着一种凄苦哀伤、悲观厌世的情绪。艾青在《为了胜利》中坦诚地表白自己最喜欢、受影响较深的是凡尔哈伦的诗,“我的诗里有些手法显然是对于凡尔哈伦的学习——这位诗人如此深刻又广阔地描写了近代的欧罗巴的全貌,以《神曲》似的巨构,刻画了城里与乡村的兴衰的诸面相,我始终致以最高的敬仰的。而他的那种对于未来世界的向慕与人类幸福彼岸之指望,更是应该被这艰苦的世纪的诗人们公认为先知者的声音的”。艾青早期的诗作《巴黎》《马赛》以及复出后的《纽约》《芝加哥》等诗,都有凡尔哈伦诗风的流韵,他的《旷野》《北方》等诗篇也可以看到凡尔哈伦的影子。比如,艾青在《旷野》中写道:

薄雾在迷蒙着旷野啊……
……
山坡上,
灰黄的道路的两旁,
感到阴暗而忧虑的
只是一些散乱的墓堆,
和快要被湮埋了的
黑色的石碑啊。

他在《北方》里写道:

荒漠的原野
冻结在十二月的寒风里,
村庄呀,山坡呀,河岸呀,
颓垣与荒冢呀
都披上了土色的忧郁……

艾青的“忧郁”,并非一己的悲苦与感伤,对于一个忠实于现实同时又对祖国、对人民怀着一腔挚爱的诗人来说,他的“忧郁”乃是民族的哀感、时代的愤懑。艾青说:“个人的痛苦与欢乐,必须融合在时代的痛苦与欢乐里;时代的痛苦与欢乐也必须糅合在个人的痛苦与欢乐中。”(《诗论·服役》)又说:“诗人生活在人类社会里,呼吸在人群的欢喜与悲哀里,他必须通过他的心,以明澈的观照去划分这丰富与繁杂的生活成为两面:美与丑，德性与恶行；他会给一面以爱情，给另一面以憎恨。不管诗人如何看世界，如何解释世界，不管诗人采用怎样的言语，隐蔽的也好，显露的也好，他的作品，归根结底总是表白了他自己和他所代表的人群的意见的。”（《诗与宣传》）正是基于这一认识，艾青诗歌的感情才同时代、同人民息息相通，并从而闪射出现实主义的光彩。

我国的诗歌有着优良的现实主义传统，许多优秀的诗人都有着自觉的忧患意识。这种忧患意识不仅仅是对国事、民生的关注与同情，还是一种积极的心态，一种高层次的精神追求，一种以爱国主义为基石、体现了我们的民族性格的人文品质，一种弥足珍贵的精神财富。“五四”以后的诗人们，在民族危难、风云变幻的历史时期，直面人生，注目现实，将传统的忧患意识升华到一个新的高度。他们扬弃了前人的悲观绝望情绪，使自己的诗歌创作更富于批判战斗精神，更能给人以力量和希望。艾青就是其中的佼佼者，他以自己独创性的作品和痛苦而焦灼的思索，折射出时代和人民的精神光泽。

艾青要求“把忧郁与悲哀，看成一种力！把弥漫在广大的土地上的渴望、不平、愤懑……集合拢来，浓密如乌云，沉重地移行在地面上……伫望暴风雨来卷带了这一切，扫荡这整个古老的世界吧！”（《诗论·服役》）他还在《光的赞歌》中写道：

在这个茫茫的世界上
我曾经为被凌辱的人们歌唱
我曾经为受欺压的人们歌唱
我歌唱抗争，我歌唱革命
在黑夜把希望寄托给黎明
在胜利的欢欣中歌唱太阳

十分显然，艾青的“忧郁”不在于一己命运、个人荣辱，他的一颗痛苦而忧郁的心为祖国、人民而搏动，在他深广的忧患意识中渗透着炽烈的战斗情怀。

由此，我们看到，艾青的“忧郁”，是对中国古代知识分子忧国忧民情怀的继承和升华,是与同一时期优秀的中国现代诗人的爱国情感相合拍的宝贵的抒情品质。只要世界上还有压迫和罪恶,只要诗人美好的追求还没有最终实现,他的“忧郁”也就不会终结。

在全民族抗战爆发前一天所写的《复活的土地》中,艾青曾心情振奋地高唱:“腐朽的日子/早已沉到河底……/你——悲哀的诗人呀/也应该拂去往日的忧郁。”20世纪50年代初期,他曾表示:“如今灾难总算过去了/我要为新的日子歌唱”(《这是一个晴朗的早晨》),不久却遭受了厄运。70年代末复出以后,他满腔激情地“迎接一个迷人的春天”,但在他诗作高亢昂扬的基调中,依然伴和着深沉悲壮的音响。艾青既写春天的“冰化雪消”,也写冰雪消融之后道路的泥泞;既写春天给大家“带来了温暖和希望”,又意识到我们还要“穿过一大片沼泽地带”。诗人对生活和斗争的认识是严肃而清醒的:

我们有过被欺骗的春天,
我们有过被流放的春天,
我们有过被监禁的春天,
我们有过呜咽啜泣的春天。
我们曾经像蜗牛似的,
在墙脚根上慢慢地爬行;
我们曾经像喇嘛教徒似的,
敲着木鱼,念着经消磨时间。

可以看出,艾青始终未能也永远不会“拂去忧郁”,因为一个真正属于自己的民族和人民的诗人,只要一息尚存,就不会放弃所担负的历史使命和社会责任。

总之,艾青是一位优秀的现实主义诗人,挚爱土地,挚爱人民,使他的诗篇具有了丰富的抒情内容和鲜明的民族特色;激情与哲理的交融,热烈与冷峻的结合,又形成了他雄阔深沉的抒情风格。他的诗作和诗论所展示的艺术经验及其所显现出来的艺术探索精神,已成为中国新诗的一笔宝贵的精神财富。

第七章 京派小说家研究

京派是一个人数众多、颇具影响的文学流派，在散文、诗歌、小说方面均有较高的艺术成就。因此，有必要对京派的文学创作，特别是小说创作，作一个简单的讨论。

20世纪20年代末至30年代初，新文学中心南移至上海，但北平仍有众多作家活动。他们中的一些人围绕在周作人、沈从文、朱光潜周围，形成了较为相近的文学趣味和审美取向，虽未曾正式结社，人员也时有聚散，仍形成了一个特定的流派。京派既包括了原语丝派、新月社的部分成员如周作人、梁实秋、凌叔华等，也有清华、北大等校的一些师生如朱光潜、李健吾、萧乾等。小说方面，以废名、沈从文、林徽因、凌叔华、萧乾等为代表，其中又以沈从文为核心人物。

京派小说家的出现，有地域文化的因素。作家们背靠积淀千年传统文化的故都北平，上承五四新文化运动的自由、宽容风度，身负经院学风，文化心态显得雍容、恬淡而安逸。另一方面，在思想倾向上，他们既对社会现实多有微词，又排斥激进革命而多取中间立场。反映在文艺观上，则强调文艺的独立性与审美性,反对空洞无物的宣传;尽力试验文体的完美程度,执着于艺术美的探求。因此,京派以自己对现实政治的疏离为代价,为现代文坛留下了一批艺术精品。

一、京派小说的代表作家

废名(1901—1967),是京派小说的发轫者。他原名冯文炳,湖北黄梅人。从1922年开始,他在《努力周报》《浅草》《晨报副刊》等报刊发表作品,结集成书的作品主要有:短篇小说集《竹林的故事》《桃园》《枣》,长篇小说《桥》(上部)、《莫须有先生传》、《莫须有先生坐飞机以后》等。

废名早期的一些作品,如《讲究的信封》《追悼会》《审判》《浪子的笔记》中表现出较强烈的人道主义倾向:对强权与黑暗的仇恨与对弱小不幸者的同情。此时的废名,正是一个"很热心政治的人",也有人说他有强烈的反抗精神,称这一时期的废名为"叛徒"。随着废名审美意识的逐渐变化,其作品中的田园牧歌风味逐渐浓郁,作者以自然平淡的抒情笔调,描绘淳朴、清新的乡风民俗,在如诗如画的田园山水中,点缀以质朴、善良的人物,力求作品的平和清淡隽永。但是,小说中几乎见不到现实生活的影像,取而代之的是不食人间烟火的世外桃源。以1927年秋《桃园》《菱荡》等短篇小说的写成为标志,废名此后的作品形成了以描写乡野风俗为主,力求平淡清涩、简洁古奥的小说风格。

废名重视作品所表现的情趣和境界,其小说具有"散文化"特点。他并不计较情节的起承转合、严密周全,也不注意叙事手法、结构布局,而是以"情绪"和"意趣"为谋篇的主轴,极为自然随意。周作人曾这样比拟他的小说:"像是一道流水,大约总是向东去朝宗于海。他流过的地方,凡有什么汉港湾曲,总得灌注潆洄一番,有什么岩石水草,总要被拂抚弄一下子,才再往前去,这都不是他的行程的主脑,但除去了这些也就别无行程了。"

废名小说的另一特点是刻意经营的语言艺术。作者自言:"就表现的手法说，我分明地受了中国诗词的影响……不肯浪费语言。”他讲求简洁精练，以唐人写五言、七言绝句的方法来写小说，善于用寥寥数语写景状物而意味无穷；另一方面，又追求简淡素朴，多用家常语而俗中见雅，常含禅趣，“简而不文，白而不冗，看似闲笔，实具情趣，平淡中见奇峰”（严家炎《中国现代小说流派史》）。这正是对废名小说语言艺术的最好概括。不过，由于废名后期思想渐近隐逸，用笔追求古拙的情趣与含蓄蕴藉的意境，所以时常流于晦涩，尤以后期作品如《莫须有先生传》为甚，从而影响了废名作品的传播和接受。

废名虽然属于新文化运动中成长起来的作家，但作品深受中国传统文化影响。从思想方面说，老庄哲学，佛法禅理，六朝文士的狂放之气，陶潜、王维的隐逸作风，形成了废名小说浓郁的中国文化色彩。在艺术形式方面，传统古典诗词也是废名讲求意境、能简洁自然而涉笔成趣的营养源泉。然而，废名又并非文化保守主义者，他并不排斥外国文艺。他把哈代、艾略特、莎士比亚当作自己的老师，喜读《堂吉诃德》，在他的小说中也很容易发现上述外国作家作品的影响，并且废名尽力将外来影响与本土文化加以融合，从而使其作品与古典小说有了质的区别，成为具有浓郁民族风格的现代小说。

废名以其独特的风格吸引了一小部分青年作者，证明了其作品具有相当的审美价值。然而，废名小说题材面较窄，审美境界单一，内容也较单薄，有些作品流于晦涩，因此，在创作的影响及形成流派的引发作用上都不及沈从文。

沈从文（1902—1988），原名沈岳焕，笔名休芸芸、炯之等。湖南凤凰人。他少年从军，足迹遍及湘西沅水流域，对故乡风土人情、社会百态极为熟悉。1922 年到北京，在北京大学旁听并自学写作。1924 年年底开始在《晨报副刊》后又在《语丝》《现代评论》《小说月报》上发表作品，多以湘西风物为题材，文笔清新，颇受时人欢迎。20 世纪 30 年代，沈从文常住北平，创作日益成熟，同时主编报刊、奖掖后进，遂成为京派小说的领导人物，有力地扩大了京派的影响。

沈从文极为多产,计有短篇小说集约30种,中、长篇小说6部。早期小说以湘西少数民族地区风俗人情为主题,具有传奇、浪漫色彩,向读者展示了一个充满异族风情的荒蛮世界。有些作品也能触及社会现实,但挖掘不深;另有部分作品则与郁达夫"自叙传"小说相类似,抒写主人公潦倒穷困、感时伤身的悲苦之情,实与作家早年漂泊北京的个人经历有关。1929年,沈从文创作了《龙朱》《媚金·豹子·与那羊》《会明》《牛》《渔》《夫妇》《萧萧》等一系列成功的短篇小说,这些作品笔法纯熟而写法各异,或描画社会一角,或讲述传奇故事,或弹奏乡村"抒情诗",表现含蓄而意蕴丰厚、深沉。以此为起点,沈从文终在30年代前期走上成熟的道路。

沈从文作品取材广泛,在常见的城市知识分子生活之外,另开辟一个神奇的湘西世界,兼具浪漫瑰奇色彩与现实速写,因此视野远较废名开阔。在他笔下,既有对原始生命活力的热情赞美(《雨后》《龙朱》),又有对边地村寨淳朴人情的诗意展示;既吟唱徘徊于爱与死之间的浪漫故事(《月下小景》《媚金·豹子·与那羊》),又对宗法制乡村社会的落后、闭塞进行速写(《丈夫》《萧萧》)。在回忆湘西古老善良风俗人性的同时,也大胆暴露了穷苦人民在外来政治、经济压迫下,生活困顿、日渐萧条、趋于崩溃的现状(《七个野人与最后一个迎春节》《牛》《失业》),更有一些作品从侧面反映了国民党反动派残暴的统治与革命者的反抗(《菜园》《大小阮》《新与旧》)。读者从沈从文作品中看到的是一个原始氏族遗风与封建宗法关系并存的湘西社会,又是一个古老传统正在消失的社会。此外,畸形都市文明中浮沉的芸芸众生也是作家勾画的对象,有一些作品就嘲讽了都市知识分子灵魂深处的庸俗和虚伪(《八骏图》《都市一妇人》)。

从创作视角来看,沈从文一生自命为"乡下人",但是,当他进入北京,接触启蒙思潮、感受现代西方文明之后,便逐渐成为一个具有"乡下人"眼光的都市知识分子。当他反观故土湘西时,便超越了一般的对故乡温情脉脉的单纯眷恋,而是从审视民族、地域文化出发,自觉地充当现代中国文化的批判者,为此,他在作品中建构了城乡对峙的整体结构来批判现代文明在进入初始阶段时所显露的全部丑陋之处。

在乡土题材的作品中,沈从文注重表现自然人性,追寻未受现代文明及宗法文化影响的“原始强力”,以此来救助日趋萎顿的都市文明。因此,他的乡村多为田园牧歌式的“世外桃源”,《边城》便是代表。作品描写撑渡船的老人与孙女翠翠相依为命的平凡生活与翠翠的爱情悲剧。小说达到了风俗、人物、命运三者描写完美和谐、浑然一体的境界。其中翠翠便是作家理想人性的化身。不仅如此,小说中其他人物包括老船夫、傩送兄弟、杨马兵等人也都善良、纯朴而正直,体现着“人与自然的契合”。小说中宁静自足的生活、淳厚的人性之美,单纯而执着的地方性格,再加上乡风民俗的原始自然之美,作者心中的象征着人类童年期的“乌托邦”便油然而生,显然,其中又寄托了沈从文再造文明的执着理想。然而,正如汪曾祺所说:“《边城》的生活是真实的,同时又是理想化了的。”“《边城》是一个温暖的作品,但是后面隐伏着作者的很深的悲剧感。”沈从文将现实理想化的目的,即在于用“梦”与“真”构成的文学图景,同文本之外的丑陋现实相比照,让人们从这样的图景中去认识“这个民族过去伟大处与目前堕落处”。这也是他的诗体乡土抒情小说的主旨。

比之废名略显单一的美学风格,沈从文则在田园诗的优美和谐之外,另具讽刺与嘲弄的一面。在他的描写都市生活的小说中,人性畸变后的种种丑态暴露无遗:人物的自私、虚伪、市侩、油滑与湘西儿女的纯美、善良形成鲜明对照;相对于乡村性爱的自然、大胆、合乎人性,都市两性关系处处透着虚假,作者笔下的几个都市上层家庭,夫妇间的互相欺骗,交际的无聊、乱伦糜烂,讥讽、调侃的调子十分明快。其中心概念,则是沈从文在《八骏图》中提出的都市“阉寺性”问题。他从人性的缺欠、人性的冲突入手,指出接受现代文明熏染的都市高等知识分子,在性爱问题上并不能张扬本性、解放自我,而是被所谓“文明”创造的种种绳索捆住了自己,渐趋变态。在这里,沈从文把“性爱”当作人的生命存在、生命意识的象征来看待,追求人的自然、健康、和谐的生命状态,反对物质文明发展进程中精神活力的衰退、生命本能的萎缩。这些作品充分展示了沈从文描摹世相、寓讽刺于写实的另一面。

《边城》《长河》的出现，极大地提升了京派小说的艺术水准，沈从文的成功也直接影响到一大批青年作者的创作方向，萧乾便是其中一位既受前辈作家扶持，又具个人特色的后起之秀。

萧乾(1910—1999)，原名秉乾。幼年贫苦，1926年入北新书局当学徒，开始接触文艺，因参加共青团被捕入狱。后曾就读于辅仁大学英文系，转入燕京大学新闻系。1935年于燕京大学毕业后，先后主编天津、上海、香港三地的《大公报·文艺》等报刊并开始发表小说，结集出版的有《篱下集》《栗子》和长篇小说《梦之谷》。他的作品多有自传色彩，讲述着人世的不公与作者的不幸，清澈中略含苦涩，颇有契诃夫和曼斯菲尔德之风。作者常取儿童视角，以天真烂漫的口吻讲述社会的冷漠与人世的艰辛。《篱下》讲述环哥与母亲无奈投靠城里亲戚，乡下孩子自然活泼的天性与城市小官僚家庭的刻板守旧格格不入，最终母子二人只好另寻出路。作品笔触细致入微，以两天的琐碎生活表现了乡村母子与城市小康人家的巨大差异。小说以儿童不知世态炎凉的童趣，把寄人篱下、如履薄冰的母亲的悲苦心境衬托得哀切动人。

萧乾的作品，比之废名、沈从文，有着更强烈的社会意识，显示京派的艺术视野已大为扩展。在叙写自我命运的同时，作者不再顾影自怜、寻觅“低回之趣”，而是隐隐显露着批判社会的锋芒和抗争不公的力量。这突出表现在对爱国精神的描写和对虚伪宗教的揭露上。《邮票》写一个轻浮的学生集邮成癖，到处搜集各国邮票。他不理解来自东北的赵同学的亡国之痛，反倒对“满洲国”的邮票如获至宝。不久赵同学的父兄均被日军残杀，他要回乡报仇去了。临别之际，赵同学指着来自东北的信封上的邮票，对那位集邮的同学说：“揭罢，这是你最后一个！”并告诫他“作个有骨气的人”。小说构思巧妙，以一枚小小邮票为线索，牵引出慷慨激昂的爱国之情，小中见大，发人深思。同类作品还有侧面反映“一二·九”运动的短篇《栗子》。萧乾出身于宗教家庭，却是一个反宗教者，《栗子》集中最引人注目的便是在民族意识笼罩下的浓厚的反宗教倾向。《皈依》《昙》《鹏程》等篇，揭露了基督教会的种种谎言，指控教会教徒在人格上的虚伪和肮脏，表现了作家尖锐的批判锋芒。实际上，通过这些作品，作家提出在民族危急存亡的关头，人们在文化立场上的选择与去留问题，戳破宗教“救世福音”的幻梦，便是作家对此有力的回答。

作于1937年的长篇小说《梦之谷》是萧乾的代表作。小说在如诗如画的南国风光中，谱写了主人公寻梦复失梦的心灵交响曲，可以说是青年萧乾自我爱情与早年流浪生活的一个感伤的结束。

萧乾小说虽多摹写现实，但并不一味暴露攻击，而是与京派的大部分作家一样有着自然、优美的审美趣味。他受英国女作家曼斯菲尔德影响甚多，风格趋于审慎明净、哀婉细腻；他善于以简约爽利的白描手法勾画人物心理，创造富于抒情意味的短篇小说，推进了小说的散文化进程。萧乾的文学语言始而雅洁清通，讲究白描的贴切，进而才情焕发，追求“直觉的深度”。作品中常有令人耳目一新的比喻，如写市声：“窗下还不时过着小贩，喊着吉里古鲁不可知的叫卖，声音嗄哑得正如这初冬的阴天。”又如写掌声：“那种一起一落的掌声又像一块没结没完的牛皮癣粘在我的耳边、我的背上了。”他善于将声音“视觉化”，给读者以形象的直感，包含着复杂的情绪，意象新而贴切，显得用笔不俗。

京派之中，同样笔触细腻优美而风格更趋温婉柔和的则是两位被称为“闺秀派”女作家的凌叔华与林徽因。

凌叔华（1900—1990），原名凌瑞棠，笔名叔华、素华、瑞唐。1923年考入燕京大学外文系。1924年开始在《晨报副刊》上发表小说。她原是一名画家，朱光潜曾认为她的画“在向往古典的规模法度之中，流露出她所特有的清逸风怀和细致的敏感”，其小说风格庶几近之。她的作品先后结集为《花之寺》《女人》《小哥儿俩》。早年作品，多写绅士家庭的生活情趣和中等人家姑娘的梦。稍后，她逐渐转向儿童题材，有时也涉及下层劳动者，境界有所扩大。她的创作态度朴实诚恳，长于用对话刻画人物（《写信》一篇纯用独白式口语写成），观察仔细，笔触细腻，能用平实通畅的语句勾画人物内心，被鲁迅称赞画出了“高门巨族的精魂”。沈从文也认为凌叔华的小说创作“使习见的事，习见的人，无时无地不发生的纠纷，凝静的观察,平展地写去,显示人物'心灵的悲剧'或'心灵的战争',在中国女作家中,叔华却写了另外一种创作"。

林徽因(1904—1955),原名林徽音,福建闽侯人。青年时期曾游学英美,主修建筑及美术。1930年患肺病回北京香山休养,于养病期间开始在《诗刊》和《新月》等杂志上发表新诗、小说和散文。她的作品数量不多,登上文坛的时间也较迟,这却使她得以厚积而薄发。她的作品以精致见称,不像五四时期的一些女作家偏于感情的宣泄,而是以艺术的节制和凝练见长。《吉公》《文珍》都是平静的回忆人生之作,取与凌叔华《小哥儿俩》相似的儿童视角。笔下的人物与环境存在着矛盾与冲突:吉公因对科学的热爱而不被人理解,文珍面临着包办婚姻。他们都被人生河道规定好了"生命的式样",又不完全屈从于这规定,只要还有一线希望,也要抓住它来改变命运。结果吉公突然自己决定了自己的婚事,跑到轮船上做事;文珍在出嫁前突然逃跑。作者在人物身上所表现的人生态度——承认命运的存在但并不承认命运的主宰,正体现了京派人生观念中积极的一面。

《九十九度中》体现了林徽因在小说技巧方面的探索。作家写北京一个大热天的众生相,钟表时针的移动和水银柱的上升是小说的预设背景。作品取消了中心情节、主要人物等传统叙事要素,将人物以意识流手法串联起来,在作品中纷纷登场而一闪而过。片段的、琐碎的人与事拼接、组合起来却是一个完整的人生的断面。这种手法很明显受到了现代英国小说的影响,而作家使用的纯熟正说明了她对现代小说技巧的敏感。

二、京派小说家的风格

京派小说重视建构自足的艺术世界,为了"精致",不惜砍下一座森林来作一个火柴盒。他们虽称"京派",却都创造了属于自己的自由之境:沈从文的湘西世界,废名的湖北黄梅,师陀的河南"果园城",汪曾祺的江苏高邮。他们生活在城市,但他们将现代城市的压抑、孤独、愤怒转换成乡村的审美的生命形式,从而使平和、超然的人生态度和纯正文学观找到整合的文化语境。尽管是“侨寓文学”，不过“侨寓的只是作者自己，却不是这作者所写的文章”，他们虽为命运驱赶，流入城市，但回眸乡村时却勾画出“一种优美、健康、自然，而又不悖乎人性的人生形式”，表现出特殊的艺术风貌，大致有以下几点：

（一）浓厚的传奇色彩

传奇性是京派小说吸引读者的一大特色。传奇的概念出自对民间叙事文学的概称，包括历史传说、民间故事、童话等艺术形式，其中也不乏文人拟作，如《搜神记》《世说新语》《唐传奇》《聊斋志异》等。史家最初将唐宋文言短篇叙事作品称为“传奇”，后来也将元杂剧、明清南曲称为“传奇”。西方则在公元12世纪出现Romance——传奇故事，它以历史为题材，以奇迹、怪闻来结构故事，后来又出现了骑士浪漫爱情传奇。

传奇文学伴随人类从原始走入文明时代，它承载了人类童年时期对“自我”的思考与幻想——充满原始宗教色彩的“神”。传奇中反复出现的，无论是东方的“半人半仙”，还是西欧的亚瑟王，都表示着人类对原始神性的崇拜与眷恋。这一企望在文学漫长的演变中从人间化的神话世界不知不觉地转移到世俗的现实人生之中，神让位于人。传奇发展出两种类型——大智大勇的英雄人生（圣贤）和至情至性的世俗生活，前者多出现在历史小说、武侠小说和戏曲中，后者则多出现在世情小说及民间曲艺里。

京派小说有一些传奇文学的形式特点，同时，它还保留并强化了传奇文学中人类对美好人性（神性）的想象与追求。发展到近代，作为较古老的叙事体裁，传奇虽未被完全弃用，但已不再是主流叙事体式。新文化运动后，西方的小说观念对中国现代小说的创作影响极大，着眼于现实人生的写实主义占据主流，但京派却似乎逆写实大潮而动，对传奇体文学情有独钟。神鬼巫术、奇风异俗、浪漫爱情、原始民风等构成了极富地域色彩的传奇叙事。

京派较早的一篇具有传奇特征的小说是李健吾的《终条山的传说》（1924）。小说讲述一位青年樵夫走进终条山，因受神的惊吓而死。另一位老实而大胆的农民在一个静谧的月夜,听见神的呼唤,走进石门,挑了灯光,获得了五十两赏银。故事简单而寓意深刻:神(神性)呼唤人,期待人的理解,但是人们经年累月与神相伴而居却与神隔膜疏远。误解神性导致死亡,而人与神的短暂沟通也未能拯救神性的消失,终条山终成荒凉土堆。

京派小说大家沈从文也创作了不少传奇体小说,大致可分为两类:一类是根据少数民族的风俗习惯略加渲染而成,如《龙朱》《神巫之爱》《媚金·豹子·与那羊》等;另一类则是根据佛经故事改编而成,如《月下小景》。作家本意并不在展现奇风异俗,也不是借佛经说教禅课,而是借用民间传统、宗教故事的传奇色彩,脱开现实的执着,在浪漫的世界里完成对高清神理的想象,并将之投射于人物,证明人性的至高境界。作品中人与事、环境皆呈现超现实的浪漫色彩,为此作家不惜大量使用"雅歌"式语言美化人物:

> 族长儿子龙朱年十七岁,是美男子中之美男子。这个人,美丽强壮如狮子,温和谦驯如小羊。是人中模型。是权威。是力。是光。种种比譬全只为了他的美。

将人物高度理想化。与此相应,人物活动的环境也被美化。作品中的社会,被营造为伊甸园式的人间乐园,富足、闲适、清新,没有阶级压迫,虽然原始,但并不野蛮。根据佛经而作的诸篇故事,虽也反映了某些社会矛盾,但矛盾最终按佛经教义获得了调和,善有善报、恶有恶报、邪不压正。并且,这种被净化的环境得到了铺张的描写:男女之间的对歌,云石镇的祭神仪式,扇陀以美感化仙人,等等,都令作品增添了绮丽的色彩。

显然,这样的写法类似于民间传说、童话等,从小说艺术发展的历史看,是较为初级的手法,但作家目的并不在刻写逼真以表现现实,而是努力张扬远古人类诗性生存的自由精神,隐蔽在浪漫化叙事的背后,是京派作家对人的神性的注目。因此,京派小说的传奇性就超越了文体形式、表现技法等技术层面而成为带有现代人文主义色彩的对人的存在本质的追问。

除此之外,京派作家还善长用自传体小说负载传奇的使命——在回忆中重新解读历史，抒发“自我”情感的同时发现自我的诗性。萧乾的《梦之谷》、废名的《莫须有先生传》、沈从文的部分短篇小说都有强烈的自传色彩。作家并非完全的纪实者，作品也多少有虚构的色彩，但共同之处即是都有新奇有趣的人生经历，增添了小说的传奇色彩。《梦之谷》近似欧洲的浪漫爱情传奇，悲剧结局更增添了作品的感伤气氛，加强了戏剧性。沈从文的自传体小说，虽为短制，却生动地刻画了一个自然活泼、倔强质朴的边地少年怎样执着地走向未知的命运、解读谜语般的人生。废名笔下的莫须有先生，既是自我的写照，又是对自我的想象，原因即在于“废名喜欢魏晋文士风度，人却不会像他们中一些人的狂放，所以就在笔下放肆”。他舍弃了传奇小说固有的形式躯壳而专注于人物内在生命奇特而空灵的精神体验，力求于日常琐碎处发现人的本真性情。

可见，京派小说对传奇人生的普遍关注与多元化表达构成了京派文学的一个重要风格特点。对传奇性的追求意味着作家对当下庸常生活的批判和对人的神性价值、诗意生存的向往和再现。它立身于京派的文学景观，作为终极的审美理想而悬置其中，深远地影响着京派的艺术形式。

（二）抒情性

抒情本为诗歌、散文之长，小说之短，但是西方小说自19世纪浪漫主义运动以迄20世纪初，越来越多的作品发生了偏重抒情的变异。同样，“‘五四’后的一些中国一代小说家，也大胆地在创作中引入抒情的功能，并最终成为一些小说的主要艺术特征和美感力之所在”。京派小说秉持静观自得、圆融平和的美学追求，在“乡土中国”的传奇人生中叙写理想生命形式。在作家强烈的主体观照下，主观抒情必然要取代客观再现而成为小说最主要的审美诉求，并在这过程中创造出物我无间、神与物游的和谐的抒情之境。沈从文认为自己的创作是“用人心人事作曲”，朱光潜评论芦焚的小说“具有牧歌风味的悠闲”，徐志摩也看到凌叔华的小说有“最恬静最耐寻味的幽雅，一种七弦琴的余韵，一种素兰在黄昏人静时微透的清芬”。可见，京派小说家不约而同地把作品写成清新、隽永的乡土抒情诗，在强化抒情功能的主导下兼及叙事写人，表现出一种情感丰富、韵味十足、形式自由、灵活多变的独特风格。

萧乾的《道傍》便以忧伤哀婉的情绪见称。小说以第一人称来体会人生、抒发胸臆:“我”每每流连于矿区,徜徉于工业文明与自然美景奇异的融合之中,矿工们悲惨恐怖的生存待遇使“我”忧伤,外国工程师的死去使“我”明白生的脆弱与幸福的虚幻。小说没有扣人心弦的情节起伏,只是几个人生片段的拼接,通过主人公徘徊于赖飞路的缥缈思绪,传达对人生的丰富感受:无论是本地矿工奴隶般的悲惨生活,还是外国工程师悠闲的幸福时光,等待它们的是一视同仁的“死”——“死”毁灭了劳动,毁灭了亲情,毁灭了人。《道傍》以象征手法传达出作者对人生的沉郁思索,与一般小说不同,“从本质上说,它的‘主人公’不是人物,不是传奇故事,而是人生,是人生的悲哀”。

京派小说的抒情风格,并非黄钟大吕、壮怀激烈,而近丝竹悠扬、忧郁哀婉,属于“优美”范畴。凌叔华的《中秋月》在平实简淡的叙述中流露出人世沧桑的悲凉情绪,便属此类。小说主人公敬仁与太太一道吃中秋团圆饭,电话中传来他的干姐姐病危的消息。敬仁只好匆匆赶去,待他到时,人已死去五分钟了。敬仁满怀哀伤回来,太太却抱怨团圆宴的寥落,两人闹了别扭,打碎了桌上精致的花瓶,敬仁心中又多了一层不祥的预感。他开始厌恶太太,觉得她越来越令人难以忍受。他典当了店铺,把钱送给烟花柳巷。太太因妊娠期间动了肝火,第一胎小产,后又染上他传染的梅毒,生了怪胎。家道一天天败落,绝望的敬仁则把这一切看作“天意”,此生已无望,唯有“修修福,等来世”罢了。作品以四个中秋为序,在错落有致的比照中见出小康人家的家道中落:一年比一年衰败,直至山穷水尽。中秋之月冷漠无情,照出了人世变幻、兴衰荣枯的无常,凝结着作者含蓄蕴藉的人生悲凉感,抒发着文字表层意蕴下复杂深沉的人生况味,“月”的意象反复出现,其象征作用也很明显。

追求“优美”的风格,营造物我交融、情随境生的抒情意境是京派小说家的特点,沈从文更是长于此道。他所刻画的人事多与自己经验的人生情绪契合,从无观念的堆砌,“作品一例浸透了一种‘乡土抒情诗’气氛,而带着一份淡淡的孤独悲哀，仿佛所接触到的种种，常具有一种‘悲悯感’”。他的抒情作品除了注意人生体验的感情投射，还有抒情主人公的确立、纯情人物的设置、自然景物的描绘与人事的调和等多方面的表现方法与技巧，尤其善用象征。许多作品从题目到具体意象都有象征意味，如《泥涂》《边城》《长河》，以及《菜园》中的菊花、《夫妇》中的野花、《边城》中的白塔等。如果说在短篇中“象征”还只是作为局部性的技巧被反复使用，那么在《边城》和《长河》中象征已作为整体的审美指向和叙事方法，构建多层的意义结构，从而统摄全篇。作家的主观内心情绪外化为作品中人物的内心图景，而这种情绪的投射又是通过作品意象的整体象征来实现的。《边城》不仅赋予白塔纯净、坚强、持久的人性象征，而且将情节与过程也一并“象征化”。白塔的倒塌象征着桃源般湘西的终结，它的重修意味着重建美好人性的愿望，傩送与翠翠的曲折爱情则象征着湘西人民不能掌握自身命运的历史悲剧。朱光潜在谈到《边城》时认为：

> 它表现受过长期压迫而又富于幻想和敏感的少数民族在心坎里那一股沉郁隐痛，翠翠所显出从文自己的这方面的性格。……他不仅唱出了少数民族的心声，也唱出了旧一代知识分子的心声，这就是他的深刻处。

应该说，朱光潜准确地把握住了《边城》的“言外之意”，读出了作品深处的象征性内涵。从《边城》到《长河》，正反映着作者对历史与现实的深沉思考，象征着古老湘西从转折期演变到抗战时期的历史发展：历史的长河从茶垌流到了吕家坪，从20世纪初叶流到了三四十年代，一个封闭、保守但不失天然之美的自然经济社会走向被时代潮流击溃堤防的现代社会。这样一来，小说便超越了山水册页般狭小的格局，人物的喜怒悲欢都反映着湘西少数民族对抗外界文明而遭受的心理创伤和作者自身心灵受压抑的历史内容。这种既强烈又隐藏得很深的痛苦，作为作者的主观体验被投射于人物内心图景上，凝结在意象、情节、人物等诸般象征物中。这样的象征不像西方的某些象征主义作品，作品的意象只是虚无和晦涩。《边城》《长河》的意象是具体可感、极富民族特色的意象，借之抒发的人生感触与意象本身的意义结构在性质上是契合的，由此才营造出优美、和谐、深沉的艺术境界，使作品在散发感性美的同时兼具了丰富的知性美，小说的品性也得到升华。

（三）**悲剧性**

京派小说以清新、优美的美学风格见长，但并不排斥悲剧感。1936年沈从文在为自己的作品作序时指出：

> 你们能欣赏我故事的清新，照例那作品背后蕴藏的热情却忽略了；你们能欣赏我文字的朴实，照例那作品背后隐伏的悲痛也忽略了。

无论是沈从文还是废名，都曾担心读者过于欣赏温情的一面而损害对作品理解的完整性。事实上，尽管京派小说家长于描写田园生活、淳朴民风的单纯、和谐之美，但是这种对逝去年代的回忆与眷恋恰恰证明了他们对当下的不满与对人性颓败的痛苦。美而虚幻的乌托邦理想不得不与冷硬的现实对话，小说家们便必然踏上表现悲剧的艺术之途。

京派小说的悲剧风格可称为"微笑的悲剧"。一方面，从审美意蕴上说，"微笑"是真、善、美的体现，是京派"人性美"的艺术化形象；另一方面，"微笑"又是京派作家对悲剧性审美对象进行审美判断、评价时所持有的态度、运用的表现手法和形成的艺术风貌。具体来说，便是"作品中没有眼泪，也没有血，也没有失业或饥饿，这些表面的人生，作者因生活不同，与之离远了。作者在自己所生活的一个平静世界里，看到的悲剧，是人生的琐碎的纠葛，是平凡现象中的动静，这悲剧不喊叫，不呻呻，却只是'沉默'"。"在所写及的人事上，作者的笔却不为故事中卑微人事失去明快，总能保持一个作家的平静，淡淡的讽刺里，却常常有一个悲悯的微笑影子在"。沈从文虽论的是凌叔华的创作，却也可看作夫子自道，大体代表了京派小说处理悲剧的方法。这样看来，"微笑的悲剧"作为一个完整的艺术概念，体现出了多层次的内涵：它既是作家观照下的悲剧存在的创作心态，又是对悲剧对象的审美方式，同时还是作品所体现出的悲剧审美效果。

京派小说的悲剧意识,总是建构在对"健康、自然人性"的关注之上,其中包含着某种对终极价值的追问与体悟,或者说具有宗教感:"美丽、清洁、智慧,以及对全人类幸福的幻影,皆永远觉得是一种德性,也因此永远使我对它崇拜和倾心。这点情绪和宗教情绪完全一样。"这种人类童年时期就具有的单纯宗教式情感,是对不朽的渴望与对人类命运的悲悯体悟,在文本中投映为体现真、善、美的世俗形象。它们是暂时性、有限性的存在,易受侵害,易为外力压迫,时时面对艰难险阻。在京派作家悲剧意识深层结构里反映着生命的抽象形式与感性经验的对立,也即是理想、历史与现实的对立。

在悲剧的艺术表现中,常见的人与事成为描写对象,日常生活表面下的悲与喜被揭示与发掘,这是京派的又一特点。一般悲剧中通常认定的主人公为社会英雄,虽然他有种种可歌可泣的英雄行为,显示了悲壮与崇高的伦理道德价值,具有较大的社会意义,但他的非世俗化特点、戏剧化夸张表现也就与人性的普遍性内容拉开了距离;阶级斗争、饥饿与失业等社会问题,在京派作家看来是政治家们应关注的问题。当然,从另一个角度看,这也是一种局限。他们不愿把文学变成社会调查报告,很少在作品中复制现实,除非有些生活表象是人性悲剧的现实折射。例如凌叔华的《小刘》,从五四时期问题小说的角度来看,反映了五四时期个性解放不彻底这样一个社会现实,但作家意不在此,而是想完成一个人性的悲剧——人的灵性在庸常生活的机械反复中日益销蚀,只留下无可奈何的苦笑。

在悲剧性作品中,命运是最常见的介入悲剧冲突的力量。京派作家同样注意到命运与人的存在的关系。在他们的作品中,命运的一边衍生着苦难和邪恶,人的一边却顽强地生长着信仰。人作为行动者,当意识到命运的存在,也就产生了信仰的内在要求来对抗苦难与死亡,在主动选择死亡的同时,赋予死亡以信仰的价值。"战胜命运只有死亡,克服一切惟死亡可以办到",这是《月下小景》的主人公选择死亡时所持的信念,因此,死之于他们是肉体的毁灭,更是精神的重生。

除此之外,京派还在另一角度上拓展了命运悲剧:人性的历史性悲剧。当人作为存在以及与这个存在相联系的一切事物在历史性长轴上展开，成为历史而消逝于时空深处是无法逃避的必然。时间造就人的存在的历史性，同样赋予人以消失的必然。在京派小说中出现了众多的历史性悲剧人物：七个野人（《七个野人与最后一个迎春节》）、杨金标（《新与旧》）、会明（《会明》）、老司务长（《灯》）、陈老爹（《河上柳》）等。他们确属于已消逝的那一时代的人物，组成他们人生的许多重要部分、某种生存方式、某些人生经验、一些价值观念等已不合时宜，失去了存在的合理理由，但是一种内在的统一与和谐仍然不失其尊严与高贵，所表现的悲剧价值也就是一种正面取向的悲剧价值。在时代的棱镜中，这些生命个体显得扭曲、可笑、滑稽，成为喜剧式的悲剧——一种反向超越或负面取值的悲剧。在时代夸张的激情中，在历史必然推动下的现代叙事中，在“进化”“文明”的名义下，人们有足够的理由理直气壮地鄙视被指为腐朽、陈旧的过去，并随意任意地从那里拎取喜剧性、丑的因素作为嘲讽的对象来加强现代叙事观念。我们不否认京派具有对历史尤其是人性的历史所流露的感伤和宿命的情绪，但这并不能作为京派严肃的历史主义观念的反证。京派表现正向取值、正面超越的历史人性的悲剧美，而这正是历史-现代叙事信念的真正来源。将属于历史的人物并置于当下情景所形成的反差与错位，显示的不是历史的可笑而恰恰是现实的荒谬，这才是京派小说悲凉之感的内在根源。

一般说来，京派小说并没有摆脱大多数悲剧文学的通常模式：人按照自然本性行动，由于不可知因素闯入而使行动结果走向悲剧；死亡或悲剧命运对人的意志和情感、道德责任形成直接的挑战。面对苦难、死亡、偶然因素对生命的干预，“无可奈何”是对必然的妥协，“微笑”则是对结局的一种超越，一种基于信仰的重新理解。于是，京派在处理悲剧冲突时，使外部冲突相对弱化，变得舒缓。除少数作品外，京派作家并不夸大邪恶力量。由此可见，作家们在意识的结构上，也在艺术的结构上把美好人性作为悲剧的和解因素，而形成“微笑的悲剧”这一独特风格。

第八章 现代派诗人研究

在新月派诗人探讨“新格律诗”的理论、进行创作实践的同时，初期象征诗派的李金发等人受西方象征主义的影响，开始了现代主义诗歌创作。后期新月派意识到其理论的弊端，也开始了创作上的自我调整，陈梦家等人已在理论与创作中显露出对现代主义诗潮的呼应。因此，到 20 世纪 30 年代初便形成了现代诗人群，主要诗人有戴望舒、卞之琳、何其芳、陈江帆、废名、金克木、李白凤、林庚、徐迟、路易士等；若以成就和影响论，其代表诗人是戴望舒、卞之琳等。主要刊物有《现代》(1932—1935)、《现代诗风》(1935)、《新诗》(1936—1937)，其理论家是梁宗岱和戴望舒。

一、戴望舒：现代诗派的旗帜

戴望舒(1905—1950)，1905 年 11 月 15 日生于杭州，名丞，字朝安，曾用笔名戴梦鸥、信芳、江思、艾昂甫等。

1923 年秋，他与施蛰存一起到上海，入上海大学文学系学习，受在此执教的张太雷、恽代英等人的影响，接受革命思想，并加入共青团。1925年秋，转到震旦大学特别班学习法文，认识了刘灿波（呐鸥），后成为文学上的知己。在这里，他阅读并试译了雨果、拉马丁、缪塞等法国诗人的诗，并开始写作新诗。1926年，他与施蛰存、杜衡一起编辑出版《璎珞》旬刊，《凝泪出门》《流浪人之夜歌》等新诗和《瓦上长天》等译诗均发表在此刊上。至此，戴望舒度过了诗歌创作的探索期。

1927年至1931年是戴望舒偕同战友开办《文学工场》，集体冲上文坛的时期，也是他在国民革命运动失败后的苦闷时期。他一边翻译夏多布里昂、陶孙等外国作家的作品，一边继续创作新诗。1928年8月，《小说月报》刊出其《雨巷》等6首诗，他从此被称为"雨巷诗人"；9月，他跟刘灿波、施蛰存合办《无轨列车》，不久又开办"第一线书店"；书店被封后，他们开办"水沫书店"，他的第一部诗集《我底记忆》在此出版。1929年9月，他与施蛰存等人编辑的《新文艺》创刊。1930年3月2日，参加左联成立大会，成为左联成员。

1931年至1937年是诗人创作和翻译的高峰期，《望舒草》中的大部分诗都是这时创作的。1932年10月赴法留学，直接领略法国象征诗派的精髓，他一方面及时翻译诗歌，另一方面在创作中进一步融入象征派、意象派的特征。1935年回国，10月主编《现代诗风》。次年10月，编辑出版影响很大的《新诗》月刊。其间，他经历了与施绛年的热恋及失恋、与穆丽娟的相爱并成婚，这些经历对其诗歌创作都产生了很大影响。

1937年至1950年是诗人一生中最动荡的时期。全民族抗战爆发后，《新诗》被迫停刊。1938年年初，他举家迁往香港；8月，主编《星岛日报》的副刊《星座》，使其成为宣传抗战、传播进步文艺的阵地。1940年冬开始，夫妻分居，家毁心乱。1941年12月，日本占领香港，《星座》停版。1942年春他被日军逮捕，度过几个月狱中生活，创作《我用残损的手掌》等爱国诗；1943年与穆丽娟离婚，5月与杨静结婚。1945年至1948年，辗转沪港间；年末，因杨静与一位青年学生私奔，他再罹毁家之难。1949年3月，他到北平，在华北大学工作；新中国成立后在新闻总署任法文科科长。

1950 年 2 月 28 日，他为治哮喘病，自我注射超量麻黄素，不幸逝世。

戴望舒一生共创作 94 首抒情诗，出版有四部诗集——《我底记忆》《望舒草》《望舒诗稿》《灾难的岁月》，并有大量译诗传世。1989 年出版的《戴望舒诗全编》（梁仁编，浙江文艺出版社出版）是目前收录最全的诗歌作品集。

戴望舒的全部诗歌创作，可以《望舒草》（1933）的出版为标志分为前后两个时期。

（一）戴望舒前期诗歌的内蕴

1.青春激情的迸发

青春本来就充满诗意，当诗人表达青春期的亢奋与激动时，其情感载体往往是最富个性的爱情。《望舒草》中，爱情诗占了作品总数的一半以上。这是诗人与施绛年恋爱激发的诗情，却又超越了具体背景，表现出更广阔的人生处境；而且，作为抒情主体，他不把表现对象的故事叙述作为重点，而是潜入心底深处去提炼微妙、复杂的恋情。这样，其爱情诗就具有了两层内蕴：一方面是诗人爱情的实录，另一方面又是其爱情理想的表述。为了摄住恋爱的美好，诗人以《我的恋人》留住了情人的形象——

> 我的恋人是一个羞涩的人，
> 她是羞涩的，有着桃色的脸，
> 桃色的嘴唇，和一颗天青色的心。
>
> 她有黑色的大眼睛，
> ……
> 而当我依在她胸头的时候，
> 你可以说她的眼睛是变换了颜色，
> 天青的颜色，她的心的颜色。
>
> 她有纤纤的手，
> 它会在我烦忧的时候安抚我，

她有清朗而爱娇的声音，

那是只向我说着温柔的，

温柔到销熔了我的心的话的。

如此温柔纯真、美丽可人的形象，显然是现实生活中的恋人留给诗人的心像。抓住这个形象，诗人的其他爱情诗才有所依傍。

于是，他回忆“静夜”里，“像侵晓蔷薇底蓓蕾含着晶耀的香露，你盈盈地低泣，低着头，/你在我心头开了烦忧路”。那初恋的情形，在《山行》中展现出来，“我们彳亍在微茫的山径”上，“见了你朝霞的颜色，便感到我落月的沉哀”，“可是不听你啼鸟的娇音，我就要像流水地呜咽”。想见情人又怕见情人的踌躇心态，恰似彷徨的步伐，于诗行中浮现出来。

也许是因为现实生活中获得的爱太少，他的爱情诗总有强烈的失落感和忧郁的基调。即便是情人们“走进幽暗的树林里”，“而且把你的唇粘住我唇的时候”，恋爱中的人仍“感到了寒冷”。《残花的泪》以寂寞的古园中一枝凄艳的残花对着蝴蝶哭诉，象征性地写出了情人移情别恋：你“把我孤凉地抛下，独自蹁跹地飞去，又飞到别枝春花上，依依地将她恋住”，我只有独自哀悼：“我的旖艳与温馨，我的生命与青春都已为你所有，都已为你消受尽！”“你旧日的蜜意柔情，如今已抛向何处？”《路上的小语》则是祈求对方付出爱情：“——给我吧，姑娘，你底像花一样地燃着的，像红宝石一样地晶耀着的嘴唇，它会给我蜜底味，酒底味。”“——给我吧，姑娘，那在你衫子下的你的火一样的，十八岁的心，那里是盛着天青色的爱情的。”当热烈的祈求仍等不到爱神的降临时，诗人便祈求用保证来支撑欲倒的爱情之塔：“不要怕我发着异样的光的眼睛，向我来：你将在我的臂间找到舒适的卧榻”。然而虚幻的保证唤不来真实的爱情，恋人还是转身而去，剩下“我是徒然地等待着你，每一个傍晚，在菩提树下，沉思地，抽着烟”。此情可待成追忆，只是当时已惘然！恋爱的失落感重重地击在诗人心头，使之难以成眠，所以才借烟消愁，树下独坐，消解胸中的无奈。

戴望舒是感觉敏锐、情感细腻的诗人，其爱情诗对情爱心理的刻画达到了相当深刻的程度。爱的犹豫和惶惑透过特定的场景和感觉表现出来。两首《款步》诗，第一首先说“苍翠的松树”“深草间的小溪”为他们的爱作证，议论着他们有过的爱情；消夏的客人眼中“好像我们就是新婚夫妇”。草木尚记有过爱情，反衬出对方已不愿继续爱情；“好像”既说明我们还不是夫妇，潜意识里又渴望成为夫妇。那么，诗人的爱究竟归向何方呢？结尾写道：

我的小恋人，今天我不对你说草木的恋爱，
却让我们的眼睛静静地说我们自己底，
而且我要用我的舌头封住你的小嘴唇了，
如果你再说：我已闻到你的愿望的气味。

尽管有了一定的交往，依然把握不准你是否爱“我”。唯其担心对方说出拒绝的话，才决定封住对方欲言又止的嘴唇。显然，“我”没有足够的勇气承担一旦对方拒绝将带来的沉重打击。第二首诗则将这担忧表现得更为具体：“答应我绕过这些木棚，去坐在江边的游椅上。……虽然残秋的风还未来到，但我已经从你的缄默里，觉出了它的寒冷。”虽然诗中也有“鲜红”的“枫林”和“嘴唇”，却燃不起诗人的热情，只构成了感情的反衬，“寒冷”从“缄默”中冒出，更觉出“我”的失望与凄楚！

当诗人在都市生活中寻觅不到真爱时，失恋的痛苦使年轻的心向他方转移，或回眸乡野，在田园牧歌中寄托心志，得到幻想的满足；或纸醉金迷，在舞女歌伎的怀抱里忘却现实，得到实在的安慰。前者以《村姑》为代表，诗人勾勒出一幅画面：父亲“坐在门槛上抽烟”，一家人“在暮色中吃晚饭”。饭桌上父母谈起“女儿的婚嫁”，“她便将羞怯地低下头去”。她不再听妈妈的唠叨，“会静静地走到她的旧屋去”，“当她想到泉边吻她的少年，她会微笑着，抿起了她的嘴唇”。全诗除第一节外，在所有描绘动作、情态的词语前几乎全加上了“会”“将”这些带有忖度性质的副词，暗示出诗人的目的不是在描绘一个爱情故事，而是借此表述理想的生活画面。后者以《梦都子》《老之将至》《百合子》《八重子》为代表。诗人失恋之际，又不可能马上实现田园梦，于是他奔波于舞厅间，和日本舞女逢场作戏间捕获些许异性的温柔——“一片娇柔的微笑，一只纤纤的手，几双燃着火焰的眼睛,或是几点耀着珠光的眼泪”。这里,既是海派文人时髦生活的实录,透出无聊与颓废气息,又是对传统士与伎关系的继承,“我”与百合子同是天涯沦落人的遭遇,“我”欲通过爱救八重子脱离苦海的念头,无不渗透着中国文士固有的文化精神。

2.追求无着的苦闷

爱情诗在戴望舒的创作中占很大比重,但他毕竟不是爱情至上主义者。诗人有着对“梦”的热烈追求,这不仅表现在他早年加入共青团的行为里,而且表现在他的诗歌里。《断指》抒发对忘却个人悲哀、为大众利益而牺牲者的歌颂;《流水》是对“各处的水流的集体”力量的肯定——“决了堤防,破了闸!阻拦我们吗?你会看见你的毁灭”。用一个象征性意象,表明了诗人对革命胜利的理想:“在一个寂寂的黄昏里,我看见一切的流水,在同一个方向中,奔流到太阳的家乡去”。但理想很快受挫,诗人也退回到自我的天地中,他从一个“单恋者”变成了“寻梦者”。寻到了“梦”,却难以实现,反而被现实的血腥吓醒了。此时,前途的凶险、失路的迷惘伴着追求的渺茫汇聚到诗中,使这批诗歌含有沉甸甸的内蕴!

这类诗歌以《雨巷》《古神祠前》《寻梦者》和《乐园鸟》为代表,集中反映了诗人前期创作的最高成就。《雨巷》中撑一把油纸伞,独自彷徨的“丁香般的姑娘”,正是诗人所追寻的“梦”的象征。她那么诱惑人,有“丁香一样的颜色,丁香一样的芬芳,丁香一样的忧愁,在雨中哀怨,哀怨又彷徨”。其色、味、情均惹人怜爱,其忧愁哀怨又让人牵挂。“她”一度走近“我”,却没等“我”得到,便“投出太息一般的眼光”,梦一般消失了。抒情主人公分明感到被“她”遗弃了,所以才耐心地徘徊在雨巷,情愿做一个“单恋者”,保持着对理想的执着追求——

我觉得我是在单恋着,
但是我不知道是恋着谁:
是一个在迷茫的烟水中的国土吗,
是一支在静默中零落的花吗,
是一位我记不起的陌路丽人吗?

我不知道。

我知道的是我的胸膨胀着,

而我的心悸动着,像在初恋中。

目标的多向性,证明了抒情主体已不再关注追求的具体目标,而是将价值定位于追求本身。“我常是暗黑的街头的踯躅者,我走遍了嚣嚷的酒场,我不想回去,好像在寻找什么。”诗人否定了“一丝媚眼”或“一耳腻语”所代表的肉欲追求,认定自己是“一个寂寞的夜行人”“一个可怜的单恋者”。唯四周一片黑暗,看不清道路,找不到方向时,人才备感寂寞;唯明知爱的追求是一场无结果的跋涉,却仍要执着追求时,追求者才感觉可怜。

追求无着固然可怜,没有“梦”的人生更为可悲,因此,诗人坚持作一个“寻梦者”。他相信“梦会开出花来的”,“开出娇妍的花来的”。要寻求“梦”,就必须找到“梦”的载体——金色的贝。为此,你得“攀九年的冰山”“航九年的旱海”。突出艰辛的追求、反复的磨炼,才能寻到理想的“梦”,实质上寄托着诗人对理想主义品格的肯定。可是,他很快便将自我消解了,诗的结尾感叹道:“你的梦开出花来了,你的梦开出娇妍的花来了,在你已衰老了的时候。”一股苍老、疲惫之感从诗行间流泄出来,表现出诗人对于人的精神追求和达到这种追求的漫长与艰辛间的巨大反差的无限感伤。带着这份感伤,他寻到“古神祠前”,发现“古神祠前逝去的暗暗的水上,印着我多少的思量的轻轻的脚迹”。他渴望履水而行,实现精神的自由。然后,诗人借助“蝴蝶”“云雀”“鹏鸟”的意象,表现出艰难的追求过程——从“树叶上”到“水上”,“掠过涟漪”,“踏过荇藻”,最后“生出了翅膀”,“飞上去了”。上穷碧落下黄泉,上天入地求之遍!终于在青空白云间达到了无限自由的、超脱时空的美好境界。表面看来,可以“展开翼翅,作九万里的翱翔”,潇洒自如;实际上,却是一片空虚:“它盘旋着,孤独地,在迢遥的云山上,在人间世的边际,长久地,固执到可怜。”“终于,绝望地,它疾飞回到我心头,在那儿忧愁地蛰伏。”无枝可依,只好在心灵中为自由精神找一块宁静的栖息地,最终也没能冲出自我的小天地。诗中追求所获得的虚无感，正是诗人始终摆脱不掉的人生苦闷的深层原因。

虚无感与苦闷感的积淀，已成为诗人沉重的负担。有意无意间，他想超脱这个现实世界，在理想的“伊甸园”里寻找归宿，于是有了《乐园鸟》这首诗。此诗开始便写道：“飞着，飞着，春，夏，秋，冬，昼，夜，没有休止，华羽的乐园鸟，这是幸福的云游呢，还是永恒的苦役？”诗人幻化成“乐园鸟”，仍在不停地寻求，可对于寻求的价值，他已感到怀疑了——不再肯定追求本身，而视之为“永恒的苦役”。他感到前途的不可信任：“华羽的乐园鸟，在茫茫的青空中，也觉得你的路途寂寞吗？”人生之途的困惑，只好自己琢磨：

假使你是从乐园里来的，
可以对我们说吗，
华羽的乐园鸟，
自从亚当、夏娃被逐后，
那天上的花园已荒芜到怎样了？

首先否定了不容纳亚当、夏娃的乐园，然后反思“乐园”与“我”的关系：如果来自乐园，那里分明已荒芜，不可留恋；如果要去乐园，一片荒芜之地，又不值得去。罪恶的人间，是诗人早已否定的栖息地。此时的“我”恰如自焚前的凤凰，四顾茫茫，无处可归，只有不倦地飞，不停地追求，才能使痛苦的生存有价值，也才能使追求无着的苦闷有价值。

（二）戴望舒后期诗歌的内蕴

1933年以后，戴望舒进入诗歌创作的顶峰期，诗歌内蕴也由前期对青春激情的抒发转为表达人到中年的复杂，追求无着的苦闷转换成对宇宙人生的理性思考，这些诗歌收录在《灾难的岁月》中，其内蕴表现为：

第一，诗歌保持着诗人重情易感的特点，抒发了复杂幽邃的感情。它具体表现为：

首先，表达了诗人的爱国之情和在重重灾难中抑郁悲愤的感情。抗战时期，诗人身陷敌区三年多，又曾被日军逮捕入狱。亲历了法西斯的残暴，目睹着沦陷区的灾难，诗人写下了《元日祝福》《心愿》《口号》等宣传抗战的爱国诗篇。《元日祝福》写于1939年元旦,诗人坚信"血染的土地"上,"更坚强的生命将从而滋长","苦难会带来自由解放"。《心愿》写于1943年,抗战正处于相持阶段,诗人选取林中漫步、游山玩水、合家团圆三个典型的和平意象,告诉人们"只有把敌人打倒""送敌人入殓""将敌人杀尽"才能够实现和平。他恐怕人们不理解自己的"心愿",又在结尾直接喊了出来:"只有起来打倒敌人,自由和幸福才会临降,否则这些全是白日梦,和没有现实的梦想。"生逢国难,其诗既有作为亡国奴的痛苦体验,也有坚信抗战必胜的信心流露。《等待》共两首,第一首作于1943年12月,表达久等不见胜利的凄苦,"说六个月可以回来啦,我却等待了两年啊,我已经这样衰败啦,谁知道还能够活几天啊",也流露出对死亡的担忧和不见胜利不瞑目的心情——"当你们再来,带着幸福,会在泥土中看见我张大的眼"。第二首写于1944年1月,从诗中意象——"血污的铺石""徘徊的鬼影""铁栅""白刃"可推,应是回忆狱中生活的。面对侵略者的凌辱,诗人深深感受到"耻辱粘住每一颗赤心,在那里,炽烈地燃烧着悲愤"。诗人不知道等待他的将是什么命运,但他做好了准备:

把我遗忘在这里,让我见见
屈辱的极度,沉痛的界限,
……
让我在这里等待,
耐心地等你们回来:
做你们的耳目,我曾经生活,
做你们的心,我永远不屈服。

《我用残损的手掌》写于1942年狱中,诗人先用"灰烬""血和泥""蓬蒿"等意象勾勒出敌占区山河破碎的惨状,然后认定"只有那辽远的一角依然完整,温暖,明朗,坚固而蓬勃生春"。诗人坚信这才是中国的希望所在,因此,"我把全部的力量运在手掌贴在上面,寄与爱和一切希望……那里,永恒的中国!"对占领者的恨与对解放区的爱相互映衬,将诗人对祖国前途的忧虑与希望全凸现出来了。

其次，他的诗歌还描写了家庭生活的温馨和毁家之后的揪心伤痛。他经历了两次恋爱、结婚到妻子离家出走的情感经历，每一次感情的悲欢都留有诗的记忆。《见毋忘我花》《微笑》《秋夜思》等寄托对恋人的热爱和赞颂之情，是他和穆丽娟相爱相思的结晶。随着两人分居直至离婚，一度拥有美妻娇女同室乐的家毁了，诗人心中也留下了终生的伤痛。尽管杨静走进了他的生活，仍驱赶不走诗人对家的回忆及家毁的哀伤。实际上，拥有完整的家时，诗人并没有过多吟诵之；家破之后的反思，使他非常怀念家的温馨和甜美。《过旧居》是诗人偶过旧居引发的诗情，隔窗一瞥，“这扇窗，后面有幸福在窥望，还有几架书，两张床，一瓶花……这已是天堂”。不奢求豪华的生活，只渴望平和宁静。诗歌以画面引人深思——

我没有忘记：这是家，
妻如玉，女儿如花，
清晨的呼唤和灯下的闲话，
想一想，会叫人发傻；

单听他们亲昵地叫，
就够人整天地骄傲，
出门时挺起胸，伸直腰，
工作时也抬头微笑。

徘徊窗外，他仿佛又闻到了午餐的香味，尝到妻子“亲手调的羹，亲手煮的饭”，听到了女儿“娇小的叫嚷”……为此，感到“好像伤没有收口，苦味在舌间”。生活的苦涩无人可告，无处诉说，只能借诗传情，所以在《示长女》中，他回忆“曾有一个快乐的家”，要求长女“记得那些幸福的日子”；想象分别后女儿“从这间房到那间，用小手挥逐阴影，然后，缅想着天外的父亲，把疲倦的头搁在小小的绣枕”。写怨不言怨，而是通过对女儿童年的回忆和虚拟女儿思念父亲的情景，表现家毁之后的哀痛。四年后，诗人再次遭遇被妻子抛弃的命运，心中再难有“天晴”的感觉了。人世的绝望、人情的悲凉和前途的惶惑，使他陷入幽闭的绝境：“我和世界之间是墙，墙和我之间是灯，灯和我之间是书，书和我之间是——隔膜！”这首《无题》作于1947年，虽未收入《灾难的岁月》，却是戴望舒在多种情绪重压下失望、忧虑心境的凸显，也是诗人绝望的抗议！

第二，诗歌表现出诗人在困境中对世界的理性玄思，凸显出对人类精神现象和情感的反思。首先，它表现在诗人对精神自由的执着追求，对现实世界的超越上。《古神祠前》一诗中，他从庄子《逍遥游》中直接借来展翅九万里的大鹏意象，表达自己要进入自由美好的理想境界的愿望；《我思想》强调因“我思”“故我是蝴蝶”，思想在这里显示了巨大的力量，它以精神架起了一座桥梁，引渡“我”超脱人间，超越时空，将万年后的小花与幻化的蝴蝶融为一体，从而进入物我两忘、天人合一的大自由境界。既已物化，也就摆脱了人的烦恼，诗人显然被现实逼得无路可走了，所以极力想超脱。《赠克木》透出更为复杂的思想。诗歌先认定星辰的无欲无求、无名无忧：“它们闲游在太空，无牵无挂，不了解我们，也不求闻达。”然后，拿人的行为和星辰相比：“你绞干了脑汁，涨破了头，弄了一辈子，还是个未知的宇宙。”否定人的进取精神，也就否定了自己，这是因为他认识到在自然面前人的渺小：“太阳无量数，太空无限大，我们只是倏忽渺小的夏虫井蛙。”既然如此，诗人便采取避世的态度，躲进小楼成一统，“乐在空与时之外……自己成一个宇宙”，在这里“看山，看水，看云，看风，看春夏秋冬之不同”。做一个旁观者，“不痴不聋，不做阿家翁，为人之大道全在懵懂”，生在乱世，诗人欲收缩在封闭的自我中以求安宁，实际上是白日梦。形而上的思考可以飘得很远，形而下的生活毕竟在人间，因此他才要“变一颗奇异的彗星，在太空中欲止即止，欲行即行，让人算不出轨道，瞧不透道理，然后把太阳敲成碎火，把地球撞成泥”。“彗星”的意象消解了先前的意蕴，使诗歌内容展示了新境界：自由自在，把握住自我，要么走在自己的轨道上，要么将这个世界彻底撞毁。最后的抗争虽有些盲目，倒也有力地反映出诗人的郁愤。其次，它表现在诗人对抽象“美”的追求和对永恒的体悟上。《小曲》《夜蛾》等诗是代表作。美在何处？似乎在彩鸟的鸣唱中，在凋零的花瓣透出的芳香里。但是，音消香退之后，又到哪里寻觅呢？

“地狱”里没有美，“乐园”里一片荒芜，只有诗人的心中，才是美的归宿。从客观的对象到主观的世界，诗人追求的美显然越来越抽象。用精神的美去洗涤附在心中的痛苦，让美在心中“调和氤氲”，以便通过精神之旅抵达“永恒的宇宙”。《夜蛾》以从“众香园”贬谪的“夜蛾”为中心意象，诗人将它幻作“小睡中的亲人”，飞越层层障碍，“来慰藉我们的不幸，或者是怀念我们的死者”。在诗人看来，“美”应该具有怜人不幸、牵挂人间的内蕴。最后，诗人将夜蛾同化为自己，希望它们遮覆自我精神上的“影子”，帮助诗人挣脱出来，化成美丽的凤凰，实现新生。诗歌换一个视角对“美”进行诠释，它虽不再指向永恒，但那蜕旧变新的力量，那充满人文关爱的情怀，同样让人感动。

综观戴望舒的全部创作，其艺术特征有四个方面非常突出，即细腻幽婉的抒情、简约跳跃的结构、自由活泼的韵律和哀婉自然的语言。

1.细腻幽婉的抒情

现代诗派是受西方象征诗派的影响而产生的，象征诗派致力于精微地辨析、体味心灵深处情感的律动，而不是侧重内心澎湃激情的直接宣泄。戴望舒的诗“表现的不是意思，而是感觉或情绪”。他很少用理性的语言诠释情感，而是通过一丝感觉、几个意象传达出诗歌内蕴。为了传达这种幽微的感情，他借鉴传统诗歌的白描、联想手法，融汇象征诗派的象征、通感手法。《我的恋人》中令人难忘、满含羞涩的“大眼睛”，《秋》里烦闷的主人公手中喷烟吐雾的“烟斗”，《示长女》中拂去阴影和追逐蝴蝶的“小手”，皆为生活中的常见物，却又紧扣诗人的感情，将其或喜或悲的幽情暗示了出来。同时，他还善于通过联想扩大诗境，从而达到艺术的真实。他说过“诗是由真实经过想象而出来的，不单是真实，亦不单是想象”。他诗中的意象往往以生活真实为中介，诗人展开想象的翅膀，将原本独立事物的相通之处勾连，形成一个超现实的艺术世界。《古神祠前》由思想轻盈易逝的特点，联想到“它掠过涟漪，踏过荇藻……生出了翼翅”，喻示着思想的跳跃飞升；其后又幻化为蝴蝶、云雀直至翱翔九天的大鹏，诗境愈来愈开阔，联想也越来越奇特化。

当然,作为现代派诗人,他更重视象征、通感手法。戴望舒常将象征作为独特的方法来展开构思,《乐园鸟》《寻梦者》《古神祠前》《秋蝇》《流水》等诗通篇象征,意蕴丰富。它们以完整的意象,强烈地暗示出诗歌的内蕴;诗歌的展开,也是围绕中心意象而为的。但更多的诗中,则是取象征性的意象,作为情感的载体。《流浪人的夜歌》中“残月”西斜、“怪鸟”悲鸣、“荒坟”累累、“泪”眼盈盈、“孤身”漂泊的多个并列意象,不仅将社会之荒诞展现出来,而且表现出流浪者灰暗、绝望的感情。《雨巷》也是多个意象,但不是并列,而是构成重叠关系——梅雨连绵的天空,覆盖着曲折的“雨巷”;雨巷中,飘着“一把油纸伞”;伞下,是“丁香一般结着愁怨的姑娘”。空间上自上而下、由大至小的意象组合,随诗情推进,渐渐交融到一起:“我”徘徊在雨巷,望着“她”离去,视野中那下不完的细雨、走不尽的雨巷、诉不出的幽情、忘不掉的姑娘已完全重合,构成一个多重象征复合体,将诗人追求光明、中途受挫却又不愿放弃的幽情传达了出来。有时,仅用象征还不能尽传其感情,诗人便用通感手法,调动读者的多种感觉共同参与。《自家伤感》第二节:“希望今又成虚,且消受终天长怨。看风里的蜘蛛,又可怜地飘断,这一缕零丝残绪。”愁怨之情的漂泊零乱借风吹断的蜘蛛网来表现,显然是“感觉交错”。《梦都子》有“蜜饯的心”“蜜饯的乳房”,是视觉与味觉的交错;《路上的小语》描摹恋人的唇:“像花一般燃烧着的”,是将视觉与触觉相交;《我的恋人》说恋人有“一颗天青色的心”,眼睛也可以变成“天青的颜色”,则是将恋爱者复杂的感觉、情绪、心理等因素综合为视觉,也能达到通感的审美效果。

2.简约跳跃的结构

朱自清在《新诗的进步》中曾论及象征诗派的特点:“他们发现事物间的新关系,并且用最经济的方法将这关系组织成诗,所谓‘最经济的’就是将一些联络的字句省掉,让读者用自己的想象力搭起桥来”,“仿佛大大小小,红红绿绿的一串珠子,他却藏起那串儿,你得自己穿着瞧”。此论道出了象征诗派的结构特点,现代诗派也如此。戴望舒诗作极少铺排,而是以跳跃的意象与起伏的感情结合,组成简明的意境,因而诗歌的结构也呈现简约跳跃的特征。《印象》一诗撷取飘落深谷幽微的铃声、消逝到海天交接处的渔船、挂在林梢颓唐的残阳和迢遥的寂寞的呜咽交融，颓败的萧索、缥缈闪忽的意象与表现欲哭无泪、寂寞空虚的感情相适应。一种不安与浮躁的情感，借助独特的意象组合凸现出来。《秋天的梦》也运用跳跃的结构来表现意识的流动："迢遥的牧女的羊铃，摇落了轻的树叶"。落叶的随风起落与羊铃的叮当鸣响相应和，营造一个和谐的氛围；由铃声引出窈窕的牧羊女，她那初起的恋情，该如"秋天的梦"吧，轻盈明丽，欢快流畅，而我呢，"却载着沉重的昔日"。两相对比，我的心恰似那"寒冷""忧郁"的深秋。这样，秋景的色彩、音响、寒意和诗人情思的连绵、起伏与跳荡融汇到了一起，组成非常"经济"的结构。

3.自由活泼的韵律

由于戴望舒说过，"诗应该去了音乐的成分"，人们往往断定他否定诗的音乐性。其实这是误解，诗人反对外在死的格律，却强调内在韵律，即"诗的情绪的抑扬顿挫"，认为"新的诗应该有新的情绪和表现这情绪的形式"。他的诗，往往根据自我情绪的波动来安排音节，形成自由活泼的韵律。或借鉴古典诗词的格律，创作一韵到底、诗形严整的新格律诗，《寒风中闻花声》即如此；或通过诗中参差的停顿以组成缓急相间的节奏，呈现诗人生活与情思的起伏，《乐园鸟》中"飞着，飞着，春，夏，秋，冬，昼，夜，没有休止"便将乐园鸟不倦的追求以及遭遇到的挫折描绘出来。或借用长短句相间的方式，通过句式的变化来表现内在感情的悲欢，实现节奏的变化。短句式带来的跳跃感，可传达欢悦的情感；长句式舒缓的速度，可抒发凝重的思绪，二者交替出现，也能形成独特的韵律。《妾薄命》《林下的小语》《残叶之歌》《路上的小语》等诗皆有此特点。

4.哀婉自然的语言

戴望舒的诗以抒情为主，时代的动荡、局势的骤变带给诗人压抑郁闷之感，爱情的得失、家庭的成毁则使他在情感的峰谷间起伏，因此，其诗歌以抒发幽婉低沉的情感为主。就其审美情趣而言，他欣赏幽雅而带有淡淡的哀愁的柔美；与内在情感相呼应，其诗歌语言以哀婉自然为主；他注重内在情感的“抑扬顿挫”,其诗情也便随着自身内在情绪律动的轨迹运行着,形成哀婉的语言风格。《雨巷》中缠绵不断的细雨飘落于曲折婉转的小巷,悠长惆怅的情愫萦绕着丁香般的姑娘,诗句或短或长,典雅哀伤。而通篇所押低沉忧郁的“ang”韵,古典意象丁香、雨巷、细雨、圮墙、油纸伞的运用,太息、徘徊、踯躅、惆怅等文言词汇的融入,皆使其语言带有末世贵族气息,既绮丽雅洁,又灰暗颓废。同时,其语言哀婉而不失自然本色。这是因为他的语言是从心中流出来的,没有雕琢味;他是用自己的心血浇灌他的诗,因而有一种自然美。

二、汉园三诗人

沿着戴望舒开拓的道路继续探索,并形成独特风格的是“汉园三诗人”。“汉园三诗人”是指 1936 年出版诗合集《汉园集》的三位青年诗人:卞之琳、何其芳、李广田。

(一)卞之琳的诗歌

卞之琳(1910—2000),江苏海门人。少年时代爱好古典诗词和新诗。1929 年入北京大学英文系就读后,较多接触英国浪漫派、法国象征派诗歌,自己也开始写诗,早期出版的诗集有《三秋草》(1933)、《鱼目集》(1935),影响较大的是《汉园集》。1938 年至 1939 年曾去延安和太行山区根据地访问,创作有诗集《慰劳信集》和报告文学集《第七七二团在太行山一带》。1946 年到南开大学任教,1947 年应邀赴牛津大学从事研究。1949 年回国后,先后任北京大学教授、中国社科院文学研究所和外国文学研究所研究员。1979 年,他出版了自选集《雕虫纪历》,是其重要的诗歌集。

卞之琳的诗歌创作可分为三个时期:1930—1932 年为创作早期;1933—1937 年是其成熟期;1938 年以后,为“转变”后时期。这里,我们主要分析 1938 年以前的诗歌创作。与戴望舒强调“内在情绪”不同,卞之琳的诗侧重表现生命体验中那些最深沉的感受,并使之结晶升华为一种哲理意识。因此,他成为现代派中“主知”倾向的代表诗人。其早期诗歌,依其自我表述,是表现社会现实,寄情于下层的人物。他认为这些诗的特点是用冷淡的调子掩盖着深挚的同情,在玩笑的下面是那些小人物的辛酸。这些固然不错,却属于诗歌的表层意蕴。透过它,我们会发现一个特殊的视角:《记录》表现挣脱“沉重的白日梦”的渴望,《一个和尚》所感叹的,也是每日做着“苍白的深梦”的生活。《影子》描写青春的寂寞,《酸梅汤》感叹生活的无奈与季节的更迭,流露出时光的易逝和生存的困惑。《墙头草》虽对“把所有的日子就过在做做梦,看看墙”表示不满,却又无力改变,同样透出无奈。正如有的研究者指出的那样,“生之迷惘与感慨命运是卞之琳早期诗作的深层意蕴”。进入成熟期之后,诗人的视野扩大,诗歌表现的内蕴也更为深邃复杂。《断章》虽是首爱情诗,但通过“你站在桥上看风景,看风景的人在楼上看你。“明月装饰了你的窗子,你装饰了别人的梦”这四行诗构成的多重关系,诗人将人生中主客体之间关系的相对性概括了出来。《音尘》由邮差(“绿衣人”)按门铃声联想到“夕阳里的成阳古道”上,“一匹快马的蹄声”。在历史背景下,展现生命个体为灰色困扰的窒闷和失落感。《圆宝盒》更充满形而上的象征意义,诗人自解“圆”是“最完整的形相”,“宝盒”是“心得”“道”“知”“悟”,或者就是“智慧之美”,“圆宝盒”就是象征蕴含宇宙精英的智慧之美。而“你看我的圆宝盒,跟了我的船顺流而行了”,则是感叹时光的流逝,这样才能使“智慧之美”更充分地展现。总之,其诗对表现对象的理性思考所达到的哲学深度,现代诗歌史上是很少有人能与之比肩的。

同时,他还强调“诗的非个人化”。依其自解,即将西方小说化、典型化、戏剧化的“戏剧性处境”与中国旧小说的“意境”融合,达到“个人”的隐匿,从而使诗歌具有多重内蕴,使诗中人物的身份具备可置换性。他在《〈雕虫纪历〉自序》中说,“这时期的极大多数诗里的‘我’也可以和‘你’或‘他’(‘她’)互换”即是指的这一特征。在新诗发展史上,闻一多最先主张新诗要“采取小说戏剧的态度,利用小说戏剧的技巧”;卞之琳在《完成与开端》中谈到由学习《死水》而“在自己诗作里常倾向于写戏剧性处境、作戏剧性独白或对话，甚至进行小说化”；袁可嘉在“三论新诗现代化”时，也以“新诗戏剧化”为发展的方向。诗的小说戏剧化不是以叙事代替抒情，而是在诗中容纳叙事成分，使事与心偕，在事件里寄托情思。因而，正如郑敏《论诗的内在结构》所言，它兼有“现实的细节”和“象征意义”。《道旁》就写了一个“问路”的情节。“问路”是“现实的细节”，它具有人生的普遍性，同时又具有“象征意义”：在动与静、行与止的对比中，蕴含着某些人生哲理。“问路”一语双关，“倦行人”问自己要走的路，而“树下人”想问人家走过的路，路是人生的象征。《古镇的梦》则设置一个对比性情景：白天，瞎子敲着算命锣，“敲不破别人的梦，做着梦似的瞎子在街上走，一步又一步”，不打破别人的梦，自己虽看不到，却留给人们以将来；晚上，更夫敲着梆子，“敲沉了别人的梦，做着梦似的更夫在街上走，一步又一步”，黑夜遮蔽了一切，人们沉入梦中，只有更夫还醒着，却不愿惊醒别人，免得他们看到罪恶的现实。诗人通过“毛儿”妈妈的夜话“这小子吵得人睡不成觉，老在梦里哭，明天替他算算命吧”将现实与未来交融的可能性揭示了出来，现在和未来本就是相继的人生历程，两者很容易纠缠在一起。因而，诗尾有一个二者相交的情景：“是深夜，又是清冷的下午：敲梆的过桥，敲锣的又过桥，不断的是桥下流水的声音。”过桥的行动有先后，有断续，但时光的流逝，人生的磨难是不断的！诗人对社会人生的感悟，借助叙事性处境形象地表现出来。诗人主体的退出与模糊，既是对新月派提出的“抒情客观化”的发展，也是对早期的白话诗“高扬诗人主观意志”的理念的反拨，是向传统的回归。

（二）何其芳的诗歌

何其芳（1912—1977），原名何永芳，重庆万州人。幼时即喜欢中国古典诗词小说，1929 年入上海中国公学预科学习，阅读了大量新诗。1931 年至 1935 年在北京大学哲学系学习，同时，在《现代》等杂志上发表诗歌和散文。1936 年与卞之琳、李广田的诗歌合集《汉园集》出版；1937 年出版散文集《画梦录》，获《大公报》文艺金奖。毕业之初，当过中学和师范教师，业余继续写诗和散文。1938 年，何其芳北上延安，在鲁迅艺术学院任教,曾随贺龙的部队到晋北、冀中抗日根据地。1939 年 7 月回延安,任鲁迅艺术学院文学系主任。1942 年,参加延安文艺座谈会及整风运动,创作风格明显转变。1944 年至 1947 年,曾两赴重庆工作,任新华日报社副社长等职。1948 年起,在马列学院任教多年,后来曾担任中国作家协会书记处书记、中国社会科学院文学研究所所长等职。人民文学出版社出版的 6 卷本《何其芳文集》(1982—1984),收录了他的大部分创作和论著。

何其芳的诗歌创作以 1938 年为标志,可分为前后两个时期。在前期诗歌中,表现了诗人不满丑恶的现实,却又不知出路何在的苦闷情绪;热切地向往生活中美好的事物,但缺乏热烈的追求。《花环》以象征手法,悼念"美丽的夭亡"。在诗人看来,美丽的必然是寂寞的,"你爱寂寞""你有美丽得使你忧愁的日子"。同时,美丽的事物并不怕被人遗忘,它孤芳自赏,"开落在幽谷里的花最香。无人记忆的朝露最有光"。《古城》既为文化的衰败而伤感——

但长城拦不住胡沙
和着塞外的大漠风
吹来这古城中,
吹湖水成冰,树木摇落,
摇落浪游人的心。
……
悲这是故国遂欲走了,
又停留,想眼前有一座高楼,
在危阑上凭倚……

又有生存者的窒息与苦闷:"悲世界如此狭小又逃回这古城。风又吹湖水成冰"。《欢乐》一诗表现出诗人寻找欢乐、追求欢乐的过程,但全诗连续 12 个问号,显然凸显着诗人的疑惑。与其说看重欢乐,倒不如说喜爱忧郁,诗的结尾即透出了诗人的选择:"对于欢乐我的心是盲人的目,但它是不是可爱的,如我的忧郁?"也许是"忧郁"积压得太多,诗人渴望"气候"的变化。《雨天》一诗中,诗人已认识到了自己心里"没有温暖,没有明霁”,只有“过分地缠绵,更加一点润湿”。他渴望新的理想出现,于是有了《夏夜》《预言》等借爱言志的诗篇。《夏夜》中那妩媚的情人“鬓发流滴着凉滑的幽芬”,“美目里有明星的微笑”,她“柔柔的手臂如繁实的葡萄藤围上我的颈”,送给“我”“红熟的甜的私语”,使“我”胸间颤跳。于是,“一株新的奇树长在我心里了,且快在我的唇上开出红色的花”,呼之欲出而未出,那理想依然是模糊的。尽管模糊,诗人依然珍惜。《预言》里那位“年轻的神”,那么可人,她给诗人带来了期望:

你一定来自那温郁的南方,
告诉我那儿的月色,那儿的日光,
告诉我春风是怎样吹开百花,
燕子是怎样痴恋着绿杨,
我将合眼睡在你如梦的歌声里,
那温暖我似乎记得,又似乎遗忘。

正是期待的心理使“我”激动地准备好“有虎皮的褥”,告诉她“前面是无边的森林”,太危险,“一定要走吗？请等我和你同行！我的脚知道每一条平安的路径”。然而,“你”却要走:

我激动的歌声你竟不听,
你的脚竟不为我的颤抖暂停!
像静穆的微风飘过这黄昏里,
消失了,消失了你骄傲的足音!
呵,你终于如预言中所说的无语而来,
无语而去了吗,年轻的神?

理想如戴望舒诗中“丁香般的姑娘”,来了,又去了,留给诗人无尽的惆怅和失落。正是这种追求无着的苦闷促使诗人转移追求的方向,也正是由此带来的幻灭感使他对旧时代彻底绝望,于是,一个新的诗人便有了出生的机会!

何其芳到延安以后,生活环境的转换,文艺观念的更新,使其诗风大变。那位“成天梦着一些美丽的温柔的东西”的何其芳消失了,代之以充满激情、爱憎分明、开朗热烈的自我;心头的忧郁消散了,代之以解放区明朗的氛围;孤芳自赏的情绪消解了,代之以回归群体的诗意。《云》已露出转变的迹象,先讲述过去的自我——

“我爱那云,那飘忽的云……”
我自以为是波德莱尔散文诗中
那个忧郁地偏起颈子
望着天空的远方人。

而“我”到“乡下”和“海边的都市”走一圈,看到“农民因为诚实而失掉了土地。他们的家缩小为一束农具。白天他们到田野间去寻找零活,夜间以干燥的石桥为床榻”。看到“冬天的柏油街上,一排一排的别墅站立着,像站立在街头的现代妓女,等待着夏天的欢笑,和大腹贾的荒淫,无耻”。贫富悬殊的社会现状震撼了诗人的灵魂,他表示:“我情愿有一个茅草的屋顶,不爱云,不爱月,也不爱星星。”从浪漫空虚的云端落到了人间,情愿向贫苦大众的生活靠拢。诗人到解放区以后写诗不多,但格调高昂,热情奔放。首先是歌颂的对象变了,由对爱情与自我情绪的歌唱转变为“为少男少女们歌唱”。《我为少男少女们歌唱》写于1941年,是诗人风格改变的标志。他不再追求意蕴的朦胧含蓄,而是宣告:“我为少男少女们歌唱。”所选意象为“早晨”“希望”“属于未来的事物”“正在生长的力量”,与前期诗歌中的“黄昏”“死亡”“夜晚”“幻灭”明显不同。这些意象既契合“少男少女们”的自身特性,又带有无限生机和广阔的前途。在他们中间,诗人自我也改变了:

轻轻地从我琴弦上
失掉了成年的忧伤,
我重新变得年轻了,
我的血流得很快,
对于生活我又充满了梦想,充满了渴望。

当诗人换一种心情去观察世界时,他突然发现原以为熟悉的生活有着许多新的内蕴。《生活是多么广阔》便反映出其诗歌内蕴的变化。诗歌先强调“生活”对于诗人的作用,“凡是有生活的地方,就有快乐和宝藏”。第二节诗中,诗人连用15个排比句式,既照应主旨,显示生活的广阔和丰富多彩,又形成极强的动感,将现实的写真与浪漫的想象融合起来:

去参加歌咏队,去演戏,
去建设铁路,去做飞行师,
去坐在实验室里,去写诗,
去高山上滑雪,去驾一只船颠簸在波涛上,
去北极探险,去热带搜集植物,
去带一个帐篷在星光下露宿。
去过寻常的日子,
去在平凡的事物中睁大你的眼睛,
去以自己的火点燃旁人的火,
去以心发现心。

这样,一方面将“生活”的内蕴扩大到几乎无所不包,暗示出诗歌的表现对象的丰富性,另一方面也表现出诗人世界观、人生观的转变:不再自以为英雄,意识里向“平凡”靠拢;不再孤立于自我的世界里,而强调人与人“心”的沟通。不仅诗风改变了,诗人自身也变了。

从艺术特征方面看,何其芳前期诗歌讲究完整的形式、严格的韵律、谐美的节奏,注意诗的形象和意境,呈现细腻和华丽的特点;后期诗歌则多为自由体,感情热烈奔放,句式参差错落,语言明白晓畅,呈现粗放和质朴的特点。

(三)李广田的诗歌

李广田(1906—1963),号洗岑,山东邹平人。1929年入北京大学外语系预科学习,1930年开始发表作品,1935年毕业。1936年与卞之琳、何其芳合出诗集《汉园集》,同年有散文集《画廊集》《银狐集》出版。1939年出版第三本散文集《雀蓑集》。新中国成立后主要从事教育工作,曾任清华大学副教务长、云南大学校长等职。

李广田的散文成就高于诗歌,但其诗歌也自有特点。从内蕴看,主要表现青年知识分子对祖国的挚爱、对理想的追求和对自我的反思。《地之子》中认定“大地”是“我的母亲,我对她有着作为人子的深情”,她是“我的襁褓……我愿安息在这土地上,在这人类的田野里生长,生长又死亡”。为着这份热爱,哪怕“天国”也不能将“我”诱惑:“我的脚却永踏着土地,我永嗅着人间的土的气息。我无心于住在天国里,因为住在天国时,便失掉了天国,且失掉了我的母亲,这土地。”一代知识分子对祖国的挚爱之情溢于诗行间。《第一站》表现青年知识分子的追求和疑惑。“我”有“梦”却无充实的内容,“头上的青天和湖里的水”,哪一个不虚空?唯其意识到个体存在的空虚寂寞,“我”才不顾一切归向大海,因为“海是一切川流的家”。虽然不知“海的尽处又怎样”,但在人生的“第一站”,走向群体即是进步。《老人与海》则是诗人对时代风暴的期待:“天要落雨,就尽管落吧,黑云已遮盖了满天,雷神已擂起了天鼓,掮起火扇了,你们要走,就尽管走,反正,这时候是更适合于我们时候了。”同时也显示出诗人的自信心:“暴风雨是无损于一个善歌者的华服的,在暴风雨中,我将听到海,我要在暴风雨里放歌,放歌像海。”《秋的味》表现自我的迷失:“被西风吹来,又被风吹去。”《笑的种子》则通过对比,凸现知识分子的弱点——笑使大地充满欢乐,但笑的播种者却是“那个流浪的小孩子”。自身居无定所,仍要给世界带来欢乐;衣食无忧的知识分子,却独守自己“忧郁的土地”。面对时代,诗人进行着深刻的反思。

现代诗派取得较大成就的还有废名、徐迟、施蛰存、林庚、路易士等诗人。这个流派以其内蕴的朦胧化显示了新诗“向内转”的总体趋向,而其象征手法的广泛运用,对诗的内在情绪的强调和自由体的诗歌体式,都为当代诗歌提供了宝贵的财富。20 世纪 70 年代末 80 年代初兴起的“朦胧诗”派,无论内蕴还是艺术风格,都可视为对现代诗派的继承。

第九章 张爱玲的生存体验及其小说创作

张爱玲(1920—1995),出生于上海一个没落的封建贵族世家。1939年曾到香港读书,1942年香港沦陷后回到上海。1943年发表小说《金锁记》,被称为上海沦陷区文坛"最美的收获之一"(迅雨《论张爱玲的小说》)。1944年她的代表作小说集《传奇》和散文集《流言》出版。新中国成立后,曾以梁京的笔名发表长篇小说《十八春》。1952年离开大陆到香港,后定居美国。在港期间,创作长篇小说《秧歌》和《赤地之恋》,思想艺术上皆无可取之处。此后,她转向了学术研究工作,很少再有创作问世。1995年逝世。

张爱玲的小说在世俗生活华丽外衣的掩盖下,表达着对人生非常消极、虚无的看法。她笔下的人物,皆处于与他人隔膜的孤独状态中,发现世界的虚无与荒诞,在绝望的生存体验中挣扎。每个作家对于生活的表现都不可能是绝对客观的。张爱玲笔下人物那绝望、虚无的情绪体验、孤独的生存困境,在某种程度上,不过是她个人生存体验的外化和折射而已。因此,下面就从作家生存体验的角度谈谈张爱玲的小说创作。

一、家庭和时代背景

家庭是人走向社会前活动的第一个场所，人对于世界、人生的看法，对个体的存在体验，首先来自家庭生活，张爱玲也不例外。没有前途的家世背景、不幸的家庭生活，使她对人生抱着阴暗、消极的看法，对人孤独的生存困境有比常人更敏锐的认识。从家世背景上说，张爱玲出生的家庭本是个名声显赫的封建贵族世家，祖父张佩纶，是晚清“清流派”的代表人物，张佩纶的岳父李鸿章，更是清朝重臣。这样一个封建贵族家庭，随着清朝的覆灭，却迅速败落下去，张爱玲出生的时候，张家已成为破落户。她的父亲是个典型的封建遗少，一心沉迷于过去，无视新时代来临，关起门来，过着一种堕落、腐朽、与时代脱节的生活，整日吸食鸦片，蓄妾狎妓，虚掷光阴，浪费生命，张家笼罩在死寂、凝滞、腐败的氛围中。在张爱玲的印象中，父亲的房间“永远是下午，在那里坐久了便觉得沉下去，沉下去”，整个家庭“有太阳的地方使人瞌睡，阴暗的地方有古墓的清凉”(《私语》)，这是一个阴暗的世界，没有光的所在，失去了时间，有着千年如一日般的单调，无情吞噬着鲜活的生命，张爱玲就是这样被禁锢、被摧残着。在这样的环境中生存，她不可能把人生看得太光明。古墓似的家庭氛围也没有使她感受到一点亲情的温暖。家庭本来是个孕育亲情、爱心的所在，可是在这里，丈夫与妻子之间水火不容，父母与子女之间更缺乏爱与沟通，亲人们生活在隔膜、孤独、敌意的围困中。她的父母由于不和而最终离异，生活在继母管制下的她，更加缺少爱与亲情。孤独的生活形成了她孤僻的性格，“在没有人与人交接的场合，我充满了生命的欢悦”(《天才梦》)。她失去了应付生活的能力，对生命、人生抱着灰暗的看法：“生命是一袭华美的袍，爬满了虱子”(《天才梦》)。不幸的家庭生活中最为不幸的是遭受禁闭的惨痛经历。高中毕业后，由于张爱玲与继母发生口角，加上其他原因，父亲对她拳脚相加，并将她禁闭达半年之久。禁闭期间，她生了重病，父亲也拒绝给她医治，她差点死掉。父亲的绝情，长时期失去与人世的接触，使张爱玲内心陷入无法忍受的孤独与绝望中，致使她濒临疯狂的边缘。在自传性的《私语》一文中，她对此段生活经历有颇富文学意味的记述：

> 我父亲扬言说要用手枪打死我。我暂时被监禁在空房里，我生在里面的这座房屋忽然变成生疏的了，像月光底下的，黑影中现出青白的粉墙，片面的，癫狂的。
>
> Beverley Nichols 有一句诗关于狂人的半明半昧："在你的心中睡着月亮光"。我读到它就想到我们家楼板上的蓝色的月光，那静静的杀机。

连自己生活过的房间都变成生疏的、异己的，显出癫狂的、狰狞的面目，不可理喻，那么，世界上的其他的一切就显得更加荒谬、不可思议了。禁闭使张爱玲感到被世界抛弃，被一切的外物抛弃，作为一个孤独的个体被抛入绝望、虚无的深渊中，外在世界与自我的生命对于自身皆失去了意义，恐怖使她近于疯狂：月光是蓝色的，隐含着静静的杀机。在西方文学中，月亮是疯狂的象征。深通西方文学的张爱玲，用有关月亮的诗句暗示自己当时一度陷入疯狂的精神状态，从而一改传统对月色的诗意感受。禁闭也使她感到整个世界是肮脏的，连白玉兰也变了样，"像污秽的白手帕，又像废纸，抛在那里，被遗忘了，大白花一年开到头"(《私语》)，这样形容鲜花的，张爱玲可能是第一人。别样的经历使她对生活有了别样的看法，里面包含着天才的深刻和阴冷。

张爱玲被禁闭的时候(1937)，外面的世界也正在发生巨大变化。1937 年 7 月 7 日，日军进攻位于北平西南郊卢沟桥畔的宛平城，发动全面侵华战争。8 月 13 日，日军大举进攻上海。张爱玲遭禁闭时期，沪战正在激烈地进行。这一场战争并不是局部的。1939 年 9 月 1 日，德军进攻波兰；3 日，英、法对德宣战，第二次世界大战爆发，一场大规模的战争在世界范围内发生。这一年，张爱玲到香港读书。1941 年 12 月 7 日，日本偷袭珍珠港并对美、英宣战，太平洋战争爆发，香港沦陷。战争夺去了很多人的生命，人类文明又一次面临严峻考验。世界范围内的战争和破坏，使原本悲观的张爱玲对人类前途、人类文明更加失去了信心,她预感到:“时代是仓促的,已经在破坏中,还有更大的破坏要来。有一天我们的文明,不论是升华还是浮华,都要成为过去。如果我最常用的字是‘荒凉’,那是因为思想背景里有这惘惘的威胁。”(《〈传奇〉再版的话》)乱世人生更容易使人对生命的意义发生怀疑,发现存在的荒诞,“人们只是感觉日常的一切都有点儿不对,不对到恐怖的程度。人是生活于一个时代里的,可是这时代却在影子似地沉没下去,人觉得自己是被抛弃了”(《自己的文章》)。“一切都有点儿不对”,这就是荒诞;时代像影子似的消失,这就是虚无。一切虚无、荒诞到恐怖的程度。如果说,影子一样消失的时代使张爱玲抽象地体验到人生的虚无,那么,亲身经历的战争使她更具体、刻骨地感受到了这一点。1941 年年底,日军进攻香港时,张爱玲正在那里读书,她经历了香港被围困和侵占的全过程,在《烬余录》中,她谈到了战争给予她的生存体验:

围城的十八天里,谁都有那种清晨四点钟的难挨的感觉——寒噤的黎明,什么都是模糊,瑟缩,靠不住。回不了家,等回去了,也许家已经不存在了。房子可以毁掉,钱转眼可以成废纸,人可以死,自己更是朝不保暮。像唐诗上的“凄凄去亲爱,泛泛入烟雾”,可是那到底不像这里的无牵无挂的虚空与绝望。

在战争面前,人的力量显得那么渺小,人不但失去了任何的安全保障,连生存的意义也完全丧失了,处于赤裸裸的“无牵无挂”中,处于虚空与绝望的生存困境中。这样的生存体验,是战争和时代赋予的,并不为张爱玲所独有,而是处于战争威胁下整个人类所共同拥有的。张爱玲虚无、绝望的生存体验,由于融入了时代、人类的成分,代表了那个时代人类的普遍感受和体验。

二、孤独的生存环境

张爱玲从小生活在孤独与隔膜当中,她对个体所处的孤独的生存困境有深刻认识，这影响到她的小说创作。她笔下的人物也大都是孤独的个体，人与人之间处于隔膜、封锁的状态。作为女性，她对爱情、婚姻、家庭等问题非常感兴趣，她的小说表现的都是此类琐碎的小事情，然而，通过这类题材，她表现的不是美好、温馨的亲情和爱情，而是人与人之间彼此的难以沟通。

先说她小说中的家庭。透过张爱玲的家庭描写，我们看到的是亲人之间的敌意与仇视、算计与利用，母子之间也失去了常有的温情。在《倾城之恋》中，白流苏与丈夫离婚后，搬回娘家白公馆住。哥嫂们在设法花光她的钱后，就对她风言风语、冷嘲热讽，想把她撵出家门，一时亲人之间竟处于剑拔弩张的形势。孤独无助、满腹委屈的白流苏向母亲求援，可连母亲也站在哥嫂一边，在辛酸无奈中她只好向想象中的母亲求助：

> 她搂住她母亲的腿，使劲摇撼着，哭道："妈！妈！"恍惚又是多年前，她还只十来岁的时候，看了戏出来，在倾盆大雨中和家里人挤散了。她独自站在人行道上，瞪着眼看人，人也瞪着眼看她，隔着雨淋淋的车窗，隔着一层无形的玻璃罩——无数的陌生人。人人都关在他们自己的小世界里，她撞破了头也撞不进去。她似乎是魇住了。忽然听见背后有脚步声，猜着是她母亲来了，便竭力定了一定神，不言语。她所祈求的母亲与她真正的母亲根本是两个人。

白流苏失去了母爱，失去了家人，失去了庇护，被家人抛弃对她意味着被整个人类抛弃，与整个人类相疏离，亲人的敌意使她对人与人之间的关系产生了一种形而上的观照：人与人之间互相都是陌生人，每个人生活在自己的世界里，被无形的罩隔离着，即使你撞得头破血流，也进不去。孤独的生存困境如梦魇压迫着她，失去了母爱后，她只好造一个假想的母亲来寻求虚幻的温情和安慰，这使她处于独语状态，自己向自己心目中的母亲倾诉着、自语着，面对现实生活中的母亲，她却只有缄默。

《花凋》中，少女川嫦生活的家庭也不存在一丝温情。她的父亲、母亲为了金钱互相算计，彼此提防着。她患了肺病，父亲怕传染，不愿到她的房间去，也不愿花"冤枉钱"为她治病；母亲怕在父亲面前暴露自己的私房钱,更不愿拿出钱来。没有爱的生活使她感到自己对于世界只是个拖累,她想尽快死掉。不过,她想追求一种诗意的死,可连这点愿望也是奢侈的——她连买瓶安眠药,再到旅馆开一个房间住一宿的钱都没有。她雇了辆黄包车,在大街上兜最后一圈,想在死前看看上海,却招来了大街上人们骇异的目光,仿佛她是个怪物,于是她由家庭的冷酷进而意识到人世的冷酷:

> 世界对于他人的悲哀并不是缺乏同情:秦雪梅吊孝,小和尚哭灵,小寡妇上坟,川嫦的母亲自伤身世,都不难使人同声一哭。只要是戏剧化的,虚假的悲哀,他们都能接受。可是真遇着了一身病痛的人,他们只睁大了眼睛说:"这女人瘦来!怕来!"

世人对于他人的悲哀,重视的只是其可观赏、可娱乐的戏剧性一面,他们对于他人悲哀的悲悯,何尝是真的同情,不过同样是戏剧化了的、可观赏的,演给他人看,也让自己看,人与人之间没有丝毫同情。"笑,世界便与你同声笑;哭,你便独自哭。"人只能在孤独中生存,也必然在孤独中死去,这便是《花凋》的主题。

爱情与婚姻是张爱玲擅长的另一题材领域,其中表现的同样是人孤独的生存困境。在《倾城之恋》中,华侨富商范柳原与旧式女性白流苏,两人被不同的家世、文化背景、心理、习惯分隔着,被不同的利益驱使着,试着彼此接近,却难以进入对方的世界。范柳原反复试着让白流苏理解他话的原意,向她一再要求:"我自己也不懂得我自己——可是我要你懂得我!我要你懂得我!"他嘴里这么说,心里早已绝望了,然而他还是固执地、哀恳似的说着:"我要你懂得我!"人类的语言本是用来彼此沟通的,然而在这里产生的只是误解,各人说着各人的,不搭界,看似对话,实是独语。只是由于发生了战争,人与人封闭的硬壳才被打碎,两个孤独的个体间才有了一点理解:"他们把彼此看得透明透亮,仅仅是一刹那的彻底的谅解,然而这一刹那够他们在一起和谐地活个十年八年。"真情的萌生,孤独的消除,竟然以倾国倾城为代价,范、白爱情喜剧性的收场,以反讽的方式,进一步表现了张爱玲对人孤独困境的深深绝望。

《封锁》以战时的封锁象征人与人之间封锁、戒备的状态，采用的是通俗的艳遇题材。战争期间，铃声一响，便宣布城市临时处于封锁、戒严状态，正常的时间、空间被切断。商店的铁门一律关上了，铁门外的人想进也进不来，“铁门里的人和铁门外的人眼睁睁对看着，互相惧怕着”。这是看得见的敌意与戒备。电车内的人们情况好多了，萍水相逢的一对男女，吕宗桢与吴翠远甚至发生了奇迹般的恋爱，可恋爱并不证明隔膜的消除，从一开始，两人之间便存在着误解。吕宗桢从车尾跑到车前，坐在吴翠远身边，并把手臂放在她后面，主动与她攀谈，这不过是想调情让别人看，却使她感到这个人虽“不很诚实，也不很聪明，但是一个真的人！她突然觉得炽热，快乐”。她动了真情，红了脸，吕宗桢则只是感到这个女人可以使人对她不负任何责任而已，在他眼里，她“白，稀薄，温热，像冬天里你自己嘴里呵出来的一口气。你不要她，她就悄悄地飘散了”。抱着这种看法，他逢场作戏，假戏真做，以一个单纯男人的身份向她倾诉心中苦恼，一时间似乎恢复了一个人的庐山真面目。可是，封锁状态一过，他又恢复原来的身份与伪装，回到原来的座位上，吴翠远终于明白他的意思了：“封锁期间的一切，等于没有发生。整个的上海打了个盹，做了个不近情理的梦。”封锁过去了，生活恢复了正常秩序，可是人们之间那无形的封锁状态依然存在，谁也进入不了谁的世界里。

三、虚无的生存体验

张爱玲笔下的人物，在孤独无助的生存困境中，认识到人的脆弱和有限，人生的无常与偶然，世界的虚无与荒诞，这一切使他们感到绝望与恐怖，这其实也正是作家个人的生存体验。以《沉香屑》为题的两篇小说，以香销灰冷的悲剧故事，呈现出一个前途渺茫、宇宙荒寒的虚无世界。先说《沉香屑・第一炉香》。葛薇龙为了赢得乔琪乔虚幻的爱情，不惜出卖自己的色相，整天不是忙着为乔琪乔弄钱，便是忙着为梁太太弄人，完全失去了自我，也失去了未来，没有真情的世界使她感到自己孤身一人，没有生活的支撑点，心中只有无边的恐怖和黑暗，只有在阳历三十夜晚，新年祝福的时候，和乔琪乔一块去海湾游玩狂欢，才能给她带来一点短暂的快乐和解脱，“头上是紫黝黝的蓝天，天尽头是紫黝黝的冬天的海，但是海湾里有这么一个地方，有的是密密层层的人，密密层层的灯，密密层层的耀眼的货品”。这些人与灯与货物使她暂时沉迷于大千世界色相的赏玩中，以求得精神上的抚慰与麻醉。然而，前途无着的虚无与恐怖又随时来袭击她，她清醒地知道，“在这灯与人与货之外，有那凄清的天与海——无边的荒凉，无边的恐怖。她的未来，也是如此——不能想，想起来只有无边的恐怖。她没有天长地久的计划”。她没有未来，只有得过且过的眼前，她用刹那的狂欢来回避未来的虚无，于是这狂欢也带上了绝望、疯狂的性质。小说的结尾，葛薇龙这一炉香，在世界的寒冷与黑暗中，也就快烧完了。《沉香屑·第二炉香》讲述的是大学教授罗杰的悲剧。罗杰娶了一个漂亮姑娘愫细，她是个纯洁的姑娘，纯洁到对男女之事毫无所知，在新婚之夜，面对丈夫的要求她惊慌失措，于夜半仓皇出逃。这使罗杰名誉扫地，人们视他为色情狂，他被迫辞职，失去生活保障。而对他打击最大的，则是周围所有人对他的敌意与污辱，人类的敌意使他处于非常荒诞的境地，他感到了“宇宙的黑暗”，“黑暗，从小屋暗起，一直暗到宇宙的尽头，太古的洪荒——人的幻想，神的影子也没有留过踪迹的地方，浩浩荡荡的和平与寂灭。屋里和屋外打成了一片，宇宙的黑暗进到他屋子里来了”。他置身于太古的洪荒中，没有一点人情的暖意与光明，只有无边无际的寒冷与虚无，他这一炉香当然抵不过宇宙的黑暗，自杀是他最后的出路。

张爱玲小说中的人物就是这样，他们是一群和人类失去了关系的人，爱的缺失、周围人的冷漠与敌意，使他们孤立，他们突然瞥见了世界虚无、狰狞的那一面。《倾城之恋》中的白流苏，在与范柳原玩弄了一番心计后，最终屈服，做了他的情妇。范柳原给她租了一套大的住宅，一礼拜后便要只身一人到英国去。白流苏做了他人的情妇，经济上终于有了保障，还有了自己的房子，可她突然感到房间太空了，“空房，一间又一间——清空的世界。她觉得她可以飞到天花板上去。……房间太空了，她不能不用灯光来装满它”。空的房间象征着死寂的、没有人气的、虚无的世界，她用灯光来填充虚空，然而虚空还是虚空，辉煌的灯光不过使这虚空显得更加触目惊心：“楼上品字式的三间屋，楼下品字式的三间屋，全是堂堂地点着灯。新打了蜡的地板，照得雪亮。没有人影儿。一间又一间，呼喊着的空虚……流苏躺到床上去，又想下去关灯，又动弹不得。”“呼喊着的空虚”，还没有谁这样形容过虚空，张爱玲用现代主义的手法，把现代人那虚空的梦魇天才地表现出来。

张爱玲小说中的女性，在经济上处处依附于男人，处于不自主的地位，这使她们时刻都有一种生活的危机感、不安全感，寻找可靠的男人几乎成了她们的生活本能，如《留情》中的淳于敦凤，她感到世界变化快，舅母和表嫂在经济上愈来愈窘迫，处于危机四伏的境况中，只有自己“经过了婚姻的冒险，又回到了可靠的人的手中，仿佛从来就没有离开过”。可是，经济上的安全并不能解决生活的意义问题，白流苏做了范柳原的情妇，不用为钱犯愁，但生活的虚无又使她无法忍受。张爱玲小说中的男性，虽然作为女性生活保障的给予者，却也同样感受到人在外物面前的软弱无力、微不足道，流露出浓厚的自卑意识，如范柳原，他对《诗经》中“死生契阔，与子成说，执子之手，与子偕老”这几句诗，作了自己独特的阐释：

> 我看那是最悲哀的一首诗。生与死与离别，都是大事，不由我们支配的。比起外界的力量。我们人是多么小，多么小！可是我们偏要说：“我永远和你在一起；我们一生一世都别离开。”——好像我们自己做得了主似的！

生、死、离别诸人生大事，人都做不了任何主：生，对人只不过意味着他被偶然地抛到这个世界上；死，使人意识到自己只不过是有限的存在，且死的权利也不在自己手上，死对他也是偶然的；离别、遇合也不是人自己做得了主的。生、死、离别皆使人认识到自己的渺小和虚无，可人还是想从这虚无中争取到一点实在，偏要作自己命运的主人。但一个“好像”使人这点努力立刻显得愚妄、滑稽和可笑。范柳原从人的无法自主中看到的只是人的存在的偶然性、有限性、荒诞性。有的论者曾指出，范柳原对《诗经》诗句的一大篇解释,很像张爱玲在说话,而不是范柳原,作家"没藏好,显现出了真身"(王安忆《世俗的张爱玲》)。这种说法并无很强的说服力,只不过说明了作家与她笔下人物之间血肉相连的亲密关系,作家自己虚无、绝望的生存体验直接影响到了她对人物的创造,她小说中的人物在沉迷于世俗人生的同时,也常常觉悟到人生的虚无与荒凉。张爱玲在进行艺术创造时,常常把自己的生命体验直接放进小说中去,从而赋予笔下人物以生命与灵性。

四、疯女人的人文形象

孤独的生存困境,虚无、绝望的人生感受,使张爱玲小说中的人物陷入疯狂的精神状态,她小说中出现了中国现代文学中从没有出现过的"疯女人"形象。《倾城之恋》中,白流苏在做了范柳原的情妇后,面临着要么堕落,要么发疯的两难选择:

> 她怎样消磨这以后的岁月?找徐太太打牌去,看戏?然后渐渐的姘戏子,抽鸦片,往姨太太们的路上走?她突然站住了,挺着胸,两只手在背后紧紧互扭着。那倒不至于!她不是那种下流的人。她管得住她自己。但是……她管得住她自己不发疯么?

作为他人的情妇,白流苏注定要过一种空虚、孤独的生活,在这样的生活中,她要么堕落,用堕落来打发百无聊赖的岁月;要么克制着自己,在虚空、孤独中发疯。这两种未来,对于白流苏,都是很可怕的。《金锁记》中,曹七巧就是在金钱与情欲的双重扭曲下,陷入了疯狂的境地。兄嫂为了金钱,把她嫁给了姜公馆的姜二爷,一个患了骨痨的病人。她克制自己的情欲,陪伴着僵尸一般的丈夫,度着空虚无聊的岁月,好不容易熬死了丈夫,熬死了婆婆,分了家,有了钱,却又遭到心中的爱人姜季泽姜三爷无耻的情感欺骗和算计,她在疯狂中赶走了姜季泽,打碎了心底仅有的一点爱的梦幻。她克制着自己的情欲,死守着用人生幸福换来的金钱,在失魂落魄中,灵魂慢慢扭曲和变形。她以变态的心理诱逼新婚的儿子讲自己的房事，然后在亲戚间进行传扬，致使儿媳和儿子的姨太太双双死亡。女儿长安好不容易与男朋友童世舫有了一点真感情，她在童世舫面前一句“她再抽两筒就下来了”的暗示，就使一切变了样。她被金钱剥夺了幸福，便以疯狂报复的心理去剥夺更多的人甚至自己儿女们的幸福，她的精神其实已经完全陷入疯狂状态了。小说中通过童世舫的视角，为我们展示了一个“疯人”的形象：

世舫回过头去，只见门口背着光立着一个小身材的老太太，脸看不清楚，穿一件青灰团龙宫织缎袍，双手捧着大红热水袋，身旁夹峙着两个高大的女仆。门外日色昏黄，楼梯……一级一级上去，通入没有光的所在。世舫直觉地感到那是个疯人——无缘无故的，他只是毛骨悚然。

不合理的社会剥夺了曹七巧的幸福，促使她疯狂，可悲的是，她又以自己的疯狂制造了一个疯狂、怪诞、不可理喻的世界，使儿媳芝寿同样陷入疯狂、恐怖之中：

……芝寿猛然坐起身来，哗喇揭开了帐子，这是个疯狂的世界。丈夫不像丈夫，婆婆也不像婆婆。不是他们疯了，就是她疯了。今天晚上的月亮比哪一天都好，高高的一轮满月，万里无云，像是漆黑的天上一个白太阳。遍地的蓝影子。帐顶上也是蓝影子，她的一双脚也在那死寂的蓝影子里。

她感到极度的恐怖，反复去挂起帐子，可是“窗外还是那使人汗毛凛凛的反常的明月——漆黑的天上一个灼灼的小而白的太阳”。张爱玲擅长描写玻璃与明月，玻璃意味着人与人之间无形的隔离，明月在张爱玲那里也失去了诗意，被用来渲染、烘托出一个疯狂、怪诞、不可理喻的世界。“漆黑的天上一个白太阳”，漆黑一团固然使人感到宇宙的寒冷和黑暗，而亮到极处成为一个小小的“白太阳”的明月意象，同样使人感到世界的虚无与荒凉，黑中之白的强烈对立则更使人感到这世界的荒诞。满月给予芝寿的恐怖感受说明她已陷入疯狂的状态之中。她对满月的感受，同样有着张爱玲个人禁闭时的心理体验在里面。《十八春》中，交际花曼璐嫁了丈夫后,却发现自己失去了生育能力,为了拴住丈夫的心,她设下圈套,引妹妹曼桢住到自己家中,让丈夫强奸了她。曼桢遭强奸后,被禁闭起来,完全失去了和外界的联系。绝望与愤恨使她处于疯狂的边缘。可以看出,张爱玲始终没有忘记自己遭受禁闭的惨痛经历,最终把它写到了这部小说里。而女性遭受禁闭而临于疯狂的描写,也表现了她对女性生存困境的深深绝望。

五、鲁迅与张爱玲的生存体验比较

以上谈了张爱玲的生存体验及其在小说创作中的表现。在现代作家中,对人生抱有悲观、虚无的看法的,并不乏人,鲁迅便是一个明显的例子。他认为人的生命终点不过是"坟"(《写在〈坟〉后面》),"……我常觉得惟'黑暗与虚无'乃是'实有'"(《两地书·四》)。可是,对于人生的有限与虚无,他采取了积极抗争的态度,他笔下的过客,即使知道自己行程的终点不过是坟,还是一个人孤独地前行。鲁迅把人生的虚无作为前提与起点,由此出发,通过积极进取的行为赋予人生以意义;人生的虚无没有使他陷入虚无主义的消极无为,反而激发起他生命的创造力与积极性,自始至终他没有放弃自身对于民族、民众的义务。同样面对人生的虚无,张爱玲与鲁迅的态度有所不同,她对世界的否定没有那么彻底。她认为人生从小处看、细处看、局部看,皆为真实的,一切生活的琐碎皆有无穷趣味,值得人留恋。因此,对世俗生活之一切,她皆怀有热切的关注、天真的好奇。在《道路以目》一文中,她对世俗生活表现的爱好竟达到病态敏感的程度:"街上值得一看的正多着。黄昏的时候,路旁歇着人力车,一个女人斜欠坐在车上,手里挽着网袋,袋里有柿子。车夫蹲在地下,点那盏油灯。天黑了,女人脚边的灯渐渐亮了起来。""寒天清早,人行道上常有人蹲着生小火炉,扇出滚滚的白烟。我喜欢在那个烟里走过。"可是,对生活的爱好并不说明她对人生持乐观的态度,相反,她认为,从大处看、远处看、生活的整体看,人生不过是虚无而已,"一切对于人生的笼统观察都指向虚无”(《中国人的宗教》)。而人生的虚无感受又使她进一步沉醉于世俗生活的愉悦中,以求得暂时的解脱。这就解释了为什么她会对生活中小小事件中包含的美有那么病态的敏感:愈是感到人生的虚无,愈要执着于眼前刹那的欢愉,愈觉出生活中细微之处的可爱,愈要从人生的可哀中见出其可爱,于是,“可爱又可哀的岁月呵”(《私语》)这样的喟叹在张爱玲的笔端流露出来就不足为怪了。虚无而世俗的人生观使张爱玲的小说有着世俗的内容,讲述的是滚滚红尘中婚姻、爱情、家庭的恩恩怨怨。艺术表现上,对各种物象有不厌其烦的、大段大段的细节描写,如《金锁记》《倾城之恋》,可是它们的主题却是悲观、虚无的。张爱玲对中国文学的评价也正适合她自己的作品:“就因为对一切都怀疑,中国文学里弥漫着大的悲哀。只有在物质的细节上,它得到欢悦——因此《金瓶梅》《红楼梦》仔仔细细开出整桌的菜单,毫无倦意,不为什么,就因为喜欢——细节往往是和美畅快,引人入胜的,而主题永远悲观。”(《中国人的宗教》)

第十章 病态文明的病态产儿：《围城》的现代性分析

一、社会批判·文化批评·哲学思考

关于《围城》一书的题旨和意蕴，真可谓众说纷纭：有人称它是一部批判知识分子劣根性的"新儒林外史"，有人则认为它是一部地道的"爱情小说"；推崇者说它形象地证明了资本主义文明不能救中国的大道理，贬斥者则说它只不过写出了几个争风吃醋的小场面。如此等等的歧见，固然令人眼花缭乱，不知所从，但它也反证了《围城》思想意蕴的丰富性和复杂性，并提醒我们不要偏执一端，满足于简单的归纳，倒是在综合观照的基础上进行仔细的逐层分疏，也许更恰当一些。

综观《围城》的思想意蕴，大体上可分为三个层面。一是社会批判层面，这一层面的意义是显而易见的，作品通过主人公方鸿渐的人生历程，广泛地触及了20世纪三四十年代的社会面和众生相，尖锐地揭露和讽刺了当时的种种人生病态和社会弊端。二是文化批判的层面，诸如高等学府中的钩心斗角，反动政府的思想文化控制，崇洋媚外的文化风气等，其中特别值得注意的是对现代文明的病态及这种病态文明所造成的病态人生——现代人的生存困境和精神危机的揭示，显示出作者阔大的人文视野和敏锐的现代意识。第三个层面则深入人本的形而上的层次，诸如对人的基本的存在处境和人生的根本意义的探讨，对人的基本根性和人际间的基本关系的探讨。

承认上述三层意蕴在《围城》中同时并存，并不等于说它们不分轩轾，同等重要。显而易见，从社会批判到文化批判，再到形而上的哲学探索，意味着《围城》的意义结构是逐层深入、逐步深化的。我们虽然不必轻看《围城》的社会批判意义，但相比较之下，应该说文化批判和形而上的探索，才是《围城》这部“现代经典”的真正独特和深刻的现代性之所在。

由此反视以往的《围城》研究，显然有些本末倒置：大多数研究都停留在第一层面上，对第二层面虽然有所触及，但评论者所看重的是它对民族文化现状及其传统弊端的批判，而很少看到它对现代文明和现代人生的批评。至于第三个层面的意蕴，几乎完全被忽视了。这不能不说是辜负了钱锺书创作《围城》的一片苦心。

《围城》的艺术世界当然是现代中国社会现实的反映，但这是一种特殊的社会现实，而且作者观察和透视这一现实的眼光并不局限于民族的范围和社会学的层次。从题材内容上看，《围城》是以半殖民地半封建的中国社会的几块畸形繁荣的现代文明的土壤，以及生活在其中的现代人（上海和香港等现代都市，大学和报馆等摩登场所，西方化了的高级知识分子）为其描写对象的，但由于作者是把它们和整个现代资本主义世界联系起来，当作现代文明和现代人生的典型来写的，因此《围城》所着重揭示的就不是中国社会和中华民族特有的时代矛盾和社会问题，而是整个现代文明的危机和现代人生的困境这个具有世界意义的问题。即使我们可以说这些问题在现代中国还不那么典型和突出，却不能否认就整个资本主义世界来说这是非常典型、非常尖锐的问题。而作者正是把中国这几块现代文明的土壤纳入整个世界现代文明社会来进行批判和反思的，从而表现出真正深刻的现代意识和非常敏锐的现代感受力。同时作者还进一步通过对现代文明的危机和现代人生的困境的观照,来深入反思一些有关人类和人生的永恒性问题,如人的本性、人生的意义和价值、人的出路等,这就触及人类存在的整体和本体之谜,从而赋予《围城》的艺术世界以鲜明的本体象征性,把《围城》的思想意蕴提到了形而上的高度。

这种思想意向和审美追求对钱锺书来说是高度自觉的。在《围城》序中,钱锺书就提醒读者:"在这本书里,我想写现代中国某一部分社会、某一类人物。写这类人,我没忘记他们是人类,只是人类,具有无毛两足动物的基本根性。"而在《围城》将近结束时,作者又有意借孙柔嘉埋怨方鸿渐的一句话——"好好的讲咱们两个人的事,为什么要扯到全船的人,整个人类?"再次提醒读者从现代人生的整体以至人类存在的整体上来品味全书的思想批判意向。可惜的是人们往往对此视而不见,轻轻地放过了。

本文的论题是《围城》的文化批判意蕴。应该说,《围城》的文化批判锋芒,既指向了中国传统文化和中国知识分子传统人格的弱点,也针对现代文明的弊端和现代人生的困境。不过,对于前者人们已有所论述,而对于后者还很少触及,因此后者应是讨论的重点。为此首先有必要追溯一下钱锺书的现代文化批判意识及其艺术表现力的发展和成长过程。

二、批判的思想与批判的艺术之成长

在中国现代作家中,钱锺书是最富于文化批判眼光和现代意识的一位。在20世纪30年代,年轻的钱锺书就敏锐地看到了(近)现代文明的缺陷,尤其是高度的物质机械文明所导致的现代人普遍的生存困境和精神危机,引起了他的高度警觉。在写于这一时期的一篇小说中,他就对整个现代文明的弊病和现代人的精神危机提出了尖锐的批评,话是借魔鬼之口说出来的——

> 你知道,我是做灵魂生意的。人类的灵魂一部分由上帝挑去,此外全归我。谁料这几十年来,生意清淡得只好喝阴风。一向人类灵

魂有好坏之分。好的归上帝存,坏的由我卖买。到了十九世纪中叶,忽然来了个大变动。除了极少数外,人类几乎全无灵魂。有点灵魂的又都是好人,该归上帝掌管。……近代心理学者提倡"没有灵魂的心理学",这种学说在人各有灵魂的古代,决不会发生。到了现在,即使有一两个上帝所剩下的灵魂,往往又臭又脏,不是带着实验室里的药味,就是罩了一层旧书的灰尘,再不然还有刺鼻的铜臭,你说我这样爱洁的脾气会要它们么?近代当然也有坏人,……就是诗人之类,也很使我失望;他们常说表现灵魂,把灵魂全部表现完了,更不留一点给我。他们自己还得别寻出路。你说我忙,你怎知道我的空闲!我也是近代物质机械文明的牺牲品,一个失业者……

这是真正现代性的抗议——现代主义的抗议。当然,对现代文明持批判态度的还有马克思主义,马克思主义主要从社会的、经济的、阶级的角度来进行批判;美学上的现代亦即文学上的现代主义着重从文化的、人性的、生命的角度来批判现代文明,钱锺书便是如此。值得注意的是,这种现代性的抗议之声后来又成为钱锺书小说创作的主旋律,并且得到了进一步的发展与深化。

1935年钱锺书赴英国牛津大学留学,1937年又入法国巴黎大学进修。这一经历不但使钱锺书获得了相当深广的西方文化修养,更有机会对病态的西方现代文明作切近的考察。其时又适逢以反思现代文明为主旨的各种现代哲学思潮和现代文艺思潮达到成熟之时,钱锺书以很大的兴趣广泛地吸收了这些现代性的思想艺术营养(从他三四十年代的学术著作和文学创作中可以看到,他几乎将西方所有的现代思想大师和文学大师尽收眼底,广泛地参考了他们的思想艺术观点以为己用)。这样,当他回国后尝试小说创作时,一开始便能高视阔步,表现出高度的现代意识。钱锺书是从40年代初开始小说创作的。《人·兽·鬼》是他1944年前的短篇小说集。其中的《猫》和《纪念》二篇,相当生动地揭露了现代都市社会上至欧化的高级知识分子下到普通的小职员在精神上的普遍萎靡与空虚,戳穿了现代人生的西洋景。从思想上看,更值得注意的是开始的那篇《上帝的梦》。这篇作品运用了寓言的形式和漫画的笔法，嘲讽了被近代人奉为神圣的所谓理性、科学、进步观念以及人类的自我中心主义。作品中的“上帝”事实上是信仰所谓理性、进步和科学精神的近代人的象征，他作为进化规律之最后而最高的产物，满怀着“文明人惟我独尊的自信心”，致力于创造和发明。然而具有讽刺意味的是，他的创造物却与他的创造初衷相违背，不受他的控制，甚至与他作对，结果只剩他孤独地面对着一个黑暗而生意奄奄的世界，不知如何打发他的生命。这一切象征性地喻示了近代人文理性和科学理性的破产，也表明在现代，所谓“文明人惟我独尊的自信心”已不值一哂了。同时，这篇寓言性作品以“人”的死亡收场，也颇具象征意义。现代社会虽然富于高度的物质文明，然而借用《上帝的梦》中的话来说，“这个充满了物质的世界同时也很空虚”，因为享受着高度物质文明的人在精神上却极度萎靡和贫乏，以至于可以说从精神上死去了。这也就是“人”的死亡的真正含义。马尔罗曾经说过，20世纪的真正问题是：“人是否已经死了？”这是西方现代存在主义思想家和许多现代主义文学大师共同关心的问题。显然，钱锺书和他们是一致的。当然，《人·兽·鬼》中的这种现代性抗议还有待深化和升华。短篇的体制毕竟有所限制，钱锺书无法把问题引向更为深广的层面，即使像《上帝的梦》这种寓言性的作品，虽然使作者的思想获得了较大的回旋余地，但由于具体性的缺乏遂使尖锐的抗议显得空泛。于是在1944年钱锺书终止了短篇创作，而开始精心结撰长篇《围城》。经过整整两年的苦心经营，终于在1946年得以完成。从思想脉络上讲，钱锺书在《围城》中继续和发展了他此前在散文和短篇小说中批判现代文明的弊端，揭露现代人生的危机这一主题。《围城》的问世，不仅显示了作者思想的圆熟，也证明了作者艺术的成熟。在《围城》中，钱锺书超越了《魔鬼夜访钱锺书先生》的那种抗议性的直白和《上帝的梦》的那种生硬的寓言式表现方式，走向了具体而细微的写实，同时又将这写实引向本体象征的境界，从而使他笔下的“围城世界”和“围城人生”成为病态的现代文明和处于困境中的现代人生的本体象征。这种具体与普遍、形象与本体的关系并不难理解。西方批评家曾指出，乔伊斯的《尤里西斯》虽然只写了都柏林市三个人物一天的活动，但它却因此而“成了最大可能地向个人经验开放而结构又最为严谨的小说，成了最具地方性（狭隘性）而又最具普遍性的小说”。这其实是一切伟大的文学作品的共同秘密。对《围城》也当作如是观。

三、现代文明的病态——从方鸿渐的人生遭遇谈起

《围城》可以说是方鸿渐的故事，他的个人命运构成了全书的主要情节。在《围城》中，钱锺书也正是通过对方鸿渐这一人物性格及其命运的描写，深刻地揭示了整个现代文明的危机和现代人生的困境，并体现了他对有关人类的一些永恒性问题的思考。如果说“围城世界”是对整个现代文明的危机和现代人生困境的艺术概括，那么方鸿渐这个“围城人”就是这种病态文明的病态产儿，是那些处于这种病态文明和人生困境中的现代人的典型。因此，方鸿渐这一形象的认识价值和审美价值是不可低估的。

首先应该从方鸿渐这个现代人在“围城”般的现代文明中的人生遭遇谈起。人们都说，《围城》对西方流浪汉冒险小说，尤其是菲尔丁的《弃儿汤姆·琼斯的历史》有所借鉴。姑且不说这有无事实根据，也不论二者在结构方式上有多少相似之处，真正重要的是，如果从精神实质上看，《围城》恰恰是和《弃儿汤姆·琼斯的历史》唱反调的：不像弃儿汤姆·琼斯那样逢凶化吉，终成正果，《围城》的主人公方鸿渐真可谓每况愈下，走过了一条不断失败、失落和幻灭的路。

我们稍作分析就不难看出，在《围城》中主人公方鸿渐的人生旅途或者说人生冒险——如果这也可以算作冒险的话——先后经历了教育、爱情、事业和婚姻（家庭）这四大阶段。这也就是世所公认的人生四大价值或四大内容。《围城》全书层次清晰而又真切生动地展现了这最起码的人生四大价值或内容，是如何不可避免地在方鸿渐这个典型的现代人身上逐步失落、变异、抽空、贬值，以至于彻底破灭的。第一章和第二章主要以方鸿渐回国归乡这段经历为主，兼以对其过去大学、留学生活的回溯和补

叙,深刻地揭示了现代教育的危机及其必然的破产。这不是因为它不能给人以真知识,而是因为它不能给人以生活所必需的理性、理想、信仰和力量。第三章和第四章紧接着以现代都市上海为背景,精彩地描写了方鸿渐以及其他几个知识分子的情场角逐及其幻灭。作者之所以如此精细地描绘这几个知识分子在情场上的种种喜剧性遭遇、焦虑和困境,以及他们之间难以预料的错失,难以打破的心理隔阂,难以沟通的情愫和难以把握的人生机缘,实际上不仅是要以此揭示现代人在灵肉两面难以统一的矛盾困境,而且更重要的是要以此对诸如人心可以沟通,理性可以把握生活,人可以主宰自己的命运,以及情欲本身的价值(它到底是快乐之源还是痛苦之源)和个性自由本身的意义等价值观念提出质疑。这些是涉及整个人类和整个人生的普遍性、根本性也是永恒性的问题。饶有意味的是,方鸿渐和唐晓芙两人都对对方怀有真诚的感情,而且他们都是有自主权的现代人,因而造成他们之间爱情"悲剧"的不是来自世俗社会的金钱利害观念、门第观念和旧式礼教,而恰恰是他们的自由之身。设想,连情人之间都难以彼此沟通、互相信赖,那么他人岂非高墙和地狱?连个人命运都难以主宰的人是否还有改造社会、造福人类的力量?个人自由假如不能使人臻于幸福,那它对人来说岂非身外之物?这是真正现代性文学才有的怀疑。从第五章到第七章主要以三间大学为舞台,顺理成章地描写了方鸿渐由于难以应付复杂的人事纠葛所导致的事业上的失败,从而将人与社会环境的尖锐对立、人的劳动或工作与人本身相背反的异己性等现代人普遍的存在状况和生存困境真实地呈现在读者面前。在这样接二连三地失败和幻灭之后,面临生存危机,面对异己的社会,方鸿渐只有家庭这道唯一的防线了,只有婚姻这条唯一的纽带了。然而,"一向和家庭习而相忘,不觉得它藏有多少仇嫉卑鄙"的方鸿渐在重回上海之后,"现在为了柔嘉,稍能从局外人的立场来观察,才恍然明白这几年来兄弟妯娌甚至父子间的真情实相,自己有如蒙在鼓里"。旧式大家庭使他觉得格格不入,而他和孙柔嘉以情感为基础组织起来的小家庭也不是什么安乐窝和避风港,反而成了新的战场——这是第八章和第九章的主要情节。这最后两章不但生动地展现了方鸿渐和大家庭的疏离以及他和孙柔嘉的小家庭之必然的解体,而且从根本上对以性爱为基础的现代婚姻的意义提出了质疑。请听方鸿渐在婚后的那种幻灭般的感慨:“现在想想结婚,以前把恋爱看得那样郑重,真是幼稚。老实说,不管你跟谁结婚,结婚以后你总发现你娶的不是原来的人,换了另外一个。早知道这样,结婚以前那种追求、恋爱等等,全可以省掉。谈恋爱的时候,双方本相全收敛起来,到结婚还没有彼此认清,倒是老式婚姻干脆,索性结婚以前,谁也不认得谁。”请注意,这不仅是方鸿渐的个人经验,而且如他所说的这是“泛论”。至此,方鸿渐的人生冒险或人生追求的四部曲以全部的失败和完全的幻灭而告终。由此可见,方鸿渐的人生旅行,不是快乐的历险,而是痛苦的历程;不是收获成功,而是接受失败;不是自我的实现和价值的肯定,而是最起码的人生价值的彻底破灭和自我的失落;不是人的英勇和力量的焕发,而是人的怯懦和无能的证明。这种人生历程和生存状况,完全与理性主义、英雄主义和乐观主义的精神相背反,从而相当深入地揭示了现代文明的危机和现代人的生存困境。而且由于作者并未赋予方鸿渐的人生追求以任何可以称之为崇高的理想对象,亦无任何堪称为伟大的价值目标,而只是具体生动地展现了最起码的、世所公认的几种人生价值或内容在一个普通人身上的例行过程——一个失败和失落的过程,从而就使得方鸿渐这样一个普通的现代人之极为平凡的生命历程具有了极大的概括性和普遍意义,他的某些人生经验、生存困境,以至于心灵的困惑,是现代人的普遍遭遇和共同感受。通过方鸿渐这个现代人的人生遭遇,我们清楚地看到了现代文明的负面效应:它造成了人生价值的失落。

四、病态文明的病态产儿——方鸿渐的病态人格及其文化根源

与上述人生历程和生活遭遇相联系的是方鸿渐的思想性格。方鸿渐的人生四部曲也就是他的性格的发展过程和具体表现。如果说现代人生的围城要求人有一点英雄气质的话,那么方鸿渐这个现代人的表现恰恰

相反：他是一个典型的“现代英雄”，亦即反英雄或非英雄形象，这种病态人格是现代文明病态发展的必然产物。

根据传统，英雄必须扮演一个英勇的角色，英勇象征着行动的模式，而勇气则昭示着存在的范型。古典型或传统型的英雄之所以有英勇的行动和英雄的气质，是因为在他们身上有一种价值和力量的统一、善的意义和实现它的能力的协调。他们相信自己属于一个神圣的范畴，是完成神授旨意的选民或实现人类理想的代表，负有改造社会、改善人类命运、变革民族生活方式的使命。但对于生活在现代社会、享有现代文明的现代人来说，这一切都可悲地丧失了。在赋有高度文明的现代人身上，价值和力量彻底分道扬镳了，理想和行动完全无缘。现代世界已经丧失了对集体命运的信念。现代人在根本上难以相信自身或任何他人可能拥有改变人类命运的力量。对现代人来说，问题不在于个人能否改变世界，而在于个人能在多大程度上改变自己。方鸿渐就是这种现代人的典型，一个现代式英雄角色。他的性格的最大弱点是面对现代社会残酷的生存竞争和严重的精神危机而缺乏与之对抗所应有的理性、信仰、热情和力量，因而常常不由自主地流露出发自本性的怯懦、迷惘和盲动性。他心地善良，而且不乏聪明才智，但唯独缺乏那些对人生来说最根本性的东西。当他面对苏文纨铺天盖地的情网却“没有快刀斩乱丝的勇气”时，“他渐渐明白自己是个西洋人所谓‘道义上的懦夫’”。他和唐晓芙决绝之后，为了摆脱痛苦而贸然应聘去三闾大学，但很快又后悔了。这时作者把他那种缺乏理性和勇气而进退失据的迷惘心理，生动地呈现在读者面前：“方鸿渐虽然不至于怕教书像怕死，可是觉得这次教书是坏运气的一部分，连日无精打采，对于远行有说不出的畏缩，能延宕一天是一天。但船公司真的宽限两天，他又恨这事拖着不痛快，倒不如早走干脆。”他最大的优点就是坦率和有自知之明，比如他对赵辛楣说过的一句话——“我佩服你的精神，我不如你，你对结婚和做事。一切都比我有信念。我还记得那一次褚慎明还是苏小姐讲的什么‘围城’。我近来对人生万事，都有这个感想。”——就并非谦虚自抑之词，而是坦陈自己的迷惘，诚恳地进行自我解剖，但他就是缺乏改变自我的勇气和力量。这样一个怯懦无力的人在那个残酷的世界上当然不至于作恶,但也不可能有什么劝善惩恶的英雄之行,甚至反而会把自己搞到无立身之地的地步。对社会和他人来说,他是一个多余的无用的人:既与世无争又于世无补。当然,他的坦率和自知也是有限度的。所以当赵辛楣应他的要求而对之作出“你不讨厌,可是全无用处”的评价时,这一针见血的针砭又使他“气得只好苦笑……闷闷不乐,不懂为什么说话坦白算是美德”。实际上,且不说来自朋友的批评无法使他改变自己,就是来自妻子的痛斥与打击也无法激起他正视生活自身的勇气。请看他和孙柔嘉彻底闹翻时的怯懦表现——

> 柔嘉不愿意姑母来把事闹大,但瞧丈夫这样退却,鄙薄得不复伤心,嘶声说:“你是个 Coward(懦夫)! Coward! Coward! 我再不要看见你这个 Coward!”每个字像鞭子打一下,要鞭出她丈夫的胆气来,她还嫌不够狠,顺手抓起桌上一个象牙梳子尽力扔他。鸿渐正回头要回答,躲闪不及,梳子重重地把左颧打个着,迸到地板上,折为两段。柔嘉只听他“啊哟”叫痛,瞧梳子打处立刻血隐隐地红肿,倒自悔过分,又怕起来,准备他还手。李妈忙在两人间拦住。鸿渐惊骇她会这样毒手。看她扶桌僵立,泪渍的脸像死灰,两眼全红,鼻孔翕开,嘴咽唾沫,又可怜又可怕,同时听下面脚步声上楼,不计较了,只说:“你狠,啊! 你闹得你家里人知道不够,还要闹得邻舍全知道,这时候房东家已经听见了。你新学会泼辣不要面子,我还想做人,倒要面子的。我走了……”

孙柔嘉面对丈夫的这种怯懦根性,痛斥继之以痛打,想激起他直面人生的勇气,可是方鸿渐令她完全失望了。在一阵强自掩饰的叫嚣声中方鸿渐逃走了。这就把方鸿渐怯懦的个性表现得淋漓尽致。

面对复杂矛盾而又非理性可以把握的现代社会,方鸿渐这个现代人有一种铭心刻骨的孤独感、绝望感、失落感和荒谬感。这一点是和上一点相联系的。传统英雄确信自己各属于一个神圣的范畴,至少也是属于一定的世俗关系,确信自己生活在一个有目的、有意义的世界上。他们对人类的前景抱着乐观主义的信念，自信对神圣的存在和人类命运负有责任和义务。而预言家、宗教信仰和政治原则都给他们以保证。所以他们才能全力以赴、义无反顾地去行动，以至于为理想信仰和人类进步而英勇献身，这在他们而言是光荣而崇高的事业。与此相反，在失去信仰和理想之后，在抛弃了进步和目的观念之后，现代人痛苦地发现自己生活在一个非理性的不可理喻的世界之中，过着一种没有意义、没有目的、没有价值、没有前途的荒诞人生。他们本身不隶属于任何一个神圣的范畴，也不容于世俗关系和现实社会——社会这个庞然大物对他们来说完全成了一个异己的存在，他人则是一堵无法逾越的高墙，于是他们就被迫不断地与社会关系和现实人生疏离、脱节，最终变成了一个个孤独无靠和空无所有的存在，于是人生的孤独感、失落感、绝望感和荒诞感便油然而生。方鸿渐第一次强烈地体会到人生的孤独感是在他和唐晓芙决绝之后，痛定思痛使他觉得"天地惨淡，至少自己的天地变了相。他个人的天地忽然从世人公共生活的天地里分出来，宛如与活人幽明隔绝的孤鬼，瞧着阳世的乐事，自己插不进，瞧着阳世的太阳，自己晒不到。人家的天地里，他进不去，而他的天地里，谁都可以进来……"这种孤独到连个人孤独也难以保持的情感破纸而出，直透入读者心扉。在第五章中赵辛楣对方鸿渐谈到他参加苏文纨的婚礼时见到了唐晓芙，但因为考虑到"她也许不愿意听见你的名字，所以我一句话没提到你"，我们透过方鸿渐的心理反应深切地体会到他那种铭心刻骨的人生失落感——

> "那最好！不要提起我，不要提起我。"鸿渐嘴里机械地说着，心里仿佛黑牢里的禁锢者摸索着一根火柴，刚划亮，火柴就熄了，眼前没看清的一片又滑回黑暗里。譬如黑夜里的两条船相迎擦过，一个在这条船上，瞥见对面船舱的灯光里正是自己梦寐不忘的脸，没来得及叫唤，彼此早距离远了。这一刹那的接近，反见得暌隔的渺茫。……

我想每个人都多多少少有过类似的人生经验，因此方鸿渐的这种人生失落感就极富概括性和典型性，具有普遍和永恒的意味。人生的孤独感是和人的心理隔膜以及生活中的利害冲突相联系的。心理的鸿沟再加上利害的计较,就不能不使人际关系在冷酷和隔膜之外又打上虚伪的印记。如果说在一般的人际应酬中还有虚礼文饰来掩盖本能的对抗的话,那么,当方鸿渐被三间大学解聘后回到十里洋场的上海时,他的生存危机就不是缓解而是进一步恶化了。深入骨髓的孤寂感、被遗弃感、疏远感和人的价值的贬抑感纷至沓来,四面交攻,以至于使他产生在现代文明现代社会中人连微生物也不如的感觉——

> 在小乡镇时,他怕人家倾轧,到了大都市,他又恨人家冷淡,倒觉得倾轧还是瞧得起自己的表示。就是条微生虫,也沾沾自喜,希望有人搁它在显微镜下放大了看的。拥挤里的孤寂,热闹里的凄凉,使他像许多住在这孤岛上的人,心灵也仿佛一个无凑畔的孤岛。

这是对现代人的生存困境和精神危机的深刻揭示。既然现代文明现代社会把人异化和贬抑到连一条微生虫也不如的地步,那么,人就不能不怀疑人生还有什么意义、价值和乐趣可言。于是,对方鸿渐这样的现代人来说,人生如"围城"的荒诞感和虚无感也就是无可避免的真实心态。

当然,处在困境和危机中的方鸿渐并不甘心听任命运的摆布。他从自己的人生经验中深深地体会到人难以主宰自己的命运,理性难以把握复杂的社会人生,因果律难以从总体上给生活一个合理的解释,因此整体人生在他看来——

> ……这好像开无线电。你把针在面上转一圈,听见东一个电台半句京戏,西一个电台半句报告,忽然又是半句外国歌啦,半句昆曲啦,鸡零狗碎,凑在一起莫名其妙。

这段富有哲理意义的隐喻令我们想起莎士比亚的悲剧《麦克白》中麦克白那段有名的台词——"人生如痴人说梦,充满着喧哗与骚动,却没有任何意义",二者都体现了主人公对人生荒诞性和无意义性的自觉。然而,方鸿渐毕竟是一个人而不是一条无灵性无意志的微生虫,他有着作为人的生命欲望,他希望活下去,而且希望过一种有意义的生活。但是既然生活在整体上是无意义可言的,那么个体人生的意义从何而来呢?为了安慰自己的寂寞人生,方鸿渐只得舍弃了逻辑的前提,而主观地认定个体人生仍然有意义可循——

> 可是每一个破碎的片断,在它本电台广播的节目里,有上文下文,并非胡闹。你只要认定一个电台听下去,就了解它的意义。

这是紧接着上面那段话而说的。意思是说即使人生在整体上是非理性的、荒诞的、无意义的,但个体人生仍然可望在自身中寻找到意义,重振人的价值。话诚然漂亮,无奈方鸿渐就是缺乏实践的勇气和力量。作为一个现代人,方鸿渐既不具备古代英雄的理想和力量,也不具有海明威式的硬汉的刚强和毅力。他无法以个人之力解决社会矛盾,当然也就无法消除自身的内在矛盾而给自己找到一条切实可行的出路。他的人生只能是而且永远是如他所说的在困境中凭本能来盲目地“碰碰运气”而已。在行动之前已预先“不存奢望”而准备着失败,甚至“抱最大决意来悲观”已成为方鸿渐的习惯心理,他不具备鲁迅所张扬的那种没有前提、不计成败的战斗勇气——“绝望的抗战”的勇气。因此,他所谓的不顾整个人生的荒诞和虚无而坚持个人自为的人生主张,对他自己来说只不过是一句漂亮的空话。

这就触及方鸿渐的另一个性格特点——思想大于行动和行动的延宕性。这也难怪,作为一个现代“英雄”,方鸿渐虽然确信人有行动的必要,但他对个人行动必要性的确信中又交织着对整个人生荒谬性的确信——这两方面都可以在前引的那段以无线电喻人生的话中看出。这样一来,方鸿渐就陷入一种进退失据的困境和行动还是不行动的两难选择中,而无法像资产阶级上升阶段的那些信仰进步观念的英雄那样勇往直前了。他发现自己可能生活在一个没有进步观念、没有理想信仰体系的社会中,这样生活就是非常艰难而颇费踌躇的事了。于是在他的行动和认识之间就落下了不确定的阴影,他越是想要使自己行动起来,就越是发现人生的荒谬性和行动的无意义。因此他就常常怯于行动而不能不延宕,或者说行动的前提是乐于等待。所以我们看到,他往往不是向前行动,而是常常退回内心,在其中创造一个自我封闭的世界,进行着没完没了的沉思和反省。而反省的结果又使他发现,他不可能成为一个真正的英雄,而只是一个地地道道的懦夫,他只有安然地面对这一发现的结果,才能多多少少地保留一点英雄的色彩。这具有尖锐的讽刺意义,又具有深刻的悲剧意义。因此方鸿渐之所以在孙柔嘉的痛斥乃至痛打之下仍不思振作,就不仅仅是因为怯懦,更重要的是因为他深知一切努力都没有丝毫裨益和意义,这也是他在一切压迫和打击面前退缩的根本原因。

因此,方鸿渐的性格病态,不是一般的个性气质问题,而是人生信念的失落,存在意义的匮乏。这是一种危及根本的致命的时代疾患。正是由于对整个人生感到悲观绝望,方鸿渐的个人生活也便失去了目的,行动没有了意义,即使有所行动也必预先“不存奢望”,甚至“抱最大决意来悲观”,准备着接受失败。这样一种悲观主义、失败主义的思想行为方式,当然只能招致失败,败得一塌糊涂,输得一无所有。也正是由于觉得在一个荒诞的世界上理性难以把握生活,个人无法主宰自己的命运,方鸿渐便索性以非理性的盲动来对待生活,即他所谓的“碰碰运气”。这样当然只能碰得更重,跌得更惨,颓唐得更快,失望得更彻底。《围城》对此作了精细的描绘:方鸿渐碰运气式地对待个人生活,盲目地到处漂流,却“必然”地在每一个地方都得到失败、压迫和束缚,于是只能本能地转身逃跑。如此不断反复而一无收获,却蒙受了惨重的心理创伤,付出了心灵死亡的代价。所以他每“离开一个地方就等于死一次,自知免不了一死,总希望人家表示愿意自己活下去”。

可悲的是,这样一种病态的思想行为方式,使方鸿渐的人生陷入了一个周而复始的怪圈和难以自拔的陷阱:他抱着消极悲观的态度和非理性的盲动去“碰碰运气”,结果当然只能招致行动的更大失败和生活的更大痛苦;反过来这种行动的失败和生活的痛苦又进一步加剧了他思想上的消极悲观与非理性倾向,如此这般地周而复始,愈演愈烈,这不能不说是一种恶性循环。因此,方鸿渐的人生只能是失败的记录和痛苦的总和。这就难怪他要慨叹生活是一个令人进退两难的“围城”,一个“一无可进的进口,一无可去的去处”般的绝境了。

方鸿渐的这种病态的思想方式和行为方式在整个现代人生中是相当

普遍的，因而在世界现代文学中得到了普遍的反映。比如福克纳的《喧哗和骚动》中的人就是“他的不幸的总和”；而马尔罗的《人之命运》（*Man's Fate*）中的一个人物则干脆认为“人相当于他的痛苦”（a man resembles his suffering）。由此可见，方鸿渐的病态性格有着普遍的文化定性，他的内在矛盾也就是现代文明本身危机的一种表现。正是现代文明的病态发展，导致了现代人生的病态，使得本应是充满生趣的生命对现代人来说，变成了一种生无趣死不易的不死不活的刑罚——

活诚然不痛快，死可也不容易，黑夜似乎够深了，光明依然看不见。

而不死不活的人生，其极端便与动物无异。当理性被褫夺，理想已失落而人无力把握自己的命运时，他所剩的就只有感觉和本能这两样连动物也不乏的东西了。人活到这个地步，那可真是病入膏肓而无可救药，只有死路一条了，即使不死，也不过是虽生犹死的行尸走肉而已。在人生围城中辗转流离的方鸿渐，最后就处于这种可悲的状态。在《围城》的结尾，方鸿渐的人生冒险以全部失败告终，他完全与社会疏离，失去了一切人生支柱，精神萎缩到空无所有的赤裸状态，甚至连人的感觉也没有了，只剩下动物般的本能反应。这时作者借描绘他的睡态而对现代人的病态痛加针砭——“没有梦，没有感觉，人生最原始的睡，同时也是死的样品”。这一幕，把现代人的病态刻画得如此令人触目惊心，惕然而栗，而现代文明的弊病也由此得到了深刻的揭示：它并未使人获得一种健全的人生和健康的人性，相反却剥夺了人的理性、信仰和力量，使人备受压抑、束缚和异化，处于孤独无依、空无所有以至于无路可走的生存危机和精神危机之中。因此，被赋予自由和创造力特权的人类在创造了高度发达的现代文明之后，仍然处于未完成和不确定性之中，人的本性是什么，人生的意义何在，人类的出路何在，这些古老的问题并未得到可靠的回答，反而又一次摆在人类面前。而前途茫茫，何去何从，仍在未知之列，人类又一次处在命运的十字路口。

五、方鸿渐和他的病友们：从世界文学的视野看《围城》的文化批判意蕴

方鸿渐这一形象及其遭遇，的确既艺术地反映了现代人的性格特点及其生存困境，又象征性地表现了人类的某些基本根性和永恒困境。因此通过这一形象，作者不仅表达了对现代文明和现代人生的批判否定意向——虽然在批判否定之后他并未提出任何肯定性的理想价值体系，而且向读者提出了一些有关人类的永恒性问题——虽然他并未对此作出回答。就这一性格的文学传统而言，至少可以追溯到莎士比亚的戏剧人物。比如从方鸿渐思想多于行动及其行动的延宕性来看，他很有些像哈姆雷特。但二者之间的历史文化差异又是明显的：处于资本主义文明初创期和人文主义思潮鼎盛期的莎士比亚，其笔下的哈姆雷特虽不无思想大于行动及行动延宕的性格弱点，但他一旦认清现实，就不惜拿自己的生命去反抗邪恶，他临死的遗言也充满着人道主义的理想，因此他仍然不失真正的英雄本色。而方鸿渐这个现代人则不但感到邪恶的社会庞大到把个人压成微生虫般的地步，而且也发现整个人类存在和整个人生无意义无目的可言，完全是一个荒谬的存在，他发现自己生活在一个已被彻底剥夺了正义、理想等进步观念的社会中，因此他就不但无能而且也无由反抗。在失去了对集体命运信念之后，方鸿渐这个现代人面临的问题已不是个人能否改变人类命运的问题，而是个人能否改变自我的问题，这就和哈姆雷特大异其趣了。作为一个孤独无用的人，方鸿渐又与世界文学史上的一些著名的“多余人”形象差可比拟。但是贾宝玉是因“无才补天”而自感多余；普希金笔下的叶普盖尼·奥涅金和莱蒙托夫笔下的比加林是因为社会污浊和大众庸俗而自感无用武之地，因而愤世嫉俗，趋于虚无消极和游戏人生，可是他们并不感到自我的多余。然而方鸿渐这个现代人则不仅在社会人生的围城中备受排斥，陷于无一立足之地而又无一可去之处，因而成为一个多余的存在，而且他甚至感到自我对自身来说也是多余的。

作为一个现代文明的子民，他甚至怀疑个性自由和现代性爱的价值和意义。他的这种彻底的悲观绝望感和孤独多余感，就深深地打上了20世纪现代文明和现代思潮的烙印。因而尽管方鸿渐这个形象和古典文学近代文学传统中的一些著名典型有这样那样的相似性——这是人类基本根性和永恒困境的普遍规定性的表现，但他又确确实实是真正的现代产儿，一个典型的现代人形象。从20世纪世界文学来看，钱锺书创造的方鸿渐这个“围城人”和下述世界现代文学中的现代人形象系列——卡夫卡笔下的那既无望进入城堡又不能离去的“无名人”K(《城堡》)和被社会彻底异化并遗弃了的“变形人”(《变形记》)，乔伊斯笔下的“反英雄”(《尤利西斯》)和普鲁斯特笔下的“追忆者”(《追忆似水年华》)，迷惘的一代思潮中的“迷惘者”(菲茨杰拉德《了不起的盖茨比》和海明威《太阳照样升起》)，存在主义文学中的“恶心者”和“局外人”(萨特《恶心》和加缪《局外人》)，荒诞派戏剧中的“等待者”(贝克特《等待戈多》)，新小说中的“变而不变者”(米歇尔·布托《变》)和“走向死亡的人”(克劳德·西蒙《弗兰德公路》)，黑色幽默派笔下的那些面对社会权威而“无能为力者”(约瑟夫·海勒《第二十二条军规》)以及索尔·贝娄笔下的“挂起来的人”(《挂起来的人》)，可以说是同病相怜的病友，都是20世纪文明的产儿、现代人的不同变体，但他们又都不约而同地折射出人类的永恒困惑和人生的永恒困境，体现出作者们对人类基本存在状况和人类基本根性的深刻思考。这种思考既各有特色，又表现出相当一致的思想倾向，而这恰恰体现了现代思潮的普遍规定性。钱锺书以其敏锐的感觉、深刻的思想和卓越的艺术才力，创造了方鸿渐这个“围城人”，丰富了20世纪世界文学的现代人形象体系。

第十一章 七月派小说家研究

七月派是全民族抗战时期在胡风影响下形成的一个现实主义文学流派。它在20世纪30年代中后期呈现出流派萌芽,40年代初走向成熟,50年代被迫解体。七月派在诗歌方面取得了显著成就,在小说方面如丘东平、彭柏山、吴奚如、路翎、冀汸、贾植芳等的创作达到了相当高的水平。这些作家在以鲁迅为代表的新文学优秀传统的感召下成长,对现代社会关系的衍变、现代文学内部的艺术矛盾都十分敏感,因而能就不断发展、频繁变化的文学现象提出种种问题,这就使它带上了可贵的现代标记。

一、胡风与七月派小说家的出现

七月派因胡风全民族抗战初期创办的文学刊物《七月》而得名。

《七月》周刊1937年9月创刊于上海,出版第3期后迁往武汉,改为半月刊,并重新编排卷期,第1集第1期于10月16日问世,1938年7月出版第3集第6期后因战事变化中辍一年,1939年7月从第4集第1期起改为月刊,在重庆继续出版,1941 年 9 月出版第 7 集第 1、2 期合刊后终刊,前后共出 32 期。

在《七月》停刊后,胡风还主编过《七月诗丛》《七月新丛》《七月文丛》等丛刊。1945 年 1 月又在重庆创办《希望》杂志,出版了第 1 集 4 期,抗战胜利后迁往上海,续编了第 2 集 4 期,1946 年 10 月因内战全面爆发而终刊。此外,七月派作家还编辑有《呼吸》《泥土》等刊物。

在《七月》创刊之初,胡风就有意识地突出刊物的主导思想,反复强调自己的文艺主张。最早的《七月社明信片》明确要求:"一、得抓住要点,避免冗长的平铺直叙;二、作者底感情须真实,冷淡或夸张都是不好的;三、得有批判的精神,任何黑暗或污秽的东西,都应大胆地揭出;四、须在文字上去掉概念的抽象议论。"一个刊物公开标举并坚持着一种明确的艺术理想,显然有其重要的意义,它可以坚定地拒绝那种人云亦云的艺术平庸,吸引真正志同道合的作者与读者,也有利于对一种艺术思潮作出方方面面的艺术探索。从这个角度上讲,所谓"同人杂志"的确能够真诚地贯彻某种坚定的文化目标和文化精神,它是"同人"却不等于那种"党同伐异"的中国式人际耗斗,因为无数的"同人"集团互相竞争互相对话才最终推动了文化的发展。对此,胡风确实体现了高度的理性自觉,他特地解释说:"我所说的'同人杂志',是指编辑上有一定的态度,基本撰稿人在大体上倾向一致说的,这和网罗各方面的作家指导机关杂志不同","用一个文艺态度号召作者、读者,由这求发展的杂志,对于文学运动是有用的"。

胡风也很注意对作者的团结,注意刊物在凝聚个体思想形成集团优势、最终扩大社会影响方面所起的重要作用。他以"七月社"的名义组织了多次座谈会,约请《七月》的一些作者及其他知名作家参加。在座谈会上,人们无拘无束又十分热烈地讨论当前的文艺动态和一般的文艺创作问题,《七月》的一些新人也有了与文艺界结交的机会(这对新人们以后的成长是大有裨益的)。正是在这个时候,《七月》作为一代青年作家与读者"精神家园"的形象得到了生动的体现。

《七月》以鲜明的时代精神和顽强的战斗意志吸引着大批爱好文学的

青年。它十分注意“源源发现从实际战斗里长成的新的同道伙友”。由于胡风从一开始就明确要求以刊物为中心团结“倾向上能够共鸣的作家”，因此，《七月》周围很快簇拥起艾青、田间、丘东平、曹白、萧军、萧红、邹荻帆、彭柏山等一批诗人和小说家，形成一个影响广泛、实力雄厚的作者群，他们成为七月派的活跃分子和中坚力量。他们的作品以富于时代气息、具有生活实感的创作特色，在文坛上产生了广泛的影响，也吸引着更多“初来者”的加入。《七月》从第 4 集(1939)起，还经常开辟“新作家小说集”栏，发表新人作品。何剑薰、路翎等都是胡风于 1940 年一手发现和扶植起来的青年作家。也正是在此时，冀汸、鲁藜、牛汉、彭燕郊等人开始跻身于七月派的行列。

《希望》的出现是七月派创作转入后期的标志。它在编辑方针、内容乃至形式上大都保持着《七月》原有的风貌。胡风在《希望》创刊号的《编后记》中说：“和两三年前相比，战斗的思想力量是不是加强了呢？——我们底答复是肯定的。这就一方面使我们底负担更重，因为进一步有进一步的任务，进一步有进一步的阻力。另一方面，使我们预想到能够遇见更多的共感者和同道者。我们愿意结识这样的同道者。”这是胡风坚持《七月》所开创的道路、对原定方针的进一步认定。新的“同道伙友”如绿原、曾卓等又不断加入“七月”的队伍。

从出现到终结，七月派经历了抗日战争和解放战争两个重要阶段，前后活动长达十余年。它不是一个区域性的文艺群体，组成这支队伍的几十位诗人和小说家在祖国的存亡之秋，簇拥在《七月》与《希望》的周围，组成文艺的战阵，为民族的受难和奋起而呼喊，为人民的斗争而歌唱，作出了自己独特的贡献。

一个文学流派的出现，总是与一定的社会政治状况相关，也和它所承续的文化传统紧密相连。如果没有抗日战争的爆发，战前就已颇有诗名的艾青、田间，也许很难和孙钿、冀汸、绿原、牛汉等一大批“初来者”一道走进七月派的行列；如果没有对于“五四”文学传统的一致追求，这一文学群体也很难形成。而对七月派来说，胡风更是不可或缺的。

如前所述，胡风的编辑方针对七月派的形成有着重要的影响。而胡风的文艺思想对七月派作家的影响更大。

胡风(1902—1985)，原名张光人，湖北蕲春人，现代文艺理论家、批评家和诗人。他是左翼文艺运动中罕见的勇于探索、坚持个性、献身真理的思想家，一个始终以鲁迅所开创的"五四"启蒙精神搏击历史和现实的黑暗、感受人生和心灵的苦难的艺术家。胡风的文艺思想源自他对中国传统文化以及中国历史与现状的清醒认识，源自他对新文化传统的深刻理解，也源自他对世界文学和现实主义文学精神的独特体验。在《七月》半月刊创刊号上，胡风以"七月社"的名义发表了"代致辞"《愿和读者一同成长》，明确阐述了自己的主张："在神圣的火线后面，文艺作家不应只是空洞地狂叫，也不应作淡漠的细描，他得用坚实的爱憎真切地反映出蠢动着的生活形象。在这反映里提高民众的情绪和认识，趋向民族解放的总的路线，文艺作家这一工作，一方面要被壮烈的抗战行动所推动、所激励，一方面将被在抗战的热情里面涌动着生长着的万千读者所需要，所监视。"在这里，胡风要求文艺应该突进现实生活的深处，与时代和人民共同呼吸，只有这样，才能真正揭示社会发展的历史内容(胡风认为，这是文学作品的真正主角)。那么什么是中国历史现实的内在精神？作家应该如何表现历史现实的内容呢？在《置身在为民主的斗争里面》一文中，胡风说："作家应该去深入或结合的人民，并不是抽象的概念，而是活生生的感性的存在。那么，他们底生活欲求或生活斗争，虽然体现着历史的要求，但却是取着千变万化的形态和复杂曲折的路径；他们底精神要求虽然伸向着解放，但随时随地都潜伏着或扩展着几千年的精神奴役底创伤。作家深入他们要不被这种感性存在的海洋所淹没，就得有和他们底生活内容搏斗的批判的力量。"在胡风看来，作家应以批判精神去表现人民的"精神奴役底创伤"以及他们伸向着解放的欲求和斗争形态。这里包含着胡风的两个著名文艺观点："主观战斗精神"与"精神奴役底创伤"。他深刻而辩证地阐述了创作主体与客体之间的关系，认为在创作过程中，创作主体与客体之间应是相生相克、互相搏击的过程，作家的"反映现实并不是奴从现实。相反地，是站在比生活更高的地方”（《一个要点备忘录》）。“从对于客观对象的感受出发，作家得凭着他的战斗要求突进客观对象，和客观对象经过相生相克的搏斗，体验到客观对象底活的本质的内容，这样才能够‘把客观对象变成自己的东西’而表现出来”（《论现实主义的路》）。同时，“在体现过程或克服过程里面，对象底生命被作家底精神世界所拥入，使作家扩张了自己；但在这‘拥入’的当中，作家底主观一定要主动地表现出或迎合或选择或抵抗的作用，而对象也要主动地用它底真实性来促成、修改、甚至推翻作家底或迎合或选择或抵抗的作用，这就引起了深刻的自我斗争”（《置身在为民主的斗争里面》）。胡风这种思想既格外强调表现群众的精神奴役创伤，充分意识到奴性意识对广大民众的戕害，又特别重视作家的主观战斗精神。显然，胡风是将主体与客体有机结合起来，主张以“主观战斗精神”对内克服奴性意识对作家自己的束缚，对外与社会人生广泛的精神奴役意识抗争，并由此而推进人类的解放。

这种激荡着战争年代的民族热情，显露出质朴人生和时代的独特体验的思想直接影响着七月派的形成。丘东平、阿垅、路翎、绿原、鲁藜、牛汉、冀汸等作家都是在胡风的热情呼唤中脱颖而出的“共感者”和“同道者”，他们逐渐聚拢在胡风周围，显出“共同作战的诚心”，成为一个更加脉搏相通的创作群体。七月派诗人更多倾向于表现“主观战斗精神”，以强烈的情绪体验反映现实、抒写自我；而小说家们则更多倾向于表现人民群众或知识分子自身的“精神奴役的创伤”，继续着“五四”作家所提倡的“改造国民性”的启蒙命题。

二、七月派小说家的总体风格

七月派的思想和艺术追求，突出地体现在对于现实主义的倡导、对生活真实与感情真挚的坚持上。他们始终如一地坚持着：文学的战斗，人的战斗。

抗外寇与争民主的血火，锻造了七月派战士兼作家的品格。他们首先注意的是做人,然后才是为文;首先注重的是生活,其次才是创作,并尽可能追求二者的统一和结合。丘东平、阿垅都经历过"八·一三"保卫上海的战斗,曹白则在难民收容所工作过,丘东平、阿垅后来还都成为新四军的战士。七月派的这些作家,无论是生活在国统区、解放区还是沦陷区,都一样追踪着时代,投身现实,从人民中吸取创作的灵感,将"自我"融会在具体的战斗中,又在作品中体现出"自我"的存在。

具体到小说而言,路翎、丘东平、彭柏山、冀汸等人的小说充分实践了以胡风的观点为代表的七月派文艺主张,并形成了其独特的风貌。

七月派小说总是竭尽全力挖掘出生活本相的复杂内涵。在七月派作家笔下,即便是平凡的事物,其底层也一定深含着种种波澜的撞击,并由此而形成一股强大的张力。丘东平、彭柏山的小说虽大多写解放区生活,展现的却并非单纯的阳光普照的欢乐世界。在那里,也同样充满着光明与黑暗、理性与蒙昧、勇猛与怯弱、献身与自私、欢乐与困苦的种种相生相克的搏击。彭柏山以农民小生产者为主人公的小说如《崖边》《皮背心》《岔路》等都写出了各种复杂的旧意识是如何阻绊群众的觉醒与奋起,作者探索的是人民群众走向光明解放过程中与自己身上各种弱点特别是精神奴役创伤搏斗的艰难历程。丘东平以军人为题材的小说,如《一个连长的战斗遭遇》《茅山下》等通过对战斗在抗日战争最前线的中国军人性格的描写,揭示了交织着民族矛盾和阶级矛盾的巨大历史和心理内涵。路翎以底层劳动者和知识分子生活为中心内容的小说,如《饥饿的郭素娥》《财主的儿女们》,充满了紧张感与饱和感。他舍弃了那种为一般作家所遵循的"思想整理经验"的原则,避开了主题表现的集中、凝练与和谐而另走一路,以貌似涣散其实丰富的生活原生态去逼近艺术真实,因而即使是描写人生场景的一角,也总是力求做到兼容并蓄,笔端旖旎而又瑰丽。七月派小说的主题是多元的,因为多元则往往难以把握。郭沫若在《东平的眉目》中曾这样表达丘东平的见解:"在我的作品中,应包含着尼采的强者,马克思的辩证,托尔斯泰的'圣经'的宗教,高尔基的正确、沉着的描写,鲍特莱尔的暧昧,而最重要的是巴比塞的又正确又英勇的格调。"

不仅主题上难以一言以蔽之，在人物形象塑造方面，七月派小说中人物的内心性格也往往过于敏感、复杂，甚至飘忽不定。七月派作家几乎不写单纯的性格，其人物性格常常是多种精神倾向的奇异结合。路翎的《燃烧的荒地》中的主人公郭子龙作为一个破落户子弟，是由山地里面的强悍的风习、袍哥的英雄主义以及几十年来的社会动荡培植起来的一个狂妄、聪明而大胆的角色，他曾是“一个军阀的烂兵，一个逃走的杂牌军官，贩卖鸦片，强奸女人，劫掠村庄，是一头粗野而痛苦的野兽”。而另一方面，“在这野兽的里面，又有着一个少爷、梦想家的纤弱的灵魂，这少爷、梦想家总在给自己描绘一个美满而安适的将来；或者，受着挫伤，诗人似的企图着一个凄凉而悒郁的归宿”。这种亡命徒与阔少爷性格溶合构成了郭子龙形象的复杂性。七月派作家把这些飘忽不定的既有人性也有兽性的复杂的人看作真正意义上的“活人”，只有在他们身上才一方面体现出雄强的力量，另一方面又凸显了精神奴役的严重创伤，凸显了生活本相的真实与复杂。

七月派小说的复杂性还表现为人物心理刻画的丰富性。因为要表现人物精神奴役的创伤，七月派作家十分注重心理描写。然而他们的心理描写又有别于一般的心理描写，而是浓墨重彩地专注于人物心理的矛盾冲突及其微妙的变化、转换。他们笔下的心理描写往往不是静态的、单向的描写，而是动态的、多向的、带有立体感的。七月派小说家似乎偏爱人物心灵深处的二律背反现象。郭子龙“颓废少爷”与“强盗大兵”、金素痕“温柔的天使”与“凶悍的魔鬼”的心理的微妙组合，小知识分子蒋纯祖亦左亦右、亦进亦退、无可无不可的矛盾心态，在路翎的笔下都表现得淋漓尽致。这些人物的内心仿佛装着一架颠来倒去的天平，人性与兽性、理智与情欲、狂歌与悲哭、道德与罪恶，各种矛盾纷然杂陈，各自端坐在天平的两端，在作者的“竭力扰动”下，上下左右起落颠簸，人物心境陷入不安、动荡之中，呈现出复杂的面貌。在人物心理刻画上，七月派作家不仅写出了人物心理的两极，更写出了人物心理两极相生相克相互搏斗的丰富过程。特别是路翎，他总是善于写出人物异常丰富的心理变化，善于写出从某种心理状态向另一种对立的心理状态的跳跃。刚刚还是低沉懊丧，忽然间却转向自信昂扬，深深的痛苦与极度的欢乐，无法排解的烦恼与心如止水的和谐安逸，常常构成人物心境尖锐的矛盾和奇妙的统一。

重视主观体验，创作中燃烧着热情的火焰，是七月派小说另一个突出特征。七月派作家非常强调作家对生活的全身心投入和体验，他们对于所谓的“客观主义”、对于“生活的被动的无可奈何的客观态度”十分反感，从而自觉到作品应该能激起某种热情的兴奋来，并在这种光辉下，给予现实生活以灿烂的画幅。他们把个人的主观战斗精神渗透到小说之中，因此，无论是事件的叙述，还是环境景物的描写，抑或是人物的刻画，字里行间都让人感到作家巨大的人格力量，充溢着一股股不可抑制的激情。如丘东平小说中的环境描写，并不占很大篇幅，但却充满了激情，烙上了作者强烈的主观印记。路翎小说中大量使用形容词、副词，而且主要是属于心态情绪描述和评价性质的词语，从而体现了作家主观情绪的参与。

由于强调主观情感的投入，七月派小说中的叙述成分便显得十分醒目，因为叙述便于分析、评议，更能体现作家的爱憎情感。叙述和描写是小说最常见的两种艺术手段，但它们存在着明显差异，其根源就在于它们来自两种不同的感知生活方式，即体验与观察。对现代作家来说，描写的确很重要，它可以较大程度地隐去作者自己，只从场面中流露出倾向和评价。但七月派作家认为这样容易陷入客观主义。因为由观察而描写的多是外在活动，最具有艺术真实的东西是由体验而来的，即创作主体从自己看出去，从自己的内在性去解构，以自己的命运感为根据去领会。体验的过程融入了内在的生命情感，静观的描写难以完成这一重任。因而高扬“主观战斗精神”的七月派小说逐渐从描写转向叙述，从而使作者的价值观渗入每一个小说意象，影响和制约读者。冀汸甚至对长篇小说《走夜路的人们》前半部由于多用描写手法而造成的“某种程度的静观”的效果懊悔不已，认为“作了题材的俘虏”。路翎的《财主底儿女们》第一部写到蒋家老仆人冯家贵，第二部叙述蒋纯祖在日军到达前逃出南京，在昏乱中独自向荒野逃亡，夜间睡在潮湿的稻草堆中，都把叙述的优点发挥到了最大。其他如《“要塞”退出以后》中对主人公沈三宝的叙述和分析,《饥饿的郭素娥》中对女主人公的叙述和分析,《燃烧的荒地》中对郭子龙的叙述和分析,也都是基于这样一种理由而采取的。

七月派小说还有一个十分鲜明的特征,那就是其总体风格上的沉郁悲凉。无论是丘东平、彭柏山,还是冀汸、路翎,其小说都与40年代昂扬的时代格调不尽相同。其强烈的悲剧意味与国统区文坛着重揭露和嘲讽的喜剧性情调大异其趣,也与当时解放区文学明快、单纯的风貌形成强烈反差。他们的作品气氛沉重、凝滞,充满了不适感。七月派小说家们企图深厚遒劲地表现一种“原始的生命力”或者说“原始的强力”,而这种原始的强力往往在灾难和苦役中体现得更为充分。因此他们热衷于表现痛苦和灾难,即使是以根据地生活为题材的小说也概莫能外。越是作家喜爱的人物,就越是被置于灾难之中,经受炼狱似的悲痛和苦刑似的劳役。七月派作家笔下的人物,大多是些“倔强的灵魂”,他们具有异常强韧的有时简直令人震惊的性格。作家为这些性格安排了在各种条件下不得不走向毁灭的结局,给作品抹上激越、悲凉的色调。这里又有几种不同情况。丘东平小说中的人物(如林青史、友军营长、上校副官)往往是道德上的无辜者和残酷环境的受害者,悲剧的根源在于社会的恶势力。彭柏山小说中的人物(如《崖边》《枪》《皮背心》中的主人公)大多带有小生产者的深刻烙印和精神奴役的创伤,悲剧的根源在于历史的沉重负担。而路翎小说的悲剧主人公,则上述两种情况兼而有之,有时甚至是两者的奇异结合,显得更为错综复杂。

路翎曾引用苏联作家爱伦堡的话来表白自己的美学追求:“对于一个作家来说,描写幸福当然要比描写不幸愉快得多”,但只要现实生活还存在着灾难,就“不能简化人们的内心生活,从内心生活中抽出它的那些亲切的经验或悲哀”。正是对于灾难的特别关注,对事物复杂性的深入挖掘,才使得七月派小说风格沉郁而又激越,悲凉而不感伤。

三、七月派主要的小说家

七月派小说作家中，最早登上文坛的是丘东平，他在抗战爆发前就已经发表过一批作品，有了文名。

丘东平（1910—1941），原名丘谭月，号席珍，广东海丰梅陇镇人。曾参加过大革命和“一·二八”淞沪抗战。后在香港与人合办《新亚细亚月刊》并发表处女作、短篇小说《梅岭之春》，从此开始了自己独具特色的文学创作。刊物停办后赴上海参加左联，发表《通讯员》等短篇小说，受到胡风的赏识，随后又发表了《多嘴的赛娥》《红花地之守御》等小说。1935年赴日本，负责左联东京分盟的工作。时在日本的郭沫若读了丘东平的小说后，感佩于他的真诚和才情，写下了《东平的眉目》，对其文学事业寄予了很大的期望。

1936年春，丘东平回国，潜心于文学创作。短篇小说《长夏城之战》和长篇小说《火灾》相继问世，这些作品连同他稍前出版的另一部短篇小说集《沉郁的梅冷城》一起代表了丘东平早期创作的成就。

丘东平的早期创作主要以农民革命为题材，故事多发生在梅冷城马福兰村（以作者的家乡梅陇镇马福兰村为原型）。虽然是关于故乡和革命的故事，但作者却无意给我们作多少关于地方风俗或革命全景的描述，而经常选择一个奇特的角度切入进去，一个或几个普通的乡民，侧面甚至反面的几朵浪花。在诗人般的想象力的浸润下，在逼人的意志力的敲打下，在粗犷有力的勾勒刻绘中，梅冷城和农民革命都不断呈现出或奇异或惊心动魄的景象。《通讯员》写的是区通讯员林吉的故事。林吉是一个“最有胆量的人”，敢于在门口的柠檬树下当众杀死一个收租的胖子，又以耳朵藏信、眼膜藏信的绝技赢得了乡邻的敬佩。一天夜里，他奉命带一个作政治工作的少年穿越敌军的封锁线，不料少年却因惶恐而失足跌入山涧，随即被敌军杀害。幸免于难的林吉从此背上了沉重的精神包袱，“少的死了，大的却逃了回来，你说这是对的事吗？”道德的自责使他大病不起，任领导和乡邻如何安慰开导都无济于事,最后他拔枪自杀了。在这里,出现在我们面前的不是革命者大无畏的英雄豪情,甚至他的传奇性的冒险经历也只被用作了背景材料。作家引导我们直接走进了主人公的精神世界,复杂而意味深长的精神世界:沉默、坚韧以及由这沉默而孕育的固执和偏狭,革命赋予它信仰,也赋予它的道德意识以新鲜而沉甸甸的内容。《沉郁的梅冷城》描写了保卫队在梅冷城镇压"暴徒"的故事。保卫队几经侦询,发现在理发店门口投掷的炸弹竟来自保卫队总队长华特洛夫斯基的弟弟克林堡,总队长当晚又从弟弟的口中套出了172个叛党成员。第二天,当枪决叛党的名单贴出以后,被出卖的叛党的家属愤怒地前来殴打克林堡,总队长率领保卫队驱散人群,随即枪决了所有的叛党分子。这篇小说有意识地模糊了人民革命的真实背景(代之以"暴徒""×军"),甚至人物也冠之以俄罗斯式的姓名,令人怀疑是一篇来自异国他乡的翻译作品。舍弃了这些客观事物的写实成分,作家却将保卫队的蛮横和残暴无所顾忌地展示出来,同时也将生活在反动统治之下的人们的"沉郁"生动地呈现出来。在小说《一个小孩的教养》中,这种蛮横与残暴却建立在一个无知小孩的诚实上,因而更有一种悲剧气氛。小说写村民都猴友编织草鞋支援自卫军(革命者),因而被列入保卫队的通缉名单。这一天,保卫队包围了村子,到处搜捕他们通缉的人,都猴友正巧运货外出了,但他那天真诚实的儿子却向搜捕者坦白了父亲的行踪。于是,就在当天下午回家的路上,都猴友被保卫队杀害了。《多嘴的赛娥》也与之类似。赛娥本是弃婴,被一个乞食婆捡去当了童养媳,稍有闪失就会遭到公公一顿臭打,而邻居们都说这小孩子多嘴,挨打并不值得怜悯。终于有一天,她被公公赶走了,逃回到生母身边,又因为未经许可就参加村里的群众集会而受人猜忌,母亲也"像野兽一样的暴乱地殴打伊"。接着,她又被带到"妇女部"接受"教练"。冬天,赛娥接受任务去打探敌军的情报,途中在一位老太婆家歇脚。老人热情的招待让这位多难的女孩感到了一种莫大的温暖,她终于打破沉默,絮絮叨叨地讲述起革命部队的情况。不料这唯一的一次"多嘴"暴露了她的身份——正当赛娥告辞而去的时候,老太婆喃喃自语的关切竟飘入了附近几个保卫队员的耳朵，于是秘密被揭穿了，赛娥落到了敌人手里，但她“坚决地闭着嘴，直到被处决之后，还不会毁掉了伊身上所携带的秘密”。赛娥无疑是那种在革命队伍里成长的青年，但作者没有去刻意突出她所受到的理想教育，而是紧紧抓住她作为乡村女子如此受人作贱的不幸命运，不仅在保卫队的公公欺凌她，连亲生母亲也抛弃她；反动派盘踞的梅冷城驱赶她，革命群众所在的乡村也并不相信她；进入“妇女部”实在是她不幸命运的唯一转机，可叹的是这刚刚出现的一丝“生”的机会又转瞬消失了。赛娥的死的确过分偶然，但唯其如此才最终传达了她的命运的苦涩——就像她的“多嘴”一样，一生中并不多嘴的她就多过这么一次嘴，而恰恰是这一次偶然的多嘴就失去了自己的生命，这里的人生意味是深长的。写革命题材的小说却并不为那些流于表象的绚烂意象所牵引，而是拨开纷繁的世相，透见人自身的命运，这就是丘东平的匠心独运之处，也是他的成功之处。《多嘴的赛娥》另一个值得注意的地方在于作家对赛娥身上那顽强的生命力的表现。赛娥以沉默抗拒着种种不幸，这沉默不是懦弱而是暗藏着无穷的力量。在遭受委屈之后，她“在草丛里赶出了一只青蛙，立刻把它弄死，残暴地切齿着，简直要吃掉了它一样”，她又曾如此兴奋地讲述着“一个少年战士如何倔强地战死的故事，怎样他的枪坏了，从什么人的手上夺来的枪”等等，在这里，我们分明感到了一种野性的力量，而在最后，当赛娥以沉默来面对死亡的威胁时，又是这生命力的一种升华。

将野性的力量与理想的力量相互杂糅，构成为复杂一体的作品则是《红花地之守御》。小说写一场伏击战，总指挥杨望“粗野而壮健”，在红花地山林间，他指挥队伍与敌军搏斗，击退了敌人两个团的兵力。这篇小说就像它的主人公一样具有“粗野而壮健的格调”，读来惊心动魄！而这种粗野而壮健的复杂组合也正是丘东平所追求的。考虑到丘东平此时对尼采哲学的赞赏，可以认定他对这位总指挥的生命强力是叹服的，但他同时也并不回避来自心灵深处的迷惘：“我底头脑却沉重着，胸腔里起了在战斗中还不曾有过的气喘，呼吸也不容易起来，几乎是受到窒息的痛苦。”在对人物精神世界的这种复杂化的挖掘中,中国农民革命的复杂性事实上也得到了更生动的展示。

在以上这些独特的描述中,丘东平并不满足于对客观事物的简单记录,他时时在挥洒着自己超凡的想象力,将自己强有力的意志"打进"生存的事实中去,与人生自由搏战,不仅要"打进"笔下的故事、笔下的人物,也要"打进"那些看似不动声色的自然景物:"一条小山溪,在那坚凝、峭厉的山谷里苦苦地挣扎着,幸而打通了一条小小的门径,泠泠朗朗,发出悠闲轻逸的笑声。"这样的大自然流淌着的也是人的意志。

丘东平的其他小说如《慈善家》《火灾》等也笼罩着一层灰暗沉郁的氛围。在这里,恶势力的凶蛮被他们虚伪的慈善掩盖着,而作家则以忧愤之笔尽情挖苦,不避污秽,甚至也不事修饰。

战争的爆发打破了丘东平宁静的写作生活,他立刻踏上了通往北方战线的征程。在南京,在济南,他不断将自己的见闻写成报告文学。新四军成立后,东平又毅然从军,追随叶挺到了武汉,并继续勤奋写作,成为《七月》的重要撰稿人。

丘东平这一时期的创作主要是报告文学和纪实性很强的小说(这二者往往是很难截然分开的)。其中发表于《七月》的一系列作品如《暴风雨的一天》《第七连》《我们在那里打了败仗》《我认识了这样的敌人》《一个连长的战斗遭遇》等都是丘东平凸显生命意志的力作。当时文学创作的一般状况是热情而流于浮泛,而丘东平的作品由于作者亲身参加战斗得来的深切感受,以有血有肉的战斗生活、真实感人的艺术形象、热情而又深沉的艺术风格,有力地反映了抗战初期的现实,是对当时创作倾向的一个明显的突破。《第七连》的副题为"记第七连连长丘俊谈话",它通过一位基层战斗指挥员的生动感受展现了战争的酷烈:如何行军,构筑工事,后来又如何断粮了,只能吃炒米和野菜,死伤如何惨重,最后战壕积满了雨水,官兵们一个个全变成了泥人,能够勉强拉扯起来的只有一半……作品的独特性在于它采用第一人称叙述,极大地保留了生存的"原色",不掩盖也不夸大,而且叙述者的切近体验又影响了所有的读者,我们不再是战争的旁观者，而是仿佛将自身的血肉也投入了当年的战火硝烟之中，与叙述者及作家一道“和现实肉搏”着。全民族抗战不仅让中国人的身躯受难，更让中国人的灵魂承受了难以想象的磨砺和拷打！这篇小说因而被胡风誉为“中国抗日民族战争底一首最壮丽的史诗”(《忆东平》)。

丘东平的这些创作与胡风以及胡风所倡导的文学追求达到了相当的契合。如果说艾青和田间是胡风在诗界找到的心灵的知音，那么丘东平则是胡风在小说界找到的最早的知音。胡风后来说：“在革命文学运动里面，只有很少的人理解到我们底思想要求最终地要归结到内容底力学的表现，也就是整个艺术构成底美学特质上面。东平是理解得最深的一个，也是成就最大的一个，他是把他底要求他底努力用‘格调’这个说法来表现的。”(《忆东平》)在武汉，胡风第一次为“七月同人”编选“七月文丛”时就将丘东平抗战以后的这些作品辑为《第七连》，并亲自写了《东平著〈第七连〉小引》。

在新四军，丘东平先是在战地服务团做宣传工作，后来又参加陈毅、粟裕组建的先遣支队进入苏南。1940 年鲁迅艺术学院华中分院成立后又担任分院教导主任。在繁忙的战斗生活中，丘东平仍抓紧时间进行写作，《向敌人的腹背进军》《截击》《东湾——日本据点的毁灭》《王凌岗的小战斗》……这一系列的战斗报告及时反映了新四军的战斗历程。丘东平还构思了一部宏大的长篇《茅山下》，得到陈毅的支持后，他将自己全部的精力都投入这部长篇的创作中。遗憾的是，1941 年 7 月，敌伪军重兵围剿，鲁艺师生奉命疏散，丘东平率一支分队在转移途中陷入敌军重围，一批又一批的战友和学生倒下了，丘东平自己也负了伤，一位作家所特有的痛苦的激情燃烧着他，丘东平举起手枪对准了自己……就像他的成名作《通讯员》中的林吉一样。而我们现在所能读到的就只有《茅山下》的片段了。

从现存的《茅山下》片段来看，这部小说仍然保持了丘东平一以贯之的艺术追求：对人物精神世界的逼视，将抗战与中国人的灵魂的锻造结合起来。比如其中那位在游击战争中叱咤风云的抗日英雄郭之龙既豪爽又鲁莽，他不可一世，又收受贿赂，妨碍了抗敌自卫会的改选工作，而学生出身的周俊则生活在他强大的权力底下以致陷入了灰色的感伤。对抗日军队和抗日英雄竟能作如此的观照，丘东平依然显出了其独特之处。

彭柏山也是一位较早与胡风有联系的七月派小说作者。

彭柏山（1910—1968），原名彭冰山，生于湖南茶陵一个农民家庭，家人多拥护革命，柏山也曾在洪湖根据地打游击，担任过师政治部主任。1933年流落到上海，参加左联并结识胡风。1934年他以苏区的经历为素材先后创作了《皮背心》《崖边》等5篇小说，这些作品奠定了彭柏山在左翼文坛的地位，也显示了后来为七月派作家所共同追求的那种文学旨趣。

这5个短篇都饱含着作者在苏区参加革命时的现实人生体验。它们以乡村里的普通农民（或者参加了革命，或者正在酝酿着革命的情绪）为主人公，展示了在革命风暴荡涤之下，他们各自的生活际遇及从中呈现出的不同的心态。《皮背心》和《枪》都描写了普通农民的占有欲。《皮背心》中的佃农长发吃尽了生活的苦头，一次赶上游击队员到地主王大爷家“打搜索”，他从夹壁中掏得了一件羊皮袍子，又和几个伙伴凑足5块钱把它“买”了下来。皮袍做成了5件皮背心，每每在热闹的场合，他都要穿出来炫耀一番，“要说长发生平有过得意的事情，这就是他最得意的时候”。可惜好景不长，王大爷从城里借兵回来了，开始展开报复，为了那件皮背心，长发的家被翻了个底朝天，人也被打昏在地。《枪》中的农民其保冒险干掉一个白军士兵，夺得了一杆枪，“他向来就会打鸟铳，再配上这杆枪，那以后要是遇到什么人为难他，他是准有把握的”。没想到游击队偏偏命令把所有缴获的枪支上缴，其保当然很不情愿，在竭力的推诿躲避之中，他无故开枪差点惹祸，最后不得不接受交枪的命令。《忤逆》和《夜渡》表现了深受盘剥的农民日益增长的反抗意志。《忤逆》写“我”家陷入了困境，母亲卧床不起，家里无米下锅，地主胡四爷趁机要来买走弟弟。无奈之下，“我”只得听从老庚等农民的号召，到祠堂里瓜分祭祀谷，虽然照老规矩讲，这是忤逆不孝的恶迹。《夜渡》写连生长年在地主润爷家干活，忍辱负重，忍气吞声。这天夜里，为了逃避游击队的袭击，润爷一家又让连生忙得团团转，末了，还连打带骂，不可一世，连生忍无可忍，“他于是疯狗似的一冲把润爷推下水去了”。《崖边》写的是乡下人对待革命的两种心态。雇农出身的木仔单纯朴实,对革命事业真诚而投入;裁缝王全福虽然也拥护并参加了革命,但始终感到不堪其苦,意志颇为动摇。在一次战略转移的夜行军中,王全福当了逃兵,只是迎接他的不是家的温暖和舒适,而是敌军的搜索和逮捕。

彭柏山小说中的这些农民都是沉稳质朴的,他们走向叛逆与革命的道路也是缓慢的平稳的,是他们自身朴实性格的某种自然的延伸,这里没有雷鸣电闪,没有惊涛骇浪,甚至也没有丘东平式的盘旋不去的命运的悲剧体验。而且,这形形色色的乡村人物自然地呈现为两个序列:一是《忤逆》中的“我”、《夜渡》中的连生、《崖边》中的木仔,他们已经或者正在走向叛逆;二是《皮背心》中的长发、《枪》中的其保、《崖边》中的王全福,他们或多或少地体现了乡村人物的自私和狭隘(这种自私和狭隘又各有不同的表现方式)。不过,彭柏山并没有绝对地把这两个序列的人物划分开来,他们彼此间也存在着或远或近的沟通(其保、王全福也同样参加了革命)。也恰恰是在这些地方,显示了彭柏山对他所熟悉的乡村社会以及乡村人物的深刻把握。

1934 年 11 月,彭柏山被捕入狱,直到全民族抗战爆发后才获释。他先是做抗日地下工作,1938 年调到皖南新四军军部任政治部民运科长,后又转任苏北指挥部第四纵队政治部主任、苏北联合抗日部队政治部主任等。他这一时期所写的小说如《一个义勇队员的前史》《某看护的遭遇》等,均发表于《七月》杂志。

《一个义勇队员的前史》勾勒了一个监狱难友的丰富的性格。他原是一个锡匠,因受了同行的倾轧和“家里的贱货”的挤兑才锒铛入狱。在狱中,懦弱粗笨的他受尽了难友的欺负,因为“我”周济过他一块钱,于是他感激不已,与“我”无话不谈,只是一听说“我”可能是“共产党”时他又沉默了,好像在彼此间“筑起有一道高墙似的”。不过当“我”重病在床、发烧昏迷之时,他仍然彻夜不眠,始终守侍在旁。“我”深深地感到,这位粗笨的汉子有一颗爽直的心。三年后,汉子与“我”在上海重逢,此时他已成为抗日义勇队队员，体会到“如今除跟东洋鬼子去拼命，还有哪个生路”。这位汉子摆脱懦弱无能，成长起来，最后成为抗日义勇队队员，这仍然属于彭柏山先前的创作思路：厚道质朴的农民如何走向叛逆，不过较之《忤逆》《夜渡》，这里的人物刻画更为细腻生动了。《某看护的遭遇》写了战争中的一出爱情故事：腿部受重伤的义勇队队员曹光斗住进了伤兵医院，在这里他遇到了看护黄大姐。黄大姐的丈夫死于监狱，她的心也仿佛随之死去，然而曹光斗的到来“就像一个火把燃烧起她这败草来了，渐渐发出熊熊的火焰，驱使她向前奋发了”。黄大姐发现了曹光斗的党员身份，这更增强了她的好感，她甚至还偷偷替他置了一只木腿。然而就在她试图推进彼此的关系时，却碰到了曹光斗那冷静得近乎冷酷的感情。为了挽救这未生即死的感情，她又作了一次努力，向他忏悔了自己对丈夫入狱的责任，但曹光斗却恰恰因此作出了最后的决定：他首先要护卫自己的理想！他最后留给黄大姐的一句话是：“在这样大的战争的时代，请想想，哪里不是你的去路呢……”

1938 年以后紧张的部队生活和烦琐的实际事务使彭柏山提笔创作的时间越来越少了。不过，他仍然写下了短篇《岔路》、中篇《任务》等小说，保持了他一以贯之的朴素的写实风格。当然，由于战争年代动荡的写作环境，彭柏山这一时期的创作已经失去了先前的那份从容，而给人以粗糙简单的印象，像《皮背心》《枪》那样直指民族灵魂的冷峻解剖不再出现。1952 年，彭柏山离开部队，先后调到华东地区文化部、中共上海市委宣传部工作。1955 年受“胡风反革命集团”案牵连，长期遭审查并被下放。在极艰难的条件下，他创作了长篇小说《战争与人民》，这部作品直到他去世十多年后的 20 世纪 80 年代才获得出版。

七月派最重要的小说家是后起之秀路翎。

路翎（1923—1994），原名徐嗣兴，另有徐烽、冰菱等笔名。路翎一家本来寄居于路翎的舅爷、苏州首富蒋学海家。两岁丧父后，路翎随家人迁往南京，母亲很快带着路翎改嫁。路翎因此从小就有“拖油瓶”的绰号，他后来在给胡风的信中说：“我底童年是在压抑、神经质、对世界的不可解的爱和憎恨里度过的,匆匆度过的。”这样,大量的中外文学名著就成为路翎小学时的兴趣之所在。全民族抗战爆发后,路翎被迫中断学业,随全家一起入川。在位于合川县的四川省立二中读书时,路翎为当地的《大声日报》编辑副刊《哨兵》,并发表了他踏上文坛后的第一批作品。

1938年年底,路翎因与校方发生冲突,失学回家。1939年年初为生活所迫还进过国民党的三青团宣传队。同年9月,他创作了短篇小说《“要塞”退出以后》,发表在次年5月出版的《七月》第5集第3期上,并由此结识了胡风。这篇小说以“八·一三”后的江南战场为背景,以“×山要塞”的撤退为情节主线,写出国民党军事指挥的怯敌、无能与混乱,爱国官兵空怀献身之志而无仗可打。年轻的主人公沈三宝违令作战,两次打死日本骑兵,又枪杀了有汉奸嫌疑的金主任,最终却冤枉地被执行军纪的人处死。小说从题材、主题、构思到手法乃至题目,都明显地受了丘东平一些作品的启发和影响。尽管如此,这篇小说依然有其自身的价值。小说基本上真实地写出了沈三宝从害怕战斗到勇于战斗的心理转变过程,路翎后来作品中显示的写人物心理180度大变化的突出才华,在这里已初露端倪。

1940年年初,路翎到合川育才学校工作,夏天又到经济部矿冶研究所作办事员,这就使他对矿区的生活有了较深入的了解,他迈向文坛的坚实步伐就是从表现这些“黑色子孙”——矿工生活开始的。在《家》《黑色子孙之一》《卸煤台下》等小说中,煤矿工人的贫困和苦涩、粗鲁和暴躁获得了一种近于残酷的真实刻绘。《卸煤台下》描写推煤车的工人许小东从江西漂泊到内地矿区,无钱为妻子治病。看到家里灶冷饭凉,许小东在饭后刷锅时几乎把一生的怨怒和烦愁都发泄在铁锅上。挂锅的时候,他失手把锅跌到地上,重病的妻子从床上跃起,两人捧着锅,惊恐而绝望地注视那个破洞。女人绝望地号哭,男人颓丧地捶胸。“再没有更痛苦,更无望的事,比之于一个穷迫无依的家庭打碎了一只锅。”此后一家人几天吃不上饭。许小东拿自己正直清白的道德价值作赌注,去盗掘倒塌的卸煤台下埋着的铁锅,却又被工头发现而丢了差事。许小东陷入绝望的痛苦之中，而被机床轧断了腿。其后他把妻子典卖给地主的长工，自己也神智失常了。小说以一只小小的铁锅，透视了一个卑微的人的最基本的生存欲望和最终的命运悲剧，在一只铁锅的失与得这最平凡不过的事件中，汇聚了苦恼、哀伤、悔恨、惶恐、期待、幻灭等种种情绪变幻，其心理描写确实已达到重叠厚积的程度。

当然，下层劳动者并不只是贫困和粗鲁，路翎还有意识地发掘蕴含于这些粗朴的生存状态中的生命的力量。中篇小说《饥饿的郭素娥》就是他这方面的一部力作。郭素娥是逃荒遇匪，被衰老的鸦片烟鬼刘寿春捡来的女人。她强悍而美丽，在矿区摆香烟摊，以赤裸裸的欲望和期许，狂恋着刚愎而乖戾的机器工人张振山。张振山在战争中经历过火灾和刑场，杀死过跟踪他伙伴的便衣打手，对恶浊的社会投以恶毒的藐视和严冷的憎恨。他与郭素娥的爱也是“毒辣的”，声称不能“让一个女人缠在裤带上”，却又严防拘谨、怯懦的工人魏海清染指于她。就在他们准备双双出奔的那个晚上，郭素娥被丈夫勾结保长、痞子绑架卖出。她拼死抗拒，最终被鞭打得遍体鳞伤，又遭烫伤、强奸而死。路翎以出众的才华，在展示生活本身的丰富复杂性的同时，有力地写出了劳动妇女追求幸福解放的坚韧意志——一种惊人的“原始强力”。这部小说在出版后赢得了很高的赞誉，邵荃麟称赞它“在中国的新现实主义文学中已经放射出一道鲜明的光彩”。

1943 年夏秋之间，路翎前往南温泉国民党中央政治学校任图书馆助理员。在这里，路翎沉浸在托尔斯泰“伟大的魄力”和“罗曼·罗兰的英雄的呼吸”之中，开始重新构思和创作《财主的儿子》（20 万字的初稿在香港战乱中丢失）——这就是我们今天看到的《财主底儿女们》。

从 1945 年 1 月《希望》创刊前后起，路翎致力于短篇小说创作，到 20 世纪 50 年代初已有《求爱》《在铁链中》《平原》等小说集出版。路翎在很大程度上把他的视线转移到了农村。《罗大斗底一生》写了一个破落户子弟如何在乡场文化熏陶下成为奴才。“他底一生底目的，便是在于求得黄鱼场，也就是那些有势力底大爷和光棍们底好感”。他懦怯，受欺凌，却又效法那些光棍无赖去欺侮别人。他的奴才性格已经到了变态、疯狂的地步。作品对这种性格赖以产生的环境的揭示是深刻而令人触目惊心的。《王兴发夫妇》写热爱生活的普通农民王兴发被无理抓壮丁后逃了回来，再次被抓时终于举斧杀死一个坏蛋的故事。作品出色地写了王兴发与妻子之间纯朴而动人的充满泥土气息的感情。《王家老太婆和她底小猪》以别有风味的笔法，令人同情地写了王家老太婆孤苦无依的生活和她弥留前的幻觉。《易学富和他底牛》写了妻死卖牛、满怀忧愤的农民片刻间心情的急剧转折。《滩上》则是纤夫们艰辛劳动和坚强性格的庄严赞歌。这些小说代表了路翎在这一时期发展起来的一种深挚、柔和、圆熟、具有诗意的风格。此外，路翎还先后写了中篇《蜗牛在荆棘上》、长篇《燃烧的荒地》等，从各个角度剖示封建传统根深蒂固的中国农村，刻画了郭子龙、吴顺广等具有典型性的人物形象。这些形象同样丰富充实了中国现代小说的人物画廊。

新中国成立后，路翎多次深入工厂，后来还奔赴抗美援朝前线。他写了《英雄母亲》《祖国在前进》等剧本，还创作了不少小说：除短篇集《朱桂花的故事》外，还有反映志愿军生活的《初雪》《洼地上的“战役”》等优秀短篇，以及50万字的长篇《战争，为了和平》。

《财主底儿女们》是路翎最重要的代表作，所谓“财主”其实就是路翎的舅爷蒋学海。蒋学海先后四次娶妻，有子女十几个。这个典型的豪门望族充满了大家庭特有的代际隔膜、思想摩擦、财富争夺一类的故事。儿时的路翎就曾跟随外祖母不时出入蒋家，与舅舅、姨妈们相熟。抗战爆发后蒋家子女走出家门，其中不少都流亡到了大后方，与路翎一家保持着联系。他的外祖母曾感慨万千地叙述了蒋家的兴衰，这种叙述勾起了路翎潜伏的记忆，诱使他走进蒋氏家族的历史。

《财主底儿女们》从1932年“一·二八”事变写到1941年苏德战争爆发，场景则有苏州、上海、南京、重庆及附近农村等多处，苏州巨富蒋捷三的儿女们尤其是他的三个儿子是小说描写的重点。以这些人物为中心，这部史诗作品辐射了广阔的社会画面，在抗日战争的狂风暴雨中燃烧着青春的热情火焰，跃动着人民潜在的巨大力量和强烈的个性解放的要求。小说第一部以大量篇幅描写蒋家在内外多种力量冲击下分崩离析的全过程，从横的方向展示了广阔的社会面；第二部集中描写了蒋家幼子蒋纯祖在抗战动乱岁月中曲折坎坷的生活道路，从纵的方向展示了他的心路历程，特别是他为摆脱灵魂深处沉重的精神负担所作的艰苦努力。小说着重刻画的是蒋捷三的三个儿子蒋蔚祖、蒋少祖和蒋纯祖。作为长子，蒋蔚祖自幼深受封建文化道德的熏陶，本应像家庭所期望的那样，担负起支撑整个家庭的重任，而他忧郁懦弱的性格却使他总是生活在沉思和羞怯之中，在外界压力和内心冲突面前失去了抵抗的意志和力量。同时，由于“无条件地，满意自己的婚姻，热爱金素痕”，更在无意之中成为妻子金素痕向这个家庭挑战的工具，站到了与父亲的期待和家庭利益水火不相容的对立面。这样，身处在以父亲为代表的封建势力和以妻子为代表的资本主义势力夹缝之中，蒋蔚祖进退两难，又无力反抗，终于在绝望中投江自尽，成为封建主义在溃亡前垂死挣扎的牺牲品。

与蒋蔚祖不同，蒋少祖走的是另一条道路。受新思潮影响，他 16 岁就离家去上海读书，同以父亲为代表的封建家庭决裂。尽管已是“五四”落潮期，蒋少祖仍表现出“五四”知识青年的浮躁锐气，他积极参加各种政治活动，抨击专制政治，批判封建文化思想。但极端的自由意识使蒋少祖对现代文明即“西欧底文化”逐渐产生了怀疑，转而向“中国底固有文明”寻求归宿。于是他返回苏州庄园向父亲忏悔，获得了大量的田产，成为家庭财产争夺战中的受益者。作为既得利益者，他希望复兴“中国底固有文明”，竟由此而成为社会名流，还当上了参政员，此后作古诗，搜集古书，买卖房地，继而又躬耕于瓜田菜垄之间，做起了独善其身的新型隐士，陶醉于中世纪的温柔梦乡了。

处于同一时代又出身于同一家庭，两兄弟由于各自性格的差异而走上了迥然不同的生活道路，但结局却同样可悲。蒋蔚祖因无心也无力反抗这个社会而被吞没，蒋少祖一度努力抗争却中途败北。两人不同的追求层次构成了现代青年知识分子精神追求的阶梯——迷惘困惑，在流浪中追求，终至于失败回归。两位兄长如此，弟弟蒋纯祖在已有前车之鉴的情形之下是否能幸免于失败呢？

蒋纯祖是小说第二部的主人公。他心地善良、感情丰富有如蒋蔚祖，却不像蒋蔚祖那样软弱和神经质；他的政治热情、爱国心和进取心丝毫不逊于蒋少祖，却又不像蒋少祖那样自私和骄傲。他曾因参加学生爱国运动而遭学校开除，"八·一三"事变后又毅然奔赴上海前线，参加支援战争的工作。上海沦陷后，他历尽千辛万苦到达武汉，又很快投身于抗日文化宣传工作，先后参加了歌咏队和抗敌演剧队，同教条主义者进行了顽强的斗争。随后在距重庆二百里的乡下，蒋纯祖以小学校长身份推行改革，主持正义却反遭迫害，最终在失意和贫病之中，带着他未完成的精神探索结束了自己的一生。虽然他最终也没能找到与人民结合的道路，但在弥留之际却似乎看到"无数的人们在大风暴中向前奔跑，枪枝闪耀，旗帜在阳光下飘扬。他听见有雄壮的军号的声音"。作为一个不懈的追求者，他仍不失为一个失败了的英雄。

小说还穿插了蒋家其他儿女的生活尤其是他们在抗战大后方平庸麻木甚至堕落的生活，在广阔的生活背景下展现了 20 世纪三四十年代动荡不安的社会现实，揭示了在封建大家庭生长起来的知识分子摆脱封建传统影响、与人民大众结合的必要性和艰巨性，从而真实地描述了中国新一代知识分子在民族解放大潮中的分化和浮沉，探索了他们的多种发展可能。这部小说因此而被论者誉为"展示知识分子心灵历程的史诗"①。

这部长篇小说在艺术上的成就也是多方面的。

这部小说囊括了广阔而复杂的社会生活内容，第一、二两部侧重表现的性格冲突和环境又不相同，为此，小说的第一、二两部采用了不同的结构方法：第一部是双线结构，第二部是单线结构。在第一部中，蒋少祖的性格发展是一条线索，蒋家儿女们争夺家产是另一条线索，这两条线索都从蒋捷三的大家庭中引发出来，又在相互交错发展中激烈地冲击着这个

---

① 钱理群：《路翎：走向地狱之门》，收入《精神的炼狱——中国现代文学从"五四"到抗战的历程》，广西教育出版社，1996 年。

大家庭,加速了它的崩溃。第二部以蒋纯祖的生活经历为中心线索,深刻地发掘了作品的主题,并展现了广阔的社会生活图景,使作品内容丰富多彩。

为了显示人物主观精神世界奇谲变化的生动图景,路翎在小说中创造性地运用了多样化的艺术手段,如内心独白、作家主观的直接介入、人物形象的多元对比构成、单个形象塑造历时与共时的交织映现等。其中的内心独白或直接或间接,或三言两语或长篇大论,都饱含着激越之情,映现出人物主观精神世界的种种形态。而作家主观的直接介入则有道德伦理层面、社会政治层面、心理生理层面等多种途径,引导读者认同作家的判断。小说中蒋氏三兄弟的形象是在相互对比中塑造的,同时作者还组织了形象自身的心灵经纬网络,在交相辉映中呈现立体复杂的形象世界。小说中大段的心理描写不但是作家塑造人物形象的重要手段,而且还常常激化冲突的尖锐性,从而推进情节的发展,如金素痕的心理转换、蒋纯祖的多处内心独白都是这样的例子。

总起来看,七月派小说创作对中国现代小说进行了有益的探索,这对于纠正关于现实主义的片面理解,对于公式化、概念化的抵制,乃至中国小说现代化进程都有独特的价值。但他们的不足也是显而易见的。为了追求复杂、矛盾、多变的境界,他们的小说往往流露出人为的痕迹,特别是在对人物的复杂心态缺乏充分透彻的把握时,作家对人物性格复杂化的企图只能莫名其妙地造成人物性格的分裂。加上七月派作家自身在思想气质上本来就存在着一些不尽健全的因素,这种因素投射到作品中也不可避免地要造成一些负面的影响。

第十二章 《重放的鲜花》研究

一、百花文学的命名

自 1949 年 7 月第一次“文代会”确立文艺的“新方向”之后,共和国文学就接过了解放区“文艺为无产阶级政治服务,文艺为工农兵服务”的左翼文艺传统,开始了当代文学的“一体化”进程。新中国文学发展伊始,就在文艺政策的制定者、文艺规范的权威发布者的引导下,逐渐形成以描写重大题材,歌颂光明生活,刻画工农英雄,宣传国家政策为主流的写作范式。然而,教条主义地理解文艺理念,公式化、概念化地反映现实的创作倾向也随之产生。这种危害文学事业的不良倾向在文艺界引起了忧虑与不安。清算教条主义,纠正公式化概念化的“突围”之举已是不可避免。

1956 年至 1957 年间的《人民文学》《文学月刊》《萌芽》《新港》《雨花》《星星》等文学刊物上,悄然出现一批令人耳目一新的文学作品。它们是王蒙的小说《组织部新来的年轻人》、刘绍棠的《田野落霞》《西苑草》、李国文的《改选》、李準的《灰色的篷帆》《芦花放白的时候》、何又化(秦兆阳)的《沉默》、宗璞的《红豆》、丰村的《美丽》、邓友梅的《在悬崖上》、陆文夫的《小巷深处》《平原的颂歌》、流沙河的《草木篇》,以及岳野的话剧《同甘共苦》,等等。这批作品打破只准歌颂、不准暴露的“禁区”,高扬起现实批判的旗帜,直面现实,针砭时弊,深刻地反映人民内部矛盾,鞭挞政治生活和日常生活中的消极现象,尤为引人注目的是对干部队伍中的渎职现象和官僚作风的批判,在读者中引起了强烈反响。题材上也突破了不准写凡人小事,不准写人性、人情与爱情的清规戒律,出现了一批以家庭伦理、男女情爱、个人命运为表现对象的作品。第一次“文代会”之后,由于对政策的误读,形成了把革命工作与个人幸福对立起来的教条主义观念,认为写男女爱情、家庭亲情、社会友情就是资产阶级的世界观和文艺观,就是立场错误,就要受批判、被打击,人为地制造禁区,使作家不是不敢写,便是把婚姻、爱情当作政治事件的附庸,用政治理念来取代丰富多彩的个人情感体验。宗璞等人的作品突破了当时观念的束缚,大胆进入人物的私人生活和情感世界,使不同地位、不同身份的人物真正以“人”的面貌进入文学观照,使僵硬、机械的文学躯壳有了温热,有了鲜活的生命力。这是一批“溢出”主流之外的另一种文学样式,它呼应了文坛寻求变革的吁求,感应了春潮“解冻”的气息,是在毛泽东“百花齐放、百家争鸣”的“双百”方针的感召下,旨在纠正主流文学的僵化状态,恢复优良的文学传统,寻求文学自由发展之途而出现的一种文学形态。由于这一批作品出现在毛泽东“双百”方针的提出之时,所以被命名为“百花文学”。

“百花文学”的存在是短暂的。1957年夏天,政治上出现的“反右”扩大化,迅速蔓延到文艺界。不少小说、杂文、诗歌、理论文章被打成“毒草”,不少作家(其中大部分是青年作家)被打成“右派”,甚至长期在文艺论争中留下宿怨的丁玲、陈企霞、冯雪峰被打成“反党集团”。在长长的“右派”名单里,我们上文提到的王蒙、陆文夫、邓友梅等都榜上有名。在遭受批判的“毒草”作品中,《组织部新来的年轻人》《小巷深处》《红豆》等也都不能幸免。伴随着急风暴雨式的政治斗争,文艺也百花凋零,文艺队伍被打得七零八落，一个富有生气、富有成效的文艺运动熄灭了，曾经有的文艺的勃勃生机被扼杀了，文艺的“百花运动”无可挽回地消失了。直到二十年后，文艺的新时期到来，政治上出现了拨乱反正，“反右”扩大化的错误被纠正，一批作家被平反，才有条件有机会重新认识和评价20世纪50年代的“百花文学”。1979年5月，上海文艺出版社将“百花运动”中出现的这批作品结集出版，并将这本书命名为《重放的鲜花》。从此，20世纪50年代中国文坛上出现的被称作“百花文学”的作品，就以“重放的鲜花”被重新命名，并不断地被重新解读、重新解释、重新评价，成为一个绕不开的文学史话题，也成为一个不断被探讨、不断被挖掘的重要的文学史现象。

二、百花文学的形成

在20世纪50年代中期的中国文坛上，出现短暂的“百花文学”运动绝不是偶然的。首先从国内政治、经济的大背景看，解放知识分子的精神，调动他们的热情来参与即将到来的“社会主义建设高潮”运动之中，已是迫在眉睫的战略之举。1956年1月，中共中央召开了知识分子问题会议，周恩来作《关于知识分子问题的报告》，指出知识分子已成为我们国家各方面生活中的重要因素，他们中的大部分经过改造已成为工人阶级的一部分，要给他们以信任，要给他们创造必要的工作条件。1月20日，毛泽东出席会议并讲话。他指出，现在叫技术革命，革愚蠢无知的命，没有知识分子是不行的；并号召全党努力学习科学知识，同党外知识分子团结一致，为迅速赶上世界先进科学水平而奋斗。会后一个响亮的口号就是：向科学进军。这就是说，经过新中国成立初期的过渡，我国已完成了“社会主义改造”的历史使命，现在，要进入“社会主义建设”时期了。为了调动一切积极因素为社会主义建设服务，知识分子问题已列入议事日程。然而在科学文化领域，教条主义、宗派主义、形式主义等不正之风日盛，在学术、文艺问题上，常常用一种学派压制另一种学派。针对这种情况，毛泽东在1956年的5月2日召开的最高国务会议第7次会议上正式提出了“双百”方针,指出现在春天来了,一百种花都让它开放,不要让几种花开放,还有几种花不让它开放,这就叫百花齐放。又说,百家争鸣是诸子百家,春秋战国时代,两千年前那个时候,有许多学说,大家自由争论。在中华人民共和国宪法范围之内,各种学术思想,正确的、错误的,让他们去说,不去干涉他们。在刊物上、报纸上可以发表各种意见。1956年的知识分子会议及“双百”方针的提出,对知识分子来说是一件令人精神振奋的事情。尤其是5月26日陆定一在中宣部两千人大会上关于公布和解释“双百”方针的报告中,说出了如下的话:

> 社会主义现实主义,我们认为是最好的创作方法,但并不是唯一的创作方法;在为工农兵服务的前提下,任何作家可以用任何自己认为最好的创作方法来创作,互相竞赛。题材问题党从未加以限制。只许写工农兵题材,只许写新社会,只许写新人物,这种限制是不对的。

这在经历了《武训传》批判、路翎批判、萧也牧创作倾向批判、胡风批判、俞平伯批判等等批判运动的当代作家看来,不啻是打开枷锁、甩掉包袱的一身轻松、一阵高兴、一种解放。第二次“文代会”规定下来的从事文学创作和文学批评的“社会主义现实主义”创作方法,不再是“唯一”可以被使用的创作方法,这就意味着先前被排除在外的直面现实人生、揭露社会痼疾的“批判现实主义”,大胆表现自我、张扬独立个性的“浪漫主义”以及追求含蓄蕴藉、借用自然“对应物”来表情达意的“象征主义”“意象主义”等等创作方法都可以享有与“社会主义现实主义”这特属于“左翼文艺”的创作方法同等的地位。这意味着新文学发展史上先前被打入“另册”的非主流作家(如“新月派”的陈梦家,“鸳蝴派”的张恨水,“九叶派”的杜运燮、穆旦,“七月派”的路翎,“京派”的沈从文等)也可以自由写作,在文坛上占领属于自己的一席之地。题材问题的限制、作品中主角人物的限制也都取消了,这就意味着在“宏大叙事”之外,可以有“私密化叙事”,凡人小事,“家务事、儿女情”不用担心会被当作资产阶级情调而受到批判了。一种重新被信任、被当作“知己”的感觉抚平了知识分子心头的创伤，打消了知识分子心头的疑虑，难怪有人把这个时期比作“知识分子的早春天气”。获得“解放”与“信任”之感的作家们无所顾忌，冲出重围，走出禁区，写出越主流之“轨”的探索之作自然顺理成章。

苏联“解冻”文学思潮的影响，也是催生中国“百花文学”的重要原因。同年（1956 年），苏联的政治、文学领域都发生了巨大的变化。2 月 14 至 25 日苏共二十大召开，宣告了斯大林时代的结束。这个事件在苏联国内和国际上都引起了剧烈的震动和反响。这个影响可以在毛泽东发表在《人民日报》上的文章《关于无产阶级专政的历史经验》（1956 年 4 月 5 日，以编辑部名义发表）里看出。在谈到新中国成立以来社会科学、文学艺术问题时，毛泽东作了低调的估计：

> 若干年来，我们的哲学、经济学、历史和文艺批评的研究领域中有了一些成绩，但是一般说来，还有许多不健康的状态存在着。我们有不少的研究工作者至今仍然带着教条主义的习气，把自己的思想束缚在一条绳子上面，缺乏独立思考能力和创造精神，也在某些方面接受了对于斯大林个人崇拜的影响。

在文艺方面，斯大林去世后苏联发生的变革对中国作家的影响更深刻。1953 年 3 月 5 日斯大林逝世后，一批 20 世纪 30 年代以来遭受迫害和冷遇的苏联作家被平反；参与迫害作家、自感罪孽深重的苏联作协前主席、著名作家法捷耶夫自杀；爱伦堡中篇小说《解冻》发表……事实上形成了苏联文学史上解放思想、破除迷信、打破桎梏、走出禁区的“解冻”文学思潮。1955 年人民文学出版社出版了《苏联人民的文学》一书，使中国的作家、批评家从中窥得苏联文坛发生如此巨大变动的些许信息。比如对文艺领导的长官意志、官僚主义、模式化、虚假作风的批判，对真实性、写作自由的呼唤等等，使中国同行从中看到与自己相似（或相同）的写作环境与困境。虽然当初对这个信息的披露是有限的、审慎的，但复活五四文学传统，关心人、关心人的精神境遇的“启蒙”责任感以及重建知识分子自身价值的意识被唤醒了。

如果说上述原因还太偏重“外部”的话，那么，中国文坛自身反对文艺界的官僚主义、教条主义、形式主义，反对模式化、理念化、简单化，寻求文艺发展的新契机、新路径的内在要求，则是“百花文学”得以产生的内在动因。“百花时期”文坛发动了一场清算教条主义运动，参与清算的不仅有当时处于劣势，遭受批评、压制的一批作家、批评家，而且还有占据主流、能够左右文艺的气候和走向的权威人士。1956年年初，中国作协小说组召开会议，讨论当时对中国文学界影响最大的三部苏联小说——尼古拉耶娃《拖拉机站站长和总农艺师》、奥维奇金《区里的日常生活》、肖洛霍夫《被开垦的处女地》。讨论中将它们与中国当时的小说创作进行对比，着重批评我国小说“回避斗争不能真实描写生活的现象”，号召作家要学习苏联作家“勇敢干预生活的精神”。周扬在2月27日召开的作协第二次理事会上作报告，也严厉指出当时创作中存在“公式化概念化”问题，文学批评上存在“庸俗社会学”倾向。这些主流权威人士的批评应该说是真诚的、恳切的。小说家姚雪垠抨击教条主义“好像一种时代空气，或者像流行感冒，散布在我们的日常生活环境中”：

> 教条主义者把无限丰富多彩的现实生活简单化、图式化。他们常指责说：“现实中有这样的情形吗？”“你为什么不把中农的性格写成动摇的呢？”“党员是特殊材料制造的，难道也会落泪吗？”“你把张三的品质写得这样坏，工人阶级中难道有这样的人吗？”诸如此类，不胜枚举。

时任《文艺报》艺术部主任的钟惦棐批评电影工作中领导思想和方法的教条主义，领导的“关心”，往往变成干涉，限制了导演工作的自由。诸如此类的批评，是十分尖锐、中肯的。早已在革命文学日益占据主流地位的文艺运动中被置于“边缘”或者几被遗忘的一批作家、文人这时也敢于站出来发表自己的意见。20世纪30年代的“乡土小说家”废名（冯文炳，后任吉林大学教授）令人十分心酸地说出自己作为一个诚恳的劳动者，尽管也有进步要求，但还是不被主流承认，“像破抹布一样”被扔掉了的内心感受。“鸳蝴派”小说家张恨水也因自己作为通俗的“章回小说家”备受冷落而心存不满。汪曾祺认为自己的老师、20世纪40年代著名京派小说代表人物沈从文在文学史上没有得到应有的地位，是治史的人"以作家政治身份来估价作品"的狭隘眼光所致。上述批评信息，不难看出在"左倾"思潮占据主流的共和国文坛上，不公平、不合理、不自由、不能按艺术自身规律行事，已经成为制约文艺健康发展的根本原因。其实这不是某个人、某条具体的规定，或者某个不正确的提法、某个不妥当的举措所能导致的一种后果。尽管如此，当时参与讨论的作家、批评家仍然能够放胆直言，吐露出他们的心声，这是"双百"方针的精神鼓舞了他们、支持了他们。尽管大家身份不同，看问题的立场和出发点不同，但关心新中国文学的发展前途这一点是相同的；当历史的机遇来到面前，大家共商共和国文学之大计，其心灵开放的程度是相同的；创作家、批评家和领导文艺的官方权威人士面对共和国文学所沾染的种种弊病时的内心焦虑也是相同的。检讨我们的文艺所走过的歪歪斜斜的路，纠正种种内因或外因导致的侵害我们文学事业的弊端，促使共和国文学健康、茁壮成长的良好愿望，才是促成"百花文学"运动产生的深层动因。

三、百花文学的特征

我们描述这个时期的文学作品的主要特征，可以分不同层次、从不同的角度去观照。先看文本，我们注意到这批作品在取材上与以往的作品有很大的不同，表现生活的范围大大地扩展了。过去的写作重在追踪"重大题材"，比如赵树理的《登记》宣传新婚姻法、《三里湾》表现合作化运动，杨朔的《三千里江山》写抗美援朝等等。"百花文学"中不少作品将视野拓展到了普通人，写他们在家庭、婚姻、情爱方面所遭遇的苦恼，所遇到的困惑，以及他们感受着新的时代气息而进行的积极、健康的选择。

宗璞的《红豆》中的主角是知识分子——几个著名学府的大学生：出身于小康之家，有做过大学教授的父亲，有美丽如画的慈爱的母亲，在"粉红色的夹竹桃一样与世隔绝"的温馨世界里长大的少女江玫；有着进步倾向并引导江玫向往革命、追求进步的室友肖素；还有“身材修长，穿着灰绸长袍，罩着蓝布长衫”，“一张清秀的象牙色的脸”，“长长的眼睛，有一种迷惘的做梦的神气”，又弹得一手好钢琴的物理系男生、大银行家的少爷齐虹。故事发生在解放前夕的北平，就像所有的爱情故事一样，我们的女主角江玫与男主角齐虹发生了刻骨铭心也无可置疑的爱情。可是，北平解放在即，齐虹要随银行家的父亲飞往美国。是追随爱人去异国他乡建立自己爱的小巢，还是留在国内迎接新中国的到来？江玫陷入矛盾、痛苦之中。作者运用极其细腻的艺术描写，表现了爱情应当服从政治理想的选择的主题和江玫矛盾、犹豫、痛苦的心理过程。由于室友肖素的影响、父亲正义精神的感召以及北平革命形势的发展，江玫由不问政治到倾向革命，由主持正义到投身革命，最终痛下决心割断了与齐虹的缠绵情感，奔赴迎接解放的革命战场。这篇作品大胆展示人物细腻、丰富的情感世界，揭示了特定历史情景中的爱情生活所不可避免的矛盾冲突，写出了知识分子在革命的时代，在国与家、革命与爱情、新我与旧我的斗争中灵魂经受被撕裂般的痛苦以及成功选择后的欢乐。显然，这篇作品在取材上有两点突破：一是突破了不能以知识分子为作品主角的戒律，放手写了几个年轻知识分子的人生选择和情感历程；二是突破不能写个人情感尤其不能写人性、写爱情的限制，着重表现少男少女最动人也最美丽、永远说不完也写不尽的爱情故事。这篇作品特别的地方在于，虽然写的是儿女私情，题材不算大，但由于和进步的学生运动，反饥饿、反独裁的民主革命潮流以及祖国新旧政权的更迭的“大”背景联系在一起，还是打下了时代的烙印：追随革命、革新旧我，以个人利益服从民族大义，这样的主题立意符合那个时代对知识分子的要求。因此，这篇作品在题材上虽然被极左思潮视为“离经叛道”，但在倾向性上仍是符合“主流”理念之作。

丰村的《美丽》写的也是小题材——一段美好但用世俗的眼光看似乎不那么纯洁不那么道德的情感历程。女主人公季玉洁怀着工作的热情中断了自己的大学学业，到上海一个文化单位作秘书。工作之中，不知不觉地爱上了自己的领导——秘书长。秘书长已届中年，家有妻室儿女，这一点为这个作品的爱情故事设置了一个无法越过的障碍。可是，这个理由无法阻止主人公汹涌澎湃的感情激流。越是不能爱，越是割舍不下这份爱。而且这种爱是那么纯洁、无私和执着，同时又是那样的苦涩、不道德和不可理喻。工作上的耳鬓厮磨，季玉洁的年轻、美丽、干练、痴情，不可能不打动秘书长，秘书长也深爱着季玉洁。可是，两人之间的爱情只能克制、掩盖、隐藏，“发乎情止乎礼”。平时两个人装作没事儿似的，在外人眼里就是平常的工作关系，上级与下级的关系，领导与被领导的关系。但在两个人的心中，爱情的烈焰在腾跃。受感情煎熬的男女双方再怎么克制，也难以掩饰得不露痕迹，这份“不道德”的感情伤害的是秘书长的妻子。爱情中的人最自私也最敏感，丈夫与自己秘书的看上去不存在的私情最瞒不过妻子的眼睛。秘书长的妻子姚华有过革命资历，现任一个区的组织部长，现在是肺病后期。出于对秘书长的爱护与帮助，季玉洁常常到家里照顾生病的姚华。尽管二人情同姐妹，姚华称她为孩子们的“好阿姨”，但出于“情敌”的敏感，姚华还是看出了什么，并一针见血地说出“我们家像有一块吸铁石吸着你哩”的话。从此，信任变成了“敌视”，“敌视”变成了“暴怒的虎”，终于使姚华粗暴地说出“在我死之前，我不想再看见你”这十分绝情的话，直到她失去生命前留下的遗言仍然是“我爱他。我不准你……”姚华的不能原谅不能接纳，像一条铁锯在切割着季玉洁的心，一直到姚华死后。妻子死后，秘书长从悲痛中挣脱，曾激动地对季玉洁说：“我们爱，我们爱吧！你不爱我吗？”可是，季玉洁逃脱了，她拒绝了自己倾心相爱的人，错过了这个不该错过的机会。以后，秘书长调到了北京，和一个演员结了婚，季玉洁从此将对秘书长的爱封存在心底，并拒绝了一个医生的求爱，一个人生活，已经三十多岁了，除了把热情投给工作，仍然一个人平静地生活着。作品中的人物既不“高大”，也不是什么“英雄”，写的一段感情也属于普通人的普通感情，可谓小题材。但故事触及的是一类最具典型、最具普遍意义的感情。涉及的是婚姻、道德、伦理、感情、责任等等错综复杂的“真问题”，虽算不上惊心动魄，却也扣人心弦，使人读后心里像打翻了五味瓶，酸、甜、苦、辣、咸，分不清，道不明，“千般滋味在心头”。这一段感情涉及人性领域之深,“百花文学”由此可见一斑。季玉洁追求的这一种爱情,无法评判。既无法说她不真诚,也无法说她不道德;既无法说她不大胆,也无法说她不懦弱;既无法说她不理智,也无法说她不糊涂……季玉洁对自己的感情是真诚的,专一的,认真的,不掺杂念的。不是这样她不会不顾一切地爱一个年纪比自己大许多的有妇之夫,不是这样她不会在障碍消失(秘书长爱人死去)之后又拒绝与爱人结合,不是这样她也不会拒绝一个与之十分般配的医生的爱。爱是因为爱,拒绝也是因为爱,不能接纳别人也仍然是因为这份爱。爱到如此,我们绝不能怀疑这份爱,这份爱是动人的,这份爱又是酸涩的。季玉洁是一个优秀女人,优秀的女人什么样的爱求不来?她偏偏爱上一个不能爱的人。自己的爱偏偏又是在抢夺别人之爱,抢夺别人之爱是多么不道德,季玉洁原本不想这样。她谴责自己的不道德,可又阻止不了内心这份感情,季玉洁真难啊!那么,这份感情纯洁不纯洁?该不该歌颂?这谁又分得清呢?站在姚华的立场上,季玉洁就是不道德。她的介入破坏了这个家庭的幸福与平静,给姚华制造了痛苦,直到死也不能解除。站在这个立场上季玉洁是该被谴责的。站在季玉洁的立场上,她又是无辜的。作者在这个方面有充分的描写。季玉洁不图秘书长什么,只是为他的人格魅力所倾倒。爱是一种心灵感应,是没有理由的,也是不可抗拒的,季玉洁遵循的就是自己内心深处的那声呼唤。但是,错就错在她选择的是别人的丈夫,既舍不下这份爱,又不愿伤害别人的感情,她陷入了两难。这种夹在情与理、灵与肉之间的磨难,演绎了古今多少风流故事,真令人感慨!老作家丰村的高明之处正在这里:捕捉到人性中最复杂难辨的东西展示给人看,这才是文学之最佳境界。虽然作者最终以季玉洁牺牲自己的感情,维护了心理上对姚华的平衡,也维护了自己心理上道德感的平衡,但谁也不会相信这已被破坏的平衡还会找到。季玉洁此举有些自欺欺人,也有些无可奈何。最后还是以人物的悲剧命运给人留下不尽的遗憾与回味。如此深刻、复杂的情感内容出现在短暂的“百花时期”,确是难能可贵。

陆文夫的《小巷深处》写了一个更底层的小人物——旧社会曾做过八

年妓女的弱小女子徐文霞，新中国成立后进了勤大纱厂，希望靠自己的勤勉与规矩，获得常人所能得到的爱情、家庭、荣誉与做人的尊严。但那一段不幸的生活经历像恶梦般纠缠着她，使她抬不起头，直不起腰，不能像常人一样做人。那种低人一头的屈辱感，那种想藏起自己的过去再也不要被人知道的“作贼”心理，使她终日惶恐不安，战战兢兢，如履薄冰。她只有将自己封闭起来，不与人来往，过着与世隔绝的日子。无数个漫长的孤独的夜晚，她拼命读书，靠书相伴度过漫漫长夜。不知什么时候，爱情悄然而至，来敲打她心灵的窗户。工厂大学毕业的技术员、一表人才的张俊闯进了她的生活，张俊每晚都到她的小屋陪她读书，教她识字和算术。感情在慢慢滋长，终于有一天，张俊向她求婚了。可是，那段“隐私”像阴霾的天空压在她身上，徐文霞在感到幸福的同时，又极度恐慌和害怕，害怕自己的不洁经历会被张俊知道。“屋漏偏逢连阴雨”，正在这时，过去的嫖客朱国魂像幽灵一样出现在她身边。朱国魂正是利用徐文霞有“短处”捏在他手上而要挟她、敲诈她。先是敲诈她的钱，进而要无耻地占有她的身体。软弱的徐文霞先是屈服、忍让、顺从，后来忍无可忍，终于被恶狼般的朱国魂逼出了勇气，打了朱国魂耳光，把他赶出家门。反抗了恶棍，保护了自己，并且终于有勇气把自己的一切告诉了张俊。张俊先是想不到，后是痛苦，终于，他理解了徐文霞的无辜，勇敢地摒弃一切的习俗与偏见，坚定地敲开了徐文霞小屋的门。作者暗示给读者的是，徐文霞虽经历了坎坷，终于获得了做人的尊严，也获得了幸福，而这一切是新社会所赋予她的。陆文夫以沉入社会最底层的烟花女子为表现对象，写出主人公新旧社会不同的生活境遇与感情纠葛，这样的取材在倡导写工农兵、写英雄人物的年代里是够大胆的了。虽然作品的主题是肤浅的，但是，由于陆文夫熟悉苏州小巷的人和事，在描写徐文霞的情感生活和现实处境时，对人物的矛盾心理与人生遭际把握得准确、到位，给人以真实之感。

岳野的话剧《同甘共苦》是五幕七场剧，写农村工作部副部长孟莳荆原来在农村有恩爱的妻子、和睦的家。妻子刘芳纹端庄、娴淑，爱丈夫、孝敬婆母，劳动上又是能手，人见人夸。可孟莳荆进城工作以后，见异思迁，又娶了年轻的护士华云为妻。刘芳纹独自承担着被丈夫抛弃的痛苦，在农村像平常一样侍奉着孟莳荆的老母，抚养着孟莳荆的幼子。后来已担任农业社副主任的刘芳纹要进城联系工作，应孟母要求带她进城看望儿子。这样，大家在孟家相遇，爆发了孟、华、刘之间的矛盾纠葛。华云认为丈夫在农村已有妻小，瞒住实情与自己结婚，是对自己的欺骗，一气之下提出离婚。孟莳荆则看到被自己遗弃的妻子身上的美德而希望与她复婚。刘芳纹不愿把自己的幸福建立在别人的痛苦之上，多方规劝让孟、华和好如初。孟母也高兴地撮合儿媳与社主任展玉厚喜结良缘。此剧是大团圆结局，使其审美不够厚重，但剧本深入到家庭、伦理层面，描写了20世纪50年代十分常见的一种社会现状。尤为可贵的是将笔触深入每个人的内心世界，将孟莳荆在婚姻感情方面的轻薄、不负责任、喜新厌旧、见异思迁的不良行为暴露无遗，在当时起到很好的社会批判作用。对刘芳纹则极力赞扬她的美德，这是一个用中华传统道德规范塑造出来的女性：善良勤劳、娴淑端庄、相夫教子、孝顺公婆且又能忍辱负重、开朗自信，是一个能为他人牺牲自己，对长辈对子女都能负起责任的理想女性。华云年轻貌美、热情但也有些刁蛮、虚荣的性格也给人留下深刻印象。看惯了国家大事、政治运动的故事，能读到如《同甘共苦》一类家庭伦理故事，感觉像一股清新的风吹拂过读者的心头。不用过多地举例子，上述几篇作品足以说明“百花文学”在题材方面的出新与收获。这在教条主义猖獗、条条框框束缚手脚的年代，实在是难能可贵。

“百花文学”的另一类收获是主题的深开掘、出新意。这是一批敢于尖锐地揭露矛盾、鞭挞消极、抨击丑恶，尤其是不同程度地触及政治领域的官僚主义工作作风的作品。由于主题层面的新开掘，在以“歌颂”为基本主题模式的写作大背景下，产生出几篇“暴露”型作品来，其社会反响可想而知。当时社会反响最强烈的莫过于王蒙的《组织部新来的年轻人》。

王蒙《组织部新来的年轻人》（短篇小说，刊于《人民文学》1956年第9期）讲述了一个对新中国和革命事业抱着单纯而真诚信仰的青年人林震，到北京某区委组织部工作后所遇到的矛盾与困惑。这是一篇被传统的习见认为是旨在揭露和批判官僚主义作风的小说。小说中的组织部常务副部长刘世吾也被公认是一个塑造颇为成功的官僚主义者形象。他有一定的革命经历,解放前是北京大学学生自治会主席,有能力,有魅力,富有经验,又有"领导艺术","只要一下决心,就可以把工作做得很出色"。问题是,和平建设年代,他的这一切美德与优势都黯然失色。他失去了工作热情,对工作上的一切不良现象都能容忍,得了像炊事员的厌食症一样的职业病。对工作上的消极、渎职行为他都漠视不问。他"疲倦了","世故了",觉得一切"就那么回事"。刘世吾表现的主要不是心黑手毒、贪财贪色、无耻与腐败,而是一种世故的处世态度、疲惫的工作状态,是看透了一切而又无可奈何的忍耐。这还不是本质上的蜕变,而只是一种不良的思想作风与工作作风。这种软弱、疲沓、不求有功但求无过的形象虽然是十分有害的,但与新时期许多作品中描写的官僚腐败分子的形象比较起来,还是有着很大程度上的差异的。刘世吾带给人的阅读感受更多的是"遗憾"而不是"痛恨"。但在一切都很纯净很理想化的20世纪50年代,即使像刘世吾这类充其量不过是有点瑕疵的人物形象,也十分引人注目。因为,当时充斥文学作品的几乎都是完美无缺的正面英雄人物:上战场则奋力拼杀,一往无前,不怕流血和牺牲;上刑场则大义凛然,英勇不屈,慷慨就义;干革命则不讲条件,无私无欲,忠诚如一;见困难则知难而上,所向披靡;见落后则苦口婆心又批又帮;在领导面前是忠勇兼备的助手,在群众面前是有才有德的导师;见私利是避之唯恐不及,做了好事还不留名。这类理想化的道德英雄已经被读者视为理所当然的存在,王蒙笔下出现的刘世吾不能不因他的"异样"而显得十分刺眼。

因此,这篇小说一问世,便"一石激起千层浪",引起了一场甚至是惊动了全国各界人士的大讨论。《文艺学习》1956年第12期报道了这篇小说引起的反响:在某些机关和学校里,人们在饭桌上、在寝室里都纷纷交换着各种不同意见。《文汇报》《光明日报》《人民日报》等大报刊登了评论文章,《文艺学习》和《中国青年报》还组织了专题讨论。讨论初期,意见集中在王蒙的小说对生活的反映是"真实"的,还是"歪曲"的。集中的观点有:一是认为作品歪曲了现实,歪曲了老党员老干部,诬蔑了整个党和党中央;二是认为林震敢于斗争,是我们的榜样;三是认为林震和赵慧文身上带有浓厚的小资产阶级灰暗情调。后来的讨论集中到对小说中的故事环境的描写,特别是涉及对领导机关内的"阴暗面"描写的问题。声名鹊起的年轻评论家李希凡著文指出:《组织部新来的年轻人》激烈地批评了一个党委机关,一个具体化到北京的一个区委,甚至在它影射的锋芒上,还不止于此。李希凡的意思是,官僚主义者产生的典型环境,不能在北京,不能在"党中央所在地"(该文刊发在1957年2月9日《文汇报》)。类似的批评,在马寒冰的文章里也有论述:"也许这种官僚主义满天飞的、干部的衰退现象到处都是的党的区委会,在离开中央较远的地区,还有若干可能性,但在中共中央所在地的北京市竟然有这样的区委会,中央和北京市委居然不闻不问,听其存在,这是不能相信的,也是难于理解的。"(该文刊1957年第2期《文艺学习》)这些意见,被毛泽东注意到了。2月16日在中南海颐年堂的一次讲话中,毛泽东评价说,王蒙的小说揭露官僚主义,很好,但揭露得不够深刻。王蒙有片面性,对正面的积极的力量写得不够,正面人物林震写得无力,而反面人物写得很生动。这里面有生活的原因,也有观点的原因。毛泽东认为,王蒙的小说有小资产阶级思想,经验也还不够,但他是新生力量,要保护。毛泽东批评了李希凡、马寒冰对王蒙小说的指责,说中央都出了高(岗)、饶(漱石),区委有官僚主义更不稀奇,这种观点不是马克思主义的。还说,现在就是碰不得官僚主义,好像骂官僚主义,就是骂自己。不能讲北京不能批评,不能讲不能写党的缺点。由于毛泽东的介入,关于《组织部新来的年轻人》这篇小说的争论就到此为止。站在主流文艺的立场上,这类作品好像是捅了娄子,站在文学本体的立场上,是恢复了一个优良传统。这是现实主义留下的一份宝贵传统,运用到左翼文学、工农兵文学的创作中,是大大发展、丰富、增强了这类革命文学的表现力,其文学史意义是非常重要的。这里需要说明的是,与王蒙等人一起丰富了本时期创作的是一个创作群体。正是由于众多人的参与,才使这类创作形成一股强大的潮流,冲击了沉重、僵化的文学秩序,激起了悠长的历史回响。

后来的研究者在论及“百花文学”的特征时，大多把目光投注在题材的拓展和主题的开掘上，很少涉及其在表现技巧、艺术创新方面的新探索、新贡献。这是一个不应有的疏忽。现在重新阅读这一批“百花时期”出现的几被尘封的文学作品，常常会为作家们丰富的想象、精妙的构思、娴熟的技巧以及遏止不住的旺盛的创新激情、创新能力所感动、所赞叹。这里首先要提到的是丰村的《美丽》在叙述上的匠心独运。如上所述，这篇小说讲述的是季玉洁的一段酸涩的情爱经历。季玉洁是故事中的中心人物，与季玉洁构成感情冲突的还有两个人物：秘书长和他的妻子姚华。这三个人物是故事的全部“演员”，有了这三个人物，故事就可以完整无缺地演绎下去。但作者在这三个人物之外，又设计了三个人物：一个是季玉洁的姑妈季凤珠，一位长年在外奔波的敬业的地质学家；一个是季玉洁的同事、火车上的旅伴小金；一个是在上海工作的教师，既是季玉洁读书时的老师，又是姑妈季凤珠的老相识、老朋友。这三个人物与故事中的感情纠葛几乎没什么关系，为什么要设计这三个人物呢？那就是叙述的需要。三个人全是故事的叙述者。可以设想，对季玉洁的爱情悲剧，可以设计一个讲述人，用第三人称的叙述口吻一口气讲下来；也可以让故事中的三个主角中的任何一方充当叙述人，以第一人称的叙述口吻讲给读者。丰村舍最常见的两种叙述方法不用，竟一下子设计了四个叙述者，而且主要运用第一人称，既把故事完整、生动、扣人心弦地讲述出来，又造成扑朔迷离的阅读效果，极大地提高了小说的表现能力与审美力度。在只重视作品的思想性而相当忽略作品的艺术性的年代能够如此勤勉地在小说“如何写”、故事“如何讲”的问题上下功夫，实在难能可贵。《美丽》中的主要故事情节是季玉洁讲给姑妈季凤珠的，季玉洁的同事小金补充季玉洁不便讲的部分，讲故事的地点在北京至上海的列车上、旅途中；季凤珠又把这个故事讲给自己的老朋友、季玉洁的老师，讲故事的地点在上海；老师再讲给读者，地点仍在上海。整个故事的叙述形成一个连环套。那么，一个故事你讲给我，我讲给你，不会重复吗？作者的匠心就体现在叙述人称的选择上。无论季玉洁向姑妈讲,还是季凤珠向季玉洁的老师讲,还是老师向我们读者讲,全都用第一人称“我”来叙述,只有小金的补充叙述运用的是第三人称。而姑妈对老师的讲述和季玉洁对姑妈的讲述,技术上用“空行”来显示,好让读者分辨同样是“我”在讲,“我”在某一部分讲述时是什么身份。而关于季玉洁的一个完整故事,则人为地分为几个部分,让不同的讲述人分头讲述,而几个人的分头讲述,合并在一起,成为一个人的一个完整故事。比如季玉洁在火车上巧遇姑妈,姑侄分别许久,自然要通报各自的近况。而且侄女已三十多岁了,仍是单身,作姑妈的自然要询问原因,于是侄女向姑妈讲了自己的一段往事,这很符合情理,也很自然。季凤珠把在火车上听到的故事再讲给季玉洁的老师听也是顺理成章的,因为老师关心自己的学生,而这学生又是老朋友的亲侄女。正是作者把人物处理成互有关联的关系,才使故事的讲述形成“连环套”形式。季玉洁的故事主体部分由她自己讲,由于涉及的是情感纠葛中最私秘的事件,也只有当事人自己来讲才合理。所以,季玉洁如何参加工作,如何遇上秘书长,如何产生爱情,又如何与其妻发生冲突,后来又如何拒绝秘书长这段经历就交给了当事人。秘书长没有得到季玉洁的爱情,调到北京后如何与一个演员结婚,季玉洁面对此情此景又如何地痛苦难忍,之后又如何拒绝徐医生的追求,这一段经历由小金补充讲解。季玉洁在经历了与秘书长这一段苦涩情感经历后的工作、情感状况又是如何的,这一段则由季凤珠补充讲给季玉洁的老师。这样关于季玉洁爱情故事的全部,就在作者的精心设计下,由在作品中一头一尾出场的老师“我”和盘托出,讲述给读者。由此,一个动人的故事,经由四个讲述人(老师、季凤珠、季玉洁、小金)、两个场景(火车上、上海季凤珠寓所)、一个叙事人称“我”便成功地完成了它的叙述。另外,这篇小说在人物内心感情的激荡和外表叙述的平静无华上达到了完美的和谐与统一。如上所述,季玉洁的苦涩爱情在当事人心头激起了多少个回合的冲击,是那样的强烈、震人心魄,有着大悲大喜。可在作者的叙述过程中,情感的平静,用词的朴素,语速的悠然,就在这徐徐缓缓的状态下讲述了出来。如果没有作者对小说艺术辩证法的精深理解,如此的艺术境界可能是达不到的。

在叙述结构上巧运匠心的还有王蒙的《组织部新来的年轻人》。过去人们研究这篇作品,多注意它的批判现实的思想力度,而忽略了它在艺术上的创新,尤其在叙述结构方面的成功探索。陈思和在他主编的文学史里把这部小说称为“成长小说”,则是注意了作品在这方面的艺术成就。主人公林震从一个小学教师调任区委组织部,是怀着“节日的兴奋”来报到的。可在实际工作中所看到的情形与自己的理想相去甚远。部里的领导干部世故圆滑,作风疲沓,远不是教科书和文艺作品所描绘出的那种励精图治、无私忘我的公仆形象。组织部所管辖的工厂里更是乌烟瘴气。林震为自己难以融入这样的客观环境而苦闷、伤感。这篇小说就是以人物个体的内心感受为基点,通过个人的理想激情与现实环境的冲突来表现人物的心路历程的,与对外部冲突的再现相比,表现人物内部的心理冲突更成功也更为精彩,而作者的叙事功力也在这里得到更好的展示。作者设置了两条叙述线索,一条是事业的,一条是爱情的,而这两方面又互相交织,构成错综复杂的矛盾冲突。

与刘世吾的冲突主要表现林震踏入社会以后理想与现实的矛盾。刘世吾在作品中是以林震的人生指导者的身份出现的。刘世吾身上的许多东西,如处变不惊的沉着,观察分析问题的冷静理智,英雄传奇般的革命经历,工作经验与工作能力等等都是林震深为佩服的。对麻袋厂的韩常新、王清泉等类型的干部,刘世吾也是很反感的,对林震这样单纯、正直、充满朝气的年轻干部,他也是很欣赏的。这些地方赢得了林震对他的好感。然而他身上的世故、冷漠、不思进取,要小手腕等又常常让林震反感。林震对他的感情是极为复杂的。其中有不解、反感和否定,也有理解、同情和钦佩。对刘世吾说不太分明的内心感受正表现了主人公林震的内心冲突。所以,刘世吾这个形象的成功不在于他成为官僚形象的典型,而在于他在作者设计的叙事结构中的作用。由于刘世吾这一个独特的存在,才成功地为主人公林震初涉政坛所产生的困惑埋下伏笔。作品中,林震与刘世吾的对话共有四次,每一次都重在表现这个人物的复杂与多面。

尤其是对刘世吾熟悉与喜爱文学的描写,是为了说明他内心还拥有一块纯净的“绿洲”,理想和激情还没有完全熄灭。可是,这曾经使他有理想、有激情、有冲劲的“绿洲”,现在,在现实中已经被消磨殆尽,只好在文学的想象中重温了。刘世吾这种表现正好加深了林震的困惑,它使林震警觉:这会不会是对自己的某种启示?刘世吾的今天是不是就是自己的将来?如果将来自己的理想和激情也被现实磨损,自己也变得这么冷漠、世故,那将是多么悲哀与可怕!林震对刘世吾的审视与批判,其实正表现了林震正在走向超越与成熟。与赵慧文的交往是林震心理历程的又一线索,作者暗示了林震对赵慧文朦胧的爱情,但在作品里仅仅点到为止,并未展开也未让其发展。在与现实矛盾的外在冲突上,这条线的设置起烘托的作用。林震与赵慧文他们是志同道合互相理解的同志,在其内心感情历程中,赵慧文又是他寄托朦胧感情的爱情对象。因此,林震在遇到挫折、遭受批评、困苦无助之时,常常感到有一双忧郁而美丽的大眼睛在注视着他,这使他在冷漠的社会环境中感受到了温馨。但是两颗年轻而热情的心从来是还来不及靠拢便被“预设”的警告所阻断。林震对爱情是克制的,这表现了在爱情与事业同时出现时,作者让他的人物的爱情退场,让个人内心感情的需求退场。这种设计是理智的,是为体现人物的成长服务。

如果说《组织部新来的年轻人》在叙事上的成功探索是两个关键人物(刘世吾和赵慧文)的设置很好地服务了人物的成长历程,宗璞的《红豆》则把一个感伤的爱情故事牢牢附着在政治时局的变化上,让如怨如诉的情感的溪流与波澜壮阔的民族解放、学生运动的时代大潮交相辉映,使如癫如狂的爱情发展一波三折、跌宕起伏,把故事讲得十分精彩。主人公江玫清纯可爱,生活安宁温馨,在同一所大学里遇上富有、英俊、学物理而又弹一手好钢琴的齐虹。两个人相爱了,爱得那样浪漫又那样纯情。这应该是一段好姻缘,也应该是一个好故事。我们把托尔斯泰的名言改写一下:“成功的爱情都是一样的,失败的爱情各有各的原因。”江玫和齐虹爱情的障碍在哪里呢?既不是父母的嫌贫爱富,也不是陈旧的乡风陋俗,不是第三者插足,也不是家族仇恨,而是特定时代赋予人们不同的政治理想和人生观所导致的不同的人生道路,终使有情人劳燕分飞,各奔西东。在这个故事中,作者设计的肖素这个革命者角色起了关键的作用。肖素"像是从另一个世界来的","白中透红胖胖的脸孔","总给人安慰、知识和力量"。在她的影响下,江玫懂得了一些朴素的革命道理,并被她一步步带领着加入到革命队伍中来。江玫与齐虹的爱情在发展着,在肖素的影响下她也越来越多、越来越主动地参加到政治活动之中。先是参加红五月诗歌朗诵会,再是参加"反美抗日"学生大游行,最后在抗议国民党当局屠杀东北青年学生的游行中,走到了队伍的前列。另一方面,她与齐虹的感情越陷越深,这"爱情像鸦片烟一样,使人不幸,而又断绝不了"。最后,矛盾一下子激化了:解放军就要进城,北平就要解放,是留下来迎接北平的解放,还是随齐虹飞往美国,她必须作出抉择,个人幸福和民族大义的矛盾摆在了江玫的面前。在20世纪50年代革命浪漫主义弥漫的氛围里,宗璞不可能作出别的抉择,她让她的主人公选择了牺牲个人幸福而顺应时代潮流,留下来参加到迎接北平的解放事业中。在这个故事的叙述结构中,作者采取追忆的写法,第三人称,一个隐藏的叙述人,并不在故事中出现,但又像无处不在无事不晓。先写已参加革命工作八年了的主人公江玫回到母校,旧地重游,自然引起对往事的回忆。于是在回忆与追述中讲了一个好故事。从叙述类型看,这是传统叙事,但作者还是在传统中求新意,通过时代背景、政治事件的陪衬增加故事的复杂性。通过线索人物(肖素)的设置,使这种复杂、多变成为合理与可能。这种艺术运思,在20世纪50年代艺术本体的发展相对不被重视的背景下应该特别被珍视。

构成"百花文学"的绝大部分作品,都是短篇创作,它的创作者主要是20世纪四五十年代之交走上文学道路的青年作者。"百花文学"兴起前后不过一年左右,无论从时间上,还是作家精神的展开程度上,都不足以将"双百"方针所带来的调整融入较大规模的作品中。在短暂的调整中青年作者成为"百花文学"的主力队伍,是因为他们已被革命培养出足够的政治信仰和生活理想,就像王蒙笔下的林震一样,这些作者身上有充沛的激情与热情,他们对新的文坛气候最为敏感,最具创新精神,对生活中现实与理想的距离也体会最深。他们从前辈作家身上接过“社会责任”的“传统”,并从苏联同行那里接过“干预生活”“写真实”的口号,几乎是不假思索地冲向前沿,莽莽撞撞也轰轰烈烈地参与到“百花文学”运动中,充当了这个时期文学创作的“革新者”和“探索者”。

四、百花文学的评价

被收录在《重放的鲜花》一书中的被称作“百花文学”的这些作品作为重要的文学史现象,它是一段既往的历史,是一种不可更改的文学事实,同时,它也是一个复杂的存在。过去,我们在研究这一文学现象的时候,大多比较偏重它对当时僵化的、模式化的创作规范的纠正,和对当时比较偏激比较教条的文学思潮的冲击,以及它在题材、主题的探索创新等方面经验的总结,而不太注重当时极左思潮给它打下的深刻烙印以及它的因年轻、稚嫩所不可避免产生的一些缺陷和问题。这是我们今天重读“百花文学”所不可忽略的一个重要方面。

“百花文学”运动一个重要的功绩就是批判了“简单化概念化”,但是,“简单化概念化”仍像幽灵一样不同程度地存在于“百花文学”之中。邓友梅的《在悬崖上》讲了一个婚外恋故事。从选材这个角度讲,这篇作品有大胆反抗写重大题材的清规戒律的美誉,但在处理矛盾冲突方面,倒又落入“简单化”的窠臼之中。设计院知识分子出身的技术员“我”与工农出身的女工自由恋爱结了婚。妻子虽说土了点,但纯朴、进步、节俭、务实,长得也秀气,笑起来很美,还督促“我”进步。在她的帮助下“我”入了团,获得单位里同事的好评,夫妻俩的感情也挺好。后来,设计院调进来一个年青漂亮的混血少女加丽亚,立刻像颗明珠吸引了不少男青年。“我”也不例外,被加丽亚的活泼、美丽和风度吸引,越陷越深,以至不能自拔。终于,在人生的途程中,“我”被“一株新异的花草”所迷惑,竟然要抛弃自己自由恋爱得到的结发妻子。妻子痛苦地离“我”而去,而轻浮的加丽亚不过是跟“我”玩了一场情感游戏，最后也把“我”给甩了。两头落空的“我”这才开始反省自己，原来自己舍弃工农出身的妻子，追求小资产阶级女性，是“被资产阶级感情趣味弄昏了头”！最后，“我”幡然悔悟，又重新回到自己的工农妻子身边。这篇小说表现的感情纠葛是很典型的，也是有很强的社会意义的。但在矛盾的解决上，不仅太简单了，而且落入了“批判资产阶级”的时俗老套里来，不能不说是一个不小的失误。

“百花文学”尽管还存在这样那样的不足，但它发生在“双百”方针提出之后，文坛有了有限的自由之后，还是非常难得的文学现象。在20世纪50年代的大环境下，历史不可能为文学提供更多的机遇、更大的空间，文学的现代化发展还沉睡在黑屋中的酣梦之中，文学更阔大的想象的翅膀还不能张开，在这种情况下有了一些探索，有了一些创新，有了一些收获，已属难能。“百花文学”为20世纪50年代文学增添了一道风景线，为三十年共和国“工农兵”文学增添了一个新品种，为20世纪50年代当代文学史创造了一个有价值的话题，这就足以证明它的价值。当然，“百花文学”所体现的文学的调整是有限的，是在“工农兵”文学体制内部的局部调整，不存在跨思潮、跨体系的突围。说明这一点，是为了更准确地为其在文学史上定位。

第十三章 郭小川诗歌研究

在当代诗歌发展史上，郭小川是有独特艺术个性并曾产生过广泛影响的诗人。他不仅将高涨的政治激情融入诗中，创作了一批政治抒情诗，而且以敏锐的感觉捕捉住时代风云中人性的变异，展示了丰富多变的人性内蕴。在诗的文体方面，他进行了多种尝试，成功地创造了“新辞赋体”。这些创作与探索，丰富了当代诗坛，也确立了诗人在文学史上的地位。

一、生平与创作

郭小川(1919—1976)，原名郭恩大。1919 年 9 月 2 日出生于河北丰宁县凤山镇的一个教师家庭。少年郭小川在家乡国民小学读书，后又上了两年私塾。1933 年春，他曾冒名考入官费的蒙藏学校，后因用漫画讽刺爱吹牛的军训教官，被记大过一次，期末即离校。1934 年春，他用原名考入北平东北中山中学；次年夏，取名郭伟倜，跳班考入本校高级师范班。

这年冬天，参加“一二·一六”游行，成为抗日救亡学生运动的积极参加者。1936年暑假，他加入抗日民族解放先锋队及其领导下的“文艺青年联合会”，并在李雷等人的影响下，开始写诗，作品多发表在北平救亡刊物和《华北日报》副刊，内容多是宣传抗日救亡，所用笔名有郭伟、健风、湘云、登云等。

郭小川的早年经历对其一生都有重大影响，一方面使其始终走在时代前列，对政治充满激情；另一方面则表现为富有反抗精神，喜欢独立思考，随时代前进时还能保持自己的个性。

1937年七七事变后，经抗日民族解放先锋队的介绍，郭小川辗转天津、济南、太原等地，并于9月20日报名参加八路军。1937年至1940年，他在八路军120师359旅工作，先是“奋斗剧社”的文艺战士，后调到宣传科任干事、政治教员，再调任司令部机要秘书，在王震旅长直接领导下工作。从此他不仅与王震将军结下终生不渝的友谊，而且获得了大量创作素材。《将军三部曲》《深深的山谷》等诗的素材，显然得之于此时。

1941年初到1945年8月，郭小川在延安中央研究院进修马列主义和文艺理论，曾列席延安文艺座谈会，参加过延安整风、审干运动。这段生活，提高了其理论修养，为其创作更上一层楼奠定了思想基础。

抗战胜利后，郭小川任丰宁县第一任县长，领导开展清匪反霸、土改运动等工作。1948年任《群众日报》社副总编辑，兼《大众日报》社负责人，后又任《天津日报》社编辑部副主任。这些工作，既培养了诗人的时代感，发挥了诗人紧随时代思考的特长，又为新中国成立后领导新闻系统积累了经验。

新中国成立后，郭小川任中共中央中南局宣传部处长，后又兼文艺处长，后调任中宣部理论宣传处副处长。其间，他写了大量阐述党的政策、方针和工作方法的文章，并与陈笑雨、张铁夫合作，用“马铁丁”作笔名，发表了大量思想杂谈。1954年至1962年，他先后任中宣部文艺处副处长、中国作协党组副书记、秘书长等职，进入诗歌创作成熟期。1955年起，他创作了《向困难进军》等一批“政治抒情诗”。1956年出版第一部诗集《投入火热的斗争》。1957年,出版了诗集《致青年公民》,又创作了《白雪的赞歌》《深深的山谷》与《一个和八个》三首长诗。1958年,他写了声援亚非拉人民反帝斗争的诗,也写了一些歌颂“大跃进”的诗。1959年是其诗歌创作的丰收年,先后写有《雪兆丰年》《十年的歌》《望星空》等抒情诗,还完成了长篇叙事诗《将军三部曲》和《严厉的爱》。1961年,出版了诗集《两都颂》,这是他访问鞍钢、抚顺的成果;还创作有《三门峡》《厦门风采》《乡村大道》等诗,诗风开始有明显变化。1962年,他创作了《甘蔗林——青纱帐》《青纱帐——甘蔗林》等诗,“新辞赋体”逐渐成熟;10月他调到《人民日报》社任特约记者,直到“文化大革命”爆发。其间写有《刻在北大荒的土地上》《祝酒歌》《西出阳关》《昆仑行》等诗,并创作了《小将们在挑战》等一批报告文学。

1970年1月,他被下放到湖北咸宁五七干校劳动,后调到天津静海团泊洼干校,到1975年10月,才得以返京。随后被派往河南林县、辉县作调查研究工作。1976年10月18日凌晨,他服安眠药后可能由于抽烟,不慎引起火灾,惨遭不幸,终年57岁。此期,他写有《万里长江横渡》《长江组歌》《江南林区三唱》等受时代思想束缚的诗,也写有《团泊洼的秋天》《秋歌》等优秀诗篇。

郭小川现存的诗歌共200余首,生前出版的诗集有《投入火热的斗争》《致青年公民》《雪与山谷》《鹏程万里》《两都颂》《将军三部曲》《甘蔗林——青纱帐》《昆仑行》。《月下集》是1959年以前诗作的选集。诗人逝世后出版的《郭小川诗选》及其续集《郭小川诗集》(上、下)收录了他的绝大部分诗歌。广西师范大学出版社2000年出版的12册500万字的《郭小川全集》,是收录最全的郭小川的作品集。

二、政治抒情诗

政治抒情诗是指20世纪50年代出现的在既定的意识形态范围内,以社会生活的重大问题为题材,凸显政治内容,抒发政治激情,在社会上产生极大影响的一批抒情诗歌。它追求雄壮气势，贯注磅礴的激情，渲染时代色彩；艺术形式上，则多兼民歌及古典诗词之长，以自由诗的形式，自然舒放的现代口语表达内在的感情，注意诗句的对称和节奏的铿锵。

政治抒情诗是诗人拥抱现实的产物，是特定时代里诗人的满腔热情与火热的政治生活相互交融、相互碰撞的结果，其代表诗人是郭小川和贺敬之，他们被称为当代政治抒情诗的“双子星座”。

政治抒情诗具有鲜明的时代色彩，丰盈的政治激情。郭小川是自觉与时代同步前进的诗人，他认为，诗“要思考我们这个时代，要体现时代精神”，他把“不断地思考我们这个伟大的时代”作为诗人“最重要的品质”。因此，他创作的政治抒情诗非常注意选取有重大社会意义的题材，善于发现这些题材与时代的契合之处；即便是那些历史题材的诗歌，诗人的侧重点也是发掘其中蕴含的与时代有关的思想。这样，就使其创作能够赢得读者的欢迎，激发当代青年的热情。在观察生活、表现时代精神时，郭小川有自己独特的视角。一般来说，他不是通过对客观对象的描述，或者对人物外在行为、事件过程精细刻画来表达自己的感情，而是抓住表现对象在抒情主体心中激起的反响，凝炼出一种精神或境界，然后再撷取典型的细节或意象，将其表现出来。

20 世纪 50 年代，应和着社会主义建设高潮的到来，他创作了《投入火热的斗争》《向困难进军》《闪耀吧，青春的火光》等诗，向年青人发出号召，要他们用自己的汗水，在火热的劳动中创造美好的生活。如何激发年轻一代的干劲和热情呢？诗人强调了时代环境，在《投入火热的斗争》中，诗人一边描述青年人“心上的世界如蓝天那样明澈而单纯，就连梦都像百花盛开的旷野那般清新……”，同时又提醒他们，天空中“帝国主义的机群却正载着仇恨和惊惶呼啸而过”，“带着凶器和电台的特务匪徒在黑夜中暗暗降落”，“隐伏在林子里的富农敌意地探视着，要寻找一切机会挑起乡村的纷乱和风波”，勾勒出特定的时代背景，并非渲染恐怖，而是提醒年轻一代，不要忘记斗争，因为“斗争……就是生命，这就是最富有的人生”，“只有残酷的斗争才能够保证那崇高的和平的幸福的劳动”，“光焰万丈的共产主义大厦将在你们的年代落成”，于是，凸显“斗争”的时代与展现青年人的理想结合起来，两者成为相互依存的整体，从而把20世纪50年代青年人的独特处境与主体意识表现了出来。《向困难进军》1955年11月草成，1956年1月定稿，此时正当第一个五年计划完成之时，人们一方面兴高采烈地投入新的革命和建设生活，同时也面临着如何对待新困难的考验。诗歌开篇写道：“骏马在平地上如飞地奔走，有时却不敢越过湍急的河流；大雁在春天爱唱豪迈的进行曲，一到严厉的冬天歌声里就满含着哀愁。”以“骏马”“大雁”在困难面前的怯步，启发人们正视困难。这正是诗人一方面宣布“我信任你们甚至超过我自己”，一方面却“要问一问你们做好了准备没有”的原因。他以自己在战火纷飞时代的经历和体会，重提老将军的鼓励：“不勇敢的在斗争中学会勇敢，怕困难的去顽强地熟悉困难。”告诉人们：“困难，这是一种愚蠢而又懦怯的东西，它惯于对着惊恐的眼睛卖弄它的威力，而只要听见刚健的脚步声，就像老鼠似地悄悄向后缩去，它从来不能战胜人们的英雄的意志。”因此，只要有勇气和毅力，困难就会向我们低头。将战争年代的精神呼唤回来，为建设社会主义的时代鼓劲，高涨的激情分明打上了时代的烙印。

20世纪60年代，郭小川的政治抒情诗依然从现行政策的正效应切入，表现新时代新气象带给人们的欣喜之情，刻画中国军民对外来威胁的警惕和展示抒情主人公的人生定位。创作于1961年的《厦门风姿》一诗，前两节描绘厦门这座“千红万绿的花城”“真像海底一般的奥妙啊，真像龙宫一般的晶莹，那高楼、那广厦，都仿佛是由多彩的珊瑚所砌成；真像山林一般的幽美啊，真像仙境一般的明静，那长街、那小巷，都好像掩映在祥云瑞气之中”。“祖国的花城”如此美丽可爱，守卫的军民怎能不提高警惕，所以三、四、五节集中笔墨，写海防前线的情景：“望远镜整日在海上搜索，雷达时时在空中寻觅，这里的每滴海水，都怀着深深的警惕。”“这里的每排浪花，都在追踪着敌人的足迹；观察所日夜不息地工作，海岸炮时时向前方凝视。”此视角下的厦门，成了海军“不沉的战船”。“祖国的花城”“不沉的战船”，诗人从生活中提炼出的两个中心意象，涵盖了60年代生活的主要内蕴：前者是社会主义建设成就的象征，后者则凸显出人们的斗争意识和警惕心态。一地风景，两般意蕴，带有鲜明的时代特征。

当然，对于1959年至1961年我国国民经济发生严重困难的现状，郭小川也不是毫不关心。但是，他所表现的仍然是怎样发扬战争年代的革命精神去克服困难，而不是展示困难本身。在《甘蔗林——青纱帐》中，他再次提出“我们发过这样的誓言：往后，生活不管甜苦，永远也不忘记昨天和明天”。他坚信“年青时代的战友……你们有能力驾驭任何险恶的风云”，“战争中的伙伴……你们有勇气唤回自己的战斗的青春”。只要保持这股革命干劲，理想的信念就不会泯灭，“只要青纱帐不倒，共产主义肯定要在下一代实现”。在《青纱帐——甘蔗林》中，青纱帐带着诗人的“青春”“信念”和“梦想”，甘蔗林却让人领略“大气的芬芳”和“欢欣的吟唱”。无论是青纱帐，还是甘蔗林，都给人共同的启发，“生活永远使人感到新鲜明朗”。

20世纪70年代，他创作的《万里长江横渡》《长江组歌》等诗直接引毛泽东的诗文入诗，恰如形势的写照、政治的注解，其时代色彩不言而喻。至于此期代表作《团泊洼的秋天》，则是听毛泽东关于电影《创业》的批示后而写的。诗歌先以象征的手法，写“蝉声消退了，多嘴的麻雀已不在房顶上吱喳；蛙声停息了，野性的独流减河也不喧哗”。诗人期望领袖的批示能使“蝉声”“蛙声”停止，而使正义之声出现。事实上，在“以阶级斗争为纲”的时代，整个中国都处于斗争旋涡中，不可能安静，“听听人们的胸口吧，其中也和闹市一样嘈杂”。现实激起心中的波澜，严峻的时代考验着每一个人的气节。身为战士，郭小川表示：“战士自有战士的性格：不怕污蔑，不怕恫吓；一切无情的打击，只会使人腰杆挺直，青春焕发……一切可耻的衰退，只能使人视若仇敌，踏成泥沙。”唯其品格如是，他才能战胜病魔，“且把这矛盾重重的诗篇埋在坝下，它也许不合你秋天的季节，但到明春准会生根发芽”。诗中寄托的显然是一代正直的革命者心灵的期盼与呼声。

郭小川的诗歌所以富有魅力，在于其具有深刻的人生哲理，复杂的社会意蕴。郭小川的政治抒情诗善于设置特定的场景使表现对象意象化,待此意象渐渐丰盈之后,从中找到与时代精神契合之处,将诗意升华到哲理层面,从而表现复杂的社会意蕴。《山中》一诗,写于1956年8月至11月,他是9月6日被中宣部部长陆定一任命为作协秘书长的。此后围绕所谓“丁陈反革命集团”案的甄别工作,他做了许多事,既惹得许多作家不满,又招来周扬等人的批评。他不胜其烦,多次请求调离作协而不能,只好困在“山中”,因此“山中”这一意象就不仅仅是客观的存在,也深蕴着作者生活的感受。诗歌开头即用四个排比句式,反复呼叫“我要下去啦”,因为“这儿不是战士长久住居的地方”,“我的思想的翼翅不能在这儿飞翔”,“在这儿呆久了,我的心将不免忧伤”。这里“冷漠、寂静、安祥,一切都似乎是这样怪诞和反常”。诗人在这里要“闷坏”,“喧闹着,要到广阔的野地去游荡”,渴望成为一个兵,拥有“战斗的人生”。因为“我永远永远也不能忘记我曾经而且今天还是一个战士”,我要融入“喧闹的生活”,“人们需要我像作战般地工作”!不满环境优雅、死水一潭的处境,渴望融入群体进入喧闹的生活,逃出个人充满寂寞的困境,在群众中找回战斗的人生、鲜活的生命。一首小诗,却将生活中人际关系的复杂、个性的突围及生命价值的升华全部覆盖,激越的革命情感背后,潜沉着幽深的人生哲理。《乡村大道》(1961)则以“大道”连接多彩的农村画面,提炼出生活哲理:“所有的英雄儿女,都得在这上面出出入入;凡是前来的都有远大的前程,不来的只得老死狭谷。”这里,乡村大道已与人生之路重合,诗句表达的内蕴也具有了多重含义。诗歌结尾写道:“哦,乡村大道,我爱你的明亮和丰沃,也不能不爱你的坎坎坷坷、曲曲折折;不经过这样的山山水水,黄金的世界怎会开拓!”人生的得与失、事物的进程与结局之间的种种关系,通过韵律和谐的诗句,全咏唱了出来。

诗人的目光凝视人生、思考现实时,已体悟了不少人生的哲理。但是,真正的诗思是应该超越时空,向着更悠远的历史、更渺茫的宇宙去探索的。这样,在更广阔的时空场里,生命的本质才更易接触到,人生的终极思考也才会有硕果。《望星空》(1959)可以说体现了郭小川对宇宙、人生更为深邃的探究。此诗4月初稿，10月定稿，其间郭小川要求下去工作，被作协党组书记邵荃麟严厉拒绝，与刘白羽就党如何领导文艺、反右斗争有无妥协、有无严重的个人主义和名利思想等问题发生争执，为此他多次受到作协党组织的批斗会的批判，被迫多次作检查。此时又逢中华人民共和国成立十周年前夕，共和国取得了巨大的成就，个人"也是情思缕缕：既有无穷的欢乐，也有短暂的烦愁；既有温暖的阳光，也有火烈的战斗"。如此风月如此夜，诗人情怀怎平静！他仰望夜空，倾吐仰慕之情："呵，星空，只有你，称得起万寿无疆！……时间对于你，跟空间一样——无穷无尽，浩浩荡荡。"在遥远深邃的星空下，"在伟大的宇宙的空间，人生不过是流星般的闪光。在无限的时间的河流里，人生仅仅是微小又微小的波浪"。沉浸于巨大的时空场中，诗人"不免感到惆怅"。这是超越了时空的永恒喟叹，也是对刚成为历史的"人定胜天"的"大跃进"的反思。人不再以主观的膨胀而蔑视自然，开始意识到在自然面前的短暂和渺小。沿着此方向思考，本可抵达人与自然关系的深处，获得超越人世的旷达超脱之感，但诗人毕竟是站在地上望星空的，大地引力使其不能将自己的哲学思考只指向浪漫渺远的星空，还必须兼顾人间关系的错综。于是，他意识到了那份"惆怅"的可怕，转而注视人间的光亮。在"人民大会堂""天安门广场"等时代色彩浓郁的意象衬托下，诗人认为"我错了"。"此刻我才明白：刚才是我望星空，而不是星空向我瞭望。我们生活着，而没有生命的宇宙，既不生活也不死亡。我们思索着，而不会思索的穹窿，总是露出呆相。"找回了"我"这一主体，认同了"人的力量是无穷的"这一时代主流意识，诗人便以此为起点，得出了结论："星空哟，面对着你，我有资格挺起胸膛。"至此，对星空的向往让位于抒情主体的自认，人与自然的关系、人生与现实的冲突在新的层面上获得平衡。诗人的内心获得了平衡，读者的心中往往被其浪漫的想象和情怀激起千层浪，会继续思考诗人言之无尽的生活哲理。

三、艰难的探索

除了创作政治抒情诗外，郭小川还充分挖掘自我的潜能，凸显性别意识、展现人性内蕴和探索知识分子的命运，从而取得了突出的成就。

性别意识的凸显。20 世纪 30 年代中期，郭小川开始创作诗歌。当时正值民族危难之际，诗人们大多凝眸民族解放运动，以自己的歌喉，歌颂抗日救亡运动。“为什么我的眼中常含泪水，因为我对这土地爱得深沉。”艾青的诗句代表了大多数诗人的心声。很少有人从性别角度去思考战争与人、民族解放与个人解放的关系，尤其是对处于社会底层的女性加以关注的，更为罕见。依此视角，郭小川 1936 年创作的《女性的豪歌》便有了不可替代的价值。

《女性的豪歌》开篇即从性别切入：“女人怎么样？性别有啥错？鬼子的奸污，财主的诱惑，流氓的欺侮，男人的轻薄……似是万箭齐发，向我们投射。我们的一生，是无穷的压迫，我们的命运，是不尽的折磨！”高度浓缩的诗句，将那个时代女性所受的多重压迫全揭示出来。其中既有异族的兽行，也有阶级的压迫；既有流氓的滋扰，更有男性的轻薄。诗歌描绘了女性的处境——

我们不是妻子，
是人家房中的“娇娥”，
我们不是女儿，
是父母赔钱的贱货。
要细笔描眉，
因为人家喜好“秋波”，
要厚施脂粉，
因为人家爱惜“浓妆淡抹”。
我们的美貌，
就是人家玩赏的花朵，

我们的丑陋，

就是天大的罪过。

“我们”与“人家”的对比，凸显出女性在生活中不能掌握自己的命运，是“无我”的存在。如果自我的消解是为了民族解放事业，或者能够对社会有益，那还是有价值的。关键在于，“无我”的存在只是为了“人家”的玩赏与淫乐。基于这种理性的思索，诗人从人格上勾勒出时代对女性美德的定位：

忍辱负重，

是我们最“贤惠”的性格，

被人调戏，

是我们的“享乐”，

受人欺凌，

是我们的“美德”，

供人摧残，

是我们的“好客”，

撒娇献媚，

成了我们的职责，

卖俏逗笑，

据说是我们的好生活。

他人的评价成了女性定位的依据，种种无形的枷锁紧紧束缚住了女性。揭示出这一点，就暴露出了社会的不合理。唯此，觉醒了的妇女才发出呼喊：“不，不，日子不能这样过！……我们要把女性的牢笼砸碎，我们要把男女的界限打破，我们不是女性，我们是强者，我们不是美人，我们是烈火！”诗的结尾，显然是已成为革命者的女性的告白：“我们是堂堂正正的人，一点也不软弱，我们是勇敢的战士，一点也不怯懦……我们不是美妾，我们是社会中的一个，我们不是玩物，我们是革命的风婆！”

值得注意的是，诗中出现的女性，始终以复数出现。“我们”是性别的群体代称，不是一个个独立的生命个体。她们的觉醒，只是将自己从“玩物”提拔到“人”的地位。在社会政治层面上,争得做人的权利。她们的目标就是“打破”“男女的界限”,也像男人那样获得社会的认可。因此,她们喊出“我们不是女性”“我们不是美人”的呼声。之所以如此,一方面是时代主潮的影响过于强大,当抗日救亡成为人们价值最大呈现之处时,能参与其中便意味着自身地位的提高,所以她们强调“我们是社会中的一个……是革命的风婆”!另一方面,也反映出郭小川性别意识的局限性,此时诗人也只是想从社会意义上拯救女性,是救出一批“人”,而不是一个个“女人”。

随着理论素养的提高和人生阅历的增加,郭小川对女性的关注点显然有了变化。当他进行人性探索时,其性别意识也越来越切近女性自身。《深深的山谷》是诗人1957年创作的,诗歌以两个女性大刘和小云谈心的方式,讲述了大刘在抗战时期的一场惊心动魄的爱情故事。当大刘被组织选定要离开延安到抗日前线时,“他”来劝阻她,告诉她:“那里没有知识分子的荣耀,会冲锋陷阵的,才是顶天立地的英雄。”大刘闻听此言,非常恼火:“我禁不住恼怒了,我感到羞耻。我断定他这是懦怯和动摇。我骂他这是卑鄙的个人主义。我说我无条件地服从组织的决定,我表示即使他不去我也要去。”诗中突出的是“我”,而不再是“我们”。显然,大刘表达的是个人的意愿,她不再顾忌男性怎么行动、有何看法,人生的路自我决定。这才是真正的女性意识的觉醒!即使是小云,听了大刘的故事后,也生出几多感慨:“我们女人有时候真傻,就爱听男人的最动人的假话!”“女人的心真是胶做的,爱上了一个人就不肯舍弃。”这些感慨针对的也不再是泛泛的人性,而是女性性格特点,是契合女性自身的反思。

人性内蕴的展现。不管历史环境发生怎样的变化,无论人们对诗人有怎样的误解,郭小川始终不改一个革命战士的本色。“革命”构成了其人性展现的底色。那么,自近代以来的中国革命究竟具有什么样的特点,它对诗人来说是什么样的一种存在呢?

尽管谁都不否认近代以来的中国革命,尤其是新民主主义革命是世界革命的组成部分,却常忽视革命的另一内蕴,那就是中国革命从来就具有民族特性。革命不仅是制度的变革、朝代的更迭，更是精神的更新、心灵的震颤，尤其是“先天下之忧而忧，后天下之乐而乐”的中国知识分子，往往在革命中陷得更深、感悟更多。对于敏感的诗人而言，革命更是一个延续的精神现象，它始终包含着某种对日常生活的超越性，同时也蕴含着某种对日常生活的摧毁性。革命将诗人们抛离生活常轨的过程中，人性的深层内蕴便更容易展示出来。

《深深的山谷》就展示了生命个体在“革命”过程中的种种遭遇以及由此带来的幽邃心理，从而将笔触直抵人性的深处。大刘和“他”都是从后方奔向延安的知识分子，大刘很快转变自我，融入革命队伍中，而“他”却始终站在队列之外。“他”似乎是个明白人，告诫大刘到前方后不会被重视，在延安虽然“也没有我们多少发展的余地，但这里自由而平静，至少不会受到嘲弄”；不相信热烈的战争生活会改变自我，向往“自由而平静”的生活。显然，自我与环境已发生了不可调和的冲突。心里怀着这种冲突，“他”虽然也走上了前线，在政治部当宣传干事，却始终是个冷眼旁观者。大刘要入党时，“他”先是说“我长的是一颗永远落后的脑袋”！然后又表白“我本来是一匹沙漠上的马，偏偏想到海洋的波浪上驰驱”。实际上，“他”自己也认识到了与环境的不协调。人性的可悲于此已露端倪：置身于战争的环境中，却向往精神的自由；处于日常生活被摧毁之际，却要按日常生活逻辑去活着。处于如此矛盾之境的人，显然看不到前途何在。因此，当大刘在悬崖边找到“他”，兴奋地谈起第一次参战的感觉时，“他突然说：‘我只对一件事发生兴趣，就是，你为什么还不快些把我忘记？’”“你是这个时代的真正的主人，你安于这个时代，跟它完全调和；我呢，我是属于另外一个时代的人，在这个世界里无非是行商和过客。”

否定了生存的时代即否定了生命存在的合理性，诗人并没有到此为止，而是透过“他”的回忆，揭示出特殊环境中人的荒诞意识和虚无感。“我少年时代的富裕生活，就培植了我的优越感和清高；我的锐敏和聪慧的天赋，更促成了我性格上的孤傲。”“孤傲”和“清高”是需要资本的，当战争摧毁了一切时，“他”也意识到了夹缝中生存的可怜——

我为什么来革命呢？

那是因为反动统治压得我直不起腰，

在那黑暗的社会里我也毫无出路，

所以才向革命索取对于我的酬劳。

退无归路，进亦迷茫，正如范仲淹所言："进亦忧，退迹忧，然则何时而乐耶？"分明是中国知识分子在动荡时代追求心理平衡的传统的延续。"他"却没有范仲淹的乐观，更没有包容天下的情怀，"要我用服从和自我牺牲去换取光荣吗？在我看来，那不过是一场太严肃的胡闹"。认为"这是时代对我这样的知识分子的嘲笑"，自己"也许是一个治世的良才，在这动乱的日子里却只能扮演悲剧的主角"。坦然承认与时代错位，认定世界的理想秩序已打破，自我已不可能找到理想的归宿，显示出自我意识中世界的荒诞。

若仅是荒诞，人们还能在荒诞中顽强地活下来；偏偏"他"对前途一片茫然，"我怕那无尽的革命和斗争的日子，因为，那对于我是一段没有目的地的旅途"。海市蜃楼的虚幻尚能作为沙漠苦旅者理想的寄托；而没有目的地的旅途，分明已到了绝望的境地。"他"终于在自我意识的人性网中作茧自缚，生命之花也只有凋零。诗人为"他"设置了绝境——反"扫荡"中为日军包围，"他"跳崖而死。即使不被包围，"他"也会很快结束生命的。

"他"以生命的毁灭证明了人性的复杂，有时候生命的重新获得同样能展现人性的多姿多彩。《一个和八个》也写于 1957 年，它延续着诗人对人性问题的思考。诗中主人公是营教导员王金，他曾在天津作地下工作，被捕后侥幸逃回，却被叛徒王世臣诬陷为奸细而被捕入狱。选择受了冤屈的人物作为表现对象，既有现实的生活基础（诗人在抗战和解放后都听人讲过类似的故事），更有郭小川自身的体验（杜惠的冤狱给了他这样的体验），因此，一个人处于被诬陷而失去自由的境地，其人性内蕴是什么成了诗人关注的焦点。为了表现人性的复杂，诗人为王金设置了多重处境：小环境为监狱，中环境为敌人的扫荡，大环境则是抗日战争。王金刚入监狱时，里面有三个土匪、四个逃兵和一个奸细。由于尚未认同自我的处境，他对着犯人厉声叫喊："滚出去！你们这帮土匪汉奸！你们有什么资格跟我住在一起，我跟你们这帮人不共戴天！"当八个犯人知道他的身份，并被他的话伤了自尊心时，他们轮流攻击他，但"他那锋利的目光有如刀刃：'你们这些人知道什么，不知道，就别瞎问！'"此时的王金，完全是居高临下、不屑一顾的态度。一旦意识到自己与犯人们处于同样的境地，其骄傲的个性不得不由沉默来显示，所以不管八个人怎样"咬牙切齿地诅咒和辱骂"，他只有将苦涩压在心底，自我咀嚼。

随着反"扫荡"斗争的开始，他们必须转移。夜行军时，几个犯人故意捣乱，拖慢行军速度，王金也心境复杂，他心里明白："一切都完了，这个新的战役就等于把我处死。假如在环境安定的时候，组织上还可能调查得更周密！""现在，战争形势这么紧急，谁还能为我付出这么大的精力？"生命即将终结的严酷现实压迫着他。此时，是破罐子破摔，还是振作起来，利用生命的最后时刻为革命再作些贡献？他选择了后者——

好吧，让我像迎接战斗任务一样，
迎接自己的生命的末日，
我纵然不能再贡献什么，
也不要抵销我们的战斗力！

于是，他替犯人背背包，带动他们跟上部队行军。犯人们以为得到了报复王金的机会，"大胡子"就趾高气扬，"流露出一种精神上的胜利"，实际上，王金是利用这样一个献身的机会，在为革命作最后的贡献。同一事件中不同的行为折射出行为主体不同的人性内蕴：一个为党工作惯了的人，没有工作，比死还难受；这时，他所考虑的是如何利他，而非利己。而那些真正犯下罪恶的人，在生死关头，不是相互抱怨，就是自怨自艾，行为的基点皆为利己。当这些罪犯为他感到冤屈时，王金则认为，"我活着的一生值得我死后欢愉，因为我没辜负作为战士的声誉"，并趁机劝说犯人们：

说冤屈，你们比我更冤屈，

你们并不是生下来就干恶事，
是罪恶的社会把你们惯坏，
你们又在社会上留下罪恶的足迹，
如果你们跟罪恶的社会一同死亡，
最后也该懂得：它才是你们的仇敌！

一席话劝醒了罪犯们，人性中被罪恶遮蔽的善良成分苏醒过来，他们不再为拉上一个黄泉路上的同行者庆幸，而是一致请求锄奸科长不要杀死王金；在敌人包围上来的关键时刻，除"尖下巴"乘机逃跑而被枪毙、奸细被杀死外，其余的人皆操起武器，为民族解放而战斗。至此，人性中善的成分已得到理性升华，民族大义摧毁了积淀的恶欲，使"粗眉毛"临死发出感慨："死得痛快呵，总算一条好汉！""大胡子"也在战斗结束后，拉着王金的手哀伤地说："好朋友呀，你再替我担待担待！""我犯了万死不赎的罪过，是你把我从死的边沿上救活，我可以理直气壮地做人了，因为我学会了一点你们的道德。……可是，我不是一个好兵，我不能老老实实地服从命令，我真怕当了八路军的时候，一不小心又犯了我的老毛病，若是那样，不但对不起你，而且也糟蹋了我这后半生。……此后，一不跟老百姓作对，二不捣乱咱们的八路军，三不饶过该死的日本鬼，如果有一天触犯我这些誓言，我自己拿脑袋到你面前赎罪！"由"匪"到"人"的转变，对自我清醒而理智的分析以及对今后人生道路的选择，说明他已完成了人性的蜕变，其中既充满艰难，也闪耀着人性的光芒。同时，读者也能体会到王金人格的伟大力量。

知识分子命运的探索。郭小川诗歌的主人公多是革命者，且大多是革命队伍中的知识分子。由于自身经历了不同时期知识分子坎坷的命运，依此刻画的知识分子形象便有极强的代表性；由于他曾位居中宣部及作协要职，了解文艺战线路线斗争的幽微内幕，因此，他对知识分子的描写，便多了一层他人难及的深度。当然，既当队员又当裁判，使其身份有些尴尬，但尴尬的处境及复杂的心态，恰恰又构成了知识分子命运写真的一部分。

知识分子的人生命运如何，郭小川首先通过诗中的自我形象表现了出来。读他的诗，我们可以看到一个真诚、热情而富有良知的抒情主人公，他喜欢“蓝天碧海之间的日出”，欣赏“朝阳映照着高山瀑布”。不管生活的道路如何坎坷，他依然不减革命的热情。他厌恶漫长而平庸的人生，渴望在生活的波浪间显现革命战士的本色。他相信“有多大的艰难，就有多壮的胆略”，因此号召青年们“向困难进军”，不要怕挫折。漫长的革命生涯使其习惯了艰苦，过不惯舒适温暖的生活，住着“资本家留下的别墅”，却怀念自己的枪；品味着甘蔗的香甜芬芳，却怀念艰苦严峻的青纱帐。他是要保持战争年代的那股精神，那种干劲，来建设社会主义，因此，他确立了自己的生活哲学：“占三尺地位，放万丈光辉”，“活着时，为好日月欢呼；倒下时，把新世界建筑”。当然，他也有惆怅，有遥想宇宙引起的感慨，但他马上会调整自己，否定自己，如《望星空》所表达的一样，自觉地远离“星空”，回到革命队伍中来，用革命的豪情充实自我，挺起胸来。甘于奉献、不讲索求，紧跟时代、不愿落伍，成为这类知识分子的典型品格。郭小川通过自我形象的塑造，给他们画了幅侧影。

郭小川笔下的知识分子，给人印象最深的是那些命运坎坷却意志坚定的勇敢者，《一个和八个》中的王金、《白雪的赞歌》中的县委书记等皆属此类。他们属于革命的中坚，往往具有坚定的信仰、顽强的意志和献身精神。王金在被诬为奸细关进监狱的情况下，依然不忘自己是共产党员，不为自己的命运抱屈，只后悔没有了为革命作贡献的机会；“县委书记”在妻子临产之际，毅然奔赴新区工作，全力投入到工作中去。显然，为了民族解放事业，他们已将自我的欲望及得失压缩到了最小程度。以这种心态投入生活，他们往往不顾环境如何恶劣，总是积极主动地为党工作。王金在行军途中背背包、在狱中对罪犯开展政治思想工作，终于使其改变；被敌人包围、锄奸科长受伤、部队溃败时，他挺身而出，指挥部队战斗并牵制日军，显出了共产党员的本色。“县委书记”受伤被捕，后被押到矿井干苦工，但他并不沮丧，而是积极发动工人，建立党的地下组织，并配合部队，取得胜利。如果没有以革命事业为家的责任感，是不会产生如此积极性的。对于他们的人生之路，诗人是持热情讴歌态度的。

最复杂的知识分子形象，可能是革命队伍中的落伍者形象，《深深的山谷》中的“他”便是典型的落伍者。这是一位不敢面对生活却想改变命运、一直退缩回避却又想得到命运回报的知识分子。早年的富裕生活养成了他的优越感和高傲，长大后在原有的阶级中也失去了依靠。改变命运的心理、朦胧的爱情向往牵着他奔向延安，但微弱的动力燃不起革命的干劲，他慢慢变成了生活中的冷眼旁观者。他对生活有着敏感的体悟，告诉大刘“世界绝不是如你想象的那样光明”，想阻止情人上前线，以便在相对安全的延安保全自己脆弱的梦。当他被大刘牵到抗日前线，又被敌人围困在山上时，自以为“治世的良才”的失落感、生逢乱世的颓废感、革命与爱情冲突的焦虑感、“怕在突围中被乱枪打死”的恐惧感相互交织，终于摧垮了超负荷的神经。他不能等到决定命运的时候到来，有所爱的人看着自己生命结束已满足了他卑微的浪漫幻想，于是他跳进深深的山谷，结束了生命。如此不光彩的结局，似乎应该招来谴责，可是诗歌中，除了指导员骂一句“一个软弱无能的傻瓜”外，再无责怪之语，甚至指导员也承认“这是一个有学问的人！”有书本上积累的学问，却无应对社会变革的能力，依此视角，他有着方鸿渐式的悲剧内蕴。研读文本，让人既怜悯其人性的脆弱，又产生“乱世人不如太平犬”的感慨。尤其是在民族解放战争正需要“有学问的人”时，“他”却拒绝了革命，以生命的毁灭来逃避责任，保全精神的自由。若联系诗歌创作的时代，人们会从“他”身上思考更多的内涵。对于“他”们，郭小川显然持理解态度，这首诗也是对一个自主生命的宽容和叹息！

四、执着的追求

在诗歌内蕴方面进行艰难探索的同时，郭小川在诗歌艺术方面也进行着多种试验，使其诗歌无论文体特征，还是艺术风格等方面，都表现出鲜明的个性，显示出诗人执着的艺术追求。

文体形式的新探索。诗歌从根本上讲是侧重于形式的艺术，因此，诗歌创作历来重视对文体形式的探讨。现代白话诗自诞生以来，先是胡适等人以直白的口语、自由的诗体表达了创新的焦虑，然后有郭沫若为代表的以饱满激荡的情绪为内在节奏、气势豪放、长短不一的自由体诗歌产生。鉴于此类诗歌的过于"自由"，缺乏形式与音韵方面的约束，闻一多提出了"新格律诗"的"三美"（音乐的美、绘画的美、建筑的美）理论，给新诗"带上脚镣"，产生了以徐志摩、闻一多等人的创作为代表的"新月派"诗歌。韵律的优美、形式的整齐、色彩的绚丽使其诗作至今仍有诱人的魅力。但是，"新月派"的理论多是借鉴外国诗歌理论，其音乐美和建筑美的严格要求，并不完全适合汉语的特点，对新诗的发展有一定的束缚性。到20世纪三四十年代，便有以艾青为代表的强调意象、兼顾形式与音韵的新体自由诗出现；也有戴望舒等人借鉴西方现代派诗歌的象征、隐喻等手法，以舒缓自然的说话体或主智倾向的禅悟式语调为主的自由体出现。由此可知，中国现代诗歌形式上是沿着格律化和自由体两个方向发展的。

现代诗歌发展的多向性决定了当代诗歌的起点便面临着多种可能性，20世纪50年代初围绕诗歌形式展开的讨论更引起了众多诗人的关注。田间认为："我们写新诗的人，也要注意格律，创造格律。"萧三指责："所谓'自由诗'也太'自由'到完全不像诗了。"何其芳则明确提出了建立"现代格律诗"的具体设想。朱光潜、郭沫若、冯至等诗人则肯定自由体诗取得的成就，反对用五七言来创作新诗。正是在这时进入诗歌创作丰收期的郭小川则没有局限于某一个方向，而是进行了多种尝试。

《郭小川诗选》及其续集中，收录的早期诗歌如《女性的豪歌》（1936），《牧羊人的小唱》《滹沱河上的儿童团员》《骆驼商人挽歌》（1939），《我们歌唱黄河》（1940），《草鞋》（1941），《老雇工》等皆为自由体诗。这与青年郭小川澎湃的激情、豪放的性格有关，也与其戎马生涯、颠簸往返中只为抒情、无暇过多关注形式有关。这批诗歌，长短句相间，不受字数行数的拘限，或排比以抒发衷情，或比喻以酝酿意境，跳跃的诗行间响奏着时代的旋律，舒畅的形式诉说着民族的哀乐，蕴含着诗人对女性生存艰难的同情、唱抗日战歌的豪情和对普通民众的歌颂。

当然，这批诗歌已蕴含有其他诗体的构成元素，如《我们歌唱黄河》中的一节——

唱吧

　　我们的歌声

　　　　不叫敌人过黄河！

唱吧

　　我们的歌声

　　　　不许我们周围有破坏者！

便是典型的楼梯式诗体，它暗含着20世纪50年代诗人诗歌创作的文体走向。50年代前期，《投入火热的斗争》《向困难进军》《在社会主义高潮中》《闪耀吧，青春的火光》等诗，主要是楼梯式。这批政治抒情诗以错落有致的外形配合起伏跌宕的内在激情，多变的跳跃形态应和着时代的跃进，也凸显出诗人被社会激起的心理波澜。诗歌形式与内蕴的统一，使其政治抒情诗成为人们争相诵读的佳作。50年代前期的创作，只有《山中》《三户贫农的决心》采用了自由体。50年代后期，诗人似乎特别钟情于自由诗体，长篇叙事诗《白雪的赞歌》《深深的山谷》《一个和八个》《严厉的爱》《将军三部曲》等主要是自由体，抒情短诗《保卫我们的党》《自己的志愿》《县委书记的浪漫主义》《春暖花开》等也是自由体，只有《正当山青水绿花开时》用了楼梯式。综观此期创作，诗人虽然也有对现行政策不辨是非的一味颂扬，但其主体则转到了对人性丰富性与知识分子命运的思考上，内容的厚重压倒了对形式的追求，内蕴的复杂又往往要求形式的自由，应该是诗人采用自由体的原因。

无论采用自由体，还是采用楼梯式，包括在20世纪60年代初尝试过的民歌体，都说明郭小川处于诗歌文体的探索期。他是凭着诗人敏锐的感觉和内在的诗情的需要在不自觉地运用诗体，而不是自觉地创造诗体。20世纪60年代，以《厦门风姿》《乡村大道》《甘蔗林——青纱帐》《青纱帐——甘蔗林》《秋歌》等诗的创作为标志，郭小川形成了自己独特的诗歌表现形式——新辞赋体。这种诗体吸收中国古代辞赋的艺术传统，大量运用排比、对偶的长句进行铺陈，一唱三叹，反复吟咏，写景必穷形毕象，抒情必淋漓尽致，形成整齐、对仗、押韵的长句体。它既符合诗人汪洋恣肆、挥洒自如的诗情，又继承了传统文学的优长，发挥了汉语语言自身的特性，成为当代诗史上较有影响的诗体之一。它具体有以下几种形式：(1)长短句相间体。这种诗体诗节之间往往构成排比、对仗关系，每节内句式参差错落，长短句相间。整体看曲折回旋，结构均衡，具有整齐美；一节内又节奏鲜明，变化多端，具有音乐美。显然，此体受抒情主体内在情绪的影响较明显。代表作有《西出阳关》《夜进塔里木》《雪满天山路》等。(2)两句一节体。这种诗体两句一节，一行两短句；每行字数大致相同，节内讲求押韵。各节之间或对比，或对仗，或排比，或相承，形成如虹气势，便于抒发激情。以《团泊洼的秋天》《春歌》《秋歌》等为代表作。(3)四句一节体。这种诗体四句一节，两句一行；每节内，每两行构成一个意义层，两个意义层之间构成排比关系。每段诗围绕一个分主题，全诗集成一个意义群，共同渲染出内蕴丰富的意境，而诗歌整体上也构成曲折回环、波浪起伏的节奏美。以《厦门风姿》《甘蔗林——青纱帐》《青纱帐——甘蔗林》《刻在北大荒的土地上》《秋日谈心》等诗为代表作。

诗歌意境的新开拓。意境是文艺作品中所描绘的生活图景和表现的思想感情融合一致而形成的一种艺术境界。它能使读者通过想象和联想，如身临其境，在思想感情上受到感染。

中国诗歌历来重视意境的营造，那些流传下来的诗词曲赋，无不以美妙幽深的意境给人带来美的享受。现代白话诗兴起之初，人们对语言工具的过分强调，往往导致对诗的意境的忽视。闻一多提出诗歌创作的“三美”要求时，其“绘画美”的主张即与诗歌意境的构成有关，“新月派”笔下也开始出现优美的意境。20世纪三四十年代，戴望舒、艾青等人一边吸取传统诗词的意境构成方法，一边借鉴现代派诗歌的象征性、隐喻性意境，使其诗歌的境界大变，鲜亮的意象、变形的描写，使其意境有了现代色彩。在郭小川、贺敬之等人的笔下，时代色彩的渗入、主观意识的强化，使其诗歌意境有了新的开拓。

首先,时代色彩的渗入会影响意境组成元素的选择、组合及内蕴的价值。诗人创作诗歌时选择什么意象表现创作主旨,这些意象以怎样的形式和次序组成画面,往往影响意境的内蕴。如《投入火热的斗争》一诗中,作者选取了这样一组意象,构成独特的意境——

在那遥远的海上的早晨,
高悬五星红旗的
崭新的轮船,
满载了货物
迎着太阳的万道金光
在远方隐没;
而帝国主义的机群
却正载着
仇恨和惊惶
呼啸而过。

“五星红旗”“崭新的轮船”“万道金光”“帝国主义的机群”是诗人选来描写20世纪50年代的新中国的处境的。为了表达出“祖国它无比壮丽,但又困难重重”这一现状,诗人选了三个具有代表性的事物来象征新中国的前途,而选取一个意象来象征祖国面临的威胁。数量的对比已显出了主旨,光明的前途仍然是时代的主潮;而排列的先后表明了诗人对所选意象的态度以及它们在意境构成中的分量。《厦门风姿》中的意境构成则既带有鲜明的时代特色,又具有对比性。诗人先以白描手法勾勒出厦门的美景:

真像海底一般奥妙啊,真像龙宫一般的晶莹,
那高楼、那广厦,都仿佛是由多彩的珊瑚所砌成;
真像山林一般的幽美啊,真像仙境一般的明静,
那长街、那小巷,都好像掩映在祥云瑞气之中。

可不在深暗的海底呀，可不是虚构的龙宫，
看，凤凰木开花红了一城，木棉树开花红了半空；
可不在僻远的山林呀，可不是假想的仙境，
听，鹭江唱歌唱亮了渔火，南海唱歌唱落了繁星。

一连串意象烘托出厦门的"仙境"，满城一片明丽，沿江皆是歌声。这和平繁荣是如何得来的呢？诗人紧跟着用一组意象，描绘出海防前线的情景——

望远镜整日在海上搜索，雷达时时在空中寻觅，
这里的每滴海水，都怀着深深的警惕；
峰岩织满了火网，高山举起了红旗，
这里的每块石头，都流贯着英雄的血液。

紫云中翻飞着银燕，重雾里跳动着轻骑，
这里的每排浪花，都在追踪着敌人的足迹；
观察所日夜不息地工作，海岸炮时时向前方凝视，
这里的每粒黄土，都有着无穷无尽的精力。

一个个军事术语渲染出战争的气氛，天空海岸织成的立体防线，将时刻准备打仗的时代氛围渲染了出来。同时，紧张的氛围与前面的舒缓构成了鲜明的对比。

其次，主观意识的强化及外射，也会使意象产生变形，从而影响意境的内涵。主体意识的过分膨胀，往往改变客观事物的本来面貌，使其依诗人的意愿组成新的意境，以传达诗人既定的内蕴。《投入火热的斗争》一诗的超现实的意境，打上了抒情主体深深的思维烙印，是其主观意识投射到意象之上并使其变形的结果。它强调说明只要人们努力奋斗，大自然将在人们面前俯首这一内蕴。

有时，主体意识过于强大，使意象变形，超越其原始形态的时候，意象的本原意义往往隐退，它与社会现象重合的内蕴则凸显出来，从而使诗歌意境带有丰富的社会意义，具有了象征性，如《乡村大道》中有这样的意

象——

乡村大道呵,好像一座座无始无终的长桥!
从我们的脚下,通向遥远又遥远的天地之交;
那两道长城般的高树呀,排开了绿野上的万顷波涛。

哦,乡村大道,又好像一根根金光四射的丝绦!
所有的城市、乡村、山地、平原,都叫它串成珠宝;
这一串串珠宝交错相连,便把我们的锦绣江山缔造!

第一节诗,通过具象展示出乡村大道的功能——我们走向未来的长桥;第二节诗,则是具象与抽象交融,象征性地点明了乡村大道的社会效用:通过它的交错相连,才能缔造我们的锦绣江山。由此揭示乡村大道的隐喻内蕴,达到了诗人的创作目的。

诗人似乎有超出常人的预感,甚至在诗中为自己生命的结束写下了预言。1975 年 10 月初,诗人写的《秋歌》中有这样的诗句:“我知道,总有一天,我会化烟,烟气腾空;但愿它像硝烟,火药味很浓,很浓。”一年后,郭小川真的在一场火灾中离开人世。诗人已乘黄鹤去,神州犹记诗人魂!他虽然没能将其对人性的探索继续下去,但已成的篇章,足能使他长久地活在爱诗的人们心中。

第十四章 王蒙小说研究

王蒙，河北南皮县人，1934年出生于北京，中学时代就投身革命。1948年，不满14岁的王蒙加入了中国共产党，成为一名"少年布尔什维克"。新中国成立之初，他主要从事共青团的工作，1953年他着手写作长篇小说《青春万岁》，1955年发表第一篇小说《小豆儿》，1956年以一篇"干预生活"的作品《组织部新来的年轻人》而轰动文坛，使其成为当时全国为数不多的优秀青年作家之一。然而，1957年他却因这篇作品被划为"右派"。从1958年到1962年，王蒙在北京郊区接受了五年的劳动改造。摘掉"右派"帽子之后，他恢复了工作，并发表了《眼睛》《夜雨》等小说。1963年他举家迁至新疆伊犁，直到1978年才重返北京。复出之后，他的小说创作取得了前所未有的成就，连续出版了小说集《深的湖》《冬雨》《木箱深处的紫绸花服》《在伊犁》《星球奇遇记》《我又梦见了你》《坚硬的稀粥》等、长篇小说《青春万岁》《活动变人形》《恋爱的季节》《失态的季节》《踌躇的季节》等、评论集《漫话小说创作》《创作是一种燃烧》等。他的小说曾多次获得全国优秀短篇、中篇小说奖，并且善于在创作中求新求变,在新时期相当长的一段时间内,领风气之先。除此之外,他还担任了不少行政领导职务,为新时期文学的发展作出了卓越的贡献。

一、从“初恋的情诗”到“深沉的布礼”:艺术主张及其变化

以1978年为界,可以把王蒙小说创作分为两个阶段。

通过1953年到1978年这二十多年的小说创作,王蒙在现实主义的道路上踏出一串坚实而有力的脚印,新时期初期的评论家常习惯用一个公式——“青春+革命”——来高度概括他这一时期的作品风格,但如果进一步深究,对这些被称为“青春+革命”的作品还可以进一步细分:第一类以《青春万岁》为代表,其中包括短篇小说《小豆儿》《春节》等作品。这一类作品的人物风格与《青春万岁》里的那一群天真烂漫的青年学生非常相似,身上奔突着青春的激情,燃烧着灼热的信念,给人的突出感觉是单纯、透明而热情。第二类作品以《组织部新来的年轻人》为代表,其中包括复出后创作的《最宝贵的》《悠悠寸草心》等作品。这一类作品的人物风格跟《组织部新来的年轻人》中的林震、赵慧文的性格极为相似,他们也具有单纯、透明、热情的特征,但由于他们涉世更深,见识更广,思想也更趋成熟,因此,在他们的思绪中常常流溢出一些淡淡的“惆怅和困惑”。曾几何时,不少论者以“歌颂”和“暴露”为标准,把这两类作品截然分开,这显然是失之偏颇的,“歌颂”也好,“暴露”也罢,其实只不过是作者对一个问题的不同层次的认识罢了。

1978年以后王蒙的小说创作进入了一个新的阶段。王蒙把自己的早期创作看成是一个“小小的试笔”或“序幕”,他认为自己创作的真正再出发是从1979年发表中篇小说《布礼》。(《布礼》是王蒙探索小说的第一篇作品,因发表的时间稍晚于《夜的眼》,所以也有人把《夜的眼》当成第一篇探索小说——笔者注)王蒙在《我在寻找什么》一文里曾说过这样的话:“复活了的我面临着一个艰巨的任务:寻找我自己。在茫茫的生活海洋、时间与空间的海洋里,文学与艺术的海洋之中,寻找我的位置、我的支持

点、我的主题、我的题材、我的形式和风格。”对于王蒙的这一次的重新寻找，有些人曾经表示过怀疑，他们真诚地希望王蒙能继续保持那种“青春+革命”的风格，顺着那条现实主义的熟路拾级而上。但是王蒙自己却认为那是不可能也是不必要的，他已经步入中年，早已超越了天真和幼稚的阶段，天真和幼稚固然可爱，但如果天真和幼稚超过了天真和幼稚所对应的年龄就不再是美德了。在经过一番寻找之后，王蒙把自己的一批新作掷向文坛，《布礼》《夜的眼》《风筝飘带》《春之声》《海的梦》《蝴蝶》等作品像一连串的炸弹，在文坛上引起一阵阵轰动，尤其是在青年读者中引起了更加强烈的反响。因此，在20世纪80年代初期的文坛上形成了“王蒙热”。当然，在这个热潮中，送给王蒙的不光是鲜花和掌声，还有“石子和臭鸡蛋”。有人曾这样热情地鼓励他：“奋力地攀登吧，小伙子！”也有人冷冷地警告他：“一失足成千古恨！该回头了，浪子！”然而王蒙自己却表现出惊人的沉着和冷静，他既没有因为那些溢美之词而飘飘然，也没有因为那些刻薄的咒骂而裹足不前，他似乎成竹在胸，相信自己更相信读者，又继续写出了《相见时难》《深的湖》《杂色》《如歌的行板》《听海》等一系列新作。这些作品以其丰厚的思想内涵，新颖的艺术形式，幽默的语言风格向读者宣告：在生活和艺术的海洋之中，他已经找到了自己。

作家在创作上发生变化，往往是因其艺术主张发生变化而引起的，王蒙也不例外。20世纪50年代，王蒙初涉文坛，由于各方面的限制，他对文学的理解还说不上是深刻和全面的，正如他自己所言：“二十岁的时候，生活和文学对于我像是天真烂漫、美好纯洁的少女，我的作品可说是献给这个少女的初恋的情诗。初恋的情诗可能是动人的，然而它毕竟太不够，太不够了啊！”经过了“故国八千里，风云三十年”的洗礼之后，文学对他来说再也不是那个美丽动人的少女了，而“已经是一个庄严、干练而又慈祥的母亲。她额头的皱纹，述说着她怎样在风暴中挺立，在烈火中再生，也述说着她曾经怎样遭受娼妓和巫婆的欺凌；她宽广而又温暖的胸膛，却仍然是那样圣洁、温柔，充满着生命的乳汁，充溢着博大而又深远的爱”。面对这样一位饱经风霜的母亲，王蒙当然不会再去写动人的情诗了，他献上去

的是一个神圣而庄严的"布礼"。具体说来,王蒙艺术主张的变化主要表现在对以下几个问题的看法上:

(一)关于文学的社会功能

青年时代的王蒙对"文学干预生活"这一说法是极力推崇的,他的代表作《组织部新来的年轻人》就是这一理论的具体实践。后来,王蒙认为这种说法并未概括出文学独特的社会功能。文学非但不能干预生活,生活却常常干预文学。他认为"文学干预生活"夸大了文学的社会功能,而过分地夸大文学的功能则会得出"文学救国"的荒唐结论,又会发出"文学乱国"的吓人指责,其结果非但不利于社会,也不利于文学自身。他认为文学的功能只能"干预"人的心灵,它的作用只有通过长期的潜移默化过程之后才能显现出来。

(二)关于文学的描写对象

青年时代的王蒙比较注重通过情节来表现深刻的社会内容,同时表现出自己的鲜明的倾向性。复出之后他关注的最多的是人物的内心世界,他认为要想写出复杂而真实的人物形象,就必须在人物的心灵层次上"打井""钻探"。因此,他 20 世纪 80 年代以来的创作,比较注重写人的感受、情绪、心理等,这是对现实主义创作原则的拓展。

(三)关于文学的表现手法

复出后的王蒙极力反对创作手法的单一,反对将创作方法打上鲜明的"阶级烙印"。他强调任何手法只要对表现人物、深化主题有利,都可以尝试,在创作手法上更不应该有任何禁区。他认为,生活越来越丰富多彩,作为反映生活的文学也应该与之相适应,生活有多丰富,文学的表现手法就应该有多丰富。所以,他声称自己要在小说创作中尝试"十八般武艺",从各个不同的角度来反映复杂的现实世界。

二、王蒙小说的表现手法

王蒙在《关于〈春之声〉的通信》中说:"程咬金还有三板斧呢,为什么我们的小说作者不能有四板斧、五板斧、十六板斧呢？为什么我们要作茧自缚，让一些条条框框来束缚自己对于艺术形式、创作手法的探求呢？”从这段话里，可以看出王蒙对创作手法的重视。

（一）内心独白、自由联想

对人物内心世界的开掘，可以说是王蒙坚持不懈的追求，特别是1979年以来，他对人物心灵这个神秘的世界发生了更加浓厚的兴趣。于是他调动起各种各样的心理描写，尽可能地向读者展示那个“神秘世界”的奥妙与魅力。因此，对于他笔下的人物，我们很难发现他们身上的外部特征，甚至觉得有点“轮廓不清，朦朦胧胧”，但却无可否认他们的心灵是一个异常复杂的世界，而且，他们对于生活的感受，对于人生的思考，无不打上鲜明的时代印记。

如果我们细细地考察一下王蒙的各类作品，反复推敲一下他笔下的各色人物，基本上可以得出这样的结论：在五花八门的显现人物心灵奥妙的艺术手段中，内心独白和主观感受备受他的青睐，在他的一些有影响的作品中，都不乏用这种手法结织而成的精彩片段。

内心独白是一种主观感情的不加修饰的流露，是自己对自己的一种坦诚的交代，因此，它最便于表现人物的心灵世界。这种手法在我们的传统作品里已有不少成功的先例，然而王蒙所使用的内心独白具有其独到之处。具体说来，他摒弃了传统手法中的呆板和简单，从西方现代派那里“拿来”了“随意性”和“复杂性”，从而使这一手法焕发出了新的光彩。如曹千里与老马的对话（《杂色》）、钟亦诚和“灰影子”的论争（《布礼》）、缪可言对大海的陈述（《海的梦》）等都是为人称道的例子。

自由联想与传统手法中的联想有着本质的区别。传统小说中的联想不管再深广，都是在作家的理性控制之下。而现代小说中的自由联想则可打破客观的时空界限，根据主人公心理活动重新组合一个新的世界，在这个世界里，过去、现在、未来可以自由地交替出现。在西方的那些意识流小说中，这种联想完全是一种潜意识的流露，是非理性的。王蒙在小说中运用这种手法时，多少还是加进了一些理性成分，使这种手法着上了民族化的色彩。短篇小说《春之声》基本上可以说是由主人公的自由联想“组合”而成的,全篇没有什么故事情节可言,主要是主人公岳之峰坐在火车里,随着车身的晃动蜂拥而来的各种联想:忽而童年,忽而现在,忽而国外,忽而国内,忽而是几十年前的学生运动,忽而是一派繁荣的自由市场,忽而是欣欣向荣的大好局面,忽而是让人失望的落后习俗。密集的信息量,使得小说的思想内容十分饱满,极其准确地展示出那个新旧交替的时代的特点以及人们的复杂情绪。

(二)多重的结构形态

为了适应生活内容的丰富多彩,王蒙尝试着用多种多样的结构形式来创作小说。他的小说的结构大体上可分为三种类型,即单线型、多线型和放射型。1978 年之前,王蒙的小说基本上使用的是单线型结构,作品中虽不乏细腻的心理描写和恰到好处的情节插入,但其鲜明的情节线索总还是能让人一目了然。复出之后的王蒙不满足于这种已经使用得得心应手的结构形式,他要尝试用更加复杂的结构方式,使小说更加贴近生活纷繁无序的本真状态。1980 年 11 月,王蒙在“王蒙创作讨论会”上谈到中篇小说《布礼》创作经过时说道:开始写作时,仍然采取一般写法,先写粉碎“四人帮”之后,主人公在政治上得到平反,然后让他抚今追昔,再现三十年来风风雨雨的生活经历。其中虽虚实相间,详略有别,但总觉得像一本蹩脚的流水账。所以他大胆打破客观时空界限,按照主人公心理时间重新组合,使过去与现在、内心与外界、欢乐与悲伤、阳光与黑夜相互迭替交错而又各有特色,产生出了让人意想不到的艺术效果。有人把这种结构叫作“心理结构”,也有人称它为“任意结构”,其实这就是一种多线型的结构。我们透过扑朔迷离的表象,便会发现作品深处有四条定向移动的潜流。具体来说,就是以新中国成立初期、反“右”运动、“文革”十年、“三中全会”四个时期为支点而引出的四条线索,它们相互联系而又相互对比,确实让人感奋,促人深思。作品先写钟亦诚变成“中国的小那吉”之后,他的心灵所受到的巨大折磨和考验,然后按照他的心理活动,写了他作为一个年轻的布尔什维克对共产主义执着的向往。这样把两个截然相反的场景排列在一起，更增添了作品震撼人心的艺术力量。

《杂色》可视为一个双层次的复线结构，一条是对主人公曹千里革命历程的现实主义的描写，一条是对那匹杂色老马壮心不已的象征主义的渲染。两条线索交织叠合，产生出关于马的、关于个人身世的、关于人生价值的情绪流动，曹千里因那匹杂色老马而越发显得老当益壮，那匹杂色老马因曹千里而显得更加英雄悲壮。正是因为使用了这种结构，才使作品产生出现代作家所苦苦追求的那种艺术境界。

《春之声》和《海的梦》使用的是另一种结构——放射型结构。这两个短篇小说没什么故事情节可言，可是王蒙要在这"小小的空间里"和"短短的时间里"，展示历史转折时期新旧杂陈的生活现象和主人公追求理想过程中时涨时落的思想情绪，因此，他不得不使用密集的射线，对错综复杂光怪陆离的生活进行纵向和横向的扫描。这种结构向读者传达的让人眼花缭乱的信息，是传统的结构形式所无法完成的。

（三）"中西合璧"式的幽默

年轻时代的王蒙对生活充满热情，对社会上一切不合理的现象嫉恶如仇。然而，命运的沉浮，生活的磨砺，使他"现实得多了"。他说：复出的"我已经懂得了'凡是存在的都是合理的'的道理，懂得了讲'费厄泼赖'，讲恕道，讲宽容和耐心，讲安定团结。尖酸刻薄后面我有温情，冷嘲热讽后面我有谅解，痛心疾首后面我仍然满怀热忱地期待着……所以，我写小说的时候，比起来用小说揭露矛盾、推动社会政治问题的解决，我更着眼于给读者以启迪、鼓舞和慰安"。为了实现他的这一创作理想，他"上下古今中外以求索"，终于找到了一个得心应手的武器——幽默。

关于幽默，不少人对它的理解还比较肤浅，认为趣味性就是它的全部内涵。其实，幽默作为一种反映社会生活的艺术手段，其意义远不止这些，正如王蒙自己所说的那样："幽默应该是一种生活的智慧，对生活的洞察，幽默就是智力的优越感。""幽默中仍有是非之感，包含着对真善美的肯定和对假恶丑的嘲笑。"幽默以其"内庄外谐"、婉而多讽的独特趣味，备受中外文学艺术家的青睐，托巴斯·吕钦、卓别林、鲁迅、侯宝林等堪称是中外幽默史上的里程碑。但是,王蒙的幽默有别于这些艺术大师的幽默,他杂取百家、贯通中西,使幽默以一种崭新的形式呈现于文坛,这就是评论家所称道的"中西合璧"式的幽默。

论者指出,西方的"黑色幽默"和中国的"相声小品"是目前世界两大幽默形态,这两大幽默由于分别产生于不同的文化土壤,因此,无论是在内容构成还是在方法的使用上都存在很大的差异。但王蒙的幽默似乎有把二者合而为一的倾向,他从"黑色幽默"里吸取了"浓缩的荒诞性"和"黑色的喜剧性",从中国的相声里吸取了"垫包袱"和"抖包袱"方法,因而他的幽默别具风味,具有独特的审美价值,短篇小说《买买提处长轶事》是这种幽默方法运用得最为娴熟的作品。

当然,王蒙在小说创作中的表现手法远不止这些,他在写给著名评论家李子云的一封信里说:"区区意识流,有什么了不起?为何不可一用?又为何需要望文生义地、空对空地议论不休?说实话,为了反映生活,刻画与表述社会面貌与人物的心理风貌并传达作者的思想感情见解,小小一个意识流,够用吗?如实的白描,浮雕式的刻画,寓意深远的比兴和象征,主观感受与夸张变形,幽默讽刺滑稽,杂文似的嬉笑怒骂,巧合、悬念、戏剧性冲突的运用,作者的旁白与人物的独白、对比、反衬、正衬、插叙、倒叙,单线鲜明与双线、多线并举,作者的视角、某个人物的视角与诸多人物的多重视角的轮换和同时使用,立体的叙事方法,理想、幻梦、现实、客观世界与主观世界的分别的与交融的表述,民间故事里大故事套小故事的方法,'此时无声胜有声'的空白和停顿,各种各样的心理描写,生活内容的多方面与迅速地旋转——貌似堆砌实际上内含情绪与哲理的纷至沓来的生活细节,入戏与出戏的综合利用与从而产生的洒脱感,散文作品中的诗意与音韵节奏,相声式的垫包袱与抖包袱……诸如此类,我是满不论的,我不准备对其中任何一种手法承担义务,不准备从一而终,也不准备视任何一种手法为禁区。"这既表明王蒙对表现手法多样化的追求,也可以说是他使用过的表现手法的一个详尽展览。

三、王蒙小说的语言风格

王蒙小说的语言风格是很难用几个词来概括的,他的语言不但对中外小说有所借鉴,而且对中国的诗歌,对鲁迅的杂文,对电影里的蒙太奇,对绘画的色彩,对音乐的音响和节奏,对相声的讽刺、幽默、夸张等,都有继承和吸收。他杂取百家之长,兼收并蓄,提炼改造,形成自己色彩富丽、变化多端、感情充沛、尖锐泼辣、幽默诙谐、节奏强烈的语言风格,充分显示出他驾驭语言的功力。

(一)鲜明的主观色彩

王蒙小说语言的这一特点主要表现在他复出之后所写的作品中。这一时期的作品中大多写人的主观感受、感情变化、心理活动甚至是潜意识,因此作品的语言也就具有鲜明的主观色彩,这种语言的运用大大增强了作品的艺术感染力。中篇小说《布礼》这样描写 1957 年夏天反右运动中的一天:本来是奇热的天气,但他觉得"一下子就冻结了。花草、天空、空气、报纸、笑声和每一个人的脸孔,突然一下子都硬了起来。……天空像青色的铁板,花草像杂乱的石头,空气液化以后结成了坚硬的冰块,报纸杀气腾腾,笑声陡然消失,脸孔上全是冷气。心,失去血色,硬梆梆的了"。这种"天气"在自然界中当然不会出现,但它的确是一种高度的心理真实,反右斗争扩大化后,人们惊慌失措,犹如在自己的脑门上悬着一把利剑,厄运会突然降临。这种主观色彩很强的语言,真实地表现出那个特定时期的特点,让读者的心灵为此而震颤不已。

(二)杂文般的随意性

王蒙小说的语言纵横恣肆,不拘形式,尖锐泼辣,变化多端,涉笔成趣,发人深思。他从杂文里吸取了营养,嬉笑怒骂皆成文章,显示出王蒙敏捷的才思和深刻的思想。看看下面这两段文字:

> 来大城市一周,陈杲到处听到人们在谈论民主,在大城市谈论民主就和在那个边远小镇谈论羊腿把子一样普遍。这大概是因为大城

市的肉食供应比较充足吧，人们不必为羊腿担心。……但是民主与羊腿是不矛盾的。没有民主，到了嘴边的羊腿也会被人夺走，而不能帮助边远小镇的人们得到更多、更肥美的羊腿的民主则只是奢侈的空谈。

——《夜的眼》

（一群大学生在看过画展之后，讨论起一篇小说）女主人公在赏红叶的时候男主人公告诉女主人公，二十米以外有人卖黄花鱼，这证明女主人公是多么的高雅而男主人公是多么庸俗。立刻人们分成了几派，金铃坚持，无论如何，当一个人正在兴致勃勃地欣赏秋天的红叶的时候与她讨论黄花鱼的问题是做了一件蠢事。邵夫子认为，如果在赏秋二十五分钟以后再买二斤黄花鱼，那么秋日就会更加美妙，一切决定于时间、地点、条件，男主人公的最大错误是手表走快了二十五分钟。我心想，如果二十五分钟以后黄花鱼卖完了呢？蚂蚱认为关键问题在于女主人公自己吃不吃黄花鱼，如果她一向不吃黄花鱼，应该到医院里去检查肠胃，如果她同样吧唧着嘴吃鱼，她就无权责备别人关心吃鱼。长江补充说，何况目前黄花鱼供不应求，如果是他在赏红叶而他的爱人告诉他那边有卖黄花鱼的，他会先去排队买上黄花鱼再回来观看红叶不迟。……至于我自己，我爱红叶，我不希望我在看红叶时受到黄花鱼的干扰，但我希望食堂或家里的饭桌上，隔长补短地有干烧黄花鱼出现。

人们问锦红，锦红一笑，她说："我们还没有条件不为黄花鱼操心啊！然而，你们果真以为那两位小说中的人物感情破裂是因为黄花鱼呢？不，不是因为黄花鱼而感情不好，而是因为情感不好才讨厌黄花鱼。黄花鱼是代人受过的啊，而感情是勉强不得的。哪怕你批评这种感情也罢。"

——《深的湖》

从以上的两段文字里，我们不难看出王蒙小说语言的随意性，陈杲从大城市人谈论民主想到边远小镇谈论羊腿，似乎是太离奇了点，因为两者之间从表面上看没有什么关联，但是，当你读完接下去的文字，就会发现民主和羊腿之间实际上是紧密联系的，二者都是人们无法离开的，它们共同来满足人们精神和物质层面的需求。关于欣赏红叶与吃黄花鱼的讨论也同样如此，乍看上去，扯得很远，离题万里，但最后紧紧地收拢，把这场散漫而随意的争论，提升到哲理的高度。王蒙小说语言的随意性的形成，一方面来自王蒙自身的睿智幽默的个性和出众的才华，另一方面也得益于他对杂文尤其是鲁迅杂文的热衷。在与王蒙同时期的小说家中，能在创作中如此信马由缰、挥洒自如的实不多见。

（三）急促的节奏感

王蒙认为，生活的步伐随着社会的发展在逐渐加快，文学创作也不能一成不变，如果那样，小说就会渐渐地脱离社会，最后导致脱离读者。文学既然是社会生活的反映，那就应该贴近生活，与生活的步伐相一致。新时期以来，王蒙在小说创作中，非常注意对语言节奏感的把握，读他的小说，似乎能感到时间匆匆的脚步声。在短篇小说《春之声》里，他为了表现十一届三中全会以后生活发生的迅猛变化，让主人公岳之峰在回家的火车上，听到旅客们七嘴八舌的议论："自由市场。百货公司。香港电子石英表。豫剧片《卷席筒》。羊肉泡馍。醪糟蛋花。三接头皮鞋。三片瓦帽子。包产到户。收购大葱。中医治癌。差额选举。结婚筵席……"这段话互不相连，但综括起来就是生活各个方面发生的变化。读这样的文字似乎让我们看到了电视上的"频闪"镜头，让人眼花缭乱、目不暇接，利用尽量短的时间，尽量小的篇幅，尽量快的节奏，传达尽量多的信息。《蝴蝶》的主人公张思远，曾一度远离了人民，"文革"中他受到了迫害和打击，被下放到农村劳动改造。然而，人民群众并没有远离他，仍然把他看成人民的功臣，这使张思远终于觉悟。于是在恢复了工作后，他更觉得时间的珍贵，他要在有生之年尽量多地为人民作些有意义的事情，他的那种紧迫感是可以想见的。因此王蒙这样叙述他从曾下放的农村回到北京的这一过程：

现在，他离去了。高级宾馆的一夜以后是四个小时的飞行。然后是他的吉姆。秘书到机场来迎接,使他确认了自己的副部长的身份。又是繁华的街道,雪白的快行线,又是红灯。人口和车辆都增加了很多,一到十字路口,就要耽搁。再拐两个弯,汽车减慢了速度,停下来。握手、道谢,他邀请驾驶员上去坐一坐,驾驶员谢绝了。秘书从他手里抢去了所有的本来也不多的东西。明亮的电梯间,烫发的女服务员向他问好。他又回到了一个凡是知道他的职务的人都向他微笑的地方。钥匙插在锁孔里,他没有把钥匙给秘书,而是自己开的门。他不愿意在每件小事上劳动别人。门开了,灯亮了,高分子化合物的墙壁和地面仍然是一尘不染,就像天天有人用洗涤剂刷洗过似的,他回来了,他坐在了沙发上。

——《蝴蝶》

从农村到北京的过程,几乎每个细节都写到了,住宾馆,搭飞机,坐汽车,乘电梯,就连拿钥匙开门这样的细节也没有略过,真是不厌其详,但你却不感到缓慢而冗长,相反你所感觉到的却是张思远那紧迫的心理、急切的步子,这不能不说是得益于那种节奏急促的语感。

四、长篇力作《活动变人形》

《活动变人形》是王蒙继《青春万岁》之后的第二部长篇小说,它在王蒙小说创作中具有里程碑的意义。

(一)题解

"活动变人形"是日本人发明的一种儿童玩具,它就像一本书,每一页上都画着不同的人形。与普通的书所不同的是,它的每一页都被分成上、中、下三个部分。每一页的上部画着各式各样的人头,中间的部分画着各式各样的身子,最下面的部分画的是各式各样的腿,由于书页的三个部分都可以独立翻动,因此,这就成了一本永久常新的书,每一次翻动都可能会是一次新的组合,而每一个组合都会产生不同的效果。比如,一个美丽的少女的头,可以配上一个老头的身体,再加上两条小孩的腿,这种滑稽的配合,能让人捧腹大笑。总而言之,它能培养儿童的想象力和创造力,在一本并不厚的书里,组合出一个五彩缤纷的大千世界。王蒙之所以用这个玩具的名字来作这部长篇小说的题目,是因为他在这个玩具身上得到了一种人生的启迪。是的,整个世界不就是一本扩大了的“活动变人形”吗?每一个家庭的产生,就相当于“活动变人形”的一次偶然的组合,在这偶然的组合中,既有美满幸福的,也有别扭滑稽的,当然也有生硬可怕的。其实一个人一生的命运沉浮,也可以视为“活动变人形”的一次偶然的组合。一个人的理想、追求和希望是他的“头”,本领、知识和成就是他的“身子”,环境、条件和地位是他的腿。如果三个部分能和谐配搭,也就是说,你既有远大的理想和抱负,又有丰富的知识和超人的本领,同时也具备适应你生长的环境和条件,那么,你的人生将是一首美丽的诗、一幅和谐的画、一曲动人的歌。然而,三部分配搭和谐的总是少数,也就是说一个人没有远大的理想和抱负,过人的能力和优越的地位只能造就出一个高级的市侩;“身子”有缺陷,也就是没有知识和本领,那你充其量只是一个志大才疏的空想家;“腿”部有缺陷同样是不行的,你有理想和本领,但就是没有适合你的环境,那你就只能终身忍受一颗良好的种子不能在土壤里发芽的痛苦。

小说中的主人公倪吾诚就属于上面所说的第三种类型,他有一张生动而漂亮的脸,也有一个匀称而挺拔的身躯,但非常可惜的是,由于童年多病,造成了下肢的肌肉萎缩,堂堂一米八的高大汉子,却只有两条麻杆一样细的腿,并且罗圈得像个英文字母中的“O”字,看上去总让人产生一种“头重脚轻根底浅”的感觉。他有远大的理想和抱负,对中国的封建传统恨之入骨,对西方的文明推崇备至。他出国深造,学贯中西,但却被深埋在封建土壤的板结层里,所以,他终身都只能扮演一个滑稽的角色,他有点像阿Q,有点像孔乙己,有点像奥勃莫洛夫,有点像罗亭。他的一生像自己名字的谐音:你无成。

（二）倪吾诚：中西文化夹缝中挣扎的畸形儿

1.一条“发疯了的狗”

心理学家巴甫洛夫曾作过这样一个有趣的实验：把一块牛肉吊在狗的面前，然后摇铃向狗发出吃肉的指令。当狗要吃到肉时，实验者突然把肉撤掉。这样反复多次，悲剧就发生了，这条狗终因“渴望而不可得”而发疯了。倪吾诚知道这个故事后阴沉着脸说：“我就是这样的一只狗。”的确，对倪吾诚来说，西方的文明无疑就是一块鲜美的“牛肉”，对他构成一种无法抗拒的诱惑，他热切地向往这块“牛肉”，但是由于他身处封建文化的樊篱之中，他自己单薄的力量无法冲破这道樊篱。一次次地冲撞，一次次地失败，最后，他就像那条被实验的狗一样，用自己的一生演了一出令人震惊的悲剧。

2.一个新文化运动的勇士

倪吾诚九岁入洋学堂后，就迷上了梁启超、章太炎、王国维的文章，他无师自通地反对缠足，与他的佃户们谈“耕者有其田”的道理。家里祭祖时，他跑到梨园夜观星象，并扬言要砸烂祖宗的牌位。他小小年纪就因思考人生的目的、意义和价值而失眠，表现出对旧文明、旧伦理的极大愤慨。成年后他又留学西洋，亲身感受西方的文明。回国后，他准备大展宏图，为推进中国的文明进程作出自己的贡献。然而，倪吾诚失败了，他在西方学到的那几遭“花拳秀腿”，根本不具备与中国封建文化的“真枪实弹”相抗衡的力量，就像一个脆弱的梦撞在黑色的顽石上一样，一下子就破碎了。

很明显，作品中倪吾诚的家庭具有一定的象征意义，他与家人之间的冲突，实际上就是新文化与旧传统斗争的缩影。倪吾诚是新文化的代表，但他孑然一身，力量单薄；在旧传统的一方，不但有母亲、妻子、妻姐、岳母，还有一个可怕的帮凶赵尚同。双方力量的悬殊，一开始就决定了倪吾诚不可能有所作为，因此，这个新文化运动勇士的“业绩”里，也就不可能有什么辉煌的记录，有的只是一次次“死亡”的经历。

评论家用“死”这个词，来概括倪吾诚在与封建文化斗争中所遭受到的苦难。他第一次“死”是在少年时代，而“凶手”就是他的亲生母亲。倪吾诚少年时期的表现让母亲大为吃惊,为了使儿子能在将来过安稳的日子,她竟然用鸦片和手淫两种方法,迫使倪吾诚回头是岸。精神上的麻醉与肉体上的戕害,终于使倪吾诚一病不起,然而,他凭着惊人的毅力和坚定的信念,终于挣脱死神的网套。这一次的斗争虽然取得了胜利,但倪吾诚也付出了沉重的代价,病愈之后两条本来粗壮的腿,变成了“O”字型的罗圈腿。失去了健康双腿的支撑,就等于失去了走向成功的一个要件,因此,终身一事无成,也就成为他的宿命。

第二次的“死”是妻子造成的。倪吾诚与妻子之间的矛盾,“贯穿每年三百六十五天的每一个黑夜和白天”。妻子姜静宜对倪吾诚几乎到了恨之入骨的地步,她甚至盼望着“倪吾诚走在路上,迎面来了一辆疾驶的汽车,‘砰’的一声,倪吾诚倒在地上,倒在汽车轮下,汽车的四个轮轧过倪吾诚的头、胸、腹、四肢。又一声‘砰’,是倪吾诚的脑浆崩裂了,吱吱,车轮轧进了胸膛,轧断了肚肠,轧折了胳臂、腿,红血白骨,全都暴露在外面……那将是一幅多么壮丽、多么痛快淋漓的场面啊,苍天有眼!”倪吾诚从西方留学归来,就把没有文化又裹着小脚的妻子接到城里,他满怀信心地准备把妻子塑造成一个“文明人”,他拉着不识字的妻子去听鲁迅、刘半农等文化大师们的演讲;要求妻子走路要挺胸抬头,一天要刷两遍牙,要学会跳舞、喝咖啡、吃冰激凌,要学会说密斯和密司脱。但妻子与他针锋相对,说一天刷两遍牙费牙刷、费牙粉、费水、费盂子,甚至还费牙。说挺胸走路的女人是娼妓,说洋话就是“放洋屁”等。倪吾诚要与她离婚,她就找来亲友和老乡,声泪俱下地控诉倪吾诚的“罪行”,引起所有亲友对倪吾诚的愤恨,并且还糊里糊涂挨了老乡赵尚同一记耳光,使他无颜于世,愤而自杀。但命运又一次地捉弄了他,他在死了十几个小时之后又奇迹般地复活了。

第三次是在他古稀之年。他一生受了那么多的苦难,但老了却得不到儿女的尊重和安慰。儿女们甚至盼望着他早死,因为只有他死了别人才活得更轻松、更单纯、更容易些。晚年的倪吾诚因白内障基本上双目失明,拖累了他一生的两条细腿也断了,在一片凄凉中结束了自己的一生。

我们之所以说他是新文化运动的勇士,是因为他在与封建传统的斗争中始终没有妥协，即使到了晚年，双目几近失明，瘫痪在床，他仍然抱着一个堂吉诃德式的幻想，始终相信自己的“黄金季节还没有开始”。这固然让人颇感滑稽，但这种至死不悔的执着精神仍让人激动不已。

造成倪吾诚悲剧的原因是多方面的，其中封建传统文化对他的迫害是最为主要的。然而，当我们从他自己身上寻找原因时，发现他自身的弱点同样让人触目惊心。他向往西方的文明，其实他对西方文明也是一知半解。他的浮躁情绪以及浅尝辄止的个性，使他对一种文化现象不去做本质的把握，而只限于一种皮毛的领悟。他有远大的理想，但他不善于从实际出发，更没有勇气去参与实践，因此他的理想总显得那样虚无缥缈，不着边际。更重要的是他的思考问题的方法存在着严重的逻辑问题，往往缺乏理性的分析和归纳，缺乏周密的逻辑推理，仅仅靠自己的主观判断，就把一个简单的现象的成因归纳成一个他认为可以统辖一切的大原则，或者用一个含混不清的原理来取代对一切具体复杂的现象的准确的把握。例如，倪吾诚对中国儿童单调乏味的生活颇有感慨，他认为我们要为儿童生活的丰富多彩创造条件。这当然是无可厚非的，甚至是很必要的，但是倪吾诚却把一个正确的命题推论到荒唐的地步。他说：

> 儿童应该有足够的玩具，不但有泥人和竹蜻蜓，而且应该有能够动的汽船、火车和飞机，应该有装满了氢气的气球，一撒手，这样的气球就会飞上天空……儿童应该有自己饲养的动物……儿童应该有自己的牧场。儿童而且应该有自己的游乐场……儿童应该有自己的交通工具，应该有儿童驾驶儿童乘坐的火车和电车。……总而言之，儿童应该有自己的一个世界，应该有自己的总统，自己的海、陆、空军……鲁迅早就说过了：救救孩子。怎么救？就要把整个的世界交给孩子，还给孩子。世界本来就是属于你们的。

这是一个从具体到抽象的主观联想，走的是一条从现实—理想—空想—狂想的过程，实际上也就是一个从正确走向谬误的过程。他的这种思考问题的方式，有时候还可以从一个合理的观念或者原则，推导出一系列对具体问题的荒唐看法。他曾经这样开导他的妻子：

他说他需要爱情，需要过文明的幸福的生活。他说中国已经落后了二百年，他们的过去的生活，包括他们的婚姻都是非人性的、野蛮的、愚蠢的，甚至是龌龊的……但是没关系，我亲爱的萍儿的母亲，事在人为，命运由自己规定……你当不了讲师不要紧，至少要会说密斯和密司脱。你一定要挺着胸走路，女人只有挺着胸才好看。女人而不挺胸不如死了好……中国如此落后衰弱，和国民不肯挺胸绝对有关……要跳舞喝咖啡吃冰激凌，首先要喝牛奶……说腥气，说上火，说喝了打饱食嗝，这就是彻头彻尾的野蛮……

对文明的向往和追求是可贵的，他对中国非人性的婚姻生活的认识，可以说是深刻的。但他经过一番推论后，得出的却是与这个观念没有本质联系的可笑的结论，是一个无关宏旨的琐屑的结论。

“发疯的狗”、勇士、浪子，这些本来没有什么联系的概念，却真实而确切地统一在倪吾诚的身上，使得这一形象极其复杂。我们甚至不知该以怎样的态度来对待他，难怪他的儿子倪藻想起父亲的一生就会感到一种莫名的震颤，在概括父亲的一生时，他感到语言的贫乏。他几乎无法判定父亲的归属：“知识分子？骗子？疯子？傻子？好人？汉奸？老革命？堂吉诃德？极左派？极右派？民主派？寄生虫？被埋没者？窝囊废？老天真？孔乙己？阿Q？假洋鬼子？罗亭？奥勃莫洛夫？低智商？超高智商？可怜虫？毒蛇？落伍者？超先锋派？享乐主义者？流氓？市侩？书呆子？理想主义者？这样想下去，倪藻急得一身又一身冷汗。”

（三）姜静珍：灵与肉冲突的悲剧

作者在《活动变人形》中塑造了三个思想一致但性格各异的女性形象，其中姜静珍是最为成功的一个。作者对这个人物的痛苦、变态、无价值及非人的人生进行了细致、冷静、不动声色的刻画。姜静珍是倪吾诚的妻姐，她18岁结婚，19岁守寡直到最后。在寂寞而漫长的寡妇生涯中，她克制住自己的一切欲念，盼望能在死后得到一个贞节牌坊。然而她毕竟是一个有血有肉的活生生的人，因此作为一个正常的生命所应有的冲动、情欲、需求，一次又一次地冲击着她用封建传统道德构筑起来的理智之堤，灵与肉长时间的冲突，使姜静珍性格和心理逐渐变形、扭曲、失常。

不管姜静珍多么冷酷，多么凶恶，多么让人厌恶，但必须承认她是一个封建伦理道德的牺牲品，她的内心充满着冤屈和痛苦，正因为如此，作者也给予她应有的同情。封建礼教的本质就是对人性的压抑、戕害和摧残，在这方面，中国的妇女是最悲惨的受害者。姜静珍曾经有过一段幸福美满的生活，但不满一年她的丈夫就死去了，从此她便被推入了一个冷酷寂寞的境地。她在后来漫长的日子里，每每想起那一段生活，便表现出异常的兴奋和痛苦。作品在第二章里，对姜静珍的痛苦有着十分精彩的描写。“打起黄莺儿，莫叫枝上啼。啼时惊妾梦，不得到辽西。”唐代诗人金昌绪的这首《春怨》不知给历代的读者带来多少伤感的情怀，但是，像姜静珍这样来体会这首诗的实在是不多见。她每一次读这首小诗时，诗中的那种强烈的思念丈夫的情绪便会在她内心深处引起共鸣。“‘打起黄莺儿’。只这五个字就让她神魂颠倒，痛不欲生，像发虐子、生肺炎一样，只觉得周身是无限的热、无限的冷、无限的慵懒、无限的空凉。而在痛哭着，苦笑着、微笑着又沉思着念、吟、唱上‘打起黄莺儿’十几遍、几十遍以后，……她似乎感到了一种解脱，一种寄托。‘啼时惊妾梦’，说来归齐，剪断截说，古往今来，女人的命运不过是常常被惊破的残梦而已！又如何得到了‘辽西’呢？”姜静珍对这首诗的吟咏，表现出其痛苦的内心世界。

然而，作者给予这个女人的同情是有限的，在更多的篇幅里，作者给予她的是鞭挞、批判和诅咒。她本来是一个值得同情的“被吃者”，但她在被吃的过程中，却自觉不自觉地加入到了“吃人者”的行列里。她终日无所事事，闲寂无聊，日积月累在内心深处的巨大能量始终没有得以释放的途径，于是，有时就会冲破她脆弱的自我防线喷射而出，比如，她那无端的骂人便是一例。她的母亲就是一个骂人的高手，骂倪吾诚的时候能“从头骂到脚，从心术骂到姿势，从皮肤骂到骨髓……骂得细致入微，入木三分，而且不无根据”。但是在这方面，姜静珍却称得上是“青出于蓝而胜于蓝”。她可以在没有任何理由的情况下，突然就怒不可遏，然后就是一阵潮水喷涌般的破口大骂，骂的语言生动活泼，花样翻新，形象具体，壮怀激烈。她是倪吾诚的克星,她曾帮助妹妹对倪吾诚大打出手,把一碗滚烫的绿豆汤砸在倪吾诚的身上,然后抄起一个凳子向倪吾诚直冲过去,打得倪吾诚抱头鼠窜。由此让人们看到她凶残的一面。作品中对这一人物最为深刻的刻画,是揭示出她"自吃"的心理层次。姜静珍内心积累的能量,光靠"吃人"是不能完全释放的,因此,她必须经常自我扑灭,自我克服。她的"自吃"与"吃人"一样让人震惊。姜静珍每天早晨有一个相当长的梳妆过程,这几乎成了她生活过程中的一个固定程序。她先洗脸,洗了一遍又一遍,以至于把一盆水洗成黑色的,才肯罢休。然后,她开始化妆,先用手心蘸着水把香粉蜜调匀抹在脸上,然后用两手在自己的脸上拍打,她自己也许并不觉得用力,但却发出"啪啪"的响声。"打"过一阵之后,再扑粉、上胭脂和唇膏。也许在漫长的梳洗过程中,女人的意识在她内心深处慢慢滋生,也许由此产生了正常人的欲望和冲动,所以姜静珍对着镜子里的自己开始骂,无名的仇怨和恶毒、悲哀和愤懑,突然喷涌而出:

你真是心狠手毒。好哇,你?量小非君子,无毒不丈夫!杀人不过头点地。苦苦哀求,就是不留!风急天高猿啸哀!无边落木萧萧下!最是生离死别时!我把你剁成肉泥!杀他个良莠不分,鸡犬不留!一不做,二不休,宁让我负天下人,不让天下人负我!君子报仇,十年不晚!我不下地狱,谁下地狱?死去原知万事空!我容易吗?也可谓书香门第,知书达理。忠厚传家久,诗书继世长。又是一年芳草绿,爆竹声中一岁除。恩爱夫妻万事空。饿死事小,失节事大。女子一生无非是贞节二字。好一个沉鱼落雁之容,闭月羞花之貌。罢罢罢。芍药开,牡丹放,花红一片。艳阳天,春光好,万鸟争喧。春心莫与花争发,一寸相思一寸灰。结草衔环,我来世把你报。良辰美景奈何天,赏心乐事谁家院?冤有头、债有主。只怕你凄风苦雨了却残生,孤独独赤条条来去无牵挂!

姜静珍嘟嘟囔囔地骂完这些句子之后,还是觉得没有完全发泄,于是她拍响了条案,立刻变成了破口大骂:

你丧尽天良,衣冠禽兽,欺负我寡妇事业的!你心如蛇蝎、煎炒烹炸、五毒俱全，杀人不眨眼，杀人不见血！你来，你过来！……我叫你白刀子进，红刀子出！……你个骑木驴游四街的娼妇，你个没有人味的臭货！你个不忠不孝不仁不义寡廉鲜耻没安好心的下三滥，臭流氓、匪类！我叫你乱箭钻身、大卸八块、出门汽车轧死，天打五雷轰、脖子上长疔、肚脐眼里流脓、吸干你的脑髓，叫你死无葬身之地！

骂完之后她终于安静下来，然后又把脸上的白粉全部洗掉，重新开始梳妆，其间还伴随着一声声令人毛骨悚然的冷笑和叹息。这是一个令人战栗的自我搏斗、自我撕咬的场面。这个场面，为姜静珍这一形象增加了深度。

（四）王蒙的困惑和失重

王蒙既是知识分子，又是革命家，他的这种双重身份就造成了他认识问题的双重视点。在有些问题上，这双重视点是一致的，然而在有些问题上，双重视点之间会产生龃龉，因而，也会为作家带来困惑，在对待倪吾诚的态度上就可以看出他的双重视点及其矛盾。

当王蒙用一种现代知识分子的目光来审视中国历史时，那种惊人的穿透力让人叫好，他对姜静珍、姜静宜、赵尚同等封建文化的代表者进行无情的批判，宣判了他们精神上的死刑。在这一点上，他跟倪吾诚是一致的，正因为一致，他才会对倪吾诚的捶胸顿足的精神苦难有那样会心的领悟，才会对倪吾诚世代相传的叛逆精神给予歌颂般的追溯。

但是，王蒙对倪吾诚的歌颂是极为有限的，自始至终，王蒙在用一个现代知识分子的视点、嗅觉去感受人物的同时，也没有放弃一个革命者的视点。如果说知识分子的视点使他对倪吾诚的现代思想产生共鸣的话，那么，一个革命者的视点则使他对倪吾诚的另一面产生反感。王蒙参加过革命的实践，所以面对只会“坐而论道”的倪吾诚，他有明显的优越感。他辛辣地嘲讽了倪吾诚的“空谈”，甚至最后把他写得滑稽可笑，甚至否定倪吾诚的价值和意义，这当然是有一定道理的。但是，王蒙正是在这一点上出现了失重，也就是说他太重视实践了，对倪吾诚的“务虚”太藐视了，这在一定程度上减损了倪吾诚这一形象的悲剧意义。倪吾诚一生碌碌无为,固然有其自身的原因,但必须承认恶劣的现实环境是倪吾诚一生悲剧的主要原因,因此,倪吾诚所处的环境应该引起人们的深刻反省。其实,倪吾诚并不是没有进行过改变环境的努力,相反的,他大半生的精力都用在了这上面,只是“环境”的力量太强大了,倪吾诚的力量是远不能及的。作为知识分子,显示其价值的方式,在很多时候都是通过“言论”,而不是通过“行动”。从这一观点出发,倪吾诚的意义就在于给那些昏睡于蒙昧状态下的人们带来刺激和痛苦,在于他是那种生活氛围中的不和谐的因子。很显然,王蒙对这一点的认识是不够的。

但无论如何,《活动变人形》都称得上一部不可多得的力作。无论是思想、人物,还是语言、结构,都能显示出王蒙过人的睿智和练达。它在王蒙的小说创作的道路上具有举足轻重的地位。

第十五章 池莉小说研究

一、作为一个文化现象的池莉小说创作

池莉这个名字是伴随着《烦恼人生》《不谈爱情》《太阳出世》《冷也好热也好活着就好》在20世纪80年代后期的出现才被熟知和广泛接受的，而事实上在此之前池莉已经有过数年的创作甘苦。是这组作品非同寻常的意识倾向、文化意味及审美特征将池莉从她自己的创作史和新时期小说创作的大背景中凸显出来，受到了大家特别的注视。盛名之下的池莉没让喜爱她的人失望，在90年代，池莉的小说创作在数量和影响力上都是惊人的。《你是一条河》《青奴》《你以为你是谁》《绿水长流》《闻鸡起舞》《来来往往》《小姐你早》等作品在90年代相对沉寂的文坛带来一波又一波的冲击。尤其是在20世纪末，《不谈爱情》《来来往往》相继被改编成电视连续剧，借助于电视这种现代传媒，池莉的影响被带入千家万户。池莉的小说进入了畅销与流行的行列，成为继王朔小说之后又一个具有

市场号召力的新品牌。

池莉小说在20世纪末的广泛流行当然不是一个纯商业性事件，甚至不仅是一个文学事件，而是一个意味深长的文化现象。对《烦恼人生》这部具有标志性的作品，蔡翔明确地指出它“预示着一种文化倾向”，“意味着知识分子开始不再沉湎于对这个世界的沉思冥想，亦不再对遥遥的彼岸充满一种神圣的渴望，而是直面人生的烦恼，开始倾听来自‘民间’的声音，把现实与理想推向一个尖锐对立的人文环境，同时无情地拆除着所有附加于现实生活的精神性‘装饰’，诗性消解了，浪漫主义销声匿迹，有的只是赤裸裸的普通人的人生困境，而且尽可能地真实复制出普通人的日常生存状态”。一个明显的事实是，池莉小说所创造的这幅世俗主义图景及审美规范与20世纪中国文学的现代性主流叙事传统——以民主、科学的现代理性精神为底蕴，预设一个不确定但可望到达的未来与彼岸作为目标，以国民性批判与个性、阶级性启蒙为基本内容，以建构人的主体性为其精神内涵（个性主义、爱国主义、英雄主义、理想主义在不同的阶段成其主旋律），在个性与阶级性、现实感与历史感交叉的基点上建立起的典型化叙事规范——构成了强烈的反差。就其实质而言，二者之间存在着明显而尖锐的文化精神的差异与价值观念上的歧见甚至是对立。蔡翔所称的这种“文化倾向”实际上可求证于池莉到目前为止的绝大部分创作，甚至也包括了她的小说创作——《来来往往》《小姐你早》等作品，在故事形态上的传奇性并未改变她的创作在精神上的现世性、世俗性及文化的守成倾向，甚至相反，故事的传奇性恰恰强化一种“人生天定”“徒劳往返”的悲观与宿命倾向。

另外，将池莉的小说创作视作一个文化现象，还因为这是一个只有通过复合的文化语境才能解释的复杂现象。池莉小说的这种现世性与世俗性的意识形态虽然有其现实性与可解释性，如社会生活由以强势的政治意识形态为中心向以生产和消费为主的世俗化的转轨，带动了文化由神圣化向世俗化的转变；“文革”文学将理想性与现实性、精神生存与物质生存及朴素的生活愿望推向一个尖锐对立的文化语境，而且以后者被抑制和匿名化将启蒙主义的现代性逼入一个恶性膨胀的反现代性的死角，因此需要某种程度的“矫枉”。但是，生活的现世性、世俗化未必意味着精神和文化上的世俗主义与现世主义，未必意味着在现世性与彼岸性、世俗性与理想性这种二元对立的思维与价值框架中否定后者；对文学的“矫枉”也未必“过正”。意识形态具有可解释性，又具有解释性，甚至是最终的解释性。就是说，池莉小说反复申说的现世性、世俗性的意识形态主题本身就受制于一个更大的、先在的、被预设的意识形态情景，它能够解释池莉小说的文化选择以及文学选择。

二、“新孩子”的“失乐园”：性格的对峙与认知的偏执

虽然一开始就将池莉的小说创作定位在“文化的”层面上，但对这种文化意蕴的揭示却可以从“个人的”、精神现象学的角度导入。这里笔者并不想全面而系统地描绘池莉的人格形象，简要地但尽可能实事求是地勾勒出她的心理及文化肖像才是目的。精神分析学在涉足个人的心理成长时，几乎是无一例外地重视童年经验。我们也不例外。池莉不是一个外向的喜欢喋喋不休地展示自己的人，她甚至“害怕”把自己呈示给别人，在虚构性写作中，她宁肯将个人性、私密化的人生经验转换成“他人”和公众经验，在纪实类的写作中，也很少涉及隐秘的心理经验，这在同代的女性作家中是相当少见的。尽管如此，在《写作的意义》《怎么爱你也不够——献给我的女儿》及《池莉文集》的几篇“后记”中还是透露出一些重要的讯息。池莉说：“我出生于一九五七年，这个时间是有意义的，但出生地点对我没有意义。有一种感觉始终潜伏在我的心里，那就是：我是一个没有家乡的人。……有很长一段我的记忆中没有父母亲。我觉得我生活在异乡。”确切地说池莉是“一个在机关宿舍出生的孩子”，“没有祖荫，没有根基，跟随父母调到这里工作调到那里工作”，“有的只是一种天生的革命小主人的自豪感”。池莉将自己这样一个没有家乡没有根基，跟着革命家庭、充满自豪地流浪的孩子称作是“前所未有的崭新的孩子”。从纯粹

的个人意义上来说，这种“新孩子”的性格中充满了内在矛盾与对立色彩：一方面是来自革命家庭的自豪感，加上“外公家的生活使我对银餐具象牙筷子女人首饰和老虎皮毯子有了经历，我更加自命不凡”；另一方面，没有根基、失去护恃的心理恐惧及家长对这种“新孩子”未来设计的无可参照和随之陷入迷茫加重了对孩子的盲目的管束，使“我成了一个生命力较弱的胆怯的孩子”。“新孩子”性格内在的矛盾对立导致了她与“他者”的对峙：“我就这样又空虚又胆怯，又自豪又傲慢，长久地坐在我外婆家的门廊下，与一群生机勃勃的心怀不满的孩子们对峙着。”对池莉来说，内在性格的“对立”以及与“他者”的“对峙”是一对至关重要的特征，它们不仅是理解池莉性格的入口，而且是解读池莉小说及其文化特性的两个关键词。

池莉这种“新孩子”性格的内在“对立”及与“他者”“对峙”的特性显然还可以找出历史的和文化的解释，就是说，“对立”与“对峙”不仅是个人意义上的性格特征，而且还是由特殊的历史与时代因素造成的一种文化个性和叙事个性。池莉曾经有过一段非常重要的自述，对于理解“对立”与“对峙”由一种个性心理向一种文化个性与叙述个性的内在转换非常重要。

我是我，这我知道。我不是我，这我也知道。一个我出生在五十年代末期，跟随父母居住在单位宿舍，胸前挂着一把房门钥匙，一日三餐吃食堂，上课注意听讲，考试成绩优异，保持衣衫整洁，不说脏话粗话，待人彬彬有礼，举止温文尔雅，听毛主席的话，跟共产党走，我是革命的一块砖，哪里需要哪里搬。另一个我不断地穿行在种种情况里：大饥荒，四清运动，“文革”运动，知青运动，等等。在一个早晨，我幼小的妹妹饿死在幼小的我的身边。在许多个黄昏，我从码头边的酒馆里带回我醉醺醺的外公，他是旧的社会遗留给新的社会的最后的武侠。在某一天，我的父母被“文化革命”了，学校停课了，我住到了别处。我走路极不规矩，狂奔乱跑，经常摔跤。我躲在阁楼彻夜读小说，绝不按时睡觉。我偷摘市委机关的葡萄和公园的花朵。我撒谎和写诗。我生病和躲开他人。我隐秘地游走在江汉平原的深处，经常遭遇灵仙，通过她们与鬼神交往。

在这里，“一个我”与“另一个我”仍然呈现为尖锐“对立”与“对峙”的状态：一个是“听毛主席话，跟共产党走”的循规蹈矩的“好孩子”，另一个是被时代的狂乱、饥饿与家族的苦难吓坏了，睁着惊恐、疑虑的“黑色的眼睛”正酝酿着“告诉你吧，我不相信”的伤痕者与叛逆者。只是，这个“好孩子”与“叛逆者”的“对立”已经不能仅仅被解读成是一个“又空虚又胆怯，又自豪又傲慢”，长久坐在外婆家的门廊下，“与一群生机勃勃的心怀不满的孩子们”的“对峙”了，它被赋予了充盈的时代的与文化的内涵。事实上，除了“饿死的小妹”与“醉醺醺的外公”还多少具有一些经验的个人性与私密性之外，无论是“革命的一块砖”，还是大饥荒、四清运动、“文革”运动、知青运动等等，这些经验皆具有一种显而易见的公众性。这种公众性的经验——意识形态宣传的神圣化、革命化、理想化、浪漫化与现实经验的荒诞性、灾难性、黑暗性构成的强烈的反差与尖锐的对立不仅使“对立”与“对峙”成为一种个人品质，而且强化、泛化为一种公众性的文化性格与精神特征，一种指导性的意识形态。

至此，我们已经接近于得出某种结论，或者说，对于池莉小说的文化选择与审美选择已接近达到一种合理的解释：“新孩子”晦暗而荒芜的童年经验，不幸之至——它不仅是个人的灾难，而且是民族与时代的不幸——时代与个人的叠合使这种晦暗而荒芜的经验更具鲜活感、感受性，而且上升为一种文化感受与价值意识。随之，意识形态宣传中那种被神圣化、革命化、理想化、浪漫化了的人、事物、思想与价值观都具有了欺骗性，价值理想轰然塌崩了，“新孩子”们经历了一次真正的精神上的“失乐园”。在一个没有信仰、理想、未来与终极的荒原上，人的现世性与世俗性——婚丧嫁娶、生老病死、上班下班，油盐酱醋、吃喝拉撒便兀然地被凸显出来了。这正是解释池莉小说现世主义与世俗主义意识形态特征的那个“预结构”和先在的经验事实及相关的意识形态。

更为重要的也许是：“新孩子”们所经历的这种神圣但虚假的意识形态宣传与现实经验的晦暗性、压迫性、打击性之间强烈的反差与对立，“培养”了他们在思维机制，理解、认知世界的方式，审美把握方式上的一种有意识的悖谬，作为一种“矫枉过正”而走向一种新的偏执而偏至。

首先是对生活的认知发生了偏至。

“生活”一词在池莉的文学词典里是一个哲学概念，这样说池莉本人肯定难以接受，因为她最引为自豪的是她的作品的“形而下”而不是“形而上”，哲学趣味恰恰被她看作是中国作家无视民间疾苦的一种故意的矫情。但是当她反复地陈述“这生活不是文学名著中的那生活”，“我们不屑我们身边无所不在的生活，我们挺胸腆肚绷着脸做出我们只关注人类大问题的深刻状”，“难道除了生活，除了切切实实每个中国人都能感受到的生活之外，还另有土壤”的时候，实际上她已经进入了哲学的思维与表达状态，哲学思维与表达并不一定都“挺胸腆肚绷着脸”。

池莉认为存在着一种自在的“生活”状态，而她的作品叙述的正是这种“生活”，人们经常使用“还原”这一概念也是基于此种考虑。事实上这是一种误解或者说是一种自以为是、一厢情愿。世界上并不存在一种完全自在自为的生活，因为任何一种进入认知系统的生活对象都被主体化了，进入主体视域的任何东西均不可能是纯客观的，而文学叙事更是一种人所共知的叙述行为，一种文化编织行为，一种符号化的编码。问题的关键恐怕不在于池莉叙述的才是真正的“生活”，而文学名著就没有生活，关键在于或者池莉的不同只在于她使用了她“新孩子”的“崭新眼睛”，叙述了一种她认为的“新生活”。而我恰恰认为这种“崭新眼睛”带有“新孩子”的一种认知方式上的偏执，这种“新生活”也是一种偏执的认知结果。池莉不仅将文学名著的叙述传统看作是一种与“新生活”相悖离的干扰，而且将自己 1987 年《烦恼人生》以前的创作看作是一种不堪回首的失败，“我最初的小说据说写得清新美好……这些作品无疑使用的是旧有的内核”，“我绞尽脑汁用‘三突出’的创作手法寻找高大的英雄，美好的情操，浩荡的正气”，并且不止一次为自己以前的“幼稚”感到脸红。基于此，她将《烦恼人生》的写作视作“撕裂自己的第一个作品”，是一次意义非同寻常的觉悟。不可否认，旧的文学模式，尤其像“三突出”这种极左思想的文学产物拔高、美化、虚饰使文学走向了一种极端，在人的生存的艰难性面前闭上了眼睛，但是直面普通人的生存艰难并不意味着生活里只有艰难，否定虚饰并不意味着不去发现“高大的英雄，美好的情操，浩荡的正气”，将人生的烦恼意象化为生活的唯一真象，甚至将其本体化，将其指认为这就是“生活”本身，这无疑走向了另一个极端，是一种新的偏执与偏至。

还有一个例子特别有力地说明池莉对生活认知的偏执与偏至。在《怎么爱你也不够——献给我的女儿》中，她这样描摹她见到大海时的感受与理性认知：“这不就是海吗？我不就住在大海边吗？海在诗人们的笔下被描绘得无比浪漫和美好，现在我经过与渔民的接触，才明白渔民的感觉：海是船的沙漠，是渔民的田野，是一片不能饮用的大水。我赞同渔民朴素的说法，我有点受了诗人欺骗的感觉。我越发发现自己酷爱真实。”① 这段文字包含的思想上的偏执是显而易见的。渔民对大海的感觉肯定是对的，但是这不等于说诗人因与渔民的感觉不同就肯定是错的，因为他把大海“描绘得无比浪漫和美好”就是“欺骗”。大海与“生活”一样也是敞开的，是有多种可能性的，非此即彼的思维方式是一种典型的偏执，池莉所“酷爱”的“真实”也只是一种真实，只不过她偏执地认为灰色的、沉重的、艰难的、压抑性的、世俗性的生活就是“真实”，而对生活中亮丽的、诗性的、浪漫的、崇高的一面进行了有意无意的回避、拒斥和藏匿而已。

其次是美学把握方式上的偏至。当池莉自信以“新孩子”的“崭新眼睛”观察，把握到一种“新生活”时，她意识到传统的美学及文学观念与她的格格不入，因此将之称为“中国文人的模式”，将中外文学中已经理论化的叙述规范斥之为“匠气”，认为“世界文学艺术的潮流已经是深入浅出。我们在这里搞的是浅入深出”②。这种指责和理论表述的意气用事和偏颇是再明显不过的，这些可以姑且不论，因为问题的关键不是文学传统有无模式与“匠气”——这是不言而喻的，没有模式就无所谓传统，模式一旦形

① 池莉：《怎么爱你也不够——献给我的女儿》，见《池莉文集》(4)，江苏文艺出版社，1995年，第304页。

② 池莉：《写作的意义》，见《池莉文集》(4)，江苏文艺出版社，1995年，第243页。

成就会带来“匠气”——也不是池莉的小说有无模式，而是她使用的文学模式是什么，或者说，她在叙事观念及叙事模式上究竟有多少创新，这种创新的价值究竟表现在哪里。

恰恰在这一点上，我们的结论远不像池莉想象的那么乐观。池莉小说创作有一个良好的起点，即源自日常生活的切身感受是池莉小说的出发点。如果把池莉的小说与她的散文随笔作为互文进行参读，能够发现她小说中的很多故事、情节、生活细节、人物的思想、意绪等直接来自她日常生活中的观察与体验。这种既带有毛茸茸的质感，又具有十足个人感受性的生活经验是池莉小说叙事的优势所在，是取信于读者，也使池莉本人感到自负的理由。正是从这种感受性经验出发，池莉通过自己特有的故事模式来回答“生活”“理想”“爱情”“婚姻”“知识分子”“是什么”或“是怎么样的”这样一些意识形态命题。由感性经验出发经由一定的美学中介（即审美化过程）达成对生活与世界的理性认知是文学叙事一般与共同的特质，文学传统与文学潮流的不同主要就表现在美学中介的差异。现代性文学叙事的最主要规范有两种：一种是将个人生活社会化、历史化，美学上即性格化与典型化；另一种途径则是将个人有限的经验抽象化、哲理化，美学上的原则即象征化。池莉在表达对中国文学的“僵化”“教条”的不满时这样说：“我们的作家立马就可以运用翻译式的语言，电视机里头的生活感觉，再混合一个把我国五四时期的‘莎菲女士’的自我情结，制作出一系列的作品。或者，我们的作家启用半个多世纪之前的中国语言，掺杂老庄老道佛学禅宗的玄妙机智，也可以比较容易地制作出一系列的作品。”①池莉所指责的这两种“制作”方式恰恰是现代性文学叙事的两种基本规范，即典型化与象征化。那么在池莉拒斥了典型化与象征化叙事这两种基本审美规范以后，她所赖以达成理性认知的美学中介又是什么呢？一是对比，不同文化类型，不同性格命运，不同人生经验之间通过对比区别优劣、高下，选择取舍。如《不谈爱情》《两个人》《致无尽岁月》等。二是举证归纳，即通过多个同类型的经验的相加，得出某种结论，

① 池莉：《写作的意义》，见《池莉文集》(4)，江苏文艺出版社，1995年，第241页。

如通过印家厚一天遇到的诸多烦恼，来证明“人生烦恼”（《烦恼人生》），通过枚举不同的爱情事例以证明爱情的不存在（《绿水长流》）等。三是个人经验的平面化与公众化。池莉的小说创作如《闻鸡起舞》《来来往往》《小姐你早》等试图表达个人在变动不居的时代思潮裹挟下的心灵躁动与命运变迁，但由于她自觉地甚至是本能地拒绝对个人进行心灵拷问和历史化的表述，只能使她的小说在公众经验的平面上演示一个个由“闻鸡起舞”、经“来来往往”的折腾与颠簸再回到生活原点的封闭与轮回的宿命故事。

不难看出，池莉小说在审美化的过程中选择了一些简单与通俗的修辞方式。对比、举证归纳等形式逻辑范畴的推理方式及封闭与轮回的民间情节圈套或许正是池莉所说的“浅入深出”，或许也正是这个原因，池莉小说越来越明显地呈现出通俗小说的特征。但是我觉得必须指出的是，如果说典型化与象征化是一种“模式”，需要反抗的话，池莉的“反抗”也只是走向一种更加简单、通俗和“非审美”的修辞道路上来了。对比、举证归纳、轮回故事等甚至是更简单更古老的“模式”，在由感性经验到理性认知的过程中，这种简单而古老的“模式”作为审美过程与修辞中介比典型化与象征化留有更多的裂缝、漏洞与陷阱，得出的生活结论更武断、偏激，甚至是粗暴。

三、倾斜与失重的“仿真空间”

池莉一方面自信地要写一种“真正的生活”，另一方面又承认自己是“用汉字在稿纸上重建仿真的想象空间”。前者表达的是一种信念；后者表达的才是一种事实，而且还必须承认“仿真”也只是一种修辞性的表达，含有很多愿望的成分。即是说，文学的想象空间其本质与价值均在于“仿”，至于是“真”与否，则是文学之外的命题，或者根本上就是一种假定的命题。池莉之所以孜孜以求其“真”或“仿真”，真正的意图或客观效果只能是强调与他人的“不同”，突出自己的文学想象空间的独异性。但事实上,池莉从自己独特的立场出发,通过选择—遗漏、组—拆、强化—弱化等叙述编码机制,将多元、多极甚至是混沌的人生经验与生存风景进行了新的化约,将物质性、现世性、公众性与当下性等世俗性经验择取出来,经过对比、举证归纳及循环轮回的情节模式等意识形态化地编码,创造了自己所谓的“仿真空间”,并由此演绎出一整套现世性与世俗性的意识形态结论。但是,这样一个经验与精神的空间与其说是“仿真”的,毋宁说是“倾斜的、失重的、偏执的”,甚至可以说,池莉的这一所谓的“仿真空间”在形态上恰恰表现为平面性而非空间性,其意识形态与价值倾向具有一种封闭、偏执、武断的特征。下文通过对池莉小说经验语码的择取、语码的编织、语码的释读等所谓“仿真空间”的建构的全过程的实证分析与解读,通过将她的经典文本放置到一个大的文化语境中,呈现她的“仿真空间”的虚构性、脆弱性与局限性。

(一)“人生三部曲”:成人的受洗式

“受洗”,准确地说是“洗礼”,是一个标准的宗教概念与宗教仪式,即以肉体接受水的濯洗象征在精神上向神的皈依。这一仪式源远流长的历史背景,能指——肉体、水与所指——精神上启示、升华之间的亲密的、一体的、明晰而颇具美感的关联方式,使它逐渐超越纯宗教范畴而成为一种普泛的文化隐喻。即使在当代中国的文化语境中,“洗澡”一词的隐喻性质也越来越广泛地被接受与认同。洗澡这一纯粹身体性的行为过程越来越多地被用来指称人在精神上的受考验、受煎熬、受磨炼以及随后所发生的艰难的蜕变。一般人看来,池莉的小说创作与宗教无关,至少与传统的宗教无关,甚至心灵、精神这些范畴本身对池莉似乎就是奢侈的,但是,这只是表面上如此而已。池莉的小说有其精神的一贯性和独特性,甚至越到后来,池莉小说悲观与宿命的色彩愈发浓重,其准宗教的性质就愈显豁。只不过这种独特性与尖锐性被掩盖在她的貌似客观、中立、公众化的叙事形态与精神上的“民间化”包装之中。如果我们将池莉 20 世纪 80 年代后期的几部重要作品(《烦恼人生》《不谈爱情》《太阳出世》,人称“人生三部曲”或“烦恼三部曲”)联系起来阅读,在不同的经验形态下面就能够发现一个具有丰富内涵的故事原型：人的成年化，或者说是成人的受洗仪式。但有意味的是，池莉笔下的受洗仪式在语义上是对传统受洗仪式的反其道而用之的尝试。

故事一：产业工人印家厚被包围在各种的“烦恼”之中：住房拥挤，交通拥挤，奖金分配不公，经济上捉襟见肘，人事关系复杂。“烦恼”引发了他的焦虑与不满，对妻子的不满，对守门老头的不满，对幼儿园女教师的不满，对单位领导的不满。在经历了一番心猿意马（女徒弟雅莉的挚爱，幼儿园女教师引发的对初恋情人的怀念，同学江南下的来信诱发了对知青生活的回忆）之后，印家厚重新回到现实中来，生活中的烦恼依旧，但印家厚却成功地隐忍、化解了这些烦恼，他显而易见地成熟了：“少年的梦总是具有浓厚的理想色彩，一进入成年便无形中被瓦解了……他只是十分明智地知道自己是个普通的男人，靠劳动拿工资而生活，哪有工夫去想入非非呢？”

故事二：知识分子家庭出身的知识分子庄建非在爱情上一开始就遇到了中年女人梅莹，他发疯似的爱上了她，但梅莹拒绝了他，并告诉他“你总有一天会懂的，孩子”。庄建非从梅莹那里懂得了男女之间没有爱情，只有性。出于性的目的，他娶了市民家庭出身的姑娘吉玲，但吉玲显然不会满足于作一个性对象，她是一个人，是一个家庭成员，一个社会与文化成员，庄建非无视她的这些存在只能将自己置于一种尴尬的境地：身体与精神的双重煎熬与饥饿，出国的受阻等等。是梅莹给了他第二次“启蒙”：男女之间不仅仅是性的联系，丈夫和妻子都还有大量的其他义务。“梅莹和他握了握手，给了他一个理解的微笑。在这短暂的对视里，他们一同迈过了暗礁险滩。庄建非已经长大成人了”。

故事三：赵胜天与李小兰结婚的当天就与别人大打出手，这成了他们婚姻的纪念，也是作者的文化暗示：进入婚姻的门槛未必意味着真正的成年。真正的成年是在孩子——“小太阳”的孕育、生产与哺育过程中才完成的，这个过程伴随着“千辛万苦”：贫困、劳累、肮脏、委屈，最重要的也许是，你必须放弃你作为一个单身汉的一切积习，而习惯、胜任一个家庭角色:父亲或母亲。因此,池莉在告诉我们赵胜天报考了成人大学的同时,又说“他是从家庭大学丈夫父亲专业毕业的男人”。

以上三个故事虽然表层的经验内容并不相同,但内在的故事结构却是近似的,即男人由不成熟到成熟的过程,由角色的个人认同到社会认同的过程。这是关于个人如何成长的故事,是一个个人如何走向成年的受洗仪式,它遵从的基本情感逻辑与生活逻辑是:真正的生活是一张网,一点都不浪漫——将生活浪漫化恰恰是未成年的标志。它的基本特征是“烦”——不是存在主义意义上的“烦”或“恶心”,不是本体论意义上的存在状态,而主要是指向客体的,即生活或日子的一种状态,或者说就是对“网”的一种具象化和具体化;生活于其中的个人必须接受生活的教育、“洗澡”,你必须忍受各种烦恼,必须放弃你作为“单身汉”(个人的同义语)的各种棱角,去适应他人,顺从社会与常规,只有这样,你才能被他人、家庭、社会所接受,你才能真正融入你的社会角色,你才能在真正意义上成年。

“人生三部曲”(《烦恼人生》《不谈爱情》《太阳出世》)——也许应称为“成人三部曲”更为恰当,其独特性是显而易见的:其一,池莉对人生“烦恼”的叙述与渲染,经济上的贫困、住房的拥挤、交通的不便、抚养孩子的艰难等具有一种十足的“形而下”的性质——日常性、实在性与公众性,使她的文学想象空间似乎具有了一种“仿真”的气质与效果,既非神圣亦非空灵,恰恰是烟火气成为这一“仿真空间”的新标志,民间关怀与平民意识成了由此而派生的一个必然结论,读者为此而备感亲切,池莉为此而自豪。其二,池莉笔下的“成人仪式”:通过忍受、顺从与调适来实现世俗性的现实认同和达成和解的叙事与人生模式,与涓生、子君、觉慧、周炳、林道静等通过抗争、打破来改造现实与人生的现代性叙事模式,呈现出一种尖锐的矛盾、抵牾,甚至是对抗。相对于后者,池莉笔下的“成人仪式”具有明显的逆向与悖论的性质,所谓“受洗”便不是向某种神圣性的精神的皈依,而是向着实在的物质性与世俗性的现实的认同、屈服、媾和,甚至是投降。

池莉小说的故事模式及其所携带的反神圣反崇高的世俗性意识形态可否表达为一种真理状态，或者像她说的表现了“真正的生活”，这是值得推敲、值得怀疑的。从思辨的层面上来说，无论是生活，还是人都不是单一的存在，它们不是呈现为“极”性，而是呈现为“场”性，生活有“烦”的一面，但也有诗性的另一方面，有必然性，亦有或然性，人既有当下性、实在性、世俗性的一面，又有心灵性、神圣性、超越性的另一面。而文学作为一种精神创造与精神产品，当然不能无视生活的世俗艰难与沉重，但若以此作为放弃神圣性与崇高性的理由，就走向一种新的倾斜与偏至。即使主要是表现负面的世俗生活，仍然有一个如何表现的主体性问题和为什么表现的价值论问题。著名诗人和诗论家郑敏在评述新时期诗歌创作中的“时兴写客观，于是叙事之风大盛”的现象时说：“诚然叙事和写日常生活在20世纪六七十年代美国诗中也很普遍，其特点是从写平淡无奇的日常生活中透出一种诗人对历史、人生、文化、时代的强烈感受。使读诗者在不经心的阅读中猛然意识到隐藏在平庸的外表后的一种强烈的情感波动或犀利的批判，因而在一惊中得到认识的提高与审美的飞跃。”郑敏虽然在这里具体谈论的是诗歌，但是，我以为它涉及了一个对其他文学样式同样适用的“诗学”问题：“平淡无奇的日常生活中”应“透出诗人对历史、人生、文化、时代的强烈感受”，“平庸的外表后”应蕴蓄着“强烈的情感波动或犀利的批判”。而池莉小说或者说“新写实小说”在传达日常生活的平庸、平淡无奇时表现出很强的叙事能力，但最缺乏的则是“强烈的情感波动或犀利的批判”。批判精神的缺失和没有给出生活的巨大可能性与人的巨大可能性是池莉20世纪80年代后期作品在精神上的一个明显的特征与缺憾。

从文本建构的层面上来说，池莉所谓的“真正的生活”的基础是脆弱的。换句话说，池莉小说的意识形态显然是经验语码的择取与编织的结果，是池莉有意无意“倾斜”的产物。以《烦恼人生》为例可以很好地说明问题。在《烦恼人生》的叙事框架中蕴含着两组不同性质的经验语码。一组是物质的、当下的世俗性生活经验，如孩子掉床，上厕所，吃饭，挤车，上班迟到，奖金分配，托儿所的经历，被工会抓差，下班回家听到住房拆迁，等等。另一组则是心理的、精神的、记忆中的诗意化与浪漫化的人生经验，提及的主要经验事件是初恋与下乡生活。前一组经验被贯穿在主人公印家厚一天的行动线上，这是一条外在的明显的，在数量、体积、密度上都大大被强化的叙事线索，这一线索的叙述意识显然在突出生活的琐碎与“烦恼”。后一组经验则是隐附于行动线上的印家厚的心理活动，是印家厚对琐碎、“烦恼”的日常生活所作的精神反应，以回忆的形式表现出来。这两组经验隐含着这部作品的弹性空间，富含着巨大的精神张力，即“一个在‘广阔天地’里”“大有作为”（青春、理想、爱情）的“知青”在世俗的城市生活中所经历的精神考验。类似经验框架的代表作品在《烦恼人生》之前有孔捷生的《南方的岸》、梁晓声的《雪城》，之后则有杨争光的《越活越明白》（《收获》1999 年第 3、4 期）。但池莉的叙事意识与重心显然另有侧重，因此她将这两组经验语码进行了新的取舍、拆组：当下的、能够突出“烦恼”性质的城市经验被择取出来，而历史的、诗性的青春经验被缩减，甚至是藏匿起来，然后运用最简单的语法规则——加减法——将当下的世俗经验相加，减去历史的诗性的青春经验，将加减的结果组合到印家厚一天的生活流水账中。于是我们看到的就是一个城市“工人”（当下身份，历史性的知青身份被割裂）被接二连三的目不暇接的生活烦恼所击打、困扰。或许池莉非常谙熟“量变到质变”的辩证法：一个人如果一天中遇到的全部是烦恼，那么生活、人生还不是烦恼的吗？因此，在目睹了印家厚一天中接踵而至的生活烦恼之后，接受他如下的生活判断几乎就是“顺理成章”的：“少年的梦总是具有浓厚的理想色彩，一进入成年便无形中被瓦解了……他只是十分明智地知道自己是个普通的男人，靠劳动拿工资而生活，哪有工夫去想入非非呢？”

或许我们没有理由要求池莉一定要像梁晓声写《雪城》和杨争光写《越活越明白》那样在历史经验—当下经验、理想—世俗的结构框架中，在人格的成长与变异中，揭示与把握生活（这正是池莉所指责的“模式”与“匠气”），但是池莉也明智地知道，她对生活所作的判断建立在自己对生活认知的基础上，建立在对人生经验的取舍，以及对这些经验语码进行编织、编撰的文本构建的基础上，是对生活的一种叙述，是一种虚构、虚拟的文化操作行为，无法称这就是"真正的生活"。

（二）"不屈不挠的活"

20 世纪 90 年代初期的几年，池莉的小说创作基本中断了。这段日子，池莉真正地体验着母亲与妻子的角色。她的"小太阳"的出世使她体验到了当母亲的欣悦，但随之而来的"烦恼"（调房子，雇保姆等等）使她对生活的艰难、困扰、粗糙有了更感性、更深刻的认知。池莉外表柔静，内心却是强悍的，在与"烦恼"的抗争中，她担当了妻子与丈夫的双重角色。换句话说，家庭作为一个社会细胞，夫妻共同承担着保护孩子、使家庭免遭伤害的责任，男人作为"丈夫"的社会行为能力的大小就是一个至关重要的因素。在池莉的家庭关系中，丈夫作为社会行为主要承担者在事实上的缺席，使池莉既要在家庭里细心呵护孩子，又要替代丈夫的社会角色奔波"在路上"和她所难以胜任的关系网中。池莉实际上是既自豪，又不满，还委屈地肩负着沉重的甚至是超负荷的生活担子艰难前行的。这一真切的生存背景对池莉拿起笔来重新写作时产生了直接的、重要的影响：除延续并加强着对生活艰难性的叙述与渲染以外，池莉 90 年代中前期的创作中发展出几种对池莉、对新时期小说来说都是相当引人注目的新思想与新命题：(1) 对"不屈不挠的活"精神的称许，对活命能力，尤其是对行为能力的肯定与对道德主义的否定；(2) 由对行为能力的肯定，进而对知识分子的温情主义即所谓的教养进行反思和质疑，呈现出对力的崇拜与反智倾向；(3) 女性作为主动性与主导性的家庭角色担当家庭及社会义务，在这种角色的易位过程中，女性获得自雄的意识，对男性世界，尤其是知识男性表达了一种明显的挑剔、失望与委婉的不敬。

"我以为我的作品是在写当代的一种不屈不挠的活。"池莉如是说。我以为《你是一条河》中的女主人公辣辣正是对"不屈不挠的活"的生动阐释。在印家厚、庄建非、赵胜天、李小兰的"成人"过程中，池莉肯定了坚执与忍耐的重要，而在辣辣的"不屈不挠的活"的语义蕴含中，除却坚执与忍耐之外,拓展出一种新的意识空间:活命哲学与对道德主义的否定。1961年沔水镇大饥荒,辣辣为了孩子的存活,以肉体与粮店职工老李做了交易,八岁的女儿冬儿窥破了这种交易,告诉母亲“我们不要臭米”!辣辣嫌恶并痛打了早熟的冬儿,她想的是:“一个寡妇人家喂饱七张小嘴容易吗?送上门的六十斤雪花花大米能不要吗?”对比“饿死事小,失节事大”这一封建主义的道德训诫,辣辣的行为与意识体现出鲜明的反道德主义的民间化倾向。

辣辣这一形象的民间性质,不仅表现在对主流意识中的道德主义的反叛,而且体现在对知识分子意识形态——温情主义、浪漫主义、爱情至上主义——的讽喻与否定。在《你是一条河》中,王贤良是个出色的文学形象,这里不是指他性格描写在美学上的臻于完善,而是指他复杂的文化意涵。在具体身份上,他虽仅仅是一个小学教师,却将五四启蒙知识分子、封建时代愚弱的“书生”,“文革”时狂热的红卫兵、讲求独善兼济的士大夫等中国不同历史时期的知识分子及其文化内涵集于一身,是一个具有驳杂文化色彩的知识分子形象。通过将这一形象放置于辣辣的生存空间与“不屈不挠的活”的民间意识空间所形成的尖锐反差与鲜明对比,知识分子精致的文化人格逐渐显示出它的不合时宜与负面性质:温情主义几近无能与无用,浪漫主义则容易泛滥为一种道德乌托邦,表现在行为上则是要么忽“左”——极端的政治狂热,要么忽右——受打击后的脆弱、颓废无为与出世倾向。

王贤良是个爱情至上主义者,用诗向辣辣委婉地表达自己的爱慕。由于时间(严重困难时期,身体的饥饿是这一时期的主要特征)与对象的错位,使王贤良的求爱变成了对自己的尖锐讽刺。正像辣辣说的:“贤良啊,对一个快生孩子的女人写诗什么的呀,不滑稽么?”辣辣要的既不是诗,甚至不是爱情,她要的是一个有用的男人,因此她可以轻易地向老李和老朱头献身,因为他们能给她带来她所需的粮食与金钱,而决不会答应小叔子王贤良的求婚,“王贤良也许不是粗人,可挑担水都喘大气,上屋顶拾个漏瓦都不会,哪是个男人,要他做什么!”正是这个滑稽的求爱者,“百无一用”的书生，在“文革”到来时变成了一个狂热的造反派，在一次武斗事件中被打断左腿后，又追求起“养猫喂狗，填词赋诗”的陶渊明式的世外桃源般的生活。王贤良这个有着驳杂文化色彩的人物显然是作者对20世纪几代知识分子鳞爪式记忆与印象的产物，而不是对知识分子作为一个阶级或阶层进行历史地知性地把握的结果，因此，它在美学上并不成功，有一种明显的拼凑的痕迹，但通过这一形象意欲传达出的文化意识却是鲜明而强烈的：知识分子的温情、雅致、浪漫，在实际的艰难的生存中是脆弱的、无用的，无能、不合时宜是温情与浪漫的实际语义。而知识分子的浪漫又极容易演化为一种道德乌托邦并付诸实践，使之变成一场乱哄哄的广场式狂欢，而狂欢的结果是既害人（平民、民间的遭受伤害）又害己（或颓废或陶渊明式的静心）。

或许正是来自一种切身的在生存的困境中挣扎的体验，池莉感受到实际的生存能力——不再是印家厚式的“忍”，而是辣辣式的行动能力在维护个人尤其是家庭的生存中是多么重要。这种感受使她在这一时期的创作中强化了对“无实际之用”的知识阶层（劳心者）的批判意识和对“劳力者”的尊敬与崇尚。《一去永不回》可能比其他任何一部作品都更多地注入了池莉的个人经验，而且也没有哪部作品像它一样表达出如此明确的对知识阶层自命的教养、优雅与高贵的反思与批判及对“劳力者”生存能力与生活方式的认同感。这个以一个青春期叛逆少女的人格成长为主线的小说，设计了一个尖锐对立的文化语境：一方是自命高雅，但却虚伪懦弱的知识分子家庭，温良恭俭让是他们的基本家教，他们固守这种教养，为此自豪，把工人想象、设定为“粗鲁的”，是诗礼传家的知识分子无论如何也不能从事的职业；另一方则是李志祥所代表的产业工人，他们“绿林好汉似的豪爽粗犷，不拘小节”，“样样事情都会干”。后者对前者敬而远之，前者则把后者视为“小流氓”。而温泉恰恰背叛了让她的父母如此自豪的书香门第，而主动选择了让她“感到自由自在的”产业工人的世界，她为了实现与李志祥结婚的目的，甚至不择手段。在《一去永不回》构建的经验空间中，知识分子的世界与产业工人的民间世界，在意识形态上的矛盾是如此尖锐,而温泉在价值认同上的取舍向背,又表现出如此强烈的贬抑知识分子而崇尚民间的倾向,让我们朦胧地感觉到与一种一度流行的意识形态——“高贵者最愚蠢,卑贱者最聪明”有着某种精神联系。池莉似乎因对生存能力的崇拜而走向了反道德主义与反智主义的立场,虽然这种反道德主义与反智倾向还很难在世界观这一宏观的立场上来定位,但通过她的人物和故事,又的确能感到这种情绪与倾向性。

以上叙及池莉在20世纪90年代初小说创作命题的新的转向及萌发出的新的思想生长点,即对民间社会那种“不屈不挠的”生存态度与生存能力的叙述以及由此延伸到在这种“不屈不挠”的民间视野中来对知识分子群体的文化性格进行反思、审视与批判。笔者以为,无论就叙事角度还是意识空间而言,民间性的拓展都是一个积极的文化倾向。但是“民间”是个复杂的文化空间,它既包含着民主性的精华,同时又是“藏污纳垢”的(陈思和:《民间的沉浮》),对民间意识简单的、不加辨识的认同是不适当的。池莉20世纪90年代初期创作表现出的民间性文化倾向就存在着可质疑的偏颇。

首先,“不屈不挠的活”否定主流意识形态的道德主义,肯定生存、“活”的优先性,但这同时就意味着另外一种危险,即是否为了“活”这样一个目的,就可以不顾道德规范,任何手段都可以,无所不用其极,“不屈不挠”除“顽强”的语义之外,可否包容甚至纵容不正当的行为,把“不屈不挠”变成“无所不为”甚至是“胆大妄为”,即是说,对道德主义的否定极有可能变成非道德化的生存主义。池莉这一时期的创作,由于对“不屈不挠”的生存能力,尤其是对实际行为能力的过分推崇,而对行为的“正当性”缺乏应有的追问与正视,而流露出非道德化的生存主义倾向。如辣辣用身体与老李、老朱头的交换,对儿子偷窃行为的暧昧态度,温泉为达到与李志祥结婚的目的使用的极端手段等事件的正当性、道德性均被轻描淡写,似乎为了生存(这种生存似乎也并不具有道义上的优先性,辣辣仅仅是为了活着,而温泉的目的则是自私的——显示自己的独立生存),行为本身的善恶就是一个可以不予置评的问题。这种对生存的道德价值的忽略，极有可能将生存目的化，走入为活着而活着的活命主义。这里必须提到池莉的《两个人》。笔者猜测这篇短篇小说是池莉在最为疲累的精神状态下写作完成的——上文已经提到，池莉的写作是以自己介入生活的直接经验为基础的，她的作品在情绪及精神状态上极易受到她写作时精神状态的影响，因为通过她的故事，你似乎在重温民间最不健康的虚无、迷信的命运说教，诸如：好死不如赖活着；人强强不过天，心强强不过命；懒人懒福；福兮祸所依、祸兮福所伏，等等。而且这种福祸天定，活着即福的宿命主义观念建立在一个漏洞百出的文本基础上。作品将两个人（赵森林与钱和平——前者精明能干，城府颇深，后者老实木讷、懒惰愚蠢）四十年的人生经验放到纵向的时间坐标中去加以表现，两者的人生道路时而并行不悖，时而交叉互动，在诸多的误会、巧合、天意等神秘因素的作用下，走向一个宿命的终点：聪明者反被聪明误，误了卿卿性命，而木讷愚钝者因祸得福时来运转。试想四十年的人生经验被放置到两个并行、比照的结构框架中，这几乎就是《战争与和平》中安德烈与彼埃尔和《安娜·卡列尼娜》中渥伦斯基与列文故事结构的翻版。托尔斯泰的浩浩长卷为人物的命运结局提供了扎实可信的时代背景与性格发展的内在逻辑，而池莉在一个短篇小说有限的篇幅中，却只能在一个个时间点上告诉读者一个又一个结果（几乎一切过程均被省略了），而人物自身的性格逻辑与主体性完全没有得到尊重，池莉只不过煞费苦心地利用她笔下的人物在证明某种宿命性的观念而已，而这种观念显然是吸纳民间性生存意识中某些悲观的不健康的因素而又不加检视的一种结果。

池莉此一时期的创作在精神上向民间的认同似乎进入了一个盲目的、良莠不分的误区，这也表现在她对知识分子的非历史主义的评价上。虽然在20世纪80年代后期的创作中，如《不谈爱情》，知识分子作为一种文化身份已经进入池莉的审美视野，但池莉的一种有意识的、自觉的对知识分子的审视与反思集中在这一时期，而且这种反思有一个显著的特点，即以民间性的视点，以生存能力的大小为价值标准进行逆向的（批判性的）思考。而池莉所设定的具有生存能力者主要有两种：一是李志祥式的拿得起放得下的体力劳动者，他们的特点是“什么都能做”，另一种是老李或老朱头式的握有某一种生活必需品的权力占有者。这两种人依恃各自的“力”——能力（体能与技能）或权力成为任何一个时代的“适者”，而相比之下，知识分子既无权力，又无缚鸡之力，手不能提肩不能挑，注定要成为某一时代尴尬可笑的“不适者”——王贤良温情浪漫，但既无权力又无能力，不仅被时代淘汰，连自己的嫂子辣辣也把他视为“银样蜡枪头”的另类；温功达夫妇（《一去永不回》）无权、无势、无能，不得不用提前退休的方法解决女儿的就业问题，但却病态地自尊、虚荣、做作，把当工人从事体力劳动视为“火坑”。

池莉笔下的知识分子形象显然与现代知识分子存在着一种历史的错位——她仍在下意识地复写着孔乙己式的知识分子形象。作为封建制度下的旧知识分子，要么通过科举入仕，拥有权力，要么脱掉长衫，拥有技能成为自食其力的劳动者，否则，只能像孔乙己一样既被秀才举人一类的人驱赶，也被穿短衫站着喝酒的人嘲弄。但启蒙运动之后的现代知识分子得以立足社会和证明自己的主要根据不是权力和身体技能，或者说，是一种特殊的权力——知识，一种特殊的能力——理性，这才是衡量现代知识分子的主要标准。现代的科学知识与理性精神是现代知识分子主体性的基本内涵，从倪焕之到林道静再到陆文婷所揭示的正是知识分子的科学精神与理性精神如何觉醒的过程，是知识分子由传统走向现代的嬗替过程，这一叙事传统是20世纪文学现代性的主要标志。笔者陈述这一现代性的叙事传统并不是说现代知识分子身上已经完全汰除了孔乙己式的精神因素，也不是说孔乙己式的精神因素不能成为叙事的对象，而是想说，当池莉将知识分子置入“不屈不挠的活”这一民间性视野中来把握的时候，她只是观照到了知识分子非本质非主流的一个侧面，而现代知识分子更本质更主流的一面——理性的精神和作为知识主体的生产与创造能力却被遮蔽了，很大程度上使知识分子变成了一个喜剧式的滑稽可笑的形象群体。这显然是一个对知识分子进行道德主义与审美主义观察与评价的结果，而不是进行历史主义的知性分析所得出的结论。从根本上说“不屈不挠的活”就是一个道德主义与审美主义的观察视角，它不仅会扭曲知识分子形象，也会使整部作品的主题发生倾斜，把一个严肃深刻的历史主义话题变成一个考验个人品质与能力的道德主义话题。以《你是一条河》为例，“苦难”无疑是这部作品的主要背景，但对辣辣“不屈不挠”的道德欣赏与审美主义的评价，使“苦难”本身和产生“苦难”的社会历史原因都变成了不必探究的话题，一个重要的历史主义主题成为被藏匿的缺席者。

（三）失败的挣扎与抗争：故事的传奇性与精神上的反传奇

作为一个女性作家，池莉的经验空间是相对封闭的，尤其在20世纪80年代末90年代初的几年，孩子和家庭构成了她生活的核心。正是在独立承担家庭责任的过程中，池莉体验到了普通人“不屈不挠的活”的重要以及由此产生了对知识阶层“无用”的谴责。随着孩子的逐渐成长和家庭的稳定，池莉关注和思考的重心发生了位移，一个迅速膨胀、瞬息万变的外部城市空间吸引了她的视线。“现在的城市生活无时无刻地发生着急骤的变化（原文如此，但它是一个病句，正确的表达应为“无时无刻地不在发生……”或“时时刻刻地发生着……”——引者注），荣和辱、富和穷、相聚和别离、爱情和仇恨，等等，皆可以在瞬间转换，这是中国前所未有的历史阶段，希望与困惑并存，使人们的精神世界撞击起了比物质世界更大的波澜”。“我拿不准我是否喜欢现在的大城市。但我对它非常敏感。它用高楼大厦、钢筋水泥和大量的生活垃圾将传统意义上的小说因素日渐消解，同时却把人的心无限扩张和复杂化，真可谓人心似海。我拿得准的是，作为一个小说创作者，我喜欢人心似海的现代状态”。正是基于对“人心似海的现代状态”的认知，池莉在20世纪90年代中期以后的小说创作发生了明显的变化。

首先，当下的城市经验，尤其是社会转型所带来的社会关系的解构与重组以及金钱、名利所激发出的物质欲望引发的剧烈的心理震荡，构成池莉此一时期文学叙事的焦点。正是对这种“人心似海的现代状态”的积极介入，使池莉小说的故事性大大加强了，或者说是故事的动作性被极大地调动起来了。以“烦恼三部曲”为代表的20世纪80年代后期作品主要叙述的是日常性经验,心灵内部的波动和隐忍构成了人物与故事的主要形态,而《你以为你是谁》《云破处》《来来往往》《午夜起舞》《小姐你早》《惊世之作》等作品最为明显的特征就是加强了对人物外部动作——午夜"起舞"与"来来往往"的叙述,她笔下的人物不再是徘徊、游弋于时代大潮边缘的隔岸观火者,而成了置身于时代大潮之中搏击风浪的弄潮儿,而支撑这一切的是挣扎与抗争的动作性故事模式替代了"由忍到和"的心灵故事模式,而这背后更潜在的支撑点则是以社会状况(人心似海的现代状态)与人生状况——被现代状态所激发的物质与精神欲望使人处于一种利箭在弦不得不发的奇妙状态。《烦恼人生》与《来来往往》中两个细节的对比颇能说明这一问题。

雅丽怎么能够懂得他和老婆是分不开的呢?普通人的老婆就得粗粗糙糙,泼泼辣辣,没有半点身份架子,尽管做丈夫的不无遗憾,可那又怎么样呢?

(《烦恼人生》,1987 年)

……十二年里也没有发生什么惊天动地的折磨人的事情,一个女人怎么可以变得如此的糟糕?康伟业想起了李大夫,想起了戴晓蕾,想起了与他打过交道的许多女人,无论是比段莉娜年纪大的,还是比她年纪小的,好像都不似她这个样子。偏偏这个最糟糕的就是他的老婆!一股自怜,一股悲哀,一股无奈,一股失望,齐齐地涌上了康伟业的心头,在那儿打着循环不绝的漩涡。自打结婚以后就不再考虑的关于女人的问题,在这个时刻忽然的横空出世:难道他康伟业这辈子就交代给了这么一个女人?

(《来来往往》,1998 年)

印家厚用隐忍与自我宽慰,用"你现在经历的这一切都是梦"来化解自己的不满与郁闷;而康伟业却把自己的不满变成抗议、背叛与行动,演出了一场轰轰烈烈的反叛与抗争的人生与故事。反叛与抗争的人生与故事模式成为池莉这一时期文学叙事的基本原型。

其次,与上述人生与故事模式的转型相一致,池莉 20 世纪 90 年代后期的作品在文体与叙事风格上也有明显的变化，概括地表述就是，写实的成分在缩减，浪漫因素在增加，传奇性、戏剧性替代“还原”，成为她这一时期作品的主要特征。这种传奇性表现在很多方面。首先是故事的随机性、偶然性与虚拟性增加了。应该指出，池莉小说涉及的主要故事因素是爱情与婚姻，在20世纪80年代的作品中，她强调婚姻的稳定性，强调婚姻不是单个人的事情，因此，她突出的是“不谈爱情”，而是以个人的牺牲、调适去适应对方、他人，她把这种对婚姻的接受视作个人的“成人”仪式。正因为她强调个人欲望对家庭的服从，强调个人的责任与义务，因此她那时的作品中对个人性的冲动与冒险持否定态度，这无疑使她的作品增强了写实的份量，而很少表现出浪漫色彩与传奇性。《烦恼人生》中，印家厚与女徒弟雅莉的关系在通常意义上应该是三角恋爱（或婚外恋）故事中的一条线索，但《烦恼人生》恰恰是“反传奇”的，因此，雅莉的爱情就无从展开。在池莉看来，“荣和辱、富和穷、相聚和别离、爱情和仇恨等等，皆可以在瞬间转换”的“人心似海”的现代状态，正是一个“传奇”的状态或酝酿与制造传奇的状态，所以大致从《你以为你是谁》开始，她开始突出个人对既定状态的突破及面向新的可能性的冒险与挑战。人生的跌宕起伏增加了故事的随机性、偶然性及传奇性。陆武桥与宜欣的相遇、相恋，在嘈杂、晦暗的现代城市背景下，就像是一个王子与白雪公主的美丽童话。康伟业在与段丽娜的婚姻搁浅以后，他没有像印家厚一样退守到家庭中来，而是选择了“出走”，他与林珠的婚外恋更是极尽浪漫之能事，使之看起来更像中世纪骑士与贵妇人爱情传奇的现代版。《小姐你早》中三个女人的结盟及向男人复仇的故事虚拟性昭然若揭，小说最后的那篇由孙记者编撰的《小姐说不，男士当心》的“拍案惊奇”，即是对当代婚姻传奇性的模拟与反讽，而整个《小姐你早》又何尝不是一个新的“拍案惊奇”呢？因此，孙记者的这篇“拍案惊奇”，正是《小姐你早》的传奇性的一个注脚。

池莉后期作品的传奇风格还表现在人物性格的强烈对比上，如《来来往往》中段丽娜与林珠的对比，人物命运的陡转模式，作者在感情及叙事上的积极有时是武断地介入，对档案（如《午夜起舞》中对1965年国家所发生大事的追踪记录）的征引，传奇故事的楔入，加强了她的小说“杂”文体的叙事风格。而这一切的综合运用，已经在整体上改变了她早期作品以“还原”为特色的写实风格，而更接近传奇小说的风质。具体地说，池莉后期的小说在一些外在的局部的因素上，如对环境（自然环境、社会背景）的铺陈方面仍见写作功力，但她作品叙事的内核——故事及对故事的展开方式——情节却越来越浪漫化、戏剧化、传奇化，尤其是她笔下的爱情故事几近于“罗曼史”的叙事风格，在故事原型上明显可以看出某些童话故事的深刻印迹。

需要特别指出的是，以上我们称之为传奇性的那些变化，的确构成了池莉在20世纪90年代后期小说创作的一大特色，但我们更应该看到，传奇性只是池莉小说叙事体式与风格上的一种特征，而在精神上，池莉反传奇、反浪漫的基本特色没有变；或者说，池莉制造传奇恰恰是为了反传奇，制造浪漫是为了告诉你浪漫的虚妄，是为了否定浪漫。池莉在精神上似乎始终坚守着一条底线不肯移动：浪漫或许是人的天性，追求浪漫或许给人一个瞬时的斑斓绚丽的人生，但生活有自己的法则，而生活的法则很实际，有时甚至是残酷的，挣扎于生活这张“网”中，也就不得不接受生活法则的约束，而在强大的生活法则面前，人的能力又是何其有限啊。正是从这个意义上来说，笔者以为池莉的写作有一条一以贯之的“不变”的定则，即置身于生活之中的人最终是被动的。这种宿命的生活观念似乎已经普泛化为一种哲学或者说是一种世俗化的宗教弥漫于池莉的小说创作中。

《来来往往》是池莉小说中最具浪漫气质的作品之一，但就其实质而言，这却是一篇反传奇的都市寓言：康伟业厌倦了邋遢世故的老婆段丽娜（这显然是一个谢惠敏式的被强势的政治话语硬性书写过的一类人物、一种典型的文化人格，她在社会转型期，从性格到文化人格都将经历剧烈的震荡，若从写实的逻辑来处理，这是一个包蕴着丰富生活意蕴与历史内涵的典型人物的雏形，这篇作品的传奇笔法以及池莉一贯的缺乏历史性的处理方式，使她成为一个色彩杂乱的喜剧性的漫画式人物，讽刺性的叙述格调削弱、湮没了这一人物可能具有的丰富内涵），与一个精灵似的现代都市女郎林珠展开了一段欲仙欲死的浪漫爱情故事。若就爱情故事本身而言,它纯洁得似乎一尘不染,具有了梦幻般的童话色彩,作品也说“康伟业与林珠的爱情是空中的爱情,飞机里来飞机里去,电话里来电话里去,饭店里来饭店里去,上不沾天,下不沾地,如梦如幻,带着强烈的理想化色彩,似乎是不打算坠落红尘的”。但是康伟业与林珠并不是生活在一个童话的时代与童话的世界里,飞机与饭店替代不了王子的城堡与森林中的小木屋,无论互相将对方看得多么美好,康伟业不是王子,林珠不是白雪公主,他们“不打算坠落红尘”,无论如何也是做不到的。因此,他们的爱情越是浪漫,越是传奇,越是自我封闭,越意味着他们的爱情之树走向枯萎与凋谢。总而言之,他们的爱情悲剧不是由哪个人造成的,不是康伟业,不是林珠,甚至也不是段丽娜,而是这个世界的现实原则:康伟业与林珠的年龄、心态、观念的差异,爱情是浪漫的,而婚姻很实际,所谓“相爱容易,相处太难”,物质利益可以一时被忽略,不可永远被忽略——天下熙熙皆为利来,天下攘攘皆为利往,所以没有必要将段丽娜丑化为一个狠毒的后娘或狼外婆式的角色。通过康伟业与林珠的爱情,或者说通过康伟业对旧有婚姻的反抗、出走到失败(相伴随的则是期待、兴奋、失意、失落、失望、爱情理想的破灭这一情感经历),重又回归原点的故事模式,我们不难理解这一故事背后的语义逻辑:人心思动、思变、追求理想的爱情与浪漫的人生是“人之大欲存焉”,但婚姻是实际的,生活有铁一样严酷的逻辑,在实际的、严酷的生活法则面前,浪漫的爱情与传奇人生只能碰壁而归。这一语义逻辑在作品中还有一个民间化的表述语言圈套,即饱暖思淫欲——一场风花雪月的事—曾经沧海难为水,除却巫山不是云。这一圈套正好对应于康伟业与三个女性——段丽娜、林珠、时雨蓬的关系。事实上是,这一包含宿命观念的循环故事模式牵制、主导着“来来往往”的故事情节的展开与演进,它表面上的浪漫化与传奇性,恰恰服务于一个反传奇的精神理念,传奇性是它的表,反传奇才是它的核与里。这种传奇性与反传奇的悖论性特征同样可以求证于《你以为你是谁》《午夜起舞》等池莉的主要作品。

如果将池莉20世纪90年代中后期的作品与她80年代后期的“烦恼

三部曲”等作品相比较,就作品的外部形态而言,我们看到的几乎是两个完全不同的池莉,对“人心似海的现代状态”的理性认识,使她对传奇故事的热情远远超出了对原生的生存状态的信赖,从明清传奇中引用的充满主观热情的“话本式”的讲述姿态,替代了对现实冷静的描摹与有节制的分析,似乎一个新的传奇、通俗的池莉从严格写实的旧的池莉的躯壳中脱颖而出。但是要问20世纪90年代后期的池莉在精神上到底走了多远,她在多大程度上开拓了文学的精神空间和人类生存的精神疆界,回答是不确定的,我们看到的仍然是那个冷静、务实、现世主义的池莉。她的精神世界里没有神启,没有通天塔;她也不接受根本的改变,现世的、现实的原则永远是横亘在人们面前的一座无法超越的屏障,人的任何主动的挑战最终都将是徒唤奈何的。甚至相反,她后期作品中故事的剧烈张弛而归于宁静,人物命运大起大落又徒劳往返的叙事模式不但没有给人的主动性与生存的可能性留下充裕的精神空间,相反却在强化一种悲观主义的及善恶果报(《云破处》就是一篇典型的写仇恨并因仇恨付出死亡代价的果报故事)的因果轮回的伦理观与命运观,具有很强的宿命色彩。

通过以上对池莉个人及她的文学世界的分析与解读,本文想传达的是这样一种结论:在“文革”这一“民族创伤性事件”背景中出生、成长的“新孩子”——池莉(王朔以及20世纪80年代后期的先锋小说作家有着共同的精神背景,这些人与真正的知青,尤其是红卫兵群体,精神背景不同,精神差异非常大)经历了一次精神上的“失乐园”般的跌宕,一种现象学意义上的“撕裂”自己的过程,这使他们普遍地对神圣、崇高、未来、理想、终极关怀等抱着深深的疑虑,甚至是本能的敌意——这与他们在生活与心灵上所经历的不同,不具有足够的道德的说服力与价值的规范性,这正是80年代中期以后文学创作中世俗、功利、虚无等精神倾向流行的一个背景。但是这种精神“造反”的极端与偏激是显而易见的:对虚妄理想主义,对带有牺牲主义等极端倾向的英雄主义,对虚假的神圣与崇高,也即对反现代性的现代性的救治力量不能来自理想主义、英雄主义、神圣与崇高的对立面——俗利主义、现世主义与虚无主义,而应该立足于对“虚妄”“虚假”与“极端”的救治:道德主义乌托邦对个人及现世生存权利的蔑视。而“新孩子”们在认同、肯定人的现世生存权利,在对道德主义乌托邦进行消解的时候,同样没有给“个人”留下多少生存空间,而是把现世性、世俗性和虚无性变成了同样具有霸权色彩的意识形态,它一样压制个人的呼唤,阻碍健康的精神空间的构建,这是应该引起警惕的。

第十六章 二十世纪河南小说研究

一、发展路向：从边缘走向繁荣

据笔者所知,20 世纪河南作家创作的第一篇短篇小说,当是发表于 1907 年《河南》杂志的谐体小说《龙脑》。《龙脑》用通俗的语言启发学生在民族危亡的时刻,不能只一味地用功读书,而应该关心别的事情。小说和当时兴起的启蒙思潮同一步调。小说在艺术上当然还十分幼稚,和现代意义上的短篇小说还有不小的距离。

具有真正现代意义的河南小说诞生于五四时期。1921 年,徐玉诺在北京《晨报》发表短篇小说《良心》。1923 年 6 月发表于《小说月报》的短篇小说《一只破鞋》,是徐玉诺的成功之作。在前一期《小说月报》上,编者就作了推荐性的预告:“徐玉诺君有一篇《一只破鞋》,叙写河南匪乱惨状,极为真切动人,即我们没有身历其境的人读了,也不禁要颤惧起来。”叶圣陶说:“他的家乡在河南鲁山县,是兵和匪的出产地。他眼见掮着枪炮杀人的人扬长地走去;他眼见被杀的尸骸躺在山野;他眼见辛苦的农人白天给田主修堡垒,夜间又给田主守堡垒,因为要防抢劫……”徐玉诺的小说,对这种残酷的现实,作了真实的艺术描绘。稍晚于徐玉诺出现于河南文坛的,是女作家冯沅君。在题材上,冯沅君有着新的开拓。从 1923 年开始,她在《创造季刊》《创造周报》连续发表了《隔绝》《隔绝之后》《旅行》《慈母》等小说(后结集为《卷葹》),受到了人们的广泛注意。冯沅君的小说,内容多为描写青年男女的爱情故事,以善于细腻地描写青年女子的心理称著一时。鲁迅特别推崇小说《旅行》。他在《中国新文学大系·小说二集序》中说:“其中的《旅行》是提炼了《隔绝》和《隔绝之后》(并在《卷葹》内)的精粹的名文,虽嫌过于说理,却还未伤其自然;那‘我很想拉他的手,但是我不敢,我只敢在间或车上的电灯被震动而失去它的光的时候,因为我害怕那些搭客们的注意。可是我们又自己觉得很骄傲的,我们不客气的以全车中最尊贵的人自命。’这一段,实在是五四运动直后,将毅然和传统战斗,而又怕敢毅然和传统战斗,遂不得不复活其‘缠绵悱恻之情’的青年们的真实的写照。和‘为艺术而艺术’的作品中的主角,或夸耀其颓唐,或衒鬻其才绪,是截然两样的。”《卷葹》之后,冯沅君出版的小说集《劫灰》,目光转向了苦难的乡村。《劫灰》描写了遭受土匪蹂躏后的河南农村的凄凉景象:土匪过后,这里所留下来的,只是“无数的劫灰”。

五四至 20 世纪 20 年代末较有成就的河南小说作者还有尚钺。他先后出版有小说集《斧背》《病》及《巨盗》。1928 年 5 月由泰东书局出版的《斧背》,多以河南信阳地区的生活为背景,鞭鞑了不合理的社会现象。小说集《病》从一个侧面表现了当时农民的悲惨命运,对农民的不幸遭遇,寄予了一定的同情。其中的《洗衣妇》,描写一个死了丈夫的寡妇,为了供儿子上学,被迫卖淫,而自己又感到十分羞愧,终于用一条麻绳缢死在树上的故事。作品写得朴实,感情深沉。尚钺后来转向历史研究,中止了小说创作。

20 世纪 30 年代前期的河南小说创作,出现了短暂的繁荣。姚雪垠、师陀以其具有独创性的作品受到文艺界注目。全民族抗战开始后,葛洛、刘知侠、于黑丁等人先后奔赴延安和敌后抗日民主根据地，小说创作风格出现了新的变化。

20世纪50年代至70年代，除了前述老作家继续坚持小说创作外，李凖等一批新作家脱颖而出。《黄河东流去》代表着李凖小说创作所能抵达的极境。

概而言之，包括小说在内的20世纪河南文学历尽曲折。它经历了从文化中心演变为文化边缘，较长时间处于因为战乱而作家星散的萧条困境，有过在“左”的思潮干扰下创作的趋时与苍白，临近世纪末才有豫军的崛起带来的初步繁荣。20世纪的河南小说，在一定程度上反映了中原地区人民的精神风貌，在艺术上有所积累，有所创获。但整体而言，还只是一片郁郁葱葱、生机勃勃的灌木丛，而没有生长出参天大树。我们没有诞生大师级的文学巨星。在20世纪末各类文学经典作家的排名中，河南文学总是处于缺席的位置，这和古代中原文化的兴盛、辉煌，形成了极大的反差。古代的中原文化和中原文学，华美、葱绿、轻盈、明亮、飞动、安详，这里不仅是作家活动的中心地区，而且是道家、墨家、名家、法家、杂家和纵横家的诞生地，有成就的文学家不胜枚举。

中原文化从文化中心走向文化边缘，有着各种复杂的因素。仅就小说创作而论，如下因素对其发展产生着明显的负面影响：第一，中原文化在发展进程中，对自身缺乏足够的理论自觉。即使在古代，自恃为天下之中、不思进取的文化保守性，就一直和中原文化的辉煌相伴相生。直到20世纪初，《河南》杂志还一针见血地指出：中原人眼光窄隘，作计不远。自幸居中国腹部，他省虽亡，河南不至同归于尽，冀享太平之庸福。与中原文化顽强生命力相伴的顽固的保守性，因循守旧的历史观念，是制约20世纪河南文学取得成就的潜在因素。第二，从作家的文化构成来审视，可以明显地看到河南作家文学素养整体上的欠缺。河南作家一般学历不高，知识相对贫乏，艺术准备不足。这些作者的生活经验主要集中在农村，艺术视野不够开阔，写作资源不能多方获取。当有限的生活素材和情感体验消耗之后，创作就失去了底气，后劲不足，难以创作出底蕴丰厚的作品。第三,和第二紧密相连,这些作者虽有创作敏感,但缺乏思想深度,主体意识不强,甚至把紧跟趋势视为自己的使命,因而一些作品可能会带来及时配合任务的轰动,但随之而来的,则是作品艺术生命过于短暂的尴尬。80年代以前河南当代文学发展缓慢、精品不多的主要教训也许就在这里。

20世纪80年代以后,河南在小说创作中崛起了有希望的一群。他们在思想能力、艺术积累诸方面,较前代作家有着明显的优势。我们期待着优势能够真正化作繁荣。

本专题拟采取以点带面的方法,通过对三位小说家三部作品的解读,以窥20世纪中原文学生态之一斑。

二、《长夜》:中原大地夜沉沉

1929年,在河南大学读书期间,姚雪垠发表了处女作《两个孤坟》。姚雪垠很看重他的这篇作品。它给他带来了灵魂的愉悦、精神的富足,安放着他的生命和梦想。由《两个孤坟》始,姚雪垠开始了他长达70年的文学征程。抗战时期发表的著名小说《差半车麦秸》以及随后创作的中篇《牛全德与红萝卜》,以其真实地反映农民在抗战时期的心态而受到好评。此后发表的《春暖花开的时候》,是姚雪垠在创作题材上富有意义的开拓。新中国成立前姚雪垠的代表作,当数长篇小说《长夜》。姚雪垠倾毕生精力完成的多卷本《李自成》,代表着20世纪历史小说创作的高峰。

《长夜》1947年由上海怀正文化社出版。小说通过一支土匪在河南西南部的活动,反映了20世纪20年代中国北方农村生活的一个重要侧面,反映了当时广大农民在漫漫长夜中所经历的苦难。作品一开始,就给读者描绘出了一幅农民家破人亡、田园荒芜的惨象:“从平汉线的驻马店通往南阳的三百里官路已经荒废,常常有枯草埋没着深深的车辙。官路旁的村落大半都成了废墟,剩下些烧红的墙壁映着蓝天。井沿上围着荒草。碾石上长着苔藓。有的村庄还没有全毁,但大部分的房屋用土坯堵塞着门窗,主人不知道哪儿去了。”作品揭示出,造成这种惨象的,不仅仅是由于横行无忌的土匪,更主要的,则是和土匪相互勾结,比土匪更为凶恶的反动政权及其支柱反动军队。作品用农民所熟悉的一个生动比喻,就把反动军队对农民所犯下的罪行和盘托出:“兔子不吃窝边草,拉票也拣拣肥瘦,军队是一把篦子,不管大小虱子一齐刮。”

在20世纪20年代特定的历史环境下,由于军阀混战,帝国主义加紧侵略,又加上其他人祸天灾,中原农村进入大崩溃的黑暗时期。内地没有现代工业,城市不能吸收农村的失地人口,农民失地之后,或者逃荒异地,或者大批饿死,而年轻男人最方便的道路是吃粮当兵或当土匪。吃粮当兵的人,一打败仗可以变成土匪,土匪一旦被招抚就又成了兵。作品第27章,展现了一群年轻农民,围绕着土匪小头目薛正礼,纷纷要求参加土匪的情景。薛正礼诚恳地规劝他们:“‘做庄稼吃饭虽说不容易,可总算正门正道,没有人敢说你不是好人。一下水就成黑人,一年到头得提心吊胆,混到煞尾还是——还是——’他瞟了母亲和女人一眼,‘还是得不到一个好果。’”没想到,薛正礼的回答竟遭到这群年轻农民的更为激烈的反对,他们苦苦地哀求着,纠缠着,直到薛正礼答应了他们的要求才各自散去。这一看似平淡的细节的背后,包含着多少走投无路农民的辛酸和血泪!

小说还通过塑造的众多的土匪形象,较为逼真地写出了这支土匪的真面目,并在一定程度上展示了一些参加土匪的农民的愚昧、善良,以及他们为争取生存的挣扎。小说告诉我们,这支人数较多的土匪武装,其成分是相当复杂的:有真正的失业农民,有农村的二流子,有离开军队的兵油子,有破落地主家庭出身的人,还有曾经受过招安成了官军,因打败仗或不得意而重新下水的军官。这支成分复杂、没有明确政治目的的叛乱武装,奸、掳、烧、杀,是社会的破坏力量。作品有关土匪这方面活动的描写,暴露了土匪对人民所造成的苦难。但同时,作品也描写了没有生活出路而参加土匪的农民的痛苦、希望和仇恨。他们被生活所逼参加了土匪,但是,农民心里也清楚,当土匪同样不是他们的生路。像王成山这样的善良农民,他是多么希望能够不当土匪而生存下去!然而,长夜漫漫,长夜中的中原农民在当时竟看不到一线光亮。

《长夜》不仅是中原农民苦难生活的一个缩影，也是姚雪垠创作长篇小说《李自成》的实际准备。在艺术上，《长夜》进行了富有创造性的探索。《长夜》的语言质朴自然，清新活泼，是对中原农民口语的提升和升华。在童年和少年时期，姚雪垠一直生活在农民中间。即使在此以后，几十年颠沛流离岁月的流逝，也没有磨去他对故乡活鲜鲜口语的喜爱，以及他对家乡人民的眷恋之情。长期对群众语言的学习与追求，特别是在20世纪30年代对中原语汇所进行的搜集与编选工作，使他真正地认识了口语的文学美。他曾经这样描述过自己的心情："我读过托尔斯泰的传记，这位伟大作家对于故乡农民语言的种种赞美，我全可以借来赞美我的父母之邦。"(《我怎样学习语言》)《长夜》的语言，正是作者长期学习群众语言的一个积极成果。

《长夜》也是一幅中原农民生活的风俗画。从人物的称呼到衣着打扮，从农舍的布局到人物的习惯性动作，从儿童的戏要方式到一系列的风尚习俗，不论是粗线条的勾勒，还是细针密线的工笔，都是地地道道河南化的。作品中活跃着的各式各样的人物，他们的声音、容貌，甚至他们的苦乐心情，作者都以当地群众感到亲切的方式展示出来。

风俗画的描写，如茅盾所说，不只是让读者看到一幅异域的画图，好奇心的满足，还应该有普遍性的与我们共同的对于命运的挣扎。姚雪垠给读者勾画了这样一幅农村过元宵节的画面：在土匪盘踞的薛岗和茨园两个村子，破五以后，虽然每天锣鼓声咚锵咚锵不停地响着，农民也在练习着旱船、高跷和狮子，准备在元宵节表演，而且从正月十四这天起，薛岗和茨园也拥来了卖糖的，卖花生和纸烟的，吹糖人的，卖甘蔗的，唱独角戏的，表面上热热闹闹，但是今年元宵节，年轻的女人却很少露面，也很少见人穿新衣服。今年这热闹是没有根的。作者通过今年与往年过元宵节的对比，写出了在热闹的咚锵锣鼓声的背后，农村的贫困与荒凉，烘托出了长夜难明、云压天低的时代气氛，反映了军阀、土匪带给人民的痛苦与灾难，具有深度地展示了特定时代人物的情绪和愿望，流露了作者对社会现实的愤慨。顺便指出,《长夜》描写的农民过元宵节的画面,到长篇小说《李自成》中,有了更为精确的描写和创造。从《长夜》到《李自成》,作家的艺术经验有了新的提高和升华。当然,《长夜》到《李自成》的内在联系不仅仅表现在某些艺术处理上,作者说过,《长夜》与《李自成》有着特殊的关系,不仅在语言运用方面两部作品一脉相承,甚至"《李自成》中有些故事和人物",也"可以在《长夜》中找到影子或原型"。作者的声明无疑会鼓励更多的研究者关注《长夜》,以期理解作者从《长夜》到《李自成》的创作发展轨迹。

人们要理解20世纪20年代的中原生活,就不能不阅读《长夜》。

三、《果园城记》:中原文化的现代版本

中等的身材,硕大的头脸,鼻梁上常架着一付度数很深的有边眼镜,眼睛显得特别的小,一眼望去就叫人猜去是一个文化人的脸相,给人的印象是和蔼可亲的,可算是芦焚的外表的一副素描。

鲁迅:《芦焚——文坛人物杂记》

这篇发表于1946年11月27日上海《大公报》的人物杂记,较早地向读者勾勒出了芦焚(师陀,1910—1988)这位长期客寓上海的河南籍作家的外貌特征。

在20世纪上半叶的河南作家中,从一个小城的视角,深入细致地剖析20年代至40年代中原地区的人民生活,展现中原特有奇异风光的,师陀是最为突出的一位。

1910年3月10日,师陀出生于河南省杞县化寨一个农民家庭里。少年时期,师陀是在家乡度过的。14岁以前,他在村塾里乏味而单调地背诵着"四书"、《左传》等。在杞县第一小学读书时,给他带来最大乐趣的,是放学后到城隍庙里听说书。他挤在一群听众中间,入迷地听说书人说评话,说书人用他那把万能的折扇打刺砍劈,说到关节处把惊堂木一拍,这些,把少年师陀带到了遥远的历史氛围之中。从说书人那里,他了解了

《水浒传》《封神榜》《七侠五义》《小五义》《施公案》的故事，感受到了文学作品的艺术魅力。后来，回忆起在北方小城听说书时，师陀说，"如其有人教我填志愿书，即使现在，我仍会宁可让世间最爱我的人去失望，放弃为人敬仰的空中楼阁——什么英雄，什么将军，什么学者，什么大僚，全由他去，我甘心将这些台阶让给别人，在自己的大名下面，毫不踌躇地写上——说书人，一个世人特准的撒谎家！"

1925年至1931年，师陀来到开封，就读于河南省立第一商业学校和河南省立第一高中文科班，开始较多地阅读文学作品，他还与同学共同创办过小型刊物《金柝》。1931年高中毕业后，师陀只身来到北平，一边在图书馆读书，一边练习写作。1932年1月他发表了第一篇短篇小说《请愿正篇》。此后，他先后向《现代》《文学》《文学季刊》，以及《大公报·文艺》等报刊投稿，走上了文学创作的道路。1937年5月，师陀的短篇小说集《谷》获《大公报》文艺奖金，受到了文艺界的广泛注目。1936年至1949年，师陀出版有短篇小说集《谷》《里门拾记》《落日光》《野鸟集》《无名氏》《果园城记》，散文集《黄花苔》《江湖集》《看人集》《上海手札》，中篇小说《无望村的馆主》（署名季孟），长篇小说《结婚》《马兰》《历史无情》，剧本《大马戏团》、《夜店》（与柯灵合作）。师陀还在报纸上发表过长篇小说《雪原》和《荒野》的部分章节。1950年到1988年逝世前，师陀的创作经历了曲折。在十分困难的环境下，他仍然创作了《李贺的梦》《伐竹记》等有独特艺术个性的作品，出版了《山川·历史·人物》等多部创作集。

创作伊始，师陀就受到了国内外研究者的重视。研究者从不同的角度，对师陀的创作进行了相当深入的研究。先后发表研究文章和撰写研究著作的主要作者有：刘西渭（李健吾）、杨刚、汪金丁、孟实（朱光潜）、王任叔、杨洪、尹雪曼、徐调孚、唐弢、郑振铎、巴金、夏衍、张骏祥、端木蕻良、唐湜、王瑶、林非、林真、钱理群、夏志清（美）、斯路普斯基（波兰）等人。

（一）果园城家族

美景如画的果园城，催发师陀创作灵感的果园城，进入艺术创作之后，成为果园城家族活动的背景，构成了20世纪20年代至40年代北方小城的独特世界。在果园城里，人们首先看到的是果园城的城主(《城主》)。果园城的城主朱魁爷，比果园城更加出名，每任县官在上任之前，当他还没有拴束行李的时候，他在省里就先有了主意，上任后头一件事就是拜望魁爷。魁爷完全不像他的父亲一辈那样经常把农民送到衙门里吃板子，用高压手段维持自己在果园城的地位。他在果园城不担任任何职务，而是用手抚摩那些被他父亲打破的头，跟所有过去跟他的父亲龃龉过的人家恢复旧好，他连一个流氓甚至一个屠夫都不轻易得罪。他在果园城下了一面神秘的网，把各种各样的无赖、痞棍、地主安插进各种机关，充当一个真正的无形的果园城主人。在小城集市上，魁爷"把一团和气像一团阳光似的带到果园城的街上"：

"魁爷早啊？"

这边一个甜蜜蜜的笑脸。

"魁爷好啊？"

那边又是同样的笑脸。

在魁爷经过的路上，几乎所有的人都恭敬地站开，并且向他鞠躬。他自己也含笑点头，他走在果园城的街上，说实话，就好比走进一个和谐的大家庭来了。

农民张三或李四为屋后的一棵小树的所有权问题和邻居打过无数回架，他们打得难解难分，最后要寻找"法理"，就找魁爷公断。经过魁爷和果园城的绅士们慢慢合议，他最后拍板，张三或李四受到魁爷兜头一顿臭骂："你这种事情也托我来管；你自己要占便宜，倒说人家欺负你。你向我扯谎！"结果是，这位在果园城已经住了两个礼拜以上的农民，已经花了比那棵小树多过三十倍至六十倍的钱。他的邻居自然也花了同样多的钱。官司打坏了他们的胃口，他们也不再找"法理"了。就这样，魁爷靠着他向果园城人摆出的和善姿态，靠着他的恩威兼施，成了果园城无形的、独一无二的无冕之王！

在大门外，魁爷比顶和善的还和善，进了他的老宅，他却具有一切我们想象得到的中世纪封建主子的最坏特性。在魁爷的深宅大院里，有着不同用途的客厅。客厅后面,是三个相互隔开的院子。西边的两个院子,分别住着他的两个少爷和他们的太太。中间的大院子,住着魁爷和他的四个太太。魁爷专用的这个院子里,禁止任何十二岁以上的男童居住。他的四个太太每人一所房屋,每人一个丫环、一个女仆,还在她们的房子里给每人预备一把鞭子。当她们犯了错误,他把她们剥得赤条条的,把她们吊起来,用专门预备的鞭子抽打。每天晚上,在魁爷回宅子之前,"魁爷的'大内'里,他的四个太太的房子里的灯火都明亮的点着。房门都打开着,房门里面都站着一个丫环,她们早已在伺候着了","他走进四个太太之一的房子。然后完全自动的,所有的门闩都响动着,所有的门在这一刻都关闭起来,直到第二天早晨,魁爷的房门打开他们才能打开"。这就是魁爷,果园城至高无上的城主。作者难以抑制的对魁爷的憎恶,使这一形象不免有简单化、漫画化的痕迹,但是,这一人物形象还是折射出以魁爷为代表的封建势力,正是反动政权赖以肆虐中原的政治基础。他们相互勾结着,利用着,制造着中原地区的灾难,造成了社会长期的停滞。

生活于富户之家的小刘爷,是果园城系列小说中另一类有代表性的角色。封建专制制度的腐朽性,不仅在于它养育了朱魁爷这样的人间怪胎,还在于它不断地从朱魁爷这样的家庭里,繁衍、滋生出一代又一代的败家子来。师陀从剖析中原地区封建家庭题材入手,通过对败家子形象的塑造,展现了封建制度对人性的摧残,揭示了这一制度的寄生性。小刘爷一生下来,老刘爷和老刘奶奶,就把他当成一个金球,守护他犹如守护自己的眼珠。在溺爱中,他从小就学会为了博得父母的欢心而见风变色。小刘爷像一个王子似的在嫉妒、羡叹和娇宠中长大。在省城里上学时他从来不去课堂,学会了撒谎、欺骗,和小流氓们鬼混。待老刘爷和老刘奶奶过世后,小刘爷才真正显示出了"才干"。父母给他留下的全部财产——"一座乡下的住宅,一座城里的住宅,一处较小一点靠车站的,一处临河人家称做'米粮仓'的,一处顶小的近山的,共总有三百亩地"(《刘爷列传》),几年之内,被他挥霍一空,终至流落街头,变成了一个比真正要饭的还穷的人。《三个小人物》中的胡风梧少爷,和小刘爷有着类似的经历。

荡尽家产之后,从富贵的巅峰摔落下来,他“每天吃过早饭(或不吃早饭)便到街上闲荡,脸照例不洗,夹着膀,拖着鞋,像野狗似的,眼睛时时向两边瞟”,因为连绑匪他也敢欺骗,最后被人打死。同类题材的,还有中篇小说《无望村的馆主》。这类题材的作品,是作者对中原文化负面因素警示性的反省。

葛天民是果园城里为数不多的知识分子。十二年前,他从农业学校毕业,自愿回到家乡,在一片荒地上创立农林试验场,指挥工人干活。作为场长,他的薪金少得可怜。一个月的薪金只能买来一家人简单的菜蔬。到后来,薪金完全停止发放了,他还在农场坚持着。岁月磨去了他的朝气。面对生活,还不到40岁的葛天民,表示出无所欲求的满足,“他有财产,有儿女,有好的岁数,他便等于有了一切;他不再想望什么了,不再为自己找苦头吃了。人们已经看出,似乎所有的人都已经看出,他们将在他们的和平空气里活过一生,并且比一切人都要长寿”。知识分子中,还有一位叫贺文龙的小学教师,作品表现了他的理想的幻灭。像葛天民、贺文龙这些生活于果园城的知识分子,无论他们怎样努力挣扎,他们都无法找到真正的出路。对于他们来说,命中注定的是:要么在小城中得过且过,一事无成,像葛天民那样麻木地自满自足下去;要么设法走出小城,逃离中原。包括师陀在内的果园城的知识分子,走的多是后一条道路。知识者个别或集体逃亡的结果,使果园城一类的小城,甚至包括中原的一切城市,日益蜕化为一片文化沙漠。果园城系列小说关于知识分子生存状况的描写,隐含这位现实主义作家对于改善中原地区文化环境的沉痛呼吁。

在果园城系列小说中,师陀的目光一直关注着遭受沉重精神重压的女性。《颜料盒》讲述了一个凄惋的故事。油房掌柜的女儿油三妹,从小天真活泼,小学毕业后在外地读了一年师范回到果园城小学教体音,她乐观,善良,爱笑,对于欺负她的男人她毫不犹豫地给以还击。她的悲剧只是因为她的天性快乐,与同事吃过一次酒,酒后失身。小城舆论的重压使她别无选择,只能打开颜料盒吞下颜料,结束自己的生命。果园城的少女用这类方式告别小城的不止一个油三妹。那些活着的女孩呢?师陀向我们介绍了孟林太太的女儿素姑。这位寡妇的女儿,她从12岁起就开始给自己缝绣嫁衣,绣满了一口大箱子又一口大箱子。如今,她已经绣到了29岁,在闺房中慢慢憔悴。箱子里锁着她的无数岁月,锁着这个嫁不出去的老处女的青春(《桃红》)。

阅读果园城系列小说,在多数情况下,人们的心情总是会感到格外压抑、沉重。或者换一个角度来说,忧郁是师陀创作的基调。在他的艺术思维里,我们很少能发现健全的人性。除了魁爷之类劣迹斑斑的人物外,处于弱势群体中的人们,多数也浑浑噩噩,无所事事,精神委顿。果园城小说,刻画出了一个老大民族的精神病态。但是,也有少部分作品,好像在暗夜中透进来的一缕阳光,让读者沉重的心情有了适度的放松。这些作品,体现着作者的美学理想,包含着作者重造民族、重塑中原的良好愿望。《期待》就是一篇以真挚的感情和动人的叙述来摇撼读者心灵的杰作。对于徐立刚的英勇献身,作品在构思上只是作暗线处理,但徐立刚的形象,却是点燃读者激情的火种。在更多的情况下,作者的理想渗透于那些带有浪漫主义格调的作品里,附着于那些带有原始性蛮荒气息的人物身上。《过岭记》中的小茨儿,就是一个写得相当出彩的人物。作品中的"我"、退伍军人和长工小茨儿一行三人,本来毫不相干,却因赶路相聚到了一起。暑热天气,他们要爬过高可摩天的蜈蚣岭。30里山路,找不到一棵矮树纳凉。三人终于支撑不住,只好从岭上又退回客店,第二天趁天拂晓越过了蜈蚣岭。在"我"的眼里,小茨儿"脸上满是稚气,闪着宁馨的光。他像浸在晨光中的小树,肥厚的枝叶上凝聚着露珠,在和悦而璀璨的气象中颤抖,发出醉人的呢喃声"。作者抑制不住自己对人物的激情,直接站出来发表评论:社会摧残着人类的天性,将每个灵魂都压成扁平,很少例外。然而小茨儿尚未被晦气侵蚀,他还是一个孩子,一个英雄,倘然说他是匹小犊,那就更确当些。他是生根在污泥里的,却像一棵大松似的长起来了。当然,小茨儿未来的路还很长,他可能还会遇见更多的、难以逾越的"蜈蚣岭"。可是,他今天行进在路上无忧无虑地唱着小曲的神情,还是给艰难的人生带来了一丝清凉。

（二）由《灯》看师陀的小说艺术

师陀的艺术风格有一个发展过程。他的第一部短篇小说集《谷》，不着意于惊险情节的渲染，而以诗意的抒情取胜，初步显示出了独具魅力的艺术个性。但是，《谷》及师陀初期的若干作品，语言上缺乏必要的锤炼，过于强调理念，所表现出的过于鲜明的创作意图也削弱了作品的艺术感染力。20世纪30年代中期至40年代中期，师陀短篇小说创作的数量有所减少，艺术上却日臻成熟。以《果园城记》为代表的系列短篇小说，给读者带来了一种不尚修饰、浑然天成的艺术感受。

让我们首先从短篇小说《灯》来品味这种风格的魅力。

师陀的短篇小说篇幅较短。《灯》是篇千字左右的作品。黄昏临近时的果园城，路上已经不见了行人。小巷显得格外空旷。卖油郎照例肩挑卖煤油的挑子一路走来。他边走边喊边敲木鱼："卖煤油呵！梆！梆梆！"

20世纪30年代的沿海都市，已经高楼林立，霓虹灯闪烁，而在这个经济不发达的中原小城，居民晚上还要靠煤油灯照明。做了多年卖煤油、卖自来火营生的卖油郎，精通生意之道。他对主顾熟悉得如同家人。作品通过卖油郎和买煤油的居民打交道的三个细节，展示了卖油郎高超的经营技巧。

第一个买煤油的告诉卖油郎："打四两。"卖油郎赶紧接上说："不说也知道。"一个"不说也知道"，点出了卖油郎对买主的煤油需求了如指掌。当买煤油的发出"自来火又涨价了"的抱怨时，卖油郎马上向买主说明："越涨越没利看，"他回头又加上一句，"你想想——馒头现在几个钱一斤？以前自来火三钱两盒，赚你一个，现在三十钱一盒，不说谎，看你两个半制钱！"这样，既消除了由于火柴涨价买卖双方可能产生的误会，也写出卖油郎对自来火涨价的不满，拉近了买卖双方的感情距离。

第二个买煤油的是个老太太。老太太新近娶了一房能干的媳妇，夜晚要熬夜纺线。卖油郎不放过机会对顾主善意奉迎："你真是上辈子烧香烧来的福气，老斋公，娶这么一房好媳妇，两天点一灯油！"卖油的看了看灯，一看他就知道是一个新娘子的。卖油郎的话使老太太喜欢得几乎没把眼泪流出来。

第三个买煤油的是个正在厨房做晚饭的中年女子。卖油郎已经猜想出这一次中年女子还会赊账,就主动问:“今天又是记账吗?”当中年妇女回答他还要记账时,卖油郎立即提醒:“可是前面老早三吊多了!”这句话,既暗示买主还可以赊账,又不伤感情地催了账。

就是这样,精明的卖油郎通过几句对话,和买主建立起了融洽的关系:他夸奖老太太很得体,有分寸;他向中年女子讨账不伤和气;他用算细账的办法来向第一个买主作耐心的解释,说明物价上涨造成的是买卖双方的共同损失,从而为他明天的生意铺好了路。表面看来,作者并不着意刻画人物,但却在不经意间把卖油郎的形象凸显到了读者面前。阅读作品,我们好像是在回忆似曾相识的生活和人物,而不是在欣赏作者创造的艺术。《灯》和师陀的果园城系列小说的成功正在这里。

《灯》在艺术上写得相当简约,不枝不蔓,惜墨如金。读过作品,我们异常熟悉卖油郎的声音笑貌,但是,我们并不知道他的衣着、外貌、年纪等等。显然,作者艺术构思的重心是写活人物。能舍弃、该舍弃的他都舍弃了。卖油郎形象的塑造,体现着作者在美学上的自觉追求。

《灯》并不正面展示作品的时代环境。环境不是外在的,而是渗透于作品人物活动的进程中,一些细节的点染里。从整体上让人感受到小农自然经济状态给小城带来的贫困和落后,以及小城人对苦难生活的忍受力。他们甚至有着在苦熬中的自足。作品从一个侧面,反映出中原小城长期形成的基本价值体系和行为方式的顽固性和危害性。小城要走出困境,首先要作的是告别小农观念。

通过《灯》在内的果园城小说,师陀给读者讲述着大大小小的故事。与一般的情节小说不同,师陀讲的故事有时是散漫的,不完整的,甚至缺头短尾的,这正是他小说的独特处。师陀更重视的是小说气氛的营造,人物情绪的揭示,他不留痕迹地驾驭着小说的内在韵律。在不动声色的舒缓平静的叙述中,在幽默的语气中,实现了作品和读者心灵的接近。《灯》所创造的是这种从容舒缓宁静的气氛。作品用充满诗意的句子开头:“黄昏从空中降下来了，降落到小城的屋脊上和小胡同里了。卖煤油的远远从小胡同的转角处出现，肩上担着挑子。”而作品的结尾，出现的是这样一幅画面：当小城人买了卖油郎的煤油，灯“已经被点起来，光亮照耀着每间房子，不管是发霉的熏黑的整洁的倾倒的全照耀到了……”“最后只剩下空洞没有行人的小胡同，转个弯，他的影子随即消失在昏暗中”。小说最末一句更是神来之笔：“可不是，他自己家里的灯也该点起来了。”揶揄的调子使全篇笼罩在轻松而有着无限韵味的艺术氛围里。敲打着的木鱼是全篇的情节贯穿线，从卖油郎在小巷转角处出现第一次敲木鱼，到天昏暗下来，“梆！梆梆！木鱼越来越急，越响越远”，木鱼声先后出现了六次。木鱼声增加了作品的节奏感和韵味。《灯》既是一篇小说，也是一首优美的散文诗。木鱼声和着三次买卖双方亲善友好的对话向人们展现了黄昏时刻小城的独有风景。这里，可看出作者对缺乏生气的农业文明的不安，但也分明能感受到作者思想上的矛盾。他处于侵略者占领下的上海，身居“饿夫墓”境地，因而作品中也包含着他对故乡生活的依恋，对农业文明的几分自得，以及通过回忆获得心灵慰藉的企盼。

果园城系列小说都有着《灯》一样的格调，但当然不是《灯》的重复和复制。对于师陀来说，这个系列中的多数小说，确实有着属于他自己特有的精致。如评论者所指出的《果园城记》是古老的内地中国的一个投影，也是一篇朴素的诗。师陀在《果园城记》序中说，小城在他的心目中有生命，有性格，像一个活的人。只要《果园城记》像一个活的人活着，人们就将会一直记起它的作者师陀的名字。

四、《黄河东流去》：小农意识蜕变的艰难历程

不甘于苦难生活的河南农民，与命运进行着前赴后继的抗争。从师陀的短篇小说集《谷》《里门拾记》到姚雪垠的《差半车麦秸》《牛全德与红萝卜》《长夜》，直到李準的《黄河东流去》、张一弓的《犯人李铜钟的故事》、王纲的《天地玄黄》，一脉相承，几代中原作家一直在探寻、发现、赞美

潜藏在河南人民身上的原始生命力。从他们的作品中能够感受到河南人民率直、粗野、豪爽、侠义的性格,硬汉精神。他们决心结束苦难命运的果敢行动,构成了中原文化重获新生的精神支柱和雄厚基础。

《黄河东流去》百科全书式地展现了中原社会生活的丰富内涵,这里只举一例,以窥中原农民思想的缓慢裂变。

阅读《黄河东流去》,我们不可忽略春义和凤英这对在水上举行特殊婚礼的情侣。在黄水滔滔的大灾大难中,他们相依为命,相亲相爱,他们当时在精神上基本处于同一起跑线上。饿着肚子,在死亡线上挣扎的春义和凤英,夜晚"他们凭着互相靠近的一点体温抵御着夜风的寒冷"。跑到咸阳,在自己的饺子铺开张以后的日日夜夜,凤英因为自己的辛苦经营获利,兴奋得眼睛闪光,而春义对于做生意却完全不能适应。为此,他们之间经常闹气。当听说黄河口子快打住的时候,春义对李麦说:"婶子,黄河口子快打住了,……我想着,月亮光再亮,也晒不干谷子,外乡再好,也比不了咱家乡,千行百行,种庄稼才是正行,我是想回乡……"

对于远离故土的游子,故乡是心灵的慰藉;对于离乡背井受尽磨难的黄泛区农民来说,故乡是他们梦寐以求的归宿。但这只是总体而论。对于春义来说,回乡情结中却也烙有中原文化小农观念的印迹。以犁耕文化为物质基础,带有小农经济特征的中原文化心理结构,具有超稳定性的文化心理倾向,在心态上的突出表现是知足常乐的内向性,有着一种割舍不断的恋乡恋土情结。他们把一家人日出而作、日入而息在自己土地上的劳作,生活清苦却能够四世同堂,乃至五世同堂,视为人生的最高理想。他们缺乏改变这种世代相继的生活方式的自觉性,也不愿意闯荡世界,对外部世界下意识地有着一种厌恶感、恐惧感。面对都市文化、商品经济,他们心情焦躁,手足不安。他们看不惯城市中人与人之间的交流方式和手段,他们无法适应城市生活的快节奏。保守的防御性的消极心态,使他们只能从都市中败下阵来,躲进几千年来中原文化给他们营造的那个破草庵,过着节奏缓慢、几近停滞的病态生活。春义和凤英的争论,不是个人品质和感情问题,他们对对方都有着足够的谅解和信任。他们的分歧在于:凤英在实践中感受到了原有生活方式的落后性,她再也无法忍受农业文明对于个性的压抑和钳制;在都市里她看到了一种崭新的生活,她向往投入这种生活,哪怕再苦再累,她也要进入竞争的市场一显身手。她在都市里、在现代文明生活中找到了自我价值和尊严,她要靠自己的头脑、靠自己的知识和劳动赚钱,实现自己的梦想。春义却还完全没有跨越旧有的农业文明的版图,而凤英却果敢地走出了传统中原文化的阴影。

这对爱侣的分手,有着固有中原文明在新的文明撞击下的蜕化、裂变的意味。李凖塑造的这两个人物,包含着他对中原文化的哲理性反思以及对更新中原文化的期待。

如果说《黄河东流去》《犯人李铜钟的故事》对中原人固有观念的反思还只是一种信号,那么,张宇、田中禾、刘震云、李佩甫等人的一些作品则具有实质性突破的意义,完全可以看作是河南小说繁荣的先声。文学反思的程度,反映着中原人思想攀升的境界达到的高度。人们对此应保持足够的信心。

附　录

《中国现当代作家作品专题研究》自学考试大纲

Ⅰ　课程性质与目的要求

“中国现当代作家作品专题研究”是一门建立在中国现当代文学史基础上的,以重点作家作品为研究对象的课程,是汉语言文学专业本科的一门选修课。

“中国现当代作家作品专题研究”的课程内容、考核目标及命题,与“中国现代文学史”“中国现代文学作品选”“中国当代文学作品选”均有所不同。这门课的内容不求如上述三门课程那样面面俱到,而是以个案研究为主要内容,是建立在精读基础上的对作家作品的某种特质的把握,其深度大于上述三门课的内容。

设置本课程的目的要求是:一、对中国现当代文学史上重要作家作品的风格、内涵及艺术成就有所了解;二、通过学习,深化对现当代作家作品、文学史的理解,提高阅读、鉴赏、批评能力;三、培养精读文本、恰当论述作家作品的能力,具备一定的学术研究能力。

Ⅱ　课程内容与考核目标

本课程内容为中国现当代文学史上重要的或有特色的作家作品。现将本课程的内容安排及各章的考核目标具体规定如下。

第一章　鲁迅:中国现代小说的奠基者

了解鲁迅启蒙主义的创作思想。了解鲁迅小说创作与新文化运动的关系。

识记《呐喊》《彷徨》中出现的几类人物形象:被侮辱者与被损害者、觉醒者、看客、封建卫道士、权势者。

识记农民作为文学主要表现对象的意义。了解中国作为乡土社会的特点。

分析被侮辱者与被损害者的形象。简析祥林嫂的形象。简析爱姑的形象。

分析阿Q的生命状态。

识记鲁迅塑造被侮辱者与被损害者的独特性。

分析看客的形象。从看客角度分析祥林嫂悲剧的成因。

分析《示众》中看者与被看者之间复杂微妙的关系。识记看客与觉醒者之间的关系。

识记觉醒者作为启蒙主体在中国社会中所处的重要位置。

简析觉醒者被民众视作“狂人”“疯子”的内在含义。分析觉醒者的悲剧成因。

简析吕纬甫的形象。简析涓生、子君个性解放思想的局限性。

识记鲁迅前后期思想的转变。

识记《故事新编》的篇目及每篇小说的创作年代。识记《补天》《奔月》《铸剑》等前期作品,《非攻》《理水》《起死》《出关》《采薇》等后期作品。

简析宴之敖的形象。

简析鲁迅本人的思想情绪在《奔月》中的体现。

识记鲁迅在《非攻》《理水》中宣扬的墨侠精神。

以《起死》《非攻》分析鲁迅对中国老庄哲学的评价。识记鲁迅批评老庄的具体历史背景。

识记茅盾对《呐喊》艺术上的评价。

分析鲁迅第一人称小说的艺术风格。简析鲁迅第三人称小说的心理分析特点。

分析鲁迅采用纯客观叙事与其讽刺艺术追求之间的内在联系。

识记《阿 Q 正传》的叙事角度。分析《离婚》的视角运用艺术。

简析鲁迅短篇小说的结构特点。

识记《故事新编》"油滑"的创作手法。

第二章 茅盾心理现实主义小说研究

识记茅盾心理现实主义小说的代表作品。分析这些作品的整体性思想内涵。

了解《幻灭》的思想内容及心理表现,识记作品中主要人物。

分析《动摇》中方罗兰的心理特征。

了解《追求》的心理分析特征。

识记《野蔷薇》中的作品,识记各篇作品中的人物。分析"灵肉冲突"主题在《野蔷薇》中的表现。

分析《虹》中梅行素的心理特征。识记作品中人物。

识记茅盾社会剖析小说的代表作。

掌握《腐蚀》的心理分析成就。识记作品中人物。

简析茅盾"心理现实主义小说"的整体性特征。

分析茅盾小说的艺术特征。

简析茅盾与 20 世纪 30 年代心理分析派作家的不同。

分析茅盾小说中的“时代女性”。识记20世纪20年代的“时代女性”，简析她们的共同特征。分析茅盾笔下“时代女性”与前者的不同。识记茅盾笔下的时代女性，分析其性格特征。

分析茅盾心理现实主义小说中心理分析与社会剖析的交织。

论述茅盾心理现实主义小说的理性色彩。

分析茅盾心理现实主义小说的表现技巧。了解茅盾小说对意象的运用。简析茅盾小说的象征意蕴。分析茅盾小说精神幻觉、意识流的运用。分析茅盾小说中“梦”的表现。

分析茅盾现实主义小说的语言特点。

分析论述茅盾心理现实主义小说的创作背景，了解茅盾心理小说艺术风格形成的内因。了解茅盾所受西方现代作家的影响。

分析论述茅盾所受陀思妥耶夫斯基的影响。了解陀思妥耶夫斯基小说中的呈现，分析茅盾对“两重人格”的表现。分析茅盾和陀思妥耶夫斯基对心理动机的揭示。了解《虹》中梅行素、《腐蚀》中赵惠明的复杂心理动机。

分析评价茅盾心理现实主义小说人性、时代性与现代性三位一体的艺术成就。

了解茅盾心理现实主义小说中对人性的表现。

分析茅盾作品中对情欲心理的表现。了解茅盾小说情欲表现的价值。

了解茅盾心理现实主义小说时代性特点。

分析茅盾小说的现代性意蕴。

分析茅盾的“矛盾”心理特征。

第三章　老舍小说的市民世界

识记老舍的主要小说创作：长篇小说《老张的哲学》《赵子曰》《二马》《离婚》《骆驼祥子》《四世同堂》等，短篇小说《月牙儿》《断魂枪》《黑白李》《我这一辈子》《柳家大院》等。

了解老舍是现代文学史上杰出的市民诗人，是北京市民社会最重要的表现者与批判者。

识记老舍小说的市民形象四大系列：老派市民形象，新派市民形象，正派或理想市民形象，城市贫民形象。

分析老派市民形象的主要性格特征，识记老派市民形象：老马、张大哥、祁老太爷、祁瑞宣等。

简析新派市民形象的主要性格特征，识记新派市民形象：张天真、马可同、祁瑞丰等。

简析正派市民形象的主要性格特征，识记正派市民形象：李景纯、钱默吟等。

分析城市贫民形象的主要性格特征，识记城市贫民形象：祥子、小崔、孙七、《月牙儿》中的“我”等。

分析老舍小说的悲剧色彩：“有价值的东西的毁灭”，“几乎无事的悲剧”。

分析老舍小说的京味特征：对北京市民的生活场景和人生世相的描绘，对北京市民独特的文化特征的揭示，对北京市民风情与市民心灵的刻画，独特的“京味”语言艺术。

第四章　巴金的家庭小说

了解无政府主义对巴金思想的影响。

了解家庭在中国文化传统中的重要位置。

了解巴金以“家变”写“世变”，通过家庭反映社会的运作策略。

简析“激流三部曲”中从内部对封建性大家庭进行冲击的两种力量。

简析巴金家庭小说中女性的悲剧命运。

简析《寒夜》中婆媳矛盾的文化意义。

了解巴金家庭小说中的四类人物：封建卫道士、封建浪子、家庭叛逆者、家族制度的受害者。

分析高觉新思想性格的表层特征。

分析高觉新思想性格的多重矛盾：怀旧与趋新，敏感与健忘，自卑与自信,好强与落寞。

简析高觉新成为封建家族制度守墓人的原因。

简析高觉新性格形成的社会文化背景。

简析高觉新形象的认识意义。

分析巴金家庭小说的总体风格:寓激情于平淡、真切、丰厚。

简析《寒夜》中曾树生形象的复杂性。

简析巴金家庭小说取得成功的原因。

第五章　新月派诗人研究

识记新月诗派形成的时间:20 世纪 20 年代。主要刊物:《晨报副刊·诗镌》、《新月》月刊、《诗刊》季刊。主要成员:徐志摩、闻一多、朱湘、饶孟侃、陈梦家、孙大雨等。理论主张:诗歌"三美"——音乐美、建筑美和绘画美。

了解闻一多的生平,识记其三部诗集:《真我集》《红烛》《死水》。

简析《真我集》的独特内蕴:反映五四时期进步青年要求突破封建枷锁的愿望,抒发他们改造中国的决心和勇气;流露出对自然的热情和对人生的思考。

简析《红烛》的爱国内蕴。

分析《死水》对社会现象的揭露和批判。

分析闻一多诗歌的艺术特征:注重诗境的绘画美,强调新诗创作的音乐美和建筑美,语言的凝练、形象的奇险。

了解徐志摩的生平,识记其诗集:《志摩的诗》《翡冷翠的一夜》《猛虎集》《云游》。

分析徐志摩诗歌的内蕴:对理想境界的执着追求,对爱情体验的细腻表现,对社会现象的揭露批判,对自然人生的深刻体悟。

简析徐志摩诗歌的艺术个性:借助美妙的意境传达诗情,借助内在的激情实现音乐美,诗体方面的多向追求,诗歌语言的独特风格。

简析朱湘诗歌的内蕴:对大自然的摹形传神,对艺术的刻意追求,对人性的深刻体悟。

第六章　忧郁的诗魂：艾青的诗歌创作

了解艾青的生平与创作概况。

了解农村生活经历和画家身份对艾青诗歌创作的影响。

识记艾青20世纪30年代的诗集《大堰河》，抗战时期的诗集《北方》《向太阳》《旷野》《他死在第二次》《火把》，到延安以后的诗集《黎明的通知》《雪里钻》《献给乡村的诗》，40年代后期的组诗《播谷鸟集》。

了解艾青的审美理想——“苦难的美”。

简析艾青诗作的英雄精神。

分析艾青的诗论：诗的最高境界是真善美的统一，诗歌的散文美。

简析艾青诗作的人民性。

分析《大堰河——我的保姆》对人民的同情和热爱。

简析《春》的乐观精神。

简析《向太阳》的高亢情绪。

简析《吹号者》中号兵的形象。

简析《火把》中表现出的革命热情。

识记《旷野》《北方》《献给乡村的诗》收录的艾青反映农村生活的优秀诗作。

分析艾青“土地”系列诗篇表现出的对土地的爱。

分析艾青“土地”系列诗篇中自我感情的融入。

简析《雪落在中国的土地上》的爱国主义情感。

简析《乞丐》的素描手法。

分析艾青到延安以后“土地”诗篇的新突破。

简析《我爱这土地》的内在情韵。

分析艾青诗作“忧郁”情愫产生的原因。

了解艾青诗作的“忧郁”是与民族、与时代密切相关的，同时又是对传统的忧患意识的升华。

第七章　京派小说家研究

识记京派的代表作家。

分析京派小说家的共同特征。

识记废名的作品。简析废名小说的审美特征。了解废名小说的散文化特点。简析其小说的语言艺术。了解废名小说与古典文学及西方作家的渊源。

识记沈从文的作品。分析沈从文小说对湘西世界和都市世界的表现。简析沈从文的“乡下人”意识。了解沈从文小说的理想化色彩。分析沈从文小说中提出的“阉寺性”问题。

识记萧乾的代表作品。简析萧乾小说艺术特征。比较废名、沈从文、萧乾的审美表现。了解萧乾小说的语言特点。

识记凌叔华的代表作品，分析凌叔华小说的艺术风格。

识记林徽因的代表作品，简析林徽因小说的审美特征。分析《九十九度中》的艺术技巧。

了解京派小说与五四精神的关系。识记朱光潜的“移情说”与“距离说”。分析京派中和、均衡的审美特征。评价京派小说的价值取向。

分析京派小说的艺术风格。

分析京派小说的传奇性。识记古典小说中的“传奇”。了解西方的传奇故事。识记传奇的两大类型。分析京派小说传奇的独特性内涵。简析《终条山的传说》的传奇性。分析沈从文小说的传奇性。识记沈从文小说的两大传奇。分析京派作家“自传性”的传奇。识记《梦之谷》《莫须有先生传》等传奇作品。分析京派传奇的价值取向。

分析京派小说的抒情性。了解《道傍》的抒情性。了解《中秋月》的抒情性。分析沈从文小说的抒情性。简析沈从文小说的象征性意蕴。了解“白塔”的象征性。

分析京派小说的悲剧性。分析京派小说“微笑的悲剧”的特征。了解京派作家的悲剧意识。分析京派作家对人性的历史性的悲剧的表现。识记京派小说中的历史性悲剧人物。

第八章　现代派诗人研究

识记现代诗派形成的时间:20世纪30年代。主要诗人:戴望舒、卞之琳、何其芳、废名、林庚、施蛰存、徐迟等。主要刊物:《现代》《现代诗风》《新诗》。理论家是梁宗岱和戴望舒。

了解戴望舒的生平,识记其诗集《我底记忆》《望舒草》《望舒诗稿》《灾难的岁月》。

简析戴望舒早期诗歌的内蕴。青春激情的迸发,追求无着的苦闷。

分析戴望舒后期诗歌的内蕴:第一,抒发复杂幽邃的感情——爱国之情和重重灾难中抑郁悲愤的感情,家庭生活的温馨和情感的反思;第二,表现对世界的理性玄思和对人类精神现象及情感的反思——对精神自由的执着追求和对现实世界的超越,对抽象"美"的追求和对永恒的体悟。

分析戴望舒的艺术特征:细腻幽婉的抒情,简约跳跃的结构,自由活泼的韵律,哀婉自然的语言。

识记"汉园三诗人":卞之琳、何其芳、李广田。

简析卞之琳诗歌的内蕴:侧重表现生命体验中那些最深沉的感受,并升华为哲理意识;强调"诗的非个人化"。

简析何其芳前后期诗歌内蕴的不同。

了解李广田的代表作品。

第九章　张爱玲的生存体验及其小说创作

识记张爱玲的代表作小说集《传奇》,散文集《流言》。了解傅雷(迅雨)对《金锁记》的评价。

简析家庭生活对张爱玲小说创作的影响。

分析第二次世界大战对张爱玲小说创作的影响。识记日本侵华战争和二战的具体时间,了解特定的历史时期对作家创作的制约作用。

简析白流苏在白公馆中的生存处境。分析白流苏的形象。

分析张爱玲通过家庭、婚姻、爱情题材对人孤独生存困境的揭示。

识记《花凋》的主题。分析《封锁》的象征意蕴。

简析葛薇龙的生存体验。

简析罗杰自杀的悲剧成因。

分析《倾城之恋》中“空房”的象征意蕴。

识记范柳原对《诗经》的独特阐释。

分析张爱玲小说的“疯女人”形象。

简析《十八春》中曼桢被禁闭而濒于疯狂的故事情节与张爱玲个人生活经历之间的内在关系。

分析鲁迅与张爱玲同样面对人生虚无所采取的不同态度。

第十章　病态文明的病态产儿

《围城》的现代性分析。

了解对《围城》的各种评论。

简析《围城》思想意蕴的三个层面。

分析《围城》的本体象征性,把握其现代性的创作意图。

识记钱锺书对现代文明弊端和现代人精神危机的批评。

了解钱锺书对现代文明的认识过程。

识记钱锺书的《人・兽・鬼》的现代性。简析《上帝的梦》的寓言性。

掌握《围城》的象征性。

简析《围城》与《弃儿汤姆・琼斯的历史》的联系。

分析论述方鸿渐人生的四大阶段。掌握其人生四大阶段的内容。分析其人生四大阶段的意义。

分析方鸿渐的病态人格。了解传统英雄形象的意义。能够从传统英雄形象的角度来分析现代人生的困境。简析方鸿渐的孤独感、人生失落感。了解方鸿渐性格的时代性。

了解方鸿渐的“围城”处境。

了解方鸿渐病态人格的普遍性。分析其现代性。

了解方鸿渐与哈姆莱特的异同。了解方鸿渐与贾宝玉、叶普盖尼·奥涅金、比加林等人物形象的异同。

识记方鸿渐的“病友”：无名人、变形人、反英雄、走向死亡的人等，了解他们的共同点。

第十一章　七月派小说家研究

识记七月派因胡风创办的《七月》杂志而得名。

识记七月派的阵地《七月》《希望》。

简析胡风文艺理论对七月派作家的影响。

分析七月派小说家的总体风格。

识记丘东平的小说《通讯员》《多嘴的赛娥》《红花地之守御》《沉郁的梅冷城》《第七连》，长篇《茅山下》。

简析《通讯员》中林吉的形象。

简析《多嘴的赛娥》中赛娥的形象。

识记彭柏山的《皮背心》等小说，抗战时期的《一个义勇队员的前史》《某看护的遭遇》。

简析彭柏山前期小说中的两类农民形象。

识记路翎的小说《“要塞”退出以后》《卸煤台下》《饥饿的郭素娥》《财主底儿女们》《罗大斗底一生》。

简析《卸煤台下》许小东的形象。

简析《饥饿的郭素娥》中所表现出的劳动人民的“原始强力”。

分析《财主底儿女们》中蒋蔚祖的形象。

分析《财主底儿女们》中蒋少祖的形象。

分析《财主底儿女们》中蒋纯祖的形象。

简析《财主底儿女们》中蒋氏三兄弟形象的意义。

分析《财主底儿女们》的艺术成就。

了解七月派小说的不足。

第十二章　《重放的鲜花》研究

了解“百花文学”的概念所指：1956 年至 1957 年间，在毛泽东“双百方针”提出后所形成的相对宽松的政治、文化环境中，出现的旨在清算教条主义，纠正公式化简单化创作现象，体现思想解放、文学创新，类似苏联“解冻”文学的一种文学现象。

分析“百花文学”的形成原因：政府工作重点转移，社会主义建设需要知识分子的参与，发展科学和艺术需要解放知识分子的创造力；文学艺术自身发展的需要；苏联“解冻”文学思潮的影响。

了解“百花文学”的特征：题材上的拓展；主题上的加深与出新；艺术上的探索硕果初见；体制偏小，队伍年轻。

分析“百花文学”的局限性：简单化公式化倾向的存留；迎合主流意识，迎合时尚；批评方面的庸俗化、机械化倾向。

了解“百花文学”的过程及结局。

识记《美丽》《组织部新来的年轻人》《红豆》在叙述方面的特点。

简析《组织部新来的年轻人》的社会批判性。

分析刘世吾形象特征及意义。

分析评价作者对季玉洁爱情结局的处理。

分析评价江玫在爱情与理想方面的矛盾。

以“百花文学”为例，论述“文学是人学”这个命题。

第十三章　郭小川诗歌研究

了解郭小川生平与创作的关系。

识记“政治抒情诗”：政治抒情诗是指 20 世纪 50 年代出现的在既定的意识形态规限内，以社会生活的重大问题为题材，凸显政治内容，抒发政治激情，在社会上产生极大影响的一批抒情诗歌。它追求雄壮气势，贯注磅礴的激情，渲染时代色彩；艺术形式上，则多兼民歌及古典诗词之长，以自由诗的形式，自然舒放的现代口语表达内在的感情，注意诗句的对称和节奏的铿锵。

分析郭小川的“政治抒情诗”的内蕴:鲜明的时代色彩,丰盈的政治激情,深刻的人生哲理,复杂的社会意蕴。

分析郭小川诗歌“艰难探索”的具体表现:性别意识的凸显,人性内蕴的展现,知识分子命运的探索。

简析郭小川诗歌中的知识分子形象:自我形象,命运坎坷却意志坚强的勇敢者,革命队伍中的落伍者。

分析郭小川诗歌艺术方面的执着追求:文体形式的新探索——自由体、楼梯式、新民歌体、“新辞赋体”。诗歌意境的新开拓——时代色彩的渗入开拓了诗境;主观意识的强化使意象变形,影响意境的内涵。

识记“新辞赋体”:吸收中国古代辞赋的艺术传统,大量运用排比、对偶的长句进行铺陈,一唱三叹,反复吟咏,写景必穷形毕象,抒情必淋漓尽致,形成整齐、对仗、押韵的长句体。它既符合诗人汪洋恣肆、挥洒自如的诗情,又继承了传统文学的优长,发挥了汉语语言自身的特性,成为当代诗史上有影响的诗体之一。它具体有以下几种形式:(一)长短句相间体,(二)两句一节体,(三)四句一节体。

第十四章　王蒙小说研究

了解王蒙的生平,识记其代表作品。

分析王蒙两个创作阶段内容与风格的变化。简析王蒙创作前期的“青春+革命”风格。识记前期创作的代表作。识记后期创作的代表作。分析风格转变的原因。

分析王蒙艺术主张转变的几个方面:文学的社会功能,文学的描写对象,文学的表现手法。

分析王蒙小说的表现手法。

掌握王蒙小说中对内心独白和自由联想的运用。了解《蝴蝶》中张思远的心理独白及其艺术价值。了解传统小说中的联想与现代小说中自由联想的区别。了解《春之声》中的自由联想。

识记王蒙小说结构的三种类型。了解《杂色》《春之声》《海的梦》的结构特点。

分析王蒙小说"中西合璧"式的幽默。了解王蒙的幽默观。简析王蒙小说对中西文学幽默风格的借鉴。

了解王蒙小说多样化的艺术追求。

分析王蒙小说的语言风格:鲜明的主观色彩,杂文般的随意性,急促的节奏感。简析王蒙小说语言的主观性。

分析"活动变人形"的含义。

分析倪吾诚形象——中西文化夹缝中挣扎的畸形儿。了解造成倪吾诚悲剧的主客观原因。

分析姜静珍形象:灵与肉冲突的悲剧。

分析王蒙的精神困惑。了解王蒙知识分子视角的利与弊。

第十五章　池莉小说研究

了解池莉的生平、思想及创作概况。分析池莉作为一个"新孩子"的家庭与时代背景对池莉在认知、把握生活时产生的影响。分析《烦恼人生》《不谈爱情》《太阳出世》《冷也好热也好活着就好》等作品出现在20世纪80年代后期的文化转折意味。

分析池莉"新孩子"意识与其生活意识及审美方式的关系。正确评价池莉小说在审美上的偏至。

分析池莉的"新孩子"特征。

了解《烦恼人生》的基本内容。

分析印家厚形象的性格及文化特征。

分析《烦恼人生》在文学史上的转型意义及其构思上的特征。

分析《不谈爱情》的主题思想及它在同类题材小说中的特殊地位。

识记池莉的"烦恼三部曲"。

了解《你是一条河》的基本内容。

分析主人公辣辣的形象。了解作者在辣辣这一形象上寄寓的价值观。

分析《两个人》在主题及艺术形式上的缺陷。

了解池莉笔下知识分子形象与现代知识分子在文化性格上的分野。

了解《来来往往》的故事梗概。

分析康伟业及段丽娜形象。

分析康伟业与段丽娜、林珠、时雨蓬等三位女性的爱情纠葛表达的反传奇的都市寓言。

第十六章　二十世纪河南小说研究

五四时期:徐玉诺发表著名短篇小说《一只破鞋》。冯沅君第一部短篇小说集《卷葹》以细腻地描写青年的心理称名一时。短篇小说集《劫灰》,描写了被土匪蹂躏后河南农村的悲惨景象。尚钺出版有小说集《斧背》《病》及《巨盗》。

20世纪30年代小说创作短暂的繁荣。姚雪垠的短篇小说《差半车麦秸》,及时反映了抗战时期农民的心理变化和初步觉醒。师陀的短篇小说集《谷》《里门拾记》,以成功地描写了中原地区的人民生活受到好评。

识记其他河南作家:刘知侠、于黑丁。

了解解放后的小说创作,李凖的代表作《黄河东流去》。

了解河南文化和小说创作从中心走向边缘的复杂因素:文学观念陈旧,作家的文化构成不合理,创作主体意识弱化。

20世纪80年代以后,中原崛起了新的一群小说作者,河南小说创作有可能从边缘走向初步的繁荣。

了解《长夜》创作之前姚雪垠的创作情况。

简析《长夜》的思想内容:反映了河南农民在漫漫长夜中所经受的苦难和辛酸。

了解《长夜》的语言特点和姚雪垠对中原语汇的搜集和编选。

简析《长夜》的中原农民生活风俗画特点。

了解师陀的生平和创作概况。师陀原名王长简,笔名芦焚。1946年改用笔名师陀。

识记师陀原用的笔名芦焚。

识记师陀的短篇小说集《谷》《里门拾记》《落日光》《野鸟集》《无名氏》《果园城记》。

简析果园城家族。

朱魁爷形象：恩威兼施，果园城中独一无二的统治者、无冕之王。

葛天民形象：空怀建设家乡热情而找不到出路的中原知识分子。

简析果园城的女性形象。

果园城小说逼真地描写了缺乏健全人性的中原人的精神委顿，折射出了作者重塑中原精神的强烈愿望。

了解《灯》的艺术魅力。识记《灯》中的卖油郎形象。

了解由《长夜》《果园城记》《黄河东流去》到张一弓的《犯人李铜钟的故事》对于中原文化再生所进行的可贵探索。

了解《黄河东流去》透露出的中原农民小农意识的裂变。

简析春义和凤英的形象。春义形象：跨越旧有观念的沉重和艰难。凤英形象：农民中果敢地走出农业文明牢笼的先行者。

识记给中原小说创作带来实质性突破的一批作者：张一弓、张宇、田中禾、刘震云、李佩甫。

后记

本书是应河南省教育厅自考办公室的要求编写的，作为河南省高等教育自学考试汉语言文学专业本科阶段选修课的教材。

根据省教育厅的有关指示，河南大学文学院现当代文学教研室组成了编写组，由刘增杰先生任主编，李国平、杨萌芽任副主编，认真组织此次教材的编写工作。作为建立在“中国现代文学史”“中国现代文学作品选”“中国当代文学作品选”等课程基础上的一门提高课，本课程旨在进一步提升学生的分析、评价作家作品的能力，使学生具有初步的学术研究能力。由于目前国内没有可资参照的此类教材，编写组的工作比较艰巨。首先是中国现当代文学中作家作品繁多，名家名作层出不穷，遴选哪些作家作品进入教材要煞费苦心；再者编写内容要既具独创性，又要注意自考本科阶段学生的接受能力，不可过于艰深。经过几次商讨，编写组确定了基本思路：不求面面俱到，但求突出研究个性；从精读分析入手，使学生充分领略作家作品独特的艺术个性；要注意研究思路及方法对学生的启迪作用。

经过大量细致扎实的准备工作，本教材书稿如期完成，由刘增杰先生统稿并提出修正意见。

此次编写组的成员有：刘增杰、刘景荣、孙先科、田锐生、李国平、杨萌芽、刘涛、杨战军、侯运华、孟庆澍。撰写分工如下：

序言、第十六章，刘增杰；

第一章、第九章，刘涛；

第二章，杨萌芽；

第三章，杨战军；

第四章、第六章、第十一章，李国平；

第五章、第八章、第十三章，侯运华；

第七章，孟庆澍；

第十二章，刘景荣；

第十四章，田锐生；

第十五章，孙先科。

其中第十章《病态文明的病态产儿：〈围城〉的现代性分析》选自解志熙的《风中芦苇在思索》（河南人民出版社 1994 年版）一书。本课程自学考试大纲的编写则由各章执笔者承担。

本书在写作过程中参考了一些著作及论文（大部分已在文章中注明），特向原作者表示谢意。岳耀钦先生在百忙之中审阅了本书稿，在此一并致谢。对支持本书出版的河南省教育厅自考办及河南大学文学院表示感谢。

《中国现当代作家作品专题研究》编写组

2002 年 1 月 18 日